The Mystery Collection

BLINDSIDE

死角

キャサリン・コールター／林 啓恵 訳

二見文庫

BLINDSIDE

by

Catherine Coulter

わが母、エリザベス・コールターへ

死角

主要登場人物

レーシー・シャーロック……FBI犯罪分析課（CAU）捜査官
ディロン・サビッチ……シャーロックの夫。CAUのチーフ
マイルズ・ケタリング……サビッチとシャーロックの友人。元FBI捜査官
サム……マイルズの息子
ケイティ・ベネディクト……テネシー州ジェスボローの保安官
キーリー……ケイティの娘
ミナ……ケイティの母親
ウェイド……ジェスボローの保安官助手
シーラ・レインズ……ジェスボローの精神科医
スーナー・マカミー……ジェスボローの伝道師
エルベスト・バード……マカミー師の妻
グレン・ボッジズ……FBIノックスビル支局の捜査官
ブッチ・アッシュバーン……FBIの誘拐担当捜査官
トロイ・ウォード……ボルティモア・レイブンズの専属アナウンサー
ギフォード・ファウラー……シボレーのディーラー
バレリー・ラッパー……スポーツジムの会員
ボー・ジョーンズ
クランシー・エデンズ
｝……誘拐犯

1

漆黒《しっこく》の闇。

月と星のない空は黒く、同じように黒い雨雲が低く垂れこめていた。摂氏十度にもかかわらず、ディロン・サビッチはケブラーの防弾チョッキを着こみ、汗にまみれていた。

膝《ひざ》をつき、片手を挙げて背後の捜査官たちを制止しておいてから、ゆっくりと室内をのぞきこめる体勢に移る。

窓は汚れきり、ずたずたになった壁紙は、吐瀉《としゃ》物を塗りたくったような茶色に変色している。室内を照らす光源は、片隅に置かれた六〇ワットのランプのみ。リビングは暗いが、ランプの周辺に目をやると、教師の姿が確認できた。ジェイムズ・マープル。椅子に縛りつけられ、猿ぐつわを噛《か》まされて、うつむいている。眠っているのか、気絶しているのか。はたまた絶命しているのか。

サビッチにはわからなかった。

マービン・フェルプスは見あたらなかった。御歳六十七歳になるその男こそが、バージニア州の小さな町マウントプレザント郊外にある、一九五〇年代に売りだされたこの建て売り住宅の持ち主だった。それがわかったのは、サビッチたち捜査官がこのあばらやに集結する一時間前のこと。元数学教師のフェルプスは、でこぼこだらけのドライブウェイに駐めてある古いビュイックの持ち主でもある。そしてサビッチは彼の運転免許証から、フェルプスが豊かな白髪をいただく長身瘦軀《そうく》の人物であることを知っていた。そして、いかなる理由からか、ほかの数学教師を殺したことも。殺されたのは、この日までにふたり。動機は不明。殺されたふたりの教師には、なんのつながりもない。

サビッチはフェルプスの身柄を生きたまま確保したかった。なぜこんな事件を起こし、ふたつの家族を破滅させねばならなかったのか、本人から聞きたい。なんのためにそんなことをしたのか、後学のために知っておかなければならない。行動科学課の連中は、殺人犯が同じ数学教師である可能性すら指摘していなかった。

そのとき、ジェイムズ・マープルの頭が動いた。生きているのはこれで確認できた。フェルプスに殴られたのだろう。マープルの禿頭《はげあたま》のてっぺんから血がジグザグの線を描いている。血の跡は口の手前で止まっていた。

マービン・フェルプスはどこだ？

サビッチたちがここへ来られたのは、ひとえにルース・ワーネッキ捜査官の情報屋の働きによる。CAU——犯罪分析課——に入ってまだ一年のルースは、その前はワシントン警察に八年在籍していた。彼女は現場の手法を課に持ちこむとともに、情報屋を引き連れてきた。

「女にとって金と情報屋は多ければ多いほどよく、体重は少なければ少ないほどいい」と、ルースは口癖のように言っている。

その情報屋は小さなショッピングモールの駐車場でマービン・フェルプスがある男に銃を突きつけてボルボのステーションワゴンから引っぱりだし、古いビュイックに押しこむのを目撃した。そして、ビュイックを尾行しながらルースに電話をかけ、誘拐された男の車のナンバーを含む情報のすべてを五〇〇ドルで売ると持ちかけた。その情報屋が現れなかったらマープルがどうなっていたか、サビッチとしては考えたくもない。

しかしいまサビッチは、窓から室内をうかがいながら、頭を振っている。どこかちぐはぐに感じる。これまでに殺されたふたりの数学教師は、至近距離から額を撃ち抜かれて即死だった。誘拐されてもいないし、闇を押しやる六〇ワットの電球に照らされながら、ひと晩じゅう椅子に縛りつけられることもなかった。なぜ犯人はいまになって手口を変え、被害者を自宅に連れこむなどという、無謀なことをしでかしたのか。どう考えても理屈に合わない。

サビッチは視界に動くものをとらえた。リビングの奥の壁に影が広がる。サビッチは挙げた手を拳にして、デーン・カーバーとルース・ワーネッキとシャーロックにその場を動かず、物音をたてるなと合図した。地元バージニアの警官たちも、あと少しなら押しとどめておけるだろう。全員が配置につき、そのなかには命令がありしだい現場を破壊しようとはやるワシントン支局のSWATチームの五人も含まれている。家の周囲には人が配備されている。狙撃手のクーパーはサビッチから二〇フィートほど背後の、薄暗いリビングの内部がよく見える位置に控えていた。

そのとき淡い光に影が差し、黒っぽい人影がすり切れたソファの背後から現れた。マービン・フェルプス。つい一時間前にはじめて写真で見た男。マープルに向かって歩く。いや、闊歩《かっぽ》していると言ったほうが当たっている。ソファの裏でなにをしていたのだろう。フェルプスはマープルに近づくと、朗々とした声で機嫌よく話しだした。「起きてるか、ジンボー？　ほら、しっかりしろ、弱虫が。そんなにひどく殴ってないだろうが」

ジンボー？　サビッチは指向性音声受信機のボリュームを上げた。

「あと三十七分で夜明けだ。おまえを殺すのは、夜明けと決めている」

マープルの頭がゆっくりと持ちあがる。眼鏡がずり落ちているが、両手が背後で縛られているので直せない。口の脇の乾いた血に舌を伸ばした。

「ああ、起きてるとも。なにが望みだ、フィリー？　どういうつもりだ？　なぜこんな真似をする？」

フィリー？　このふたりは愛称で呼びあうほど近しい間柄なのか。

フェルプスが高笑いする。サビッチは虫酸が走った。老いた狂人の笑い声。禍々《まがまが》しくかすれていて、話し声のような深みや朗らかさがない。フェルプスはフランネルのジャケットの胸ポケットからナイフを引っぱりだした。刃渡りのある狩猟ナイフで、薄暗い部屋にあっても輝きを放った。

ナイフなのか。凶器は銃だと思っていたサビッチには、予想外の展開だった。ハイスクールの数学教師がふたり殺され、今度はこれか。手口が違う。どういうことだ？

「死ぬ心構えはできておるかな、ヘボチビのジンボー？」

「わたしはヘボチビじゃないぞ。どういうつもりだ？　どうかしてる！　あれからもう五年だ、フィリー！　ナイフをしまえ！」

しかし、フェルプスは一方の手からもう一方の手にナイフを持ち替えた。扱いに慣れた者の手つきだった。

「なぜだね、ジンボー？　これからおまえの脳みそを取りだそうというのに。わたしはおまえの脳みそを以前から憎んできた。自分の利口さや、問題を解く鮮やかさをひけらかしたがるおまえを軽蔑してきたんだよ、このへなちょこめ――」尋常ならざる笑い声をほとばしらせながら、ゆっくりとナイフを掲げる。

「まだ夜明けじゃないぞ！」

「まあな。だが、わたしは年寄りだ。夜明けには心臓発作でころっと逝っておらんともかぎらん。せめてその前にはおまえを殺しておきたいのでな、ジンボー」

サビッチはすでにシグ・ザウエルの狙いを定めていた。合図を出そうとしたとき、マープルがわめき声を上げ、足で宙を蹴《け》って椅子をひっくり返した。フェルプスはそれを追うように前に跳び、罵声《ばせい》とともにナイフを突きだした。

サビッチは長い銀色の刃に向かって発砲した。相前後して、別の銃声が響く。背後のライフルから放たれた、大きく鋭い音だった。

サビッチの放った弾は長いナイフの刃に命中し、フェルプスの手を傷つけた。つぎに宙を飛んだのは、破壊されたフェルプスの脳だった。血まみれの指は上向きに宙を掻き、口から血を吐いている。ナイフの刃は銀色のかけらとなって降っているものの、フェルプスの手や指は失われていない。サビッチは起きたことが信じられず、急いで背後をふり向いた。

発砲したのは狙撃手のカート・クーパーだった。

「やめろ！」怒鳴ったところで、むろん手遅れだった。サビッチは玄関のドアに走り、室内に駆けこんだ。そのあとを捜査官と地元警官が追った。

マープルは仰向けに転がり、まっ青な顔ですすり泣いていた。うしろに倒れたことで、フェルプスの脳を浴びずにすんだ。

一方のフェルプスは横向きに転がっている。頭はもげかかり、ナイフの銀色のかけらが顔と胸に刺さり、右手は血にまみれていた。

サビッチは床に膝をつき、足首と腕のロープをほどきながらマープルをなだめた。「もう大丈夫ですよ、ミスター・マープル。さあ、深呼吸して、そう、その調子。わたしがついていますから、なんの心配もいりません」

「フェルプスがわたしを、わたしを殺そうとした――ああ」

「もう終わったことです。彼は死に、あなたは無事だ」サビッチはロープをほどき終わると、自分の体を盾にして死体を隠し、マープルを立たせた。

マープルは顔を上げた。その目は濁り、口からはよだれが垂れている。「わたしは昔から警官が嫌いで、ファシストぞろいだと思ってきた。だが、きみには救われた。きみのおかげで命拾いをした」

「まあ、そういうことになりますかね。ときには、こういう場面に遭遇します。さあ、ここから出てください。ここにいるシャーロック捜査官とワーネッキ捜査官が、あなたを救命士のところへお連れします。もう大丈夫です、ミスター・マープル。心配ありません」

サビッチはしばしその場に残り、シャーロックがマープルを慰めるのを聞いていた。ショーンの一歳のお誕生会のときと同じように、つい聞き惚《ほ》れてしまうような声を出している。部屋いっぱいの一歳児にくらべたら、怯《おび》えきったひとりの数学教師をあやすくらい、たやすいものだ。

デーン・カーバー捜査官が割って入った。それまで頬をゆるませていたマープルだが、シャーロックが離れると笑みを消し、カーバーとワーネッキに連れられて救命士のもとへ向かった。

サビッチはあらためてフェルプスの死体に目をやった。クーパーの放った銃弾によって、首が切断されかけている。きわめて精確な一撃。これならとっさにナイフを振るうこともできず、自分が死にかけていることすら、気づかなかったろう。

不本意な展開ではあるが、クーパーは緊急時には発砲しろと指示されていた。

ハロラン署長は興奮する地元警官を半ダースほど連れて、クーパーに駆け寄った。全員が笑みに顔を輝かせているが、フェルプスの死体を見たら、そんな表情も消えるだろう。

ともあれ、ひとりの男の命が救われた。

しかし、サビッチは自分たちが追っていたのは、くだんの殺人犯ではないと感じていた。その犯人はいずれも数学教師であるふたりの女性を殺害した。そして、ある意味、今回の騒動の遠因はその狂人にある。だからこそクーパーは焦って銃に頼り、フェルプスの命を絶った。たぶん当のクーパーは、マープルの命を救うと同時に、数学教師殺しの犯人を消したと思っているだろう。詰まるところ、クーパーはたかが二十四歳の血の気の多い若者であり、世界を救えるだけの力量はない。まだ未熟なのだ。ケツに飛び蹴りを食らわされ、考えうるかぎりもっとも過酷な罰であるSWATチームのトイレ掃除を命じられるのが、目に浮かぶようだ。

メディアはとりあえず、今回の犯人殺害と二件の数学教師殺害事件が無関係であるという事実を無視した。早めの夕刊の大見出しには〝連続殺人鬼の死？〟とあり、その下により小さい活字で――数学教師では色気に欠けるためだろう――〝標的は数学教師〟とあった。過去二件の殺人事件がふたたび詳述されていた。同じ紙面の下のほうに、バージニア州マウントプレザントのマービン・フェルプスによるジェイムズ・マープルの誘拐および殺害未遂と、二件の数学教師殺害事件とのあいだには、なんら関係が見いだせていないと書いてあった。

そうだろうとも。

2

サビッチとて馬鹿ではない。目にしたとたんにぴんときた。長い黒髪を大きなクリップでまとめ、鮮やかなピンクのレオタードを着た派手な女が近づいてくる。

彼女の名前は知らないが、ジムで二度ほど見かけている。そういえば、二度とも先週のことだ。力強くてしなやかで、無駄な贅肉《ぜいにく》のない女。男にしろ女にしろ、サビッチが賛美してやまない肉体の持ち主だった。

サビッチは彼女にうなずきかけ、トレッドミルの傾斜を上げると、ふたたび報告書に戻った。部下のデーン・カーバー捜査官から、オフィスを出がけに渡された資料だった。

バニース・ウォード、六日前に殺害。メリーランド州オックスフォード、グランド通りにあるセブン‐イレブンから出てきた直後に、至近距離から額に被弾。夜十時。持っていたバッグには半ガロンの無脂肪乳と、サビッチには食べ物というよりパッキング材にしか見えないライスケーキがふたパック入っていた。

目撃者ゼロ。セブン‐イレブンの監視カメラにも、通りをはさんで斜め向かいにあるユナイテッド・メリーランド銀行のATMの監視カメラにも、不審な人物は写っていなかった。

セブン-イレブンの店員が銃声を聞きつけ、倒れているバニース・ウォードを発見して通報。被害者の眉間には三八口径の銃弾が撃ちこまれていた。既婚、子どもなし、数学教師。いまのところ有力な動機は見あたらない。警察は被害者の夫を吊るしあげた。

そしてつい三日前、ふたりめの被害者が現れた。レスリー・ファウラー。やはりハイスクールの数学教師であり、バージニア州ポーレットのハイストリートにあるクリーニング店、アルセルムから出てきたところを、至近距離から射殺された。犯行時間は店が閉店する間際の午後九時。今度も目撃者はおらず、明らかな動機が見つからぬまま、警察は夫を絞りあげている。被害者に子どもはなく、残されたのは二匹の犬と、錯乱状態の夫および家族だった。サビッチはため息をついた。ふたりめが撃ち殺されたと報道されるや、ワシントンDCの全住民が不安におののいた。これぞメディアのおかげ。自分の住む地域に連続殺人鬼が現れて喜ぶ人間はいない。だが、二件めの事件はどこか妙だった。デーン・カーバーの報告書によると、殺されたふたりの女性が知りあいだった証拠は見つかっていない。いまのところ、ふたりには結びつきがないのだ。どちらも至近距離から頭部を撃たれ、使われたのはいずれも三八口径の拳銃だった。

そして今日、FBIのCAU——犯罪分析課——が捜査に乗りだすことになった。連続殺人犯が野放しになっているのに、オックスフォード警察もポーレット警察も犯人逮捕につながる手がかりを見つけられずにいる。詰まるところ、両警察とも支援の必要性を痛感していた。事件が続発するぐらいなら、連邦捜査局を受け入れようと腹をくくったのだ。

殺人事件がメリーランドで一件、バージニアで一件。

つぎはワシントンDCで起こるのか？

デーンの報告書には、こう書いてあった。無差別殺人だとしたら、ハイスクールの数学教師を見つけるのはたやすい。地元の図書館に出かけて卒業記念アルバムを見ればいい、と。

サビッチは軽くストレッチをしてから、トレッドミルの速度を上げた。十分ほどひた走り、ふたたびクールダウンに入る。ふたりの女性被害者に関する記述はすでに読んであるが、もう一度目を通した。なんとも嬉しいことに、めぼしい手がかりもなければ、報道機関に伏せてあるような事実もない。今朝設置されたばかりのホットラインには、電話が殺到している。もちろん、その大半は裏を取らなければならず、いまのところ有力な情報はない。サビッチは報告書を読みつづけた。どちらの女性も三十代で、同じ男性と十年以上の結婚生活を送っており、どちらも子どもがいない――少々引っかかりを感じたサビッチは、その事実を頭の片隅に書き留めた。犯人は子どもから母親を奪いたくなかったのか？ どちらの夫も徹底的に調べあげられ、いまのところは潔白に見える。最初の被害者であるトロイ・ウォードは太っていて分厚い眼鏡をかけた穏やかな人物で、ボルティモア・レイブンズの専属アナウンサーをしている。失ったものに対処できず、人が亡き妻の名前を口にするとすぐに泣きだす。ギフォード・ファウラーはポーレットの、しかも目抜き通りに、よく繁盛しているシボレーの販売代理店を持っている。多少女癖は悪いが、暴力をふるった前歴はない。背が高く、トロイ・ウォードとは対照的にがりがりの体にげじげじ眉、声は聞いていて引きこまれるほど低かった。サビッチが思うに、その深みのある声がシボレーのピックアップの販売に役立っているのだろう。両方の夫に関してわかっていることはすべて、どこのクリーニング店を使い、どの歯磨き粉が好みかにいたるまで、いちいち書き留めてあった。

ふたりの男につながりはなく、一面識もない。共通の友人がいないのも確認されていた。要するに、連続殺人犯には標的として特定の数学教師がいるわけではないらしい。数学教師でありさえすれば誰でもいいことになる。

被害者の女性について言えば、どちらもまぎれもない善人で、そんな人たちが殺されたことに友人たちは打ちのめされていた。被害者ふたりは信頼のおける大人として、ひとりは地元の教会で熱心に活動し、もうひとりは地元の政治やチャリティに参加していた。これまでの捜査では、ふたりが会ったことはなく、どちらもほぼ非の打ちどころのない市民だった。

この全体図のどこかに間違いがあるのだろうか？なにかを見落としているのか。ほんとうに連続殺人犯のしわざなのか。サビッチはしばし立ち止まって考えた。

それとも、たんに数学教師を嫌う愚か者の犯行なのか。犯人が男なのは直感としてわかる。しかしなぜ数学教師なのか。なにが動機になるのだろう？　悪い成績をつけられた恨み、数学教師に殴られたとか、いじめられたとか。それとも憎んでいる親や友人や恋人が数学教師なのか。まともな人間には理解不能な動機ということも考えられる。そのへんについては、いずれクワンティコの上階で行動科学を扱うスティーブたちが、ゆがんだ精神から生みだされうるありとあらゆる動機を列挙してくれるだろう。

すでにふたりが殺害され、まいったことに、今後も続くほうにスティーブは朝食のチェリオスを賭けている。

サビッチは残された夫たちに会いたくなった。

つい二日前の夜、友人のマイルズ・ケタリングがふたりの数学教師殺害事件について言っていたことを思い出す。その日マイルズは、トウモロコシの食べ方にいたるまで父親にそっくりの六歳になる息子、サムを連れてサビッチの家にバーベキューにやってきていた。マイルズは少し考えてから言った。「異常な事件だな、サビッチ。誰にも想像もつかないような動機だぞ、おれが思うに」そのとおりかもしれない。サビッチはマイルズとふたりで捜査官をしていたころのことをよく思い出す。彼が辞めたのは五年前のことだ。

そのとき、サビッチの視覚の隅に鮮やかなピンク色のレオタードが映った。女はサビッチの隣りのトレッドミルに乗った。さっきまでATF——アルコール・タバコ・火器局——に勤める男が使っていたトレッドミルだ。離婚したばかりのこの男は、早くつぎを見つけたいと、ジムの経営者であるボビー・カーリングにこぼしている。ワシントンDCにいる独身女性の多さを考えれば、筋肉に衰えが見られるアーニーでも、相手に不自由はないはずだ。

サビッチはデーンの報告書を読むのをやめ、ジムを見渡した。汗にまみれた個々の肉体を見ているのではなく、自分の頭の内側をじっくりとのぞきこんでいた。活動範囲からして犯人はFBIの裏庭——バージニアかメリーランド——にいる。今後、範囲を広げる可能性はあるだろうか？
悲観してはならない。連続殺人には関係なかったにしろ、自分たちの働きによってジェイムズ・マープルは胸や頭を刺されずにすんだ。昨晩、マープルがマービン・フェルプスの妻とかつて不倫関係にあったのがわかった。彼女はその後フェルプスと別れてマープルと再婚した。五年前のことだ。しかしサビッチは、フェルプスが妻の不貞だけが原因であんな行動に駆りたてられたのではないのを知っている。フェルプスの発言から察するに、背景には嫉妬がある。強く純粋な嫉妬がこうじて憤怒になった。最後に見たマープルは、事件の現場まで来ていた妻のリズと抱きあい、キスをしていた。

「ハロー、あなたには前にもここで会ったわね。あたしはバレリー、バレリー・ラッパー。名字はラッパーだけど、エミネムは嫌いよ」にっこりする。白い歯がのぞく、きれいな笑顔。クリップからはずれた長い黒髪が頬でカールを描いている。

サビッチはうなずいた。「おれはサビッチ。ディロン・サビッチだ」

「その体つきからして、FBIの捜査官ね」

サビッチはデーンの報告書に戻りたかった。この地域の数学教師がきたるべき未来を思って怯えだす前に、犯人を逮捕する方法を考えだしたい。今度も、サビッチはうなずいた。

「長官のルイス・フリーがテクノロジー恐怖症だって、ほんとう？」

「うん？」サビッチはぱっと顔を上げて、彼女を見た。

彼女は黙って微笑み、片方の眉を吊りあげた。

サビッチは肩をすくめた。「他人のこととなると、みな勝手なことを言う」よくあるFBIに対する悪口のひとつ。だが、捜査局に向けられた非難はやりすごす癖がついている。実際、なにが言えるだろう?　ただし、現実のフリー長官はサビッチのラップトップ、MAXに魅了されている。

「彼ってセクシーよね」

サビッチは目をしばたたいた。「長官には子どもが六、七人いる。それを確認してからさらに時間がたっているから、いまはもっといるかもしれない」

「奥さんが彼のことをセクシーだと思ってる証拠でしょ?」

サビッチは笑顔だけ返し、毅然《きぜん》とした態度でデーンの報告書を読みだした。報告書にはこうあった。ルース・ワーネッキはワシントン警察を辞めてからも、三人の情報屋と良好な関係を保っており、クリスマスにはシャンパンのボトルを贈っている。ジェイムズ・マープルの命を救った情報屋にはドンペリニョンをプレゼントしたが、モルトウイスキーのほうがいいと突っ返された。

ルースがふだん情報屋に与えている酒を普通の人が飲んだら、胃に穴が開くことになるだろう。今回は運に恵まれていたが、情報屋のひとりがハイスクールの数学教師を殺す馬鹿のことを知っているとは思えない。身を持ち崩したドラッグディーラーを捜すのとはわけが違う。とはいえ、多くの事件がなにかしらの通報者によって解決されるのも、また事実だった。

なぜこの人物は数学教師を惨殺するのを自分の使命と感じているのか、サビッチはもう一度思考をめぐらせてみた。会社のCEOを手当たりしだいに射殺する——これなら、わからなくもない。判事——これも考えられる。政治家——悪くない考えだ。弁護士——まさに名案。だが、なぜ数学教師を？　かくも突飛な犯罪者には、プロファイラーたちも前例のないこととして興味を引かれるだろう。

ふたたび頭のなかをのぞきこんでいると、また女の声が割りこんできた。彼女の発言を聞いて、トレッドミルからあやうく転げ落ちそうになった。「少し前のことだけど、FBIとCIAのあいだの連携不足は、議会のせいだってほんとなの？　そのせいで九月十一日の前まで情報が共有できなかったわけ？」

「そういう説もある」サビッチは簡単に答えた。

女が体を寄せてきたために、軽く汗のにおいの混じった香水が鼻を衝いた。サビッチのパンツを脱がせたがっているようなバレリー・ラッパーの目つきが気に入らなかった。

彼女は尋ねた。「ジムにはよく来るの？」

トレッドミルの残り時間はわずか七分。サビッチは三十秒で切りあげることにした。体はじゅうぶん温まり、筋肉がゆるんで、軽く息が上がっている。「週に三、四度は来るようにしてる」サビッチは答え、クールダウンのボタンを押した。われながら無愛想だと思う。だが、考えてみると、殺人犯のことで頭がいっぱいだから、そして彼女が自分に興味を示しているからといって、礼儀を忘れていいことにはならない。

そこでサビッチは質問した。「きみはどれくらい来るんだい？」

彼女は肩をすくめた。「あなたと同じ。週に三、四回ってとこ」

サビッチはうっかり口をすべらせた。「成果が出てるな」まったく馬鹿なことを言ったものだ。いまや彼女は笑顔になり、自分の体が気に入られて嬉しいことを、隠そうともしない。おれは大馬鹿者だ。家に帰ったら、どうやって自分の足で喉仏を蹴ったか、シャーロックに話してやらなければならない。

サビッチは停止ボタンを押し、トレッドミルから降りた。「じゃ」ウエイトの置いてあるジムの反対側にきびきびと歩き去った。

それから四十五分はみっちりと汗を流したが、気がつくと、いつも彼女が隣りにいた。一度などは、目と鼻のあいだで一〇ポンドのウエイトを使って上腕三頭筋を鍛えながら、サビッチを見つめていた。

シャーロックは彼女よりずっと華奢《きゃしゃ》だが、かつては小枝だったような腕に流線型の筋肉がつき、いまでは一二ポンドのウエイトを使っている。

三十分後、サビッチは数学教師殺しのこともバレリー・ラッパーのこともすっかり忘れて、自宅の玄関をくぐった。息子の叫び声が出迎えてくれる。「パパ！　ひこうきがきたよ！」そしてショーンは、サビッチの胸に飛びこんだ。

二日後の夕方、激しいトレーニングを終えたシャーロックは、更衣室でシャワーを浴び、サビッチは酷使した筋肉を休めるため、ジムの片隅でストレッチをしていた。サビッチは耳のすぐ横でバレリー・ラッパーにささやかれ、転がっていたウエイトにつまずきそうになった。「こんにちは、ディロン。聞いたわよ。狂った男に殺されかけてた数学教師を助けたんですってね。おめでとう」

サビッチは急いで腰を起こし、あやうく肘で彼女を打ちかけた。「ああ。たまたまね」

「マスコミはFBIがしくじったような口ぶりよね。老人の頭が吹っ飛んだ件で」

サビッチはそれがどうしたと言わんばかりに肩をすくめた。「たまたまね」

「トレーニングのあと、いっしょにコーヒーでもどう？」

サビッチは笑顔で答えた。「いや、遠慮しておくよ。妻を待ってるんだ。家では幼いぼうずが待ってるしね。いま紙飛行機を教えてやってるとこさ」

「それは結構ね」

「じゃ」

バレリー・ラッパーはサビッチが混雑するジムを抜けて、男性用更衣室に向かうのを見送った。つぎに見たのは十五分後、シャワーを浴びて着替えをすませ、スーツの上着を着ながら更衣室を出てくる彼だった。サビッチは、ワシントンDCにもっと男がいればいいのにと思った。老いぼれアーニーでも紹介してやるか。ボビー・カーリングと話しているシャーロックを見つけると、彼女の手をつかみ、有無を言わさず外に連れだした。

ポルシェに乗りながら、シャーロックは尋ねた。「どうしたのよ？」

「話は家に帰ってからにさせてくれ」サビッチは答えた。

サビッチはシャーロックのカールした豊かな髪にブラシを通すと、慎重な手つきで大きなカーラーに巻きつけた。「きみの気分がよくなってよかったよ。それに、今夜ジムにいてくれて助かった」

シャーロックは鏡に映ったサビッチを見ていた。きれいに髪を巻きつけることに、集中している。あと少しで終わる。カーラーを巻いた姿が妙に色っぽかった女優に会ってから、サビッチはなにかというとカーラーを巻きたがる。どうせすぐにはずれるのだけれど。「どうして？　なにがあったの？」

サビッチは一瞬動きを止め、カーラーに髪をなでつけると、ふたたびゆっくりと巻きだした。シャーロックはクリップを挿してカーラーを固定した。サビッチは言った。「ある女がいてさ。ちっとも察してくれないんだ」

シャーロックはのけぞって夫の顔を見た。「わたしがその女のお尻を蹴ったげよっか？」

サビッチはたっぷり三十秒は沈黙した。最後のひと房をカーラーに巻きつける作業に没頭していたからだ。「よし、できた。さあ、しばらく黙って、きみをじっくり観賞させてくれ。おれがどんなにそそられるか、きみにはわからないだろうな、シャーロック」

いま整然とならぶカーラーに頭を占領されたシャーロックは、声をたてて笑った。背後をふり返り、サビッチの両腕をつかんだ。「それって、あなたが変態ってこと？」

サビッチは長い指で顎《あご》をひとなでした。「うーむ。お望みとあらば、なにか考えられない

 こともないがね」

「その女の人のことはどう？」

「やめてくれよ。そのうち興味を失うさ」

それからの一時間、カーラーをはずされるシャーロックは、ジムの女のことをきれいさっぱり忘れ、大きなカーラーが転がるベッドで眠りに落ちた。

そして金曜の六時三十分ごろ、電話が鳴った。

シャーロックがボールにシリアルを入れるあいだ、ショーンを片腕で抱えていたサビッチが電話に出た。相手の話を聞いている。やがて電話を切った。

「どうかしたの？」

「マイルズからだ。サムが誘拐された」

3

あきらめないの。あきらめないのよ。絶対にあきらめちゃだめ。

だったらあきらめないけど、それもむずかしい。さんざん泣いて、最後にはしゃっくりになって、でも、それじゃどうにもならない。あきらめるのはいやだ。でも、サムには自分がどこにいるのかちっともわからなくて、あんまり怖いのでジーパンにお漏らししてしまったくらいだ。

怖がってもいいのよ。けれど、逃げようと努力しなきゃ。あきらめちゃだめ。

サムはうなずいた。前からママの声はたまに聞こえていたけれど、今回は特別だった。すっごくたいへんなことに巻きこまれてしまったサムを、助けようとしてくれている。

あきらめないで、サム。周囲をよく見て。なにか方法があるはずよ。

ママの声はいつもふんわりとしてやさしい。怖がっているみたいには聞こえない。サムは呼吸を整えようとした。

男たちは別の部屋で食事をしているわ。テレビを観ながら。さあ、行動するのよ、サム。

サムはできるだけ静かにした。いやなにおいのするマットレスに横たわるうちに、どんどん寒くなってくる。じっと耳をすませ、鍵穴をにらんで、縛られていなければいいのにと思った。そしたらしゃがんで、鍵穴から男たちがなにをしているか見られるのに。テレビの音がする。天気予報。男の予報官の声。「この地方を含むテネシー州東部一帯が激しい雷雨にみまわれるでしょう」

サムにもはっきりと聞き取れた。テネシー州東部。

ここはテネシーなの？

そんなはずない。サムはバージニア州のコールファックスにある家で、パパと暮らしている。テネシーってどこ？

サムはパパのことを思い浮かべた。あの男たちから顔に布を押しつけられ、むかむかするような甘ったるいにおいを吸いこんでから、いったいどれくらいたったんだろう。ついさっきはっきりと目を覚ますと、このベッドに縛りつけられていた。部屋は狭くて、すっごく古そうだった。パパのあのめちゃ古いカマロよりも、もっと古いかもしれない。たぶん何時間なんかじゃなくて、何日もたってるんだろう。どれくらい眠っていたのか全然わからない。パパがぼくを見つけてくれますように、と必死にお祈りした。でも、大問題がひとつあって、祈りながらもわかっていた。パパはテネシーにはいない。なにをどう考えたって、パパに見つけられるはずがない。

怖いよ、ママ。

怖いのは忘れるのよ。動いて、サム。さあ、手を使えるようにしなくちゃね。

サムにはわかっていた。ママの声がほんとうに頭のなかで響いているわけじゃないのかもしれない、と。ほんとうに聞こえるんだとしたら、それはママと同じように死んでしまったからなのだろう。

パンツが濡れている。冷たくてむずむずするから、死んではいない。ぺたんこのくさい枕に頭を載せて上向きに寝かされ、手は前で縛ってある。ロープを引っぱってみたけれど、ほどけそうになかった。そのうち、お腹がむかむかしてきた。吐きたくないので、動かないようにして息を吸ったり吐いたりしていると、ようやく吐き気がおさまった。ママが手を使えるようにしろと言っていたから、もう一度ロープを引っぱったりひねったりしてみる。よかった、手首のロープはそれほどきつくない。サムはさっき目が覚めたとき、ふたりの男に話しかけなかった。あんまり怖かったので、黙ってふたり組を見あげ、なにも言わずにふたりを見つめたまま涙を浮かべ、洟《はな》を流した。ふたり組は水をくれた。それは飲めたけれど、痩せののっぽからハンバーガーを差しだされたときは、食べられなかった。

片方の男――サムは心のなかで彼を〝でぶっちょ〟と名づけた――がサムの手を前で縛ったが、それほどきつくはしなかった。でぶっちょはサムを気の毒がっているようだった。

サムは手首を顔に近づけ、ロープを歯で引っぱりだした。

「いまいましい雨だぜ！」

サムは硬直した。でぶっちょの、大きくて不機嫌そうな声だった。サムは恐怖のあまり震えだした。壊れそうな古い部屋にこもる冷たく湿った空気のせいだけではなかった。もっと歯を使って、ロープをほどかなければならない。まごまごしてないで、動きつづけなくちゃ。ママみたいに、死んじゃいけない。パパもぼくと同じくらい、ぼくが死んだらいやだろうから。

サムはロープに食らいついた。

もう大声はしないが、隣りの部屋から、テレビのアナウンサーが本格的な悪天候になると言っているのが聞こえる。そのうちに、ふたりの男がなにかのことで口喧嘩《くちげんか》を始めた。ぼくが原因？

サムは両手を目に近づけてよく見ると、手を交互に上下させた。結び目がゆるんだ。やった、ロープがゆるくなったのが手の感覚でわかる。顎が痛くなるまでロープをくわえて引っぱった。ロープのほうが音《ね》を上げてゆるみが大きくなり、やがて結び目がほどけ、手首をひねると、ロープが落ちた。

こんなにうまくいくなんて、信じられない。でも、これで自由になった。

ベッドに起きあがり、手をこすった。じんじんしていて、あちこちをピンや針で刺されているみたいだけれど、痛みはない。汚くて鼻の曲がりそうなにおいのするベッドの脇に立った。最後にこのベッドに誰かが寝てからどれくらいたつんだろう？　そのときサムは、部屋の逆側の壁の高い位置に、汚れた小窓があるのに気づいた。

ぼくならあの窓を通り抜けられる。ぼくなら。

でも、どうやってあそこまでのぼったらいいの？

窓の下までベッドを引っぱったら、ふたり組に音を聞きつけられてしまう。そしたらふたりが入ってきて、さっきよりもっときつく縛られる。

ううん、殺されちゃうかもしれない。

サムには自分が自宅のベッドから連れだされたこと、そのときパパが三〇フィート離れていないところで眠っていたことがわかっていた。そして、あの男たちが自分に対して悪い企みを持っていることもわかっていた。

窓……どうやってあの窓までのぼったらいいのかな？

ふと見ると、部屋の片隅に深い抽斗《ひきだし》つきのドレッサーがあった。いちばん上の抽斗に手をかけて引き、ぎぎっと鳴ったときは恐怖で息が止まりそうになった。

最後まで引きだした。重いけれど、なんとか背中に載せられた。ふらつきながら壁まで運び、音がしないように床に下ろして、足で湿った壁に押しつけた。ふたつめの抽斗をひとつめの上に重ね、三つめはひっくり返して慎重に積んだ。

全部で七つの抽斗を取りだし、つぎつぎに重ねなければならなかった。これしか方法がないんだから、やるしかない。

急いで、サム。急ぐのよ。

サムは急いだ。死んだら、ママといつも話ができるのかもしれないけれど、死にたくなかった。それにママだって、ぼくが死んで、パパをひとりぼっちにしたくはないはずだ。

最後の抽斗をてっぺんに積みあげると、立ちあがって自分の作品をながめた。一段ずつじようずに積みあがっている。あとはこれをのぼって、窓まで行くだけだ。

抽斗を見あげ、三段めを少し押して足がかりをつくる。四段めも同じようにした。

この山が倒れたらおしまいだ。倒しちゃいけない。でぶっちょの怒鳴り声がした。「おめえがなんと言おうと、ここにゃいられないんだ、ボー。いつまた降りはじめるかわかんねえんだぞ。裏手に小川があったろ。雷雨になったら、あっという間に大洪水になるぞ!」

溺《おぼ》れるの? でぶっちょがわめき散らしているのは、天気予報で言っていた雷雨のことだろう。サムだって溺れるのはいやだ。

サムはついに最上段までのぼった。ゆっくりと立ちあがった。抽斗がゆらゆらしているが、しかたがない。動きを止め、湿った壁にぺたりと両手をつけた。少しずつ手を壁に這《は》わせて、窓の下枠に指をかけた。

足場は不安定だけれど、それは気にならない。公園にある橋を渡るときもこんな感じだ。揺れたって震えたってかまわない。ただ、落ちてはいけない。

窓を押したが、びくともしない。よく見ると、掛け金があった。埃《ほこり》だらけで気がつかなかった。サムは掛け金をつかみ、上に押した。

でぶっちょの声がする。「ボー、あのぼうずを外に連れださなきゃなんねえ。いつ雨が降りだすかわかんねえんだ」

ボー。それがもうひとりの男の名前だ。ボーはなにか言い返したが、サムには内容まではわからなかった。ボーはでぶっちょみたいにわめかない。

サムは急いで掛け金をはずした。それから息が詰まるくらいゆっくりと、窓を押した。窓ががたんと大きな音をたてた。

はっとしてふり返ると、抽斗がひときわ大きく揺れた。このままだと倒れる。地震の前に地盤が横すべりするように、抽斗のひとつずつがすべりだした。ミルドレーク先生が本物の大皿を使って地震発生の仕組みを説明してくれたのを思い出した。

思いきり窓を押すと、音をたてながら外に開いた。

抽斗ががたっと揺れる。サムは恐怖のあまり叫びだしそうになりながら、窓の下枠につかまった。力をふり絞って、小さな窓から頭を外に突きだした。窓枠につっかえたが、身をよじって外に出た。

ほぼまっ逆さまに地面に落ちた。

その場に横たわったまま、息をしていた。動きたいけれど、頭が割れて脳みそがこぼれてしまいそうだ。風が強くなって、木立を吹き抜けるのがわかる。周囲には木がたくさんあり、空はほとんどまっ暗だ。夜なのかな?

そうじゃない。嵐が近づいているせいだ。天気予報でテネシー州東部が雷雨になると言っていた。なんでぼくはテネシーにいるんだろう?

立ちあがらなければならない。でぶっちょとボーがいつ飛びだしてくるかわからない。きっと抽斗が倒れたから、大きな音がして、ふたりは寝室に急いだだろう。サムがいなくなったのに気づいたら、もう一度つかまえるために拳銃と毒薬とロープを持って外に出てくる。

サムは膝立ちになった。顔がべたべたするので、触ってみた。落ちたときに切り傷ができていた。窓をふり返った。窓は地面よりずっと高い位置にあった。

苦労して立ちあがったら、少しふらついたので、膝に力を入れてみた。大丈夫。すべてばっちり。あとはここから逃げるだけだ。

サムは走りだした。でぶっちょの叫び声が聞こえたかと思うと、すぐ近くに雷が落ち、雷鳴で脳を揺さぶられた。逃げだしたのに気づかれた。

サムは鬱蒼《うっそう》とした木立に駆けこんだ。すべてが黄金色と赤色と黄色に染まっている。なんの木か知らないけれど、とにかくたくさんあって、小さいサムになら簡単にそのあいだをすり抜けられる。ふたりが近づいてきたら、木にのぼろう。木のぼりは大の得意だから。うまいなって、いつもパパに褒められる。

あまり遠くないところから、男たちの叫び声がした。少し左にそれているようだ。サムはひたすら走った。息が上がり、脇腹が痛いけれど、必死に足を動かした。

木立に雷光が走った。近づいてきた雷の音は、力いっぱいに叩くロックのドラムのようだ。ぼくが遊びに出て留守だと思うと、パパはあんなふうにドラムを叩く。

でぶっちょの怒鳴り声を聞き、一瞬足を止めた。近づいてはいない。でも、ボーは？ ボーはでぶっちょみたいにお腹が出ていないから、木立をすばやく駆け抜けられるかもしれない。木陰から躍りでて、ぼくの首を切るかもしれない。

自分でも聞こえるくらい、心臓がどきどきいっていた。大きな木の背後にしゃがみこみ、影にしか見えないくらい身を縮めて待った。呼吸を整えつつ、木の皮に頬をくっつけて耳をすませる。空を轟《とどろ》かせる雷鳴だけで、なにも聞こえない。脇腹をさすると、痛みが消えた。空気が重い。最初の雨粒が厚い木の葉の天蓋《てんがい》を通り抜けて顔に当たる前から、雨が降っているみたいだった。

雨になれば見つからないですむ。でぶっちょなんか、ぬかるみですべって、腹から転んじゃうかもな。サムはにやりとした。

よくやったわね、サム。偉いわ。

危機を脱したのだ。いまどこにいるかわからないのだけは、困るけれど。

テネシーってどこだろう?

鬱蒼と茂る木の葉の下にいても、雨が激しく打ちつける。この森は大きいのかな。森から出たらオハイオだったりして。それもどこだかわからないけど。

4

土曜日の午後だった。仕事は休みだが、嵐が近づいているので、なにが起こるかわからない。ケイティ・ベネディクトはゆっくりと車を進め、愛車シルバラードのルーフに降りかかる雨の音に耳を傾けた。ワイパーに重労働を強いても、雨が厚い灰色の膜となって視界をさえぎる。ここ山間部は、厚く重い霧に包まれて冷えこんでいた。加えて、嵐が接近中。天気予報官たちは〝手に負えない〟嵐と表現した。おもしろい形容のしかたとはいえ、賭《か》けてもいい、そのとおりになりそうだ。いまさら手遅れだが、そんな天気予報が出ているのにキーリーをピアノの練習に連れていったのは無謀だった。ただ雨は降りだしたばかりだし、わが家までの道のりはあとわずか。あとは途中さらなる突発事件に出くわさないのを祈るばかりだ。そんなことになれば、身動きがとれなくなる。

ケイティは前かがみになり、厚い雨のカーテンに目を凝《こ》らした。キーリーは隣りでおとなしくしている。おとなしすぎる。

「キーリー、どうかした？」

「虹が見つからないかなと思ってたの、ママ」

「まだ無理よ、ちびちゃん。でも、前は見ててね。そうそう、あなたがハ長調を弾くのを聞いたけど、すごくじょうずだったわよ」

「ちゃんと弾けるように、めちゃめちゃ練習したんだよ、ママ」

ケイティはにっこりした。「わかってる。努力のかいがあったわね」

そのとき、ふいにキーリーがシートの上で身をはずませた。シートベルトをしたまま身を乗りだし、フロントガラスに向かって手を突きだす。「ママ、あれなに？ 見て、男の子が走ってる！」

男の子が見えた。全身濡れ鼠《ねずみ》になって森から駆けだし、左前方一五フィートの道端にいる。続いてケイティは、ふたりの男が森から飛びだしてくるのを見た。男の子を追っているのは一目瞭然だった。

ケイティはキーリーのシートベルトをはずしながら言った。「下にしゃがんでじっとしてて。わかったわね？」

キーリーはその声音がなにを意味するか知っていた。ママが保安官に切り替わったときの声だ。うなずくと、シートから床に身をすべらせた。

「腕で頭をかばうのよ。なにも心配いらないから、そこでじっとしててね」

「うん、ママ」

ケイティは車を停めた。体をうしろに反らせて、後部座席の下にあるロックボックスにふたつの数字を打ちこんだ。レミントン社のライフル銃を取りだし、給弾していつでも発砲できるようにした。車のドアを開けたときには、男たちの手が少年に迫っていた。よかった。ケイティに気づいた少年が、こちらに向かって駆けてくる。なにか叫んでいるが、口から放たれた音を風と雨が消し去っている。

大柄な、ビール腹に雨を受けている男のほうは、拳銃を持っていた。まずい。体格に似合わず、動きがすばやい。男は少年から目を逸らし、ケイティを見て拳銃を構えた。

ケイティは迅速かつ冷静にライフルを構え、引き金を引いた。太った男の足元の泥水が跳ねあがり、男の腰から下を濡らした。「わたしは保安官です！　いますぐ銃を捨てて、立ち止まりなさい！」

太った男の背後にいる痩せた男がなにかを叫んだ。愚かにも黒革のロングコートを着て、雨水をたっぷり吸いこんでいる。ケイティはふたたびレミントンを構え、淡々と発砲した。今度は大きな土塊《つちくれ》が跳ねあがり、革のコートに飛び散った。

コートの男はなにかを言い、太った男のシャツをつかんだ。太った男はその手を振り払うと、少年に向かって叫び、不器用な手つきで発砲した。霧と雨で視界が悪いにもかかわらず、あやうくケイティに命中しかけた。

「無駄な抵抗はよしなさい！」ケイティは怒鳴った。「わたしはベネディクト保安官です。銃を捨てなさい！　ふたりとも、その場から動かないで！」しかし太った男はまたもや引き金を引いた。やはりろくに構えておらず、今度はあてはずれな方向に飛んだ。ケイティはすかさず引き金を引いた。太った男が縮みあがり、二の腕をつかんだ。肩を狙って撃ち倒すつもりだったが、雨と霧のせいで狙いをはずしてしまった。

男はまだ銃を握っていた。落とさせたかったのだが。

ケイティは大声で命じた。「こちらに来なさい、ふたりとも！ ゆっくりよ！」

しかし男たちは、予想どおり、一歩として近づこうとしなかった。ふたりして木が密生する森に走りこみ、ケイティはそのうしろ姿に発砲した。一度、二度、そして最後の一発。悲鳴が聞こえたような気がする。してやったり。

つぎの瞬間、幼い少年が肩で息をしながら、ケイティの傍らにやってきた。少年は彼女の腕をつかんで揺すった。

「あいつらが逃げちゃうよ！ もっと撃って、あいつらをやっつけて！」

ケイティはライフルを下ろして脚につけ、少年を引き寄せた。「太った男の腕には弾が当たっているわ。森に逃げ帰るとき、もうひとりにも当たったかもしれない。少なくとも、太ったほうが深手を負っているのは確かよ。心配しないで。わたしはベネディクト保安官。すぐに携帯電話を出して応援を呼び、あの男たちを追わせるからね」

サムはでぶっちょのでっかいケツを撃てたはずなのに、腕しか撃たなかった背の高い女性を仰ぎ見た。「なんであいつらを殺さなかったの？」

ケイティは少年に笑いかけながら、急いで車へと押しやった。早くここを離れたい。いつあの男たちが森から舞い戻ってこないともかぎらなかった。「悪者といえど、やたらめったら殺すもんじゃないのよ。裁きを受けさせなきゃならないから」少年の手を握りしめた。

「あなたは無事だった。それがなにより肝心なの。さあ、ここを離れましょう」

後部のベンチは狭く、痩せた子どもを何人か乗せるのが精いっぱいだった。ベンチにはブランケットの山があるが、ふだんは寒さをしのぐためというより、乗り心地をよくするために使っている。

ケイティはブランケットをつかみ、少年を抱きあげて前のシートに坐らせた。「キーリー、場所をつくって、この子――」

「ぼく、サム」

「サムを坐らせるから。濡れて冷えきってるの」ケイティは自分とキーリーのあいだにサムを坐らせ、ブランケットを五枚使ってくるんだ。「ちびちゃん、シートベルトは締めなくていいから、この子にくっついて温めてあげて。いいわね？」

「はい、ママ」キーリーはサムの背中に張りついた。小さな顔は青ざめ、声はか細い。

「心配しなくていいのよ、ちびちゃん。くよくよしないで、ここにいるサムのためにしっかりしてね。ひどい目に遭ったサムをあなたに見てもらいたいの。やってくれる？」

キーリーはうなずいた。さっきまでこぼれそうになっていた涙が引っこんだ。驚いたことに、キーリーはサムの腕を揺すって尋ねた。「ねえ、あの男たちはなに？　あなたをどうするつもりだったの？」

サムは震えている。

「やめなさい、キーリー。質問するのは、サムが少し温まってからにしましょう」

サムはなんとかしゃべりだしたが、口を動かしにくそうにしている。「おばさん、なんていうの?」

「わたしはベネディクト保安官で、あなたの隣りにいる女の子はわたしの娘のキーリーよ。あの男たちに誘拐されたの?」

サムはぎくしゃくとうなずいた。泣きだす気配はない。「ぼく、窓から抜けだして、頭から落ちたんだ。でも、ちゃんと逃げられたよ」

「すごい、勇敢なのね、サム。じゃあ、いまからフリント先生のところへ行きましょう。キーリー、サムにくっついて温めてあげてね」

「フリントストーン先生だよ、ママ」キーリーは言った。母親が眉をひそめるのを見ると、タオルをつかんでサムの頭を拭きだした。

サムの声がタオルでくぐもる。「ぼくね、毎朝トーストといっしょに、ママからフリントストーンのビタミンをのまされてたんだよ」

「あたしはトーストにはマーマレードがいいな。潰したビタミンなんてまずそー」

サムはおもしろいと思ったけれど、あんまり寒くて怖いので、笑えなかった。いまはただ温まりたくて、ブランケットのなかに潜りこみ、ベネディクト保安官の脚にぴったりとくっついた。背中には女の子が張りついてくれている。逃げるのに失敗してたら、いまごろ殺されてたのかな? 女の子はしっかりとしがみついているから、いまにサムと同じくらい濡れちゃうだろう。

ケイティは運転席の背後の床にライフルを置き、ヒーターの出力を最大にした。「さあ、あんたたち、いまヒーターのつまみを最大にまわしたから、すぐに熱々になるわよ。びしょ濡れでしょうけど、サム、ブランケットをかぶってれば少しはましだからね」

「ぼくはマーマレードは好きじゃない」サムは言い、ケイティはその顔をしげしげと見た。

「あたしのママのは好きになるよ。特別だもん」

ケイティは内心胸をなでおろした。少なくともいまのところはショック症状を起こしていない。ギアを入れ、トラックを発進した。スピードの出しすぎに注意しなければならない。大雨で道が川になっている。男たちが逃げこんだ箇所に差しかかると、あたりに目を配ったが、なにも見つからなかった。

胸ポケットから携帯電話を取りだし、事務所にいるウェイドに電話をかけた。

「もしもし、ウェイド、ケイティよ。いえ、嵐の話は後回しにして。緊急事態なの」ケイティはサムという少年が誘拐され、ふたり組の男に追われていたこと、そしてその片方の太った男の腕を撃つにいたった経緯を説明した。「わたしはいまデラウェアの南端にいる。サムが森から出てきたのは、ブリーカーの小屋に向かう道を直進したあたりだったから、サムが閉じこめられていたのはあそこに間違いないわ。向こうは銃を持っていて、わたしを殺そうとした。あなたは保安官助手を三人連れて、現場に急行してちょうだい」ケイティは男たちの外見を伝え、片方の目でサムの青白い顔を、もう一方の目で森を見ながら指示を出した。

「すぐに出て、ウェイド。わたしはサムをフリント先生のところへ連れていくわ。携帯を受けられるようにしておくから、なにかわかったら連絡して。サム、男たちの名前を聞いていない？」

「でぶっちょとボー」サムはふたりの名前を言うだけで怖くなり、ジーンズのなかにちびりそうになるのをこらえた。

「黒い革のコートの男がボーで、もうひとりがでぶっちょ――サムがつけたあだ名よ。ふたりを緊急手配しておいて、ウェイド。腕に負傷したほうは、治療しなきゃならない可能性が高いし、うまくしたら、もうひとりもよ。近隣一帯の医療施設に警戒をうながすの。フリント先生にはわたしから伝えるし、先生も何軒か連絡してくれるでしょう。サムの無事が確認できたら、また連絡するわ」

最後に念のため、森を見やった。どちらの男の姿もない。ケイティはアクセルを踏んだが、速度は上がらず、危なさが増すだけだった。「サム、しっかりブランケットにくるまってるのよ。いまはまだ話さなくていい、そう、寒くないようにしてるだけでいいの。話はあとでできるから、まずは自分の身を守ることだけ考えて。それにしても、偉かったわね。あなたはヒーローよ」

サムはうなずいた。ヒーローと言われてめまいがした。自分ではそんな気は全然しない。歯ががちがち鳴って、どちらかというと赤ちゃんみたいだ。赤ちゃんだったのはずっと前のことだから、もうなにも憶えていない。そして隣りにはちっちゃい女の子のキーリーがいて、自分に体を押しつけている。トースト色の太い三つ編みを肩に垂らし、それがサムの顔に触れている。サムは目を閉じた。こんな小さな女の子の前で泣いてたまるか。パパに会いたい。

降りしきる雨のなか、ドクター・フリントの診療所までは二十分近くかかった。ケイティはふたりの子に穏やかな声で話しつづけた。ひどい悪天候が明日までは続きそうなこと、キーリーが五歳で、サムよりは年下だけれど、ピアノで『星に願いを』を弾けること。そんなことをサムに語っていると、キーリーが口をはさんだ。あたしが弾き方を教えてあげるね、ハ長調もだよ。

サムの具合が悪そうだ。ケイティは不安を覚えながら、ビクトリア朝様式のこぢんまりとした一軒家の前に車を停めた。その家はメインストリートから二本奥に入った、パイン通りとメープル通りの角にあった。ほっそりとした背の高い建物で、壁は黄色、縁取りは紺色に塗装してある。ジョナ・フリントの住居は上階にあり、一階が診察室と事務室だった。ケイティは言った。「キーリー、サムを事務室に運んでくるから、ここにいてちょうだい。いいこと、動こうなんて、考えてもだめよ。あとで傘を持って迎えにきてあげるからね」

キーリーとサムはすでに全身びしょ濡れだった。トラックのヒーターから噴きだす熱風のせいで、服から蒸気が立ちのぼっている。少年の顔からは血の気が引き、濃い色の瞳孔《どうこう》が広がっている。頭部の切り傷からにじみでた血が頬を伝っていた。

ケイティはフロントシートに身を乗りだしてサムを引き寄せ、傘を掲げて、サムの耳元にささやいた。「首につかまって、サム。そのほうが楽だから」ケイティが腰を起こすと、サムが腰に脚を巻きつけてきた。「その調子よ、サム。約束する、もうなにも心配しなくていいわ。あなたにはわたしがついている。わたしは古い長靴くらい頑丈で、生きているあいだは誰よりも手に負えなかったわたしの父よりも手に負えないのよ。それからね、サム、あなたはヒーローで、それを誇りに思っているのはわたしだけじゃない。あなたのご両親もきっと鼻高々よ。もう大丈夫、心配しないで」

ケイティは少年の気を逸らせたくて延々と話しつづけた。運びこんだ先の待合室はからっぽだった。さもありなん。患者ばかりか、受付係兼看護師であるハイディ・ジョーンズまで見あたらない。こんな天気の日に誰が好きこのんで出かけるだろう。モンロー・カディがまた自分の足を撃つか、出産を控えているマリリー・バスキンが産気づけば別だが。

ケイティは声を張りあげた。「ジョナ！」

返事がない。留守だったらどうしよう？　サムを緊急治療室まで運びたくない。

「ジョナ！」

5

四十歳になったばかりのジョナ・フリントは、豊かな漆黒の髪を自慢にしている。奥の部屋から駆けだしてきた勢いで、白衣のポケットから聴診器が落ちそうになった。

「なんだ、ケイティ、どうしたんだ？　この子は？」

「この子は」ケイティはサムを第一診察室に運んだ。「サムよ。信じないかもしれないけど、誘拐犯から逃げだしてきたところなの。頭部に切り傷があって、ショック症状を起こしかけているみたい。よかった、あなたがいてくれて」

「奥で調べものをしていたんだ。さて、患者を診察させてくれ」フリントは少年に微笑みかけながらケイティから引きはがし、ブランケットをすべてどけた。あらゆる兆候に目を配りつつも、サムに話しかけるのを忘れない。

「気分はどうだい、サム？」フリントは診察台の端にサムを坐らせた。「なにか薬をのんだかい？　ええ？」サムの診察に取りかかった。「頭痛は？　切り傷は痛むだろうが、ぼくが訊いているのは、頭ががんがんするかどうかだよ。痛くない？　そう、それはよかった。切り傷の痛みをやわらげる薬をあげようね。誘拐犯のところから逃げてきたんだって？　すごいなあ。よーし、サム、濡れた服を脱がすぞ。ぼくのことはフリントストーン先生でいいからな。そうそう、その調子。さて、どこか痛いところはあるかい？　よかった、ないんだね。ケイティ、きみは外に出て、男ふたりにしてくれ。この子の両親に電話するんだろう？」

サムはショック症状を起こして、内にこもっているようだった。

ケイティは答えた。「彼の両親に電話するのは、あなたに診てもらってからにするわ。ものごとには順番がある。いまなにより大切なのはこの子よ」カエデとオークの原生林から走りだしてきたぼうやを、最後にもう一度じっくりと見た。そのあと、自分の傘よりずっと大きい病院に備えつけの傘を持って、トラックで待つキーリーを迎えにいった。

戻ってくるとキーリーを椅子に坐らせて、待合室に置いてあった大きな黒いクマを抱かせ、あらためてウェイドに電話をかけた。「なにかわかった、ウェイド？　なにか見つかった？」

「いえ、まだです。保安官はいまどこですか？」

「ジョナの待合室。いまサムを診てもらっているところよ。サムってその子の名前だけど、まだ名字はわかっていないわ。あの子の無事を確認するのが先決だから。キーリーもいっしょよ。子どもをふたり連れていたから、あそこから離れるのがやっとだったの。それで、ブリーカーの古い小屋はもう調べた？　あそこに閉じこめられていた可能性が高いんだけど。木が生い茂っているから、人目につかないし、声も通らないわ」

「おれもそう思います。おれとジェフリーはいま現場付近の道端にいます。霧と雨がひどいんですが、ふたり組が森から出てきた箇所を特定しました。薬莢《やっきょう》もいくつか見つけました。

たぶん保安官のライフルから落ちたものでしょう。ブランケットも一枚落ちてましたよ。これから森に入るところです」

ケイティもブリーカーの小屋を捜索したかった。つらいところだけれど、いま子どもたちだけ置いていくわけにはいかない。「いい、ウェイド、あなたもジェフリーもくれぐれも注意して。ほかに誰かいるの？　そう、よかった、コンラッドとダニーもいっしょなのね。危険な相手だってことを忘れないで。ふたりがまだブリーカーの小屋に残っていた場合は、不測の事態も起きうる。いなかったときは現場を保全して、証拠を損なわないよう、細心の注意を払ってちょうだい」

「任せてください、保安官」ウェイドは請けあった。「以上、終了」

以上、終了？　ケイティは首を振った。ウェイドは捜査を指揮できるものだから、はりきっているようだ。慎重に進めてくれることを祈った。電話を切り、キーリーに話しかけた。

「ジェフリーが眼鏡をかけているといいんだけど」

キーリーはクマから顔を上げずに応じた。「ジェフリーは眼鏡をかけてないと、トイレに落ちちゃうよ。ミリーが言ってた。ジェフリーは眼鏡をかけてないほうがすてきだけど、危なっかしすぎるって」

ミリーというのはジェフリーの恋人だ。ケイティは笑顔になり、少し緊張がゆるむのを感じた。少年を守るためなら、必要とされるかぎりそばにいてやろう。サムのことはほとんど知らない。早く話を聞きたいのはやまやまだが、いまは質問に答えさせるより、ジョナに診てもらうほうが先だった。

サムの両親。ジョナからお許しが出しだい、両親の名前と電話番号を訊きださなければならない。ふたりとも心配で気が狂わんばかりになっているだろう。

二十分して診察室から出てきたジョナは、笑顔で少年の手を引いていた。「サムが教えてくれたよ。頭のなかでママが励ましてくれたんだそうだ。どうしたらいいか、どうやったら逃げられるかをね」

あんな目に遭って、よく無事でいてくれた。サムはげっそりと青ざめた顔をし、頭にはフリントストーン柄の包帯を巻いていた。ケイティは言った。「よくやったわ、サム。あきらめずに、よくがんばったわね」

「うん、ぼく、あきらめなかったよ」よかった。少年のか細い声には、誇らしさがにじんでいる。特大の青いブランケット二枚に包まれ、小さな足にジョナの黒い靴下をはいたその姿は、いかにも幼かった。サムはジョナを見あげた。「ぼく、うちに帰りたいよ、先生」

ケイティはキーリーの頭をぽんと叩き、きびきびとした足取りで少年に近づいた。「大丈夫よ、サム、心配しないで。さあ、これでジョナの治療がひととおりすんだから、あなたをうちに連れて帰るわね。ご両親が駆けつけるまで、うちなら安全に過ごせるわ」

「ここってテネシーなの？」

「ええ、そう、テネシー州東部。ジェスボローという町よ」

「テネシーってどこにあるの？」

「たくさんの州にサンドイッチにされているわ。あなたのおうちはどこなの、サム？」

「バージニア州のコールファックス」

「バージニアか、いいところよね」ケイティはジョナを見た。「それほど遠くないわ。それで、この子は大丈夫なのね？」

「ああ。雨のなかを走って体が冷えたせいで多少へばってるようだが、丈夫な子だよ。どこも悪くない。ジュースをたっぷり飲ませてやってくれ。糖分を補給してやる必要がある。脱力状態に陥らせたくない」サムの頭に手をやり、湿った黒髪に指を通した。「服がまだ濡れてるな。ほかになにか？」

「衣類をタオルにくるんでくれる？　あとで洗って乾かすから」

ケイティはいつの間にかサムをゆすっていた。キーリーによくそうしてやるように、足に交互に体重をかけて左右に体を揺らしている。ケイティは微笑んだ。「キーリーとのあいだにこの子を押しこんで、うちに連れて帰るわ。ねえサム、熱々のチキンヌードルスープは好き？」

声はしないが、サムがうなずいたのはわかった。ケイティはジョナと顔を見あわせた。この子がどんな試練を乗り越えてきたのか、いまはまだふたりとも知らない。

「気をつけろよ、ケイティ。大晦日の紙吹雪よりひどい土砂降りだ」ジョナは言った。「ぼくの患者の世話を頼んだぞ、キーリー、サムをちゃんと見ててやってくれ」キーリーはその
キーリーはサムに母の隣りの席を譲り、サムはケイティの膝を枕にした。

隣りに坐った。「この子が寒くないようにするね、ママ」

「サム」ケイティは話しかけながら、サムの青ざめた頬に触れた。「あなたは運がいいわ」

サムはぼんやりとしていた。「ママはいつもパパにそう言ってた」

「名前と電話番号を教えてくれたら、いますぐお父さんに電話してあげる」

サムはケイティの湿ったジーンズに顔をつけたまま答えた。「パパの名前は、マイルズ・ケタリング。すっごくクールで、なんだって修理できるんだよ。政府のヘリコプターも修理してるんだ」

では政府の請負業者なの？　サムが誘拐されたのは、そのせい？

「自宅の電話番号は、サム？」

サムは黙って考えていたが、答えが出てこず、頭が働かないのがケイティにもわかった。

「大丈夫よ。案内所に電話してみるから。バージニア州コールファックスね？」

サムは億劫《おっくう》そうにうなずいて目を閉じた。サムは頭の下にある脚の力強さを感じ、ケイティはサムの枕がわりにしたブランケットにまだ湿り気があるのを感じた。トラックの揺れ。サムにしがみつく娘の体。サムのぬくもり。サムは無事だ。サムはつぎの瞬間、ことりと眠りに落ちた。

ケイティはブランケットでサムの肩をくるみ、キーリーにささやきかけた。「サムはもう大丈夫だからね、ちびちゃん。あなたはそこにいて、彼を温めてやってね」

しばらくして、キーリーは言った。「こうしてると、あたしもあったかいよ、ママ」

「そうね、キーリー。あとはバージニアの情報を集めて、サムのお父さんを見つけなきゃ」

電話が鳴ると、マイルズ・ケタリングは三フィート近くも跳びあがった。政府からの委託業務とは具体的にどういうことなのか、商売敵《がたき》が誰なのか、そしてどれくらいの金が動くのかを、もう一度捜査官に話しているところだった。サムの誘拐事件を指揮するブッチ・アッシュバーン捜査官は、もうひとりの捜査官であるトッド・モートンにうなずきかけた。モートンはあわててドーナツを呑みこみ、むせかえっている。

「おいでなすったぞ」アッシュバーン捜査官は言った。ケタリング家に到着したばかりのサビッチは、友人の腕に手を置いて言った。「準備は万端だ、マイルズ。電話に出るだけでいい。平静を保つこと。それを忘れるなよ」

マイルズは意を決して電話に手を伸ばした。電話にさわりたくない。サムが死んでいると聞くのが怖いからだ。誘拐される子どもは多く、生きて戻れる子はほとんどいない。マイルズには耐えがたいことだった。

「はい、マイルズ・ケタリング」

「はじめまして、ミスター・ケタリング。わたしはテネシー州ワシントン郡のK・C・ベネディクト保安官です。ご心配なく、息子さんのサムはこちらで保護しました。サムは元気です。誘拐犯のもとから逃げだし、いまはわたしがついています。ミスター・ケタリング、息子さんの身の安全はわたしが保証します」

マイルズは口が利けなかった。喉が動きだした。「信じないぞ。おまえは誘拐犯なんだろう？　要求はなんだ？」

アッシュバーンとモートンはその場に立ったまま電話を見つめ、冷静かつ有能に見せようとしていた。サビッチはマイルズから受話器を奪った。「誰だ？」

ケイティは状況を察し、もう一度告げた。「わたしはテネシー州ワシントン郡のK・C・ベネディクト保安官です。サムは無事です。自力で逃げだし、いまはわたしといっしょにいます。彼のご両親に心配いらないとお伝えください」

「わたしはFBIのディロン・サビッチ捜査官だ、保安官。心から感謝する。正確な住所を教えてくれたら、すぐにそちらへ向かう」

ケイティは自宅の場所を教えた。連邦捜査局の特別捜査官というものには会ったことがない。サムの肩を叩いて、ささやいた。「あなたのお父さんがもうすぐここへ来るわよ、サム」けれどすやすやと眠っているサムには、聞こえなかった。

電話の向こうでケタリングが言っていた。「サムと話したい」

ケイティはサビッチ捜査官に言った。「サムはいま寝ています。起こしますか？」

マイルズ・ケタリングが電話に出た。「いや、寝かせておいてくれ。すぐに会いにいく。頼む、保安官、愛しているとあの子に伝えてくれ。あの子をさらったのはどんな連中だ？　つかまえたのか？」

「残念ながら、取り逃しました。ですが、うちの保安官助手たちがいま捜査に当たり、最善を尽くしています」

ケイティが電話を切ると、うとうとしていたキーリーが尋ねた。「サムのママは?」

「きっといっしょに来るわ。わたしが彼女なら、サムのお父さんを殴ってでもここへ迎えにくるもの」

「サムを盗むなんて、いけないことなんだよね、ママ」

「そのとおりよ」ケイティは言いながら、あの悪党を撃ち倒すべきだったと思った。腕に一発なんて甘かった。サムが言っていたとおり、こてんぱんにしてやればよかったのだ。

6

その夜七時十五分にケイティの電話が鳴った。電話をかけてきたのはヒューエット薬局のアリス・ヒューエットで、息が切れぎれになるほど興奮していた。

「ああ、ケイティ、ぼうやを誘拐した男だけど——あの男じゃないかな。いま店を出てった男。保安官局に電話してリニーにそう言ったら、あなたの自宅に電話するようにって言われて」

ケイティの心臓が強く大きく脈打ちだした。

「太ってるほうだったの、アリス？」

「いいえ、もう一方の、背が高くて、病的に痩せたほう。ウェイドから聞いていた黒い革のコートは着てなかったけど。白いシャツにジーンズ姿で、傷だらけの黒いブーツをはいてた。でも、聞いていたとおり、ポニーテールだったのよ。それにガタガタ震えてたから、黒い革のコートを着てるとこを見られたくなくて、車に置いてきたんだと思う。買ったのは包帯と抗生物質入りの軟膏《なんこう》と痛み止め。それと、店を出るとき、袖のうしろ側に血がついてるのが見えたわ」

「四十くらいだった？」

「ええ、そのくらい」

「そして髪をポニーテールにしていた」

「そう、びしょ濡れだもんだから、紐《ひも》みたいだった。黙って商品をレジにいるわたしのところまで持ってきて、支払いは現金だった。紙幣を大きなロールにしてたわ。一〇〇ドル紙幣が何枚かに、五〇ドル紙幣がたくさん」

「それでおとなしく薬局を出ていったのね？」

「ええ」

「車は見た？」

「ええ、ケイティ、血を見た瞬間にぴんときたんで、車が発進する音が聞こえると、表の窓からのぞいてみたの。古いバンだった。明るいグレイだと思うけど、雨のせいでよくわからなくて」

ケイティは息が止まりそうだった。「ナンバーは？」

「全部じゃないけど。急いでここを出ていったから。バージニア州のナンバーで、最初の三文字はＬＴＤ――ほら、古いフォードのセダンにあったでしょう――それとおんなじＬＴＤよ。つぎが三だったと思うんだけど、自信なくて」

ケイティは電話線を通って、アリスにキスしに行きたくなった。「ありがたいわ。それで質問だけど、その男に普通の人と違うところはあった？　ほかの人と区別できる特徴のことだけど」

　アリスはしばらく沈黙してから言った。「ネックレスをつけてた。ほら、鎖が金色で、その先にペンダントだか石だかがぶらさがってた。あんなのはじめて見たわ。そう、それに、前歯が二本重なってた」

「アリス、わたしの任期が終わったら、保安官にならない？」

　アリス・ヒューエットは笑い声をたてた。「よしてよ、ケイティ、それはあなたに任せる。わたしなんか、あの男を見ただけで胃がひっくり返っちゃって。それに、保安官になるには若すぎるって。先週二十歳になったばかりなんだから」

　同じ町の住人のひとりとして、ケイティはアリスがもう十代でないと聞いて嬉しかった。なにせ彼女の亭主のエイブ・ヒューエットは五十四歳だし、すでに成長した三人の息子は全員継母よりも年上ときている。「よくやってくれたわ、アリス。ありがとう」

「なにかわかったら教えてくれる、ケイティ？」

「もちろんよ」

　ウェイドの自宅に電話すると、ウェイドは奥さん特製のポークシチューを食べているところだった。「悪いとは思うんだけど、ウェイド、でも――」

「電話があると思ってましたよ、ケイティ。アリスから話を聞くため、コンラッドをやりました。なにか憶えてるかもしれませんからね。うーん、最高のシチューだよ」長い沈黙ののち、ウェイドの奥さんの声が背後から聞こえてきた。

「いいこと、ウェイド」ケイティは言った。「そこを動かず、電話にすぐ出られる場所にいるのよ。ジェフリーに電話をして、三人のボランティアを含む全保安官助手に最新の情報を伝えるように言ってちょうだい。犯人のバンに目を光らせること——ナンバーの一部がわかったわ。バージニアのナンバーで、LTDの三かなにか。わたしはこれからFBIに電話をして、調べてもらう」

「おれはいますぐ出なくていいんですか？」

「いいえ、待機して。なにかあったら、また電話するから」

ケイティはFBIのノックスビル支局に電話をかけた。ジョンソンシティ支局にはこの種の犯罪を担当するスタッフがいないのを知っていたからだ。早々につかまった支局担当特別捜査官のグレン・ホッジズに現況を説明した。続いてサビッチ捜査官の携帯にかけた。彼はすぐに電話に出た。

「サビッチ捜査官ですか？」

「はい。ベネディクト保安官だね？　サムは無事かな？」

「ええ、彼は無事ですが、聞いていただきたいことがあります」ケイティは誘拐犯が薬局に現れた件を伝えた。「アリスの証言によると、彼らが乗っていたのは、バージニアのナンバープレートがついた明るいグレイのバンで、ナンバーの最初の三文字はLTD、つぎの数字が三とおぼしき車です」

「了解した。こちらから、誘拐事件を担当しているブッチ・アッシュバーンに電話して、バンの持ち主を突き止めさせよう」

「さっきノックスビル支局のホッジズ捜査官に電話をかけ、状況を伝えておきました。彼はいまこちらに向かっています」

「わかった。サムはいまきみといるのかい？」

「ええ、まだ眠っていますが、元気です」そのときになって、ケイティは低い振動音を聞きつけた。「飛行機のなかですか？」

「ああ。いまセスナで移動中だから、あと数時間でそちらへ到着する。保安官、おれとしては誘拐犯がいまだにそのあたりをうろついているのが気に入らない。ほかになにか変わったことは？」

「聞いてください、サビッチ捜査官。わたしもあのふたり組がこのあたりに残っているという現状を危惧《きぐ》しています。あのでぶっちょ——誘拐犯のひとりにサムがつけたあだ名です——が深手を負っているせいで逃げられないのならいいのですが、怪我《けが》がひどいならひどいで、なぜ医者に連れていかないのでしょう？　この町には医者がふたりいます。どちらも一時間おきに異変がないことを伝えるため電話をくれています」

「手回しがいいな」サビッチは言った。

「ええ。ですが、実のところ、解釈に苦しんでいます。犯人たちは全住民が自分たちを捜しているのを知っています。それなのになぜ、ここに残っているのでしょう？」

「今回の情報の根拠となる目撃者はひとりかい？」

「はい。信頼できる目撃者です」

「きみはでぶっちょの腕を撃ったんだね？」

「ええ、間違いありません。そのあとも、森に逃げこむふたりに数発、発砲しましたので、あと何発か当たっているかもしれませんが、確認はできていません。ただ、悲鳴を一度聞きました」ケイティは息を吸いこんだ。「サムが連れこまれた場所はわかっています。グレン・ホッジズ捜査官は、部下を連れてこちらに到着したら、そこの指紋を採取するそうです」

「まだ犯人がうろついているのは気に入らないが、きみは打てる手をすべて打ったようだ。おれたちもまもなく到着する。用心してくれ。いいな？」

ケイティは携帯を切った。用心なら、じゅうぶんにしている。サムは手元におり、FBIはこちらへ向かっている。部下は全員、招集した――ただひとり、がむしゃらに働いて休んでいるウェイドをのぞいて。それ以外の全員が外に出て、明るいグレイのバンを捜している。

一分後、ケイティの携帯電話から『わたしを月に連れてって《フライ・ミー・トゥ・ザ・ムーン》』の最初の数小節が流れた。

電話から男の声がした。「ベネディクト保安官ですか？　マイルズ・ケタリングです。サビッチ捜査官といっしょです。こんなときに電話して申し訳ないが、どうしてもお礼が言いたくて……息子をよろしく頼みます。まだ眠っているとサビッチから聞きました」

「ええ、ことんと眠ってしまいました。起こしましょうか？」

「いや、おれはただ――」マイルズは答えを先延ばしにした。

「わかります、ミスター・ケタリング。もしさらわれたのがわたしの子なら、やはり実際に胸に抱くまで気が気でないでしょう。いまセスナで飛行中だそうですね」

「ええ。すぐに手配できたのがこれだったんですが、なかなか頑丈な小型機です」

「ご存じでしょうが、こちらはかなりの悪天候です。アッカーマンの離着陸場を使われるんですか？」

「ええ、まもなくです」

ケイティは電話が切れる前に、アッカーマンの離着陸場から自宅までの道順を確認した。五分もしないうちに、ノックスビル支局のグレン・ホッジズ特別捜査官から電話が入った。

「いま三人の捜査官とともに車でそちらに向かっています。ジェスボローまであと二時間ほどですが、天候によって多少の誤差が出るでしょう。新しい情報はありますか？」

「いいえ。保安官助手が総出でグレイのバンとふたり組のどちらかに似た人物を捜索中です。バンのナンバーの一部をサビッチ捜査官に伝えました。アッシュバーン捜査官に調べさせるそうです」

「ええ、さっきサビッチから電話がありました。アッシュバーン捜査官がじきにバンの所有者を特定してくれるでしょう」

「サビッチ捜査官と少年の父親のミスター・ケタリングも、まもなく到着するそうです」

「サビッチがどうして誘拐事件に首を突っこんでいるのか、彼から聞いてませんか？　最後に聞いたときは、サビッチはロサンゼルスにいて、ハリウッドの撮影所の人間とどたばたやってたんだが」

「聞いていません、ホッジズ捜査官。アッシュバーン捜査官とともに、この事件を担当しておられるとばかり思っていました」

「いや、サビッチは本部の犯罪分析課のチーフなんですよ」

「犯罪分析課？」

「おもにコンピュータを使う部署で、データベースとデータを絞りこむプログラムによって犯罪者の逮捕を支援するんです。捜査局はサビッチのためにこの課を立ちあげ、彼をかしらに十人足らずの捜査官が働いています」

「もっと簡単なのでいいから、わたしにもそういうチームが欲しいわ」

ホッジズは笑った。「ぼくもですよ、保安官。おっと、話が逸れました。いま妙な場所に迷いこむと、ヘビを退治するより先に倒れてしまう。少年をよろしく頼みます、マダム。大急ぎで向かいますので」

ケイティは携帯電話をシャツのポケットに戻した。もうできることはないかと、いま一度自問してみる。なにも浮かんでこなかった。

夜も十時近くなると、この二十年で最大の秋の嵐――予報官によると――もようやくおさまりつつあるようだった。ただ、雨脚は弱まったものの、嵐に伴う風のほうはいまだ吹き荒れているため、人びとは家に閉じこもったまま、自宅の木々が倒れないよう祈っている。この強風のなか、小型の飛行機で空を飛ぶなど、ケイティには想像ができなかった。キーリーの寝室の窓からアッカーマンの離着陸場のある北側をながめ、小声で祈った。

よりによってこんなときに運の悪い人たちだ。ケイティはそんなことを思いながら窓を閉め、ベッドに近づいてキーリーにキスし、眉をなでた。「起きてるんでしょう、ちびちゃん。いま笑ったわね？　雨の音が好きなのかな？」

「うん、そうだよ、ママ。それに風の音がバンシーみたい——おばあちゃんはそう言うの。ママもあたしぐらいのときは好きだったたって、言ってたよね」

「ええ、窓に鼻をくっつけて、稲妻が走らないかな、もっと稲妻が走って、雷がばりばり鳴ったらいいのにって思っていたわ。近いほどよかったのよね」

「あたしも窓に鼻をくっつけに——」

「いいえ、今晩はもうだめ。寝なきゃね、キーリー」

「サムは元気？」

「ええ、大丈夫よ」もう一度キスするとベッドに腰を下ろし、娘の息遣いが静まって寝息に変わるのを待った。そのあと窓に近づき、ガラスに鼻を押しつけた。昔とは違う。鼻が冷たくなって、くしゃみが出そう。ケイティはキーリーの寝室をあとにした。今晩は雨音を子守歌にして安らかに眠るだろう。

ウェイドのところにかかってきた緊急の電話は二十分ほど前、ガレージに閉じこめられたエイモス・ハレーからの一件だけだった。停電のせいで、ドアの開閉装置が作動しなくなっ補助の手動装置まで使えなくなった。ウェイドが食事を中断して、半分泣きそうになりつつハレーの家に駆けつけると、ハレーの奥さんは腕組みして通路に立ち、頭を振りふりウェイドにこうのたまった。「うちの亭主なら、あそこに入れたままにしておいとくれ、ウェイド。出したが最後、飲みに出かけるに決まってんだから」

ウェイドはガレージのドアを開けるべく全力を尽くしたが、装置はぴくりとも動かない。やがて電気が戻り、ウェイドは英雄になった。少なくともエイモスにとっては。本人の弁によると、暗くて風通しの悪いガレージのなかで心臓発作を起こしてくたばりかけていたとか。

ウェイドがジープのギアを低速に切り替えていると、町の東側に向かって走り去るエイモスの車が見えた。その先にあるのは、第二次世界大戦直後からそこで営業を続けているロングショット酒場だった。

雨はいくぶん弱まったとはいえ、ジープは強風にあおられた。おそらく洪水も起きているだろうが、これはいかんともしがたい。おおむね、状況は悪くない。ウェイドは保安官助手のひとりがグレイのバンを見つけてくれるのを願った。みんなには、自分にまっ先に電話しろと言っておいた。

しかし、五分ほどすると、ウェイドはなにかに襲われた。それは不安だった。なんとも激しい不安感で、ウェイドにはどうすることもできなかった。

7

ケイティはサムがよく眠っているのを確認し、暖炉に薪《まき》を何本かくべてから、コーヒーのカップを持って腰を下ろした。暖炉の火を入れると、リビングはケイティからそう指示されたかのように、影の躍る暖かで心地のよい空間になった。携帯電話が鳴った。「はい、ベネディクト保安官」

「ホッジズ捜査官です、保安官。アッシュバーンからいま電話がありました。例のバンはガンメタルグレイのダッジで、ナンバーはLTD三一〇九。バージニア州アレクサンドリアのボーレガード・ジョーンズ名義で登録されています。ふたり組の片割れですかね？」

「サムが片方の男の名前はボーだと言っていました、ホッジズ捜査官。身元の割りだしに成功されたみたいですね。すばらしい」

「アッシュバーン捜査官はみずからアレクサンドリアに出向いて、徹底的に調べてみると言っていました。なにかわかったら連絡をくれます」

「よかった。こちらまであとどれくらいですか？」

「あと三十分ぐらいでしょう。残念ながら、保安官、ついさっきうしろのタイヤがパンクしましてね。ふたたび走りだせるまでには、しばらくかかりそうです」

ケイティは携帯電話を切り、椅子の背にもたれた。なぜ、でぶっちょとボーはここを離れないのだろう？ ボーが地元の薬局に現れたのはなぜ？ よほどの馬鹿とか。

薬局の応急手当用品の棚で買った包帯ででぶっちょの手当ができたのなら、ケイティが負わせた傷はそれほど深くないことになる。あるいは、深手であったにもかかわらず、手近なもので間に合わせようとしたのかもしれない。

あのふたりは、隠れているのだろうか？ ブリーカーの小屋ではない。あそこは厳重に封鎖されている。窓には警察のテープが張りめぐらされ、保安官助手のひとりが見張っている。いったいどこにいるのだろう？ バンに閉じこもっているとか？ ケイティは顔を上げ、眉をひそめて聞き耳を立てた。雨の音がする。雨の音と、風で木の枝が家にぶつかる音だけだ。

立ちあがって、サムとキーリーを見にいった。どちらもぐっすりと眠っていた。サムの額にそっと触れてみたが、熱はなかった。

立ったまま少年を見おろした。関係者がそろうまで、できることはない。と、ケイティは息を呑んだ。男たちがまだ町を出ない理由に思いあたった。でぶっちょの怪我がひどいからではない。サムをあきらめていないからだ。それほどの大金がからんでいるのか？

戸棚のいちばん上の棚に置いてあったホルスターからシグ・ザウエルを抜き取り、ジーンズの背に押しこんで、ゆったりとしたスエットシャツをかぶせた。続いて足首のホルスターを確認した。二連発のデリンジャーがしっかりと固定されている。なにかあったときの備えはできている。

さあいいわよ、悪党ども。ママが相手してあげるから、来るんなら来なさい。

心臓が早鐘を打ちだした。自分の皮膚を感じ、木立を吹き抜ける風にオークのにおいを嗅ぎ取り、暖炉の燃えさしの薪の一本がはじける小さな音が聞こえた。

保安官助手たちに電話をかけるため携帯を取りだしながら、リビングの窓に歩み寄った。気持ちは完全に警戒態勢に入っていた。そしてカーテンを引いたとき、思わずひっくり返りそうになった。ひとりの男と鉢合わせする格好になったのだ。男のほうもケイティと同じくらい驚いているようだったが、手袋に包まれた拳で窓を突き破り、その手に握っていた銃をまっすぐ彼女の胸に向けた。

「動こうなんて考えんなよ、奥さん」

ケイティは携帯電話を取り落とした。殺される前に自分の銃を取りだせるだろうか？　いいや、たぶん無理だろう。「あなた、ボーレガード・ジョーンズね？」

「ちきしょう！　なんで知ってやがんだ？」

「近ごろじゃ法執行官の能力も上がってきているのよ、ミスター・ジョーンズ。ジェスボローの住民のほぼ全員が、あなたの正体を知っているわ。FBIの捜査官がアレクサンドリアのあなたの自宅を調べているし、あと三分もしたらここへも捜査官が押し寄せることになっているわ」ケイティはボーの背後に目をやった。「でぶっちょは？」

「黙ってろ、奥さん」

「知ってるでしょう、わたしは奥さんじゃなくて保安官よ。どうしてわたしの自宅がわかったの？　それにどうしちゃったの？　でぶっちょは傷がひどすぎて、あなたの手助けもできないのかしら？」

「うるせえ女だな。そうじゃなくて、あいつはバックアップにまわってんだよ。その場を動くな。少しでも動いたら、おまえを殺して、あのかわいいお嬢ちゃんを母なし児にしてやるぞ」銃口をケイティに向けたまま、残りのガラスを叩き割り、窓を抜けてなかに入ってきた。

ボーは水を滴らせながらケイティが祖母から譲り受けた貴重なオービュッソン絨毯《じゅうたん》に立つと、ケイティの全身に目を走らせ、暖炉に目をやった。「あんたのおかげでいい迷惑だよ、保安官。それなのにあんたときたら、土曜の夜の家庭の主婦よろしく、だらしないなりをしやがって」

ケイティは背中のシグ・ザウエルと、足首のホルスターのデリンジャーを意識した。「こんなことをして、ただですむと思ったら、大間違いよ、ミスター・ジョーンズ」

ボーは満面の笑みを浮かべ、白く大きな出っ歯を見せた。アリスから聞いていたとおり、前の二本が重なっている。「大口を叩く女は大好きだぜ。でぶっちょの本名はクランシーってんだが、人から痛い目に遭わされるのが大嫌いときてる。だが、それはもういい。あいつはバンにいて、すぐにおまえと再会できる。さあ、あのぼうずを連れてきてもらおうか」

そう口に出した直後、ボーは彼女をひとりでやるのはうまくないと気づいた。強そうではないし、素顔で髪をうしろでひとつに結んでいるせいか、やけに若く見えるが、この田舎町の住民が保安官に選んだからには、ただの女ではありえない。ボーは押し入る前に窓から彼女を観察し、アトランタで銀行強盗のさなかに射殺された父親の教えどおり、その目に注目した。親父ならこの女の目を相手の腹の内まで見透かすきつい目だと評し、絶対にいっしょにビールを飲まなかっただろう。間近から見るまでは、父がこの女を嫌ったであろうことに気づかなかった。この女は心得もあるし、考えもある。ボーには欠けているものだ。

こんな目の女を自由に行動させてはならない。「待てよ」ボーは言った。「おれの前を歩きな。妙な真似をしやがったら、背中に一発ぶちこむぞ。わかったか?」

ケイティは手をひらひらさせて答えた。「わかったわ」

「さあ、行こう」

「わからないことがあるんだけど、ミスター・ジョーンズ」

「歩けよ、保安官。時間稼ぎはやめとけ。FBIがこっちに向かってるってのはほんとかもしれないが、だがよ、あいつらがだせえのはみんなが知ってら」

「わたしは知らなかったけど。どうしてあの人たちがださいの?」

「いいから黙ってろ」ボーは銃を振った。「さっさと歩きやがれ」

ケイティはリビングを出て、玄関に通ずる狭い通路に出た。ふり返らずにボーに言った。

「さっきも言ったけど、FBIはあなたたちの正体を知っているし、こちらに向かっている。それにあなたにも彼らがださくないのは、わかっているはずよ。いますぐここを出ないと、身動きがとれなくなるわよ。ここまであの子を奪いにくるなんて、よほどのことみたいね。

あなたとでぶっちょに大金を払ってくれる人がいるんでしょう？」

「黙れ、保安官。さっさと歩かないと、おまえを撃って、自分であのぼうずを連れてくるぞ。そうだな、あのお嬢ちゃんも連れてくか。かわいらしい子だから、いい金になる」

「やっぱりそうよ。ここまで危険を冒すのは、大金がからんでいるからよ」ケイティはわずか十歩でゲストルームのドアまで来た。このドアの向こうにサムがいる。

ボーがうめいた。「立ち止まるな」

早急に手を打たなければならないと、ケイティは思った。この状況を切り抜けられるかどうかは、ＦＢＩでも誰でもなく、自分にかかっている。しかしボーの手にあるのはどうやらスミス＆ウェッソンの一〇ミリ口径。優秀な拳銃だ。焦りは禁物。慎重を期さなければならない。サムがこの男につかまるまでには、まだたっぷり時間がある。

ゲストルームのドアをゆっくりと開けた。

室内は暗い――それに寒い。やけに寒く、頬を風がなでた。ケイティの背後で明かりのスイッチを押す音がした。

「おい！　ぼうず、どこへ隠れやがった？　いますぐ出てこないと、保安官を殺すぞ！」

「部屋が冷えきってる」ケイティはふり返ってボーを見た。安堵《あんど》のあまり、小躍りしたくなった。「わからない？　サムはあなたの物音に気づいて、窓から外に逃げたのよ」

「いや、そんなはずない。あいつはまだチビ――」

「ええ、そうよ。そしてあなたとクランシーから逃れるため、ブリーカーの小屋の窓から外に出た。ここから逃げてずいぶんになるわ、ボー。この寒さがその証拠。FBIが乗りこんできて、刑務所にぶちこまれる前に、あなたも逃げたほうがいいんじゃない？」

ボーにはどうしたらいいかわからなかった。開いた窓に目をやると、雨で薄手のカーテンが部屋側に押され、風のせいで震えが走った。「雨水で床が傷むぞ」拳銃を振ってケイティに指示した。「窓を閉めろ」

ケイティはのろのろと窓を閉めた。降りしきる雨に目を凝らしてみたけれど、子どもらしき小さな人影や動きは見あたらなかった。サムはどこなの？

嬉しそうな顔をしないように気をつけながら、窓からふり返った。少なくとも、当面サムは害を免れた。あとは大人ふたりの問題となり、ボーのほうはあわてている。もう少し動揺を誘ってやろう。

ボーはドアに急ぐと、拳銃を振ってついてこいと合図した。

「老婆心ながら言わせてもらうけど、逃げられるうちに逃げたほうがいいわよ、ボー。それがいやなら、その拳銃を捨てたら？　暖かくて快適なうちの施設に連れていってあげる」

「黙ってろ、口の減らない女だな。これからどうするか教えてやるよ。あのかわいいお嬢ちゃんを連れていくのさ。取引の材料にできるかもしれないだろ？」

ケイティは心臓が停まりそうになった。「だめよ。連れていくならわたしにして、あの子には手を出さないで。聞いてるの、ボー？　あの子に手を出したら、あなたをなぶり殺しにして、魔王だって欲しがらないくらい悲鳴を上げさせてやるわよ」

だが、ボーから返ってきたのは笑い声だった。ケイティを自分の前に押しだし、キーリーの部屋まで来るとみずからドアを開けた。「出といで、嬢ちゃん！　おまえのママをつかまえたぞ！」

返事がない。

ボーは明かりをつけた。

ふたりの視線はベッドカバーの膨らみに向かった。ケイティは恐怖に目がくらみそうになり、やがて異変に気づいた。キーリーは犬のように耳がいい。それなのになぜ、おとなしく横たわっているのだろう？　ボーはケイティを部屋の反対側に追いやると、ベッドに近づき、銃口で膨らみをつついた。

「出といで、嬢ちゃん。ボーおじさんが楽しいドライブに連れてってやるぞ」

8

膨らみは微動だにしなかった。ボーは銃口を強く押しつけた。

「いいかげんにしろ」ボーはカバーをはいだ。カバーの下から出てきたのは、人の形にした枕だった。ごくごく小さな人の形。

サムとともに、キーリーまで消えた。

ケイティは笑いそうになった。「うちの子はお利口みたいね。そう思わない、ボー？」神さま、ありがとう。ケイティが木登りが好きで助かりました。

「なんてざまだ」ボーは言った。「わかったよ、ガキどもは頭がまわるらしい。これでおまえとふたりだな、保安官。外に出るぞ。ここを出たら、おまえのケツをひっぱたいてやるから覚悟しとけ」

「どうぞ」ケイティは息苦しいほど、安堵に胸を膨らませた。「どうせなら、じょうずに叩いてね」

FBIはなにをしているの？

そのとき、かすかに車のモーター音が聞こえた。目の隅でボーを盗み見ると、彼には聞こえていないようだった。

雨は激しさを取り戻し、叩き割られたリビングの窓から横殴りの雨が吹きこんでいる。

ボーは見るからに不興顔だった。「のろのろしないで、さっさと歩け！　おまえのせいだぞ、この売女《ばいた》！　ぐずぐずしやがると、そのぶん、痛めつけてくれるからな」

ボーは荒っぽくケイティを押した。そして馬鹿ではない証拠に、さっと離れた。

「行け！　玄関だ、ほら！」

人質が欲しいの、ボー？　わたしなら全然平気よ、このあんぽんたん。

ケイティはきびきびと玄関に向かい、デッドボルトを引いて、ドアを開けた。

懐中電灯の光線がケイティに当たるや、誰かがその光をさえぎった。近くに人がいる。

ケイティは、ボーがすぐうしろで銃を構えていると叫びたいところを、ぐっとこらえた。

誰がいるにしろ、その人にも、もうすぐボーが見える。

ボーはケイティの背中を銃口で押した。「さあ、動け！　腕を上げて、首のうしろで手を組め。外に出るんだ！」

ケイティは首のうしろに手をまわし、開いた玄関のドアをくぐり、ポーチで立ち止まった。

風で雨が横殴りになっているので、ひさしが役に立たない。ケイティは大声で尋ねた。「そこにいるの、クランシー？」

音はしない。懐中電灯のちらつく光がすっと視界を横切った。厚い雨の膜を通した光は、ぼんやりとして心許ない。ケイティは男の小声を聞いたような気がした。サビッチ捜査官？

それとも、ウェイドが心配して駆けつけたのか。誰にしろ、わたしとボーがよく見えていますように。

ボーが叫んだ。「クランシー、玄関のポーチにバンをつけろ！　FBIのぼんくらども！　もしここにいて、保安官の命が惜しいんなら、近づくんじゃねえぞ！　わかったか？」

返事はなかった。吹き抜ける風に、家の両脇の木立がざわめいた。

「聞いてんのか、クランシー？　この女を連れていく。小僧のことは、あとで話そう」

夜の闇のなかから男の声がした。ケイティのすぐ右手だ。「そういうことなら、ミスター・ジョーンズ、おれたちはたんなる立会人とみなしてくれ。おまえの言うとおりにしよう」

ボーは跳びあがった。「ああ、おまえらはそこを動くな。おれはこいつを連れて、ここを離れる」

ケイティには声の主がサビッチ捜査官だとわかった。そして、なにかを伝えたがっていることも。彼の顔が見えたらいいのに。つぎの瞬間、サビッチ捜査官が自分になにをさせたがっているかがわかった。

大型のバンが黒い泥を跳ねあげて家に突進してきた。運転席のでぶっちょは急ハンドルを切り、玄関ポーチの階段に前のフェンダーをこすりつけて停まった。ケイティは太った男が身を乗りだし、助手席側のドアを開けるのを見ていた。「女を乗せろ、ボー、急げ！」

ケイティはポーチから飛びおり、バンの後部タイヤにぶつかりつつ、シグ・ザウエルを引っぱりだした。

ボーの怒声。二発の銃声。でぶっちょは迷わずバンのアクセルを踏んだものの、遠くまでは行けなかった。ケイティが見守るなか、サビッチ捜査官はなめらかに方向転換し、両方の後部タイヤを撃った。でぶっちょを乗せた車はぬかるみをすべり、オークの木に頭から突っこんだ。でぶっちょの頭がフロントガラスにぶつかって跳ね返り、がくっと横に垂れるのが見える。もうどこへも行きようがない。

ケイティがボーにシグ・ザウエルを向けるや、サビッチ捜査官がポーチに飛び乗った。その動きは目で追えないほど速く、ダンサーのような優雅な身のこなしでボーの手にあった拳銃を蹴り飛ばした。宙に弧を描いた拳銃が、ロッキングチェアの足元に落ちる。ボーはうめき声を漏らし、蹴られた手をもう一方の手でつかんで逃げだそうとした。

サビッチ捜査官はその襟首をつかんで自分のほうを向かせ、腹と顎に一発ずつみまった。

悪態をついて反撃に出ようとしたボーは、逆に返り討ちにあった。今度は肝臓への一発だった。サビッチ捜査官はボーをポーチに押し倒し、立ったまま見おろした。息すら切れていない。「ときには古風な戦いもいいもんだ。さて、じっとしてろよ、ボー。また痛めつけなきゃならなくなる。聞こえてるか?」

「聞こえてるさ、クソ野郎。弁護士を呼べ」

ケイティはシグ・ザウエルを持ったまま、ゆっくりとポーチにのぼった。自分を、そしてサムとキーリーを殺したであろう男を、一片の哀れみも感じることなく見おろした。シグ・

ザウエルをジーンズの背に戻し、ブーツの足でボーの肋骨を踏みつけた。

「つぎのひと蹴りはサムとキーリーの分よ」もう一度、蹴りあげる。

「警官による暴行だ」ボーは肋骨の痛みにあえぎながら言った。「訴えてやる！」

「それは無理よ、ボー」ケイティは言った。「いまあなたは辺境の森林地にいる。どういう意味だかわかる？」

「おまえが実の兄貴と結婚するってことだ」

「いいえ、わたしが望めば、あなたがわたしの兄と結婚するってことよ」

サビッチは泥まみれの女を見て大笑いした。ポニーテールがほどけて髪が肩にかかり、寒さで唇が青ざめている。「きみがベネディクト保安官だね？」

「はい」ケイティは答えるが早いか、サムとキーリーを探してきょろきょろした。

「サビッチ捜査官だ。はじめまして、マダム。興奮するのが好きらしいな」

「わたしが今回の件でいちばん興奮したのは、あなたの声が聞こえ、顔が見えたときです、サビッチ捜査官。それに、ボーを倒すまでの一連の動きにはほれぼれしました」

「違う、おれが自分でつまずいたんだ！」ボーが負け惜しみを言った。

「あら、そう」ケイティはいま一度、バンに目をやった。クランシーはまだ気絶している。

ケイティが彼を引きずりだそうとバンに近づきかけると、サムの声が響いた。「パパ！」

「ママ！」

男の叫び声が続く。「サム！」

「あの方がミスター・ケタリングですか？」

「ああ、彼がマイルズだ。出てきたら殺すと言って、下がらせておいた。さあ、きみの娘さんだよ、マダム」

キーリーはびしょ濡れだった。フランネルのパジャマが体に張りつき、濡れた髪が目に入りそうになっている。ケイティは娘を抱きあげ、悲鳴を上げるほど強く抱きしめた。

「キーリーがぼくを呼びにきたんだよ、パパ！　キーリーに起こされて、ふたりでキーリーの部屋の窓から外に出たんだ。でね、木の裏に隠れたの。ボーが見えたから、隠れてなきゃいけないってわかったんだ。パパ、ディロンおじさんを見た？　がりがりボーの手から、武器を蹴り飛ばしたんだよ！」

ディロンおじさん？　ケイティは笑顔で娘の濡れた髪にキスすると、大声でサムに尋ねた。

「あなたもキーリーと同じくらい濡れてるの？」

「ぼくなんか、スイレンの葉っぱの下にいるカエルよりびちゃびちゃだよ」

サムの顔というより、笑みが目に飛びこんできた。サムを抱えているのは、サムと同じくらいびしょ濡れの大男で、その笑顔はサム以上に輝いていた。その外見や、息子を抱えるさまが、ケイティには好ましく映った。

マイルズはサムを玄関ポーチに運んだ。仰向けになってぴくりともしないボーを見おろし、息子をサビッチに預けた。

腰を落としてボーの胸ぐらをつかみ、ぐっと持ちあげた。「やあ、ナメクジ野郎」

「放せ、野蛮人！」

「おおっと、おれは野蛮人なんてもんじゃないぞ。きさまにとって最悪の悪夢になってやるぜ、ボー。おれはおまえを倒した野郎より、よほどたちが悪いんだ。おれはサムの父親だが、いまきさまをどう料理してやりたいか、わかるか？」

「こいつをどっかへやれ！」

「いや、そうはいかないぞ」サビッチが言った。サムは彼の首にかじりつき、ぴったりと体をつけている。「おまえがそれだけのことをしたわけだから。こいつが望むんなら、うなじから扁桃腺《へんとうせん》が飛びでるぐらい、おまえを蹴らせてやるまでさ」

マイルズはボーを引き起こし、顎を殴った。ボーは崩れ落ちて動かなくなった。

マイルズはもう一度ボーに冷ややかな目をやると、ふり返ってサビッチから息子を受け取った。

「こいつをのしちゃったね、パパ」サムは無精ひげに黒ずんだ父親の顔を軽く叩いた。「ぼくも殴っていい？」

「いや、お仕置きはこれでおしまいだ。おまえはパパが怖さを克服できるまで、くっついててくれ」

サムは父親の首にしがみついた。「この人はケイティだよ、パパ。ぼくのこと、いっぱい助けてくれたんだよ」

ケイティは片方の腕でキーリーを抱きしめつつ、もう一方の手を差しだした。「ミスター・ケタリング、勇敢な息子さんですね」

そのとき、ケイティはバンの前から立ちのぼる黒い煙を目にした。「いけない――でぶっちょがなかよ。この煙じゃ姿も確認できない！　すっかり忘れてたけど、連れださなきゃ！」キーリーをマイルズに押しつけ、バンに向かって走りだした。

サビッチはバンの車体の下から這いのぼりつつある煙に目を留めた。「おい、待て！　だめだ、保安官！」ポーチから飛びおりて彼女のあとを追い、肩越しに叫んだ。「マイルズ、子どもたちを頼んだぞ！」

ケイティはバンまで一二フィート足らずと迫っていた。そのときうしろから飛びかかられ、顔からぬかるみに倒れた。

つぎの瞬間、バンは爆音とともにオレンジ色の炎に包まれ、四方八方に部品を飛び散らせた。サビッチはケイティの全身におおいかぶさった。頭に頭を重ね、両腕でふたり分の頭をかばう。熱風が押し寄せ、空気を奪われた肺が熱に炙《あぶ》られた。

ケイティは彼のうめき声を聞いた。まずい、なにかがぶつかったのだ。彼が息を吸いこむのを聞いて、ケイティも同じように息を吸いこんだ。

終わった。あたりに静けさが戻り、キーリーの悲鳴だけが響いていた。「ママ、ママ！」命拾いをした。バンが炎上しつつあるのに気づいたサビッチが、うしろから押し倒してくれたおかげだった。

ケイティはひっくり返ろうとしながら言った。「サビッチ捜査官、ご無事ですか？」

またサビッチのうめき声がして、彼が体を起こそうとしているのを感じた。ケイティはすかさず飛び起きた。サビッチは膝をついたまま下を向いてあえいでいる。

「たいへん、背中が！」

ケイティは顔を上げて、子どもたちを見た。マイルズが子どもふたりを家の側面に押しつけ、サビッチから指示されたとおり身を挺《てい》して守っていた。彼にもバンが炎上しそうなのが、わかったのだろうか。

「ごめんなさい。ああ、どうしよう、すみません」ケイティはサビッチの隣りにしゃがみこんだ。「じっとしていてください」

だがサビッチはゆっくりと立ちあがり、苦労しつつ腰を起こした。「おれには炎が見えたが、きみには見えなかった。ふたりとも命を落とさずにすんだ。おれなら大丈夫だ」サビッチは背中に雨が当たり、刻一刻と痛みが増していくのを感じた。まずいことに、出血までしている。バンは鮮やかなオレンジの炎に包まれていた。降りしきる雨を受けて、音をたてながら黒い煙を上げ、黒く煤《すす》けた塊に変わりつつあった。

「ええ、大丈夫に決まってます、サビッチ捜査官。さあ、わたしにつかまって」ケイティがかがんで、サビッチの腋《わき》の下をつかもうとしたとき、ボーの声がした。「さあて、今度はおれさまの番だぜ、あほども！」

ケイティがふり向くと、ボーが彼自身の銃を持ってポーチの手すりにもたれていた。しまった。たとえ死んだと思ったとしても、手錠をかけるべきだった。「ちくしょう、クランシーを殺しゃがって！　あいつは蒸発しちまって、燃え滓《かす》しか残ってないだろうが、ぼうずはおれがいただくぞ」

サムは父親の脚にしがみつき、もう一方の脚にキーリーが取りついた。マイルズは家の側面に子どもたちをしっかりと押しつけ、肩越しに怒鳴った。「往生際が悪いぞ、ボー。いいかげんにあきらめろ」

「ぼうずをこっちによこしな。さもないと、おまえを殺すぞ、ケタリング」

「やりたきゃやるがいい」マイルズは言った。「サムとキーリーはどこへもやらん」

ケイティはサビッチ捜査官がまたもやボーに飛びかかろうとしているのに気づいた。そんなことはさせられない。ボーが銃を持ちあげ、マイルズに狙いを定める。ケイティは流れるような動きで足首のホルスターからデリンジャーを抜き取り、引き金を引いた。

銃弾はボーの首に当たった。

「うっ」ボーはそう言うなり、首を押さえてふり返り、ケイティに銃口を向けた。

ケイティはふたたび発砲した。デリンジャーとはいえ、これが胸を貫通して、命を奪う一発となった。見開かれたボーの瞳のなかには、揺らぐオレンジ色の炎が映りこんでいた。

マイルズは子どもたちの頭を抱えた。「サム、パパはこれからやらなきゃならないことがある。いいか、おまえとキーリーはここから動かないと約束してくれ。家のほうを向いてるんだぞ。バンがまた燃えあがるかもしれないからな。いいな、一歩も動くなよ」

マイルズはサビッチに駆け寄り、消防士のように担ぎあげると、家に入った。子どもたちがそのあとを追う。よかった、とケイティは思った。あの子たちにボーを見せたくない。

「ソファにうつぶせにして。九一一に電話するわ」ケイティは急いでダイヤルした。電話に出たのは、いつも息を切らせているような話し方をするマージだった。救急車とウェイドを自宅に呼ぶよう頼み、電話を切った。「十分もしたら救急車が来ます。さあ、傷を見せてください、サビッチ捜査官」しかしその前に、娘をどけなければならなかった。

サビッチは尋ねた。「きみがキーリーかい？」片腕をソファの袖にかけ、足は反対側に垂らしている。

キーリーはサビッチの顔をそっとなでた。「そうよ、あたしがキーリーで、ママがあなたの世話をしてくれるからね。ママはみんなの世話をすんのよ。だから、みんながママにお金を出してくれんの。知ってた？」

意に反して、サビッチは笑いを漏らした。息を詰まらせ、笑いが途絶える。背中に火がついたようだ。

「きみのお母さんにお金が払われていて嬉しいよ、キーリー。傷の具合は、保安官？」

答えたのはマイルズだった。「背中の真ん中を横断するように、長い傷ができてる。腰の少し上あたりだ。飛んできた金属にやられたな。見たところ、それほど深くはなさそうだが、ざっくりやられてる。踏んばれよ、サビッチ。保安官が診てくれる」

「圧力をかける必要がありそうなんですが、サビッチ捜査官――」

「サビッチでいい。じゃなきゃ、ディロンか。妻にはそう呼ばれてる」

「わかったわ、ディロン。すぐに戻ります。そのあと傷口に圧力をかけますが、残念ながら痛むと思います」

サビッチは目をつぶり、離れたところにいる妻シャーロックと幼いわが子ショーンのもとへ心を飛ばした。

「マイルズ」

「なんだ、おれならここにいるぞ、サビッチ」

「サムは無事なんだな？」

「ぼく、ここだよ、ディロンおじさん」サムはサビッチの肩をぽんと叩いた。「キーリーもぼくも大丈夫だよ。保安官がボーを撃つとこ、見た？　バーン！　あいつの首を撃ってさ、あいつがパパを狙ったから、また撃ったんだよね」

よくもこれで子どもを守った気になっていたものだ。ケイティはそんなことを思いながら、厚地のタオルを手にリビングに戻った。かがんで、傷口にぐっとタオルを押しあてた。サビッチはどこからそんな声が出てくるか自分でもわからないまま、うめき声を漏らした。女にしては、驚くほどの力の強さだった。

「なにがあったのか教えてくれ、保安官」サビッチは言った。

キーリーはいまだサビッチの頬を触っていた。「あの悪者がリビングでママに話しかけているのが聞こえてきてね、あいつがサムをさらおうとしてるのがわかったの」

ケイティは先を引き取った。「それで、自分のベッドに枕を詰めて、サムを起こしにいったのね」

　少女はうなずいた。彼女が手を差し伸べると、その手をサムが握った。「あたしの部屋の窓によじのぼって、あたしのオークに移ったの」キーリーは眉をひそめた。「サムはママを助けたがったけど、ママはすっごく強いから、ボーなんかやっつけちゃうって、言ったんだよ。外にいるのはボーなんだよね？」

「変わり果てた姿だけどね」ケイティは答えた。「それで、ディロン、具合はどうです？」

「悪くない」サビッチは言い、ケイティはその声から痛みがあるのを察した。

「圧力をかけているあいだ、新たな出血はなかったようです。まもなく救命士がやってきます。よくなりますからね」

「子どもたちから目を離さないようにしてくれ」

「任せとけ」マイルズは言いながら、あのふたり組がなぜふたたびサムをさらいにきたのか、大人全員が疑問に思っているのを感じた。金。大金がからんでいるのだろう。

　ケイティはキーリーとサムに目をやった。「ふたりともよくやったわね。あなたたちはヒーローよ」

　遠くでサイレンの音がした。

　ケイティはサビッチの肩を軽く叩いた。「あと少しです。クランシーも、もう生きてはいないでしょう。まだ熱いし、煙がひどいので、バンには近づけませんが」

「あの爆発じゃ生きてはいないだろう」サビッチは言った。「それは心配しなくていい」

外から男たちの声がした。ケイティはそのうちひとりに気づいた。「ウェイドだわ。保安官助手のひとりです」

「あれれ！　ここでなにがあったんです？　外で死体が雨に打たれてますが」

ケイティは玄関まで行った。「全員なかへ呼んで、ウェイド。もうすぐ救命士が来るわ。サビッチ捜査官が金属片で背中に怪我をしたの」

9

サビッチは救命士のマッキーとビュエラーの手を借りて、救急車に向かった。遠足のように長く感じられて、二度と立って歩きたくないと思うほどだった。救急車にたどり着くと、担架に腹這いに寝かされた。

「心配いりませんよ、特別捜査官、サー」思いがけず連邦捜査官を患者に迎えたマッキーは、舞いあがって舌がからまりそうだった。「保安官、あなたもいっしょに行きますか?」

「ええ。ちょっと待ってね、マッキー」ケイティはふり返ってマイルズを見た。片方の腕にキーリーを、もう一方にサムを抱えている。「子どもたちを病院に連れてきてもらえますか、ミスター・ケタリング? いやだ、ふたりともびしょ濡れだわ。乾いた衣類に着替えさせてください。ご覧のとおり、サムはわたしのスエットの上下を着ています。替えがわたしの寝室の、ドレッサーの上から二番めの抽斗にあります。紐で縛るようになっているので、着せたらきつめに縛ってやってください。キーリーの着替えは、娘の寝室のドレッサーです」

「心配いらないよ、保安官。ふたりの面倒は任せて、サビッチに同行してくれ。それと、あなたにお礼を言わなければ」

ケイティはキーリーの頰にキスした。あんな血なまぐさい場面を娘に見せたくなかった。こうなったら、なるべく早く対処しなければならない。サムのほうは、とりあえず父親がついている。

早足で救急車に戻りながら、ケイティはウェイドに指示した。「ノックスビル支局のホッジズ特別捜査官が部下を引き連れてまもなく来るわ。現場を荒らされないようにして、物見高い連中がやってきたら、留置場にぶちこむと脅すのよ。それから、ウェイド、FBIには全面協力してね。誘拐事件は彼らの担当だし、事件が起きたのはバージニアだから」

「大丈夫っすよ、保安官」ウェイドは応え、いまだ横たわるボーに近づいた。死体の顔を雨粒が叩いている。「もうこの男に手を焼かされずにすみますね。バンのほうは、熱くてまだ近づけません」

「バンのなかにいるのはクランシーよ」ケイティは説明した。「消防署に電話し、ヘイズ署長に残骸を片づけてもらって」

キーリーの声が響いた。「ママ、ディロンおじさんによくしたげてね」

「え?」

「サビッチ捜査官のことだよ」マイルズが言った。

「ええ、キーリー、がんばるわ」ごく短期間に大勢の人と会い、そのうちのひとりが自分のせいで怪我をした。ケイティは救急車のうしろに飛び乗り、ドアを閉めて、腰を落ち着けた。

「いいわよ。出して」

マッキーはサビッチの体を横向きに支えた。ビュエラーはシャツのボタンをはずして下着を切り、あらわになった胸に心電図モニターを装着して、サビッチに話しかけた。「傷口から衣類を引きはがす作業は、医者に任せます。もう少しです、捜査官。よくなりますよ。いまはとにかく動かないことです」

サビッチがうめく。

サビッチをようやくうつぶせにすると、マッキーは酸素吸入クリップを鼻に固定した。

「これで気分がよくなります」

たしかに、とサビッチは思った。神よ、感謝します。

「腕がちくっとしますよ、捜査官」マッキーは言った。「点滴しますんで」

ありがたいことに、マッキーは一度で血管を探りあててくれた。

「さて、捜査官、これから傷口にもう少し圧力を加えます」マッキーは続けて言った。「呼吸を穏やかに保って、動かないようにしてください」

サビッチは痛みに耐えた。目を開けると、傍らに膝をついた保安官が、担架から垂れている自分の手を握っていた。ケイティには彼が痛みをこらえているのがわかった。肉体のみならず、精神的にも強い男性だ。「あなたのおかげで命拾いをしました。ありがとうございます、サビッチ捜査官」

「ディロンだよ。どういたしまして。ついてこなくてよかったのに。家でやらなきゃならないことがたくさんあったろ」

「そうはいきません」ケイティは笑顔でそっと彼の手をなで、少しおいて先を続けた。「わたしが煙が出ているのに気づかなかったせい――」

「ガソリンが漏れて、急激に熱くなってきていた。どれくらいで爆発するか、おれにもわからなかった。もうちょい時間があったら、なおよかったんだけどな」

「わたしのボルテックV型八気筒エンジンにも同じことが起こりうるのかしら?」

サビッチは激痛にあえぎつつ、微笑まずにいられなかった。痛みから気を逸らせるつもりだとしたら、保安官の作戦は大当たりだ。「ああ、きみのエンジンでも起こりうるな」

ケイティは反応を見つつさらに言った。「彼女は三〇〇馬力、四四〇〇rpmもあるんですよ。たいしたもんだと思いませんか?」

「彼女?」

「わたしのトラックです。わかるんです、女だって。名前まではありませんけれど」

「三〇〇馬力か。ああ、たしかにたいしたもんだな」

一瞬、サビッチが目をつぶった。ここで黙ってはいけない、とケイティは気を引き締めた。

「教訓を学ぶには痛みを伴うと、母に言われたことがあります。今回はあなたがその痛みを肩がわりしてくれました。あなたに借りができました、ディロン。あなたは命の恩人です」

「たいしたことはなさそうです、保安官」マッキーは言った。「心電図にはなんの問題も見られないし、出血もおさまりつつある。痛み止めをさしあげられなくて、申し訳ない。まだがんばってますか?」

「がんばってるよ」サビッチは言った。「ケイティ、ワシントンDCにいる妻に電話してくれないか？　彼女はトラックに詳しくないから、話がはずまないかもしれないが」

ケイティは濡れたスエットシャツに手を突っこみ、Tシャツのポケットから携帯電話を取りだした。「わたしが教えてあげます」

サビッチが微笑む。よかった。

「いいですよ。番号を教えてください」

サビッチは目を閉じ、うめき声を喉の奥に押しやって番号を伝えた。

「奥さんのお名前は？」

「シャーロック」

ケイティは彼が冗談でそんな名前を口にしたのではないと判断した。呼びだし音が一回、二回。「もしもし、ディロン？　どうなってるの？　元気にしてる？　サムは――」

「ご主人に代わって電話しました、ミセス・サビッチ」ケイティはそう前置きし、相手をあわてさせないよう、自然と声を落とした。「わたしはテネシー州東部のジェスボローで保安官をしているK・C・ベネディクトといいます。あなたに電話をかけるよう、ご主人からことづかりました。まず、ご主人がよくなられることはわたしが請けあいます、ミセス・サビッチ。ご主人は――」

「お願い、ディロンを出して、保安官」

ケイティはサビッチの耳に電話をあてがった。

サビッチは深呼吸し、途方もない痛みがいっさい声に出ないことを願った。シャーロックにはどんな小さな音でも聞こえる。サビッチが大きな声を出す前に、息遣いが変わったのにも気づいた。「シャーロックか？　おれだよ。いや、大丈夫、ささやかな問題だから。ああ、サムは取り戻した。元気にしてる。マイルズもだ。ささやかな問題か？　なに、あるバンが爆発して、少しばかり近くにいすぎたんだ。飛んできた金属に背中をやられた」

サビッチは目をつぶった。痛みに引きこまれそうだった。できることなら屈したいが、シャーロックを恐怖のどん底に突き落としてしまう。

ケイティは早々に携帯電話を引きあげた。「ミセス・サビッチ、ご主人の傷は治ります。いまジョンソンシティ郊外にあるワシントン郡立病院に搬送中です。ご主人はよくなります。嘘はつきません。わたしがついていますので、心配なさらないでください」

「彼女に来るなと言ってくれ」サビッチは絞りだすように言うなり、意識が朦朧《もうろう》としてきた。朦朧としつつも保安官の声は聞こえていたが、まだシャーロックと電話中なのかどうかはわからなかった。シャーロックが怯えているであろうことは容易に察しがつく。逆の立場なら、サビッチもやはり恐怖に縮みあがるだろう。保安官が濡れたスエットを持ちあげ、鮮やかな青色をした小型の携帯電話をTシャツのポケットに戻すのが見えた。

ケイティがスエットシャツの裾《すそ》を戻しても、サビッチの目には携帯電話の残像が残っていた。青色。鮮やかな青色。滑稽《こっけい》なほど派手だが、こんな色なら、なくさない。警官の青。悪くない。サビッチは目を閉じた。この荒れ狂う痛みが鎮められたらどんなにいいだろう。ざっくりと切れた背中が目に浮かぶ。食欲をそそる光景とは言いがたい。来るなとは言ったものの、シャーロックが側にいてくれたらと願わずにいられなかった。もちろん彼女のことだから、可能なかぎりの速さで駆けつけるだろう。

サビッチは意識の片隅で、ケイティの低くゆっくりとした声を聞き取った。「——そのうえわたしのトラックには、ステンレスの排気マニホールドがついているんですよ」

マニホールド？

「しかも、バランスの取れた高性能のクランクシャフトが使われているんです。ご存じですか、バランスがいいとクランクシャフトの応力を減らせるんです。今日の午後は前も見えないぐらいの大雨だったって、もう話しましたっけ？　わたしのトラックにはFグレードのワイパーがついていて、スピードもかなり出していたんですけどね」

サビッチは笑いたくなり、それがケイティにもわかった。

しかし、さすがのサビッチもその先は聞けず、穏やかな音に身をゆだねた。ケイティは怪我人や病人をなだめるような口調だった。そう、いまのサビッチのような人を。

つぎに正気に戻ったときは、病院の緊急治療室にいた。看護師が進みでて、サビッチを担架から狭いベッドのひとつに移すよう、四人の男に指示を出した。

サビッチには看護師が救命士に話す声が聞こえた。ビュエラーが怪我の程度を伝え、看護師が保安官に挨拶している。看護師は点滴をチェックしてから、サビッチの衣類にはさみを入れた。「あらあら、ずいぶんな汚れようですね、サビッチ捜査官。わたしたちがきれいにしてさしあげますから、ご心配なく。彼の手を握っててちょうだい、保安官」

「まずいな」サビッチは言った。「このズボンは妻に買ってもらったばかりなんだ」

「すてきなズボンですこと」看護師は言った。「でも、これしか方法がなかったんです、サビッチ捜査官。そのままお待ちくださいね。すぐにエイブル先生が診てくれます」

ケイティの声がする。サビッチがその声に意識を集中するなか、看護師は血圧を測り、心電図のパッチを張り替えた。

ケイティが話している。「わたしのトラックのコンソールには、子どもたちのためにカップホルダーがふたつついているんです」

「おれの車にはついてない」サビッチは言った。冷たい布で脚の汚れがぬぐい取られるのを感じる。妙なことに、裸なのに寒くなかった。「ひとつ欲しいな」軽く顔をしかめる。

サビッチが会話に復帰しつつある。ケイティは続けた。「どんな車に乗っているんですか？」

「ポルシェ」

「そりゃ、そうですよね。あなたみたいなやり手の捜査官なら」

笑いたいのに、サビッチにはくすりともできなかった。看護師はケイティに話しかけながらサビッチの札入れと鍵束を渡し、そのあとシーツを腰まで引っぱりあげた。

「副保安官のウェイドには会いましたか？困っちゃうんですよね、わたしの後釜に坐りたがってて」ケイティの声に、サビッチは苦々しさを感じ取った。「そのせいで、仕事のうえで全幅の信頼が置けないんです。でも、人生、そう思いどおりにはいきませんよね」

「ウェイドをテネシーから追いださないと、いつか手痛い妨害工作に遭うぞ」

「よく考えてみます、ディロン。ご忠告、感謝します」

「サビッチ捜査官かね？　わたしが医者のエイブルだ。動くんじゃないぞ。リンダに全身きれいにしてもらったようだな。きみの怪我は背中のひとつきりで、ほかにはない。心電図には異状がなかった。さいわい状態も安定しているようだ。さて、これから痛み止めのモルヒネを打ち、背中の傷を診る」

サビッチは自分を見おろす黒い顔の医師の歯がヤニ色に染まっているのを見て、医者の不養生とはよく言ったものだと思った。喫煙なんぞまともな人間のすることじゃないと意見して、ついでにモルヒネはいらないと突っぱねたかった。意識を混濁させたくないからだが、この際、しばらく気を失っているのは悪くないかもしれない。エイブルが救急車のなかから始まっていた点滴をいじっている。なにが行なわれているか知りたい、とサビッチは思った。

「じきにモルヒネが効いてくる」医師は言った。「採血して検査したいが、かまわんかね？　それに、血液凝固反応テストもしなきゃならん。この傷からすると、一リットルがた出血してるかもしれんな」

おかしな医者だ。サビッチは微笑みたかったが、うなずくのがやっとだった。それしかできない。ケイティが手の甲をなでてくれるのを感じ、その感触に意識を集中した。

エイブルは採血のために注射針を刺しながら言った。「保安官、死亡者がふたり出たと聞いたが」

「そのとおりよ、クライド。そしてわたしが三人めになりかけて、サビッチ捜査官は、わたしの命を救うという、ただそのためだけに怪我をしたの。誘拐犯のバンが爆発したとき、わたしをうしろから地面に押し倒してくれたのよ。わたしがひどい格好をしてるのはわかっているけど、これは見てくれだけ。内側はぴんぴんしているから、注射器を持ってわたしに近づかないでね」

「彼女の命を救ってくれた礼を言わねばな、サビッチ捜査官。ケイティはなくてはならない人材だ。きみがひどいありさまだとリンダは言っていたが、もうきれいなもんだ。それにしても、よく降るな」

サビッチは返事をせず、動く気力を失っていた。やがてモルヒネが効いてくると、肉体に食らいついていた怪物が引きはがされたように、痛みがやわらいだ。

「よし、血液が採れたぞ」サビッチは腕を叩かれるのを感じた。「おとなしくしてろよ、サビッチ捜査官。ほれ、枕だ。これを腹にあてがって、横向きになってくれ。あとものの数分で怪我の程度がわかるからな。ケイティ、ぼうやはどうなった?」

「ぴんぴんしてるわ。わたしの娘ともども、サムの父親といっしょに待合室にいるんじゃないかしら。父親はマイルズ・ケタリングっていうんだけど、サビッチ捜査官とともにバージニア州のコールファックスからアッカーマンの離着陸場まで飛行機に乗ってきたのよ。これだけは言えるけど、クライド、外のあの強風を考えると、たいしたもんよ」

誰も彼もが気楽におしゃべりをしている、とサビッチは思った。セスナに乗ってきたこともしゃべるつもりだろうか。

「あっぱれというか、暴挙というか。いいぞ、サビッチ捜査官、傷の具合を見せてくれ」

モルヒネのおかげで、軽い鈍痛になっていた。悩みがあるとしたら、頭がからっぽになっていて、自分自身を含むなにごとについても真剣に考えられないことだ。

意識が遠のいていたらしい。サビッチはケイティの声でわれに返った。「エイブル先生のお見立てによると、それほどの深刻な怪我ではないようです。傷口は大きいけれど、さいわい深くないそうですから」

「きみを手術室じゃなくて処置室へ運ぶぞ、サビッチ捜査官。廊下をはさんだ向かいにあって、快適で清潔で静かな部屋だ。ケイティ、きみも来ていいが、その前に急いでシャワーを浴びてこい。きれいになったら手術着にマスクをつけ、うちの愛らしい長靴をはいてもらおう」

ケイティはサビッチの手に触れた。「心配しないで、ディロン。すぐに戻ります」

「きみも処置室に入れてもらえるのか？」

「あなたは特別だから、例外的に。さて、わたしは汚れを落としてきます。わたしが戻るまでに、わが愛車の優れたクーラント液目減り防止システムについて考えておいてください」

十分後、全身を洗い清めたケイティは、サビッチの傍らに腰を下ろし、彼の手を取った。いい手だった。力強く、日焼けしていて、爪は短く切ってある。カーロの手も、やっぱりこんなふうに力強くてたくましかった。手と性格が一致していないのが残念だったけれど。見かけ倒し。いい厄介払いができた。

誰かが物憂いバリトンで『悲しき天使《ゾーズ・ワー・ザ・デイ》』を歌っている。サビッチが目を開けると、エイブルが自分を上からのぞきこんでいた。

10

「治療方針を説明しておこう、サビッチ捜査官」エイブルが顔の上で言うと、ぷんとミントがにおった。「意識を奪うのではなく、意識下鎮静状態に導く。ここにいるリンダは、そのためにモルヒネとミダゾラムを点滴に加え、きみは心地よくぼんやりとした状態になる。さて、わたしはいまからきみに局所麻酔を打つ。いいな?」

「わかりました」担架から狭いベッドに移され、うつぶせにされたサビッチは、腰までシーツをかけられていた。

エイブルが傷口に触れているのはわかるが、痛みはなかった。もっと保安官のトラックの話が聞きたいし、エイブルの歌を聞きたいような気がするが、言いたいことを頭のなかで組み立てられないので、黙って耐えるしかなかった。いまシャーロックがいてくれたら。彼女の髪に太いカーラーを巻いて遊びたい。

エイブルは治療しながら口も動かした。「生命にかかわる器官には損傷がなく、やられたのは皮膚と多少の筋肉だけだ。しばらく痛むから、長くて一週間は仰向けにはなれまいが、きみは運がいいぞ、サビッチ捜査官。言わずもがなだろうが、ずっと重傷を負っていても、おかしくはなかった。さて、これから傷口を縫いあわせる。まずは深い層を縫い、そのあと皮膚を縫う。二、三分かかるだろう」

今度もサビッチに痛みはなく、針に肉が引っぱられる感覚がなんとも気持ち悪かった。

「結婚してるのかね、サビッチ捜査官?」

サビッチはイエスともノーとも返事ができず、ケイティがそれに気づいた。「ええ、結婚しているわ、クライド。彼は奥さんに来るなと伝えたけれど、それでもやってきそうよ」

「女ってのは」エイブルは言った。「トラックみたいなもんだ――かわいくて先が読める。アクセルを踏みこむと、あとはまっしぐら。行けと命じた場所にすっ飛んでゆく」

「あなたの言いたいことは、わかるわ、クライド」ケイティは言った。「それだけじゃなくて、トラックなら、買ってもお金を払ってそれでおしまい。ところが女の場合は、延々と払いつづけなければならない――しかも、利子までついてくるのよ」

「ふむ、そうかね? メンテナンスはどうかな?」

「もちろん、トラックよりずっと手がかかるわ」

エイブルは大笑いし、サビッチは彼が「しまった」と言わないことに、心から安堵した。

ふたりの声は聞こえているが、いまだ痛みらしい痛みはなく、糸が皮膚をゆっくりと引っぱる感覚だけだ。かすかに残っている意識は、昨日、殺害されたハイスクールの数学教師の夫たちに行なった事情聴取へと飛んだ。おかしなことに、顔がぼやけて重なり、ふたりを分けることができない。やがてサビッチ自身の顔までがその上に重なった。

トロイ・ウォードは涙声で言った。「妻が亡くなって六日ですよ、サビッチ捜査官。それなのに、警察は犯人の手がかりすらつかんでいない。わかってもらえますか？　知っていることはすべて、それこそぼくの母親の社会保障番号まで話したってのに」

サビッチはうなずいた。スポーツ中継専門のアナウンサーであるこの男に対して、とりたてて好意は感じなかった。「大切なのは、ミスター・ウォード、今後はＦＢＩが捜査に――」

「ええ、あんたたち大物がお出ましあそばして、捜査を引き継ぐって話は聞いてます。でもって、テレビは連続殺人だと連呼している。また人が殺されるなんてことは、あっちゃならない。最後の殺しのせいで、いまだぼくは悪夢にうなされてるんです」

「ええ、これ以上、被害者を出すわけにはいきません。ですが、うかがっておかなければならないことがあります……」

そこでふと気が遠くなり、ふたたび意識のかけらを呼び戻すと、トロイ・ウォードはまたいちだんと太ったようだった。「ミスター・ウォード、ミスター・ファウラーとお話しになったことは？」

「もうひとりの被害者のご主人ですか？　いえ、ないですよ。大の男がふたり、ならんでめそめそしてる図なんてのは、フットボールのロッカールームじゃ通りませんからね。選手たちが大笑いするところが目に浮かびますよ。そんなことをして、どうなるんです？」

妻の死を悼むのに、なぜフットボールのロッカールームを引きあいに出さなければならないのだろう？「フットボールをやってらしたんですか、ミスター・ウォード？　それがきっかけで試合の中継をするように？」

「からかってるんですか、サビッチ捜査官？　念のために言っておきますけどね、ぼくだって昔からこんなに太ってたわけじゃないし、運動だってしてましたが、ハイスクールのフットボールチームには入れなかった。だいたいあいつら、マッチョなくそったれ集団だったんだ」ウォードははじかれたように立ちあがり、三重顎をわななかせて声を張りあげた。「ぼくはロッカールームに入りたかったのに！」

叫び声がやむのを待って、サビッチは言った。「わたしはフットボールをやっていました」

「でしょうとも。見ればわかりますよ。でもって、二の腕に女の子をぶら下げてたんだろう、このあんぽんたんの筋肉馬鹿め」

ひどい言われようだ。サビッチがそう考えていると、トロイ・ウォードがマイクを口元に引き寄せて叫びだした。「行け、筋肉野郎！　走れ！」そしてサビッチに怒鳴った。「タッチダウンだ！　見たろ、タッチダウンだぞ！」

サビッチは重ねて尋ねた。「ミスター・ファウラーや、その奥さんのレスリーに会ったことはないんですね？」

サビッチはなぜか急に、大きくてやわらかそうなソファに横になり、表側の窓に当たる静かな雨音に耳を傾けたくなった。彼がいるのは、メリーランド州オックスフォードの高級住宅街にあるトロイ・ウォードの豪奢な自宅だ。「ありませんよ。ふたりのことは聞いたこともないと、警察にも話しました。妻のバニースも、レスリー・ファウラーと知りあいだったとは思えないな。妻から彼女の名前を聞いたことないしね。ふだんから妻とはほかの女の話はあまりしなかったし。ぼくが浮気する心配はしてませんでしたよ。ぼくは嘘をつくのがものすごくへただから、ついたってわかると言っていた」そこで黙ると、トロイの目から涙があふれだし、三重顎のあいだの深い皺《しわ》に入りこんだ。「バニースを殺した変態をつかまえろ！」天を仰ぎ、天井に向かって絶叫する。「ぼくもくそったれの筋肉野郎になりたかった！」

　ウォードはふいにサビッチを見おろし、手を伸ばした。「ライスケーキを食べませんか？　ぼくはいま体重を減らして、痩せようとしてるとこなんです。なぜって、そりゃ、レイブンズがプレイオフに進出しようとしてて、そうなったらぼくは選手たちの中央に躍りでることになるからですよ。ロッカールームで選手たちにインタビューするかもしれないんです」しかしウォードがサビッチに出したのはライスケーキではなく、ブランコに使うタイヤのチューブのように巨大なクリスピー・クリームのドーナツだった。サビッチはドーナツと、お節介でいじましいデブのスポーツ中継専門のアナウンサーから遠ざかった。代わって浮かんできたのは、長身痩軀《そうく》のカーディーラー、ギフォード・ファウラーだった。ファウラーがサビッチの目の前で話している。「うちのシボレーを一台買いませんか？　この地でシボレーを売って二十二年になります！　わたしは堅実な男、シボレーは堅実な車。コマーシャルにもあるとおり、まさに〝岩のごとし！〟です。いかがですか、サビッチ捜査官？」

「奥さんを殺したんですか、ミスター・ファウラー？」

「めっそうもない。わたしは車を売り、妻は殺さない。わたしなら殺さないで別れますよ。現にレスリーが殺される前に、二度、離婚している。警官というのは無能だが、そこまでのリスクを冒す価値がないというのが正直なところです。もしわたしがレスリーを殺したら、わたしは警察につかまって、十八年もしたらガス室で丸焼きにされてしまう。そうなんでしょう、サビッチ捜査官?」

「いまは致死注射ですよ、ミスター・ファウラー。それに、十八年というのは平均であって、執行までにそれ以上かかることもままあります。奥さんを愛してらしたんですか?」

「いいや。彼女はもうメルセデスではなく、すっかり古くなったシボレーのインパラのようでした。かつては鮮やかなピンク色だったものの、走りに走ったあげく、薄汚れた灰色に変わり、廃車になるのも時間の問題だった。彼女とのあいだに子どもがいなくてよかったですよ。売りものの車を盗まれるのがおちだったでしょう」

「レイブンズの名物アナウンサーであるトロイ・ウォードとボウリングをしたことはありますか?」

「ああ、彼ね。彼のボウリングについては聞いたことがあるな。スプリットばかり出すもんだから、ほかの人——彼の奥さんだっけな——が交替して後始末しなきゃならないんだそうですね」ファウラーはげたげた笑って膝《ひざ》を叩いた。「それにまあ、あの肥えっぷり! 選手にもコーチにもあんな体型のやつはいませんよ。それに、下卑た男でしょうが? わたしとは大違い。わたしの腹筋を見ますか?」

「いえ、結構です、ミスター・ファウラー。どうぞそのままシャツを着ててください。ところでそのカフスですが、シャツと全然合ってませんね」

「レスリーにもらった古い安物です。妻を偲《しの》んで一度はつけようと思いましてね——それくらいはしてやっていい女だ。これがすんだら、便所にでも流しますよ。それより、サビッチ捜査官、ほんとうにシルバラードの試運転をしなくていいんですか？　シルバラードはクーラント液の減少防止システムがついてるんで、警官に好まれるんです。あなたのイメージにもぴったりだ。全身これ筋肉の塊で、女を痺《しび》れさせる。ほら、わたしの筋肉も見てください」ファウラーは濃い灰色をしたウールのズボンのファスナーを下ろしながら、小声で『星に願いを』を口ずさんだ。

声。サビッチは声を聞いた。その声が近づいてくる。その声の主がわかり、内容も理解できた。ドクター・エイブルが話している。

「きみの奥方に敬意を表して、皮膚をきれいに縫合してやるぞ、サビッチ捜査官。奥さんが見ても、セクシーだと思ってくれるようにな」

サビッチの思考はさまようのをやめ、多少ながら現状認識が戻った。「シャーロックはおれのすべてをセクシーだと思ってる」事実なので、口にすると嬉しくなった。「もうひとつ傷が増えても、キスする場所が増えるだけだ」常識が吹き飛び、舌が勝手に動く。ケイティが笑っている。そこでふたたびトロイ・ウォードが視界に浮かび、巨大なドーナツを口に詰めこんでいるのが見えた。それにギフォード・ファウラーも見えてきた。ファウラーはシルバラードのキーをサビッチの眼前にぶら下げてウインクしたかと思うと、キーを空高く投げあげた。キーはどんどん高く投げあげられ、サビッチが三フィートはジャンプしても、つかむことができない。

「奥さん、趣味のいい方なんですね」と、ケイティはサビッチの手を握った。「結婚して長いんですか?」

「長くはないが」サビッチは言った。「妻のことは、彼女に会う前から知っていた。彼女はおれのことを夢の男だと言ってるよ」

「女から夢の男だと思われるのは、いい気分だろうて」と、エイブル。

「おれがジムから戻ると、彼女が全身を洗ってくれるんだ」

「ほらね、クライド、奥さんは彼をトラックみたいに大切にしてるのよ——きれいに洗って、ちゃんと動くように調整して」

針を持つエイブルの手が止まった。笑い転げている。作業が中断されて、サビッチはほっとした。

「うちにはショーンっていう、まだ幼いぼうずがいる。妻はおれにそっくりだって言うが、ずるいんだよな、全部自分でやっちまう。おれにできるのはぼうずを楽しませることだけだってのに、そこんとこを考えてもくれない」

エイブルは言った。「わたしにもかつては幼いぼうずがいた。それでどうなったと思うね? やんちゃぼうずは成長してしまった。信じられるか? あいつのためにはなんだってしてやったのに、ひとりで育ったような顔をして、出ていきおった。さあ、終わった。もう針に皮膚を引っぱられなくていいぞ」

「シャーロックは以前、ナイフでやられたことがある。おれは医者が彼女の白くて細い腕を縫うのを見ていた。あってはならないことだ。無茶なことをした彼女を殺したくなった」

「でも、彼女はみごとやってのけたのね？」ケイティは尋ねた。

「ああ、そうだ」サビッチは言った。膜のかかったような声ながら、あまりに誇らしげなその口ぶりに、ケイティも頰をゆるめずにいられなかった。

「いま話していることも、明日、目を覚ましたときには憶えておらんかもしれんな、サビッチ捜査官」エイブルは言った。「にしても、わたしの話は理解できてるな？」

サビッチはうなずいた。

「きみには抗生物質を投与したし、傷口も塞がったようだ。今晩はここへ泊まってもらう。そのうちに薬が薄れるだろうし、まず大丈夫だろうが、合併症が起きないのを確認しておきたい。血液検査の結果には異状がないようだ。さて、あとは心配ごとを忘れて、体を休めるしかない。くどいようだが、きみは運がよかった。きみにとっては愉快とは言いがたい状況とはいえ、金属片による傷がもう少し深かったら、ずっと深刻な事態になっていた。いいな、今晩はぐっすり眠れよ。うつぶせで寝るのが苦手じゃないといいんだが」

サビッチは一度も目を開けなかったが、最初から最後まで聞いていた。においもすべてわかり、レモン石鹼《せっけん》のかすかな香りまで嗅ぎ取っていた。たぶん、ふだんなら口にしないことをしゃべったのだろう。それがどうした？　いまなら苦にせずやりすごせる。一寸先は闇。今朝はいつもどおりに目覚め、スライスしたバナナを加えてシリアルを幼い息子に食べさせ、陽光降りそそぐ外に出て、すべてが順調に運んだ。ところが、なんと！──その夜には、テネシー州の緊急治療室に横たえられている。

「きみからサビッチ捜査官に言いたいことはないか、ケイティ？」

ケイティはそっとサビッチの頬に触れた。「シャーロックに会うのが待ち遠しいってことだけです。いまはゆっくり休んでください」そして手術用のマスクをはずした。サビッチは口を開いて、医者に礼を言うなりなんなりしたかったが、とてもできそうにないので、ため息をついて、眠りに落ちた。

ケイティは尋ねた。「目覚めるまでに、どれくらいかかりますか？」

「いつ起きてもおかしくないが、できれば朝まで寝ててもらいたいもんだ。それほど時間があるわけじゃない。知ってのとおり、寝るに勝る良薬はない。さっきも言ったが、この男は運がよかった」

「感謝してるわ、クライド。それに、この人の運のよさにも」ケイティは言った。「わたしはサムとサムの父親、それにキーリーといっしょに待合室にいるから、サビッチ捜査官が落ち着いたら、教えて。マイルズが会いたがるはずよ。もちろん、サムもね」

「ほんとにサムは診なくていいんだな？」

「ええ、あの子は元気よ。自分のがんばりに高揚してるおかげで、恐怖心を感じないですんでいるみたい」

ケイティはエイブルに小さく敬礼し、顔なじみの救急治療室の職員に礼を言うと、女性用のトイレに入り、濡れた衣類を大型のバスケットから引っぱりだしてきたタオルにくるんだ。

緑色の手術着のまま、がらんとした病院の廊下に出て、保安官局に電話をかけた。思ったとおり、ウェイドはまだ残っていた。彼から最新の情報を聞き、ホッジズ特別捜査官に電話を替わった。

「騒動の跡を拝見しましたよ、保安官。間に合わなくて残念です」

「残念なのはおたがいさまよ」

「あなたのご自宅は犯行現場になりましたが、玄関にテープは張ってありません。ボーが侵入した窓には、ウェイドたちが板を打ちつけました。内部の捜査はこちらですませたので、戻っていただいて結構です。バンはいまだくすぶっていて、消防署長が縄を張って人を遠ざけています。それで、サビッチは大丈夫なんですか?」

「大丈夫よ。でも当分、腕立て伏せは無理ね。ぞっとするほど痛々しいけれど、傷が深くなくて、ほんとうによかった。今晩は大事をとって入院です。医者によると、一週間もしたら、仰向けで眠られるそうです」

グレン・ホッジズはサビッチを称讃すると、笑いながらつけ加えた。「シャーロックが朝の何時に現れるかをめぐって、三パターンの賭けになってましてね。そこまで時間がかかればの話ですが」

「現実問題として」ケイティは応じた。「たとえ車で疾走したとしても、そこまで早く来られる方法はありませんけれど」

「じきにわかりますよ、保安官。明日、またこちらにうかがって、サビッチを見舞います。いま書類を書いてたんですが、これがすんだらオズボーン保安官助手が地元のB&Bに案内してくれることになっています。なんと言ったかな。確かマザーズ・ベストとか？」

「マザーズ・ベリー・ベストね」ケイティは言った。「ミセス・ビーチャムのおばあさんが四〇年代につけた名前です。いい宿よ——少しひらひらしすぎだけれど、食事は最高。これまでになにかを食べた経験がなければ、最高級のもてなしを受けられるわ」

「それはすばらしい。おっと、保安官」ホッジズは一瞬口をつぐんだ。「じつは、あなたにお伝えしなければならないことがあります。いや、まさかというような話でして。さっきバンの周囲にロープを張ったと言いましたが、その前に車内を念入りに調べたんです。あなたはサビッチ捜査官とともに病院に向かわれたところで、そんなときにご心配かけるのもどうかと思いましたし、ウェイドも賛成してくれました」

わたしに心配をかけたくなかったって、なにが？

ケイティは軽く穏やかな口調を保って尋ねた。「わたしに伝えるまでもなかったことというのは、なにかしら、ホッジズ捜査官？」

「伝えるまでもなかったこととは言えないんですが……あのですね、保安官。バンのなかには、誰もいなかったんです」

11

「え？」

「どうやらクランシーは――でかい腹やらなんやらを抱えて――バンが爆発する前に逃げだしたようです」ホッジズは言った。「もちろん、そうしなきゃならない理由はたくさんあります。ウェイドは郡のすべての保安官局と、全域の警察署、それに州警察に電話をかけ、クランシーの特徴と人相をあまさず伝えました。クランシーはひどいありさまになっているはずです。なにせ、バンで木に激突しているし、ウェイドに聞きましたが、あなたから腕か肩を撃たれてるんですから、普通の状態ではないわけで。

くり返しますが、すでに彼の捜索は始まっています。盗難車があったら、こちらに直接連絡が入る態勢を整えました。見つかりますよ。

ただでさえたいへんなときに、こんなことをお伝えしなければならないとは、まったくもって残念です、保安官。ボーの死体は、検死官に引き渡されました。事務仕事が発生しますが、それはあなたも承知しておられる。そして、明日の朝いちばんにTBIからあなたに電話が入るはずです」

TBI――テネシー州捜査局。当然、ケイティには電話一本ではすまない事態が待っている。しかしそれは明日のこと。いまこの瞬間は、ホッジズ捜査官に対する激しい怒りに駆られていた。近くにいたら、張り倒していたろう。ケイティはここは平静を装ったほうが得策と自分に言い聞かせ、穏やかかつなめらかな口調で切り返した。「お話を整理させていただきます。このささやかな出来事をわたしに伝えないほうがいいと、あなたが判断されたということかしら、ホッジズ捜査官？保安官であるわたしに、すぐに連絡を入れるべきだとは考えなかったんですか？」

「ええ、マダム、現場はてんやわんやで――」

「今後二度と、同じ過ちをくり返さないでください、ホッジズ捜査官。わたしはジェスボローの保安官です。保安官助手がなにを言ったか知りませんが、責任者はあくまでこのわたしです」

「待ってください、保安官。連絡が遅くなったのは申し訳ないが、事件の捜査を担当するのはこちらです」

「これ以上、お話しすることはありません、ホッジズ捜査官。ウェイドに替わってください」

「勘弁してください、ケイティ。そうかかりかりしないで」電話に出ると、ウェイドは言った。

ケイティはトラックでウェイドを轢《ひ》くところを夢想した。なんなら、しばらくのあいだアルミニウム合金のホイールのついた後部タイヤの下に敷いてやってもいい。すると胸のつかえが下りて、楽になった。サビッチの言うとおりだ。ウェイドのお尻を蹴って、テネシーからノースキャロライナかバージニアかジョージアに追いだしてやるべきだ。追いだす先ならたくさんある。そうね、ケンタッキーなんていいかも。「すぐにわたしに知らせるべきだったのよ、ウェイド。FBIがなんと言おうと」

「聞いてください、ケイティ。あなたはサビッチ捜査官と病院に向かっていた。心配させたくなかったんですよ。それに万事、手抜かりなく処理しました」

「心配するのはわたしの仕事よ、ウェイド。この件については、また明日。まずは、みんなを呼び戻し、家に帰して休ませるように。ただし、うちの周辺のパトロールだけは続けて。いえ、それじゃ不充分ね。保安官助手をふたり、うちの玄関に見張りに立たせて。クランシーがまだ生きているとしたら、森に隠れている可能性が高いわ。怪我がたいしたことなければ、また舞い戻ってくるかもしれない。

そうね、こうしましょう。もし明朝までにクランシーが見つからなければ、朝いちばんでうちに犬を連れてくるようディッカーに伝えて。州の警官は睡眠が足りてるでしょうから、捜索を続行してもらいましょう。それからもうひとつ。わたしの自宅から半径五マイル圏内にあるすべての家に警戒をうながしてちょうだい。わかった？」

「近所の家にはすべて、メアリー・リンに電話してもらいました。おれにだって、どうしたらいいかくらい、わかってるんです」

「あの男は、車を盗もうとするかもしれない」

「わかってます」

「危険な男よ、ウェイド。どんなに危険な男か、みんなにくり返し注意するのよ」

「ええ、わかってますって、そんなこと。お宅に保安官助手を見張りにやりますが、くれぐれも用心してくださいよ、ケイティ。いかれた野郎ですからね、なにをしでかすかわかったもんじゃない」

「大事な話があるわ、ウェイド。とても大切な話が。でも、明日にはサビッチ捜査官も生者の世界に戻ってくるでしょうから、それまで待つことにしましょう。とりあえず、いまは心配しなくていいわ、ウェイド」

「待ってください！　あの、ケイティ、なにを——」

「いいえ、今晩はあなたも大忙しだったでしょうからね、ウェイド。あなたもホッジズ捜査官も」ケイティは笑顔で電話を切った。ウェイドは語られなかった内容を思い悩み、わたしを呪うことになる。

ケイティは壁から体を起こし、待合室に向かった。ウェイドは困惑のきわみ。少なくともそれに近い状態にある。

それはさておき、でぶっちょは命からがらバンを抜けだし、爆発を起こす前に森に逃げたことになる。たいした早業ではないか。

かくなるうえは、気が重いけれど、マイルズに伝えるしかない。父親たる彼には、わが子の盾になる権利がある。

まずは娘を、客人ともども家に連れて帰らなければならない。あるいはここは慎重を期して家に帰るのをやめ、マザーズ・ベリー・ベストを使うべきか。いや、それはできない。左目の上あたりがずきずきと疼《うず》きだした。わが家のほうが安全に決まっている。いまはわが家が天国にも思える。たとえ表側の窓に板が打ちつけてあり、玄関の前には黒こげになったバンがあるとしても。

ケイティは狭い待合室に入った。古いタイム誌が誇らしげに散らばり、大半は、ウォーターゲート事件を報じた七〇年代のものだった。

キーリーはパジャマにローブをはおり、厚手の靴下にウサギのスリッパをはいていた。サムはケイティのものであるグレイのスエットの上下を着ていた。裾は幾重にも巻きあげられ、押しあげられた長すぎる袖は、腕に巻いたタイヤのようだ。靴下もやはりケイティのもの。看護師がブランケットを二枚ずつと枕を持ってきてくれた、とマイルズは言った。たぶんヒルダ・バーンズね、とケイティは答えた。ヒルダはいつも、病院を訪れた子どもに目を配ってくれる。

待合室のなかで、マイルズだけがまだ濡れたままだった。

サムはケイティを見るなり、立ちあがった。「ディロンおじさんはどう、ケイティ?」

「よくなるわよ、サム。エイブル先生が無理をさせたくないからって、今晩はここに泊まることになったわ」

マイルズは言った。「手術着を着てるとぐっと機敏に見えるよ、ケイティ」だが実際の彼女は滑稽だった。ぶかぶかの手術着に、ネズミの尻尾のような濡れたポニーテール。それでいて雄々しくもある——おかしな感想ではあるものの、そう感じるのだからしかたがない。

そのとき、ケイティがかがんで膝を搔いた。言ってくれればおれが搔いたのに、とマイルズは思った。

「体を洗い流さないと、ディロンの部屋に入れてもらえなかったの。服はタオルに包んでここにあるわ」

「ママ、ジョナ先生よりかっこいい」

「先生には内緒よ」

「わかった。おひげを剃《そ》らなきゃならない、この男の人はだあれ?」

「おれのことかな、キーリー?」マイルズは虚を突かれた。「おれが誰だか知ってるだろう。きみのママにはアスピリンがいる」

どうしてわかったのだろう? ケイティは驚いた。

「ううん」キーリーは答えた。「雑誌に載ってた、写真の男の人」

「ああ、ニクソン大統領のこと」ケイティは言った。「彼が辞任したのは、わたしが生まれた直後だから、ずいぶん前ね。何年だったかしら?」

「一九七四年だ」マイルズが答えた。「おれはいまのサムより少し小さかった」

「頭が痛いの、ケイティ?」サムはケイティを見あげた。

「ちょっとだけだから、心配しないで。マイルズ、シャーロックがいつ到着するかで、賭けになっているんですってね。サビッチは彼女に来なくていいと言っていたけど」

「そんなの関係あるもんか」マイルズは言った。「シャーロックは思いこんだら一直線。手を貸すつもりがないんなら、近寄らないほうがいい。さて、子どもたち。十二時もまわったことだし、おまえたちはベッドに入る時間だぞ。今度こそ」

「あたし、疲れてない」キーリーはすかさず切り返してあくびをした。

「そうでしょうとも」ケイティは娘を腕に抱き、マイルズ・ケタリングに微笑みかけた。サムと遭遇するまで、この世に存在することさえ知らなかった男だ。彼の服は濡れて皺くちゃになり、ウールがぷんとにおうし、足は靴のなかで音をたてているが、にもかかわらず、子どもたちは彼といるとくつろげるようだった。

「ぶっ倒れそうな顔をしてるわ、マイルズ。いまにも昏睡状態に突入しそうよ」実際は、疲労と息子の心配に顔を引きつらせつつも、安堵とまぎれもない幸福感に目を輝かせている。彼の強さと有能さ、そしてわが子に対する一途な愛情が、ひしひしと伝わってきた。

この二日間、睡眠不足と絶え間ない不安とでくたくたになっていたマイルズは、昏睡状態というのも悪くないと思いつつ、「まだひとがんばりぐらいはできそうだ」と、あっさり答えた。ゆっくりと立ちあがり、その腕には二度と離すまいとでもするように、サムが抱えられている。ケイティには彼の気持ちが痛いほどわかった。サムのそばにいて、手のひらに息子の鼓動を感じ、息子が無事自分のもとに戻ってきたのを実感したいのだ。

「一瞬、サムをディロンに会わせてやってくれ。怖がっているから、安心させてやりたい。顔さえ見たら、すぐに行く」

そのとき、ある看護師がサビッチ特別捜査官は一般病室に移されたと告げにきた。

「ちょうどよかった」マイルズは言った。「保安官にアスピリンをもらえないか?」

「ええ、いいですよ。ケイティ、ちょっと待ってね。もう少し効き目の強い薬をあげるわ」

「ほどほどにしておいて」ケイティは看護師のうしろ姿に声をかけた。「まだぼっとしてられないから」

「あたしもディロンおじさんに会いたい」と、キーリー。

ケイティには、こんな時間まで子どもを起こしている親などいないことがわかっていた。この病院いるほぼすべての人がキーリーのことを五年前、この二階上で生まれたときから知っている。そうやって考えてみると、半径一〇マイル以内に住むジェスボローの住人たちは、おたがいにすべてを知る仲であり、数時間もあればどんなことも広まってしまう。今日の出来事を知らずにすむには、病気になるか、死ぬしかない。

四人はベッドの傍らに立ち、眠るサビッチを見つめた。サムはそっと彼の肩を叩き、父親を仰ぎ見た。「ディロンおじさん、あんまよくないみたい、パパ。どうして下向いて寝てるの?」

「ほら、おまえも知ってるだろう? 背中に怪我をしたからさ。すぐによくなるから、心配いらないぞ、サム」

「このおじさんかっこいい」キーリーは言った。「ねえ、ママも好きになりそう?」

「遅すぎたみたいよ、パンプキン」ケイティは娘に答えた。「彼もひとりでがんばってたんだけど、シャーロックに出会って、彼女からプロポーズされちゃったんですって。シャーロックのほうが、わたしたちよりずっと彼を必要としてたから、彼も断れないでしょう？」

マイルズは笑いたかったが、疲れていて、まばたきしかできなかった。

サビッチの病室を出たときには、ケイティの胃には鎮痛剤が二錠おさまり、肩にはすやすやと眠るキーリーの頭があった。それから十分後、ケイティはマイルズがレンタルしたフォードの助手席で、キーリーを膝に抱えていた。マイルズはシートベルトを締め、そこでふと動きを止めた。サムを後部座席でひとりにしたくない。その思いはケイティとて同じだった。

窮屈だろうが、できないこともない。マイルズは尋ねた。「サム、じっとしてられるか？」

「うん、パパ」

疲れているせいで、サムの声は酔っぱらいのようにくぐもっていた。

「そうか。だったら、おれの膝に坐っていいぞ。ただし、運転中はいっさい動くなよ」

こうした愚かな行為に対して、違反切符を渡してきたケイティだが、このときは口をつぐんだ。なんとかなるだろう。

マイルズは息子を膝に乗せて、その上からシートベルトを締めなおした。シートをいっぱいまで下げても、サムがハンドルに触れそうだった。ケイティは言った。「ひょっとしたら、あなたたちはマザーズ・ベリー・ベストに泊まったほうがいいかもしれないわ、マイルズ。捜査官たちは、みんなあそこに泊まっているの」

マイルズは長い沈黙の末、車を発進させた。

「あなたをうちに泊めたくないわけじゃないのよ。全然そうではないのだけれど」

12

ケイティは黙った。子どもたちふたりが寝ているのを見て、声を低めて言葉を継いだ。

「予想外のことが起きたのよ、マイルズ」

マイルズはハンドルを握りしめている。「話してくれ」

「バンが爆発する前に、でぶのクランシーが逃げだし、まだ見つかっていないの。捜索は明日の朝いちばん、朝日とともに始まるわ。まだ森にいるとしたら、傷か肺炎で朝までに死ぬ可能性もないとは言えない。でも、そう都合よくはいかないでしょうね」

マイルズは右手でハンドルを叩いた。サムがびくりとしたが、目は覚まさなかった。「つまり、まだ危険な状況を脱してないってことか」

「ええ、そうよ。これまでのことを思うと、クランシーが死んで、罪の報いを受けたと思えたら、ずっと気分がいいんでしょうけど。いまは彼がなるべく早く、できるだけ遠くまで逃げてくれていることを願っているわ。つかまえさえすれば、なぜ彼らがサムを誘拐したのかを問いただすことはできるもの」

「そうなれば、おれの気分もずっとよくなるだろう。身代金の要求がなかったんで、みな小児性愛者のしわざだと考えていた。それがいまはどうだ？　見当もつかない」マイルズは言葉を切り、ふたたび話した。「きみはあいつが死んだとは思っていないようだな」

彼の声には希望のかけらもなかったが、ケイティは嘘をつかなかった。「ええ、思っていないわ。人生というのはそんなに整然としたものじゃない。犯罪者がからんだら、その混乱にさらに拍車がかかる」

「おれたちを町のB&Bに泊まらせたい理由はそれか」

「それが最善の選択肢かもしれない」

「きみと保安官助手がいっしょなら、同じくらい安全だろう、保安官？」

「ひと晩じゅう、ふたりの保安官助手が玄関に見張りに立つし、明日にはさらに人数が増える。いずれにせよ、あなたの身に危険が降りかかるとは思えないけれど、決めるのはあなたよ、マイルズ」

「きみさえよければ、サムとおれはきみの家に泊まらせてもらいたい。サムはきみとキーリーがいっしょのほうがくつろげる。だから強制されないかぎり、また新しい場所には連れていきたくない」

「そこまでする気はないわ。でも、ボーとクランシーがサムを連れ戻すためうちまで来たってことを忘れないで。クランシーにしたって、遠くまで逃げたとは言いきれないわ」

「おっと、きみはまだ知らないと思うんだが、ケイティ、おれは五年前まで法執行の世界にいた。FBIにね。実を言うとサビッチは当時の知りあいで、それで親しくなったんだ。必要とあらば、対処もできるし銃も扱える」

ケイティはマイルズを見て首を振った。「どうりで。軍隊かなにかにいたんじゃないかと思ってたわ」

「わかるよ、きみの言いたいこと。ふたりの子どもを抱えてたって、恐ろしく凶悪な顔つきになれてただろ?」

自宅までたっぷり二十分はかかった。時速二〇マイルがせいぜいだった。雨は弱まっているが、灰色の霧が重く垂れこめ、骨がきしむほど冷たい夜気は、さらなる雨をはらんでいた。子どもたちが眠りつづけるなか、車はケイティの家にたどり着いた。四〇年代にジェスボローのはずれに建てられた瀟洒《しょうしゃ》な二階屋で、広いポーチが造りつけになっている。ユリノキの立ちならぶ道路沿いにあり、家から道路までの五エーカーの土地は、ほぼ全面が広葉樹――ブナ、ベニカエデ、アメリカトネリコ、サッサフラス――におおわれている。

マイルズは言った。「これじゃ山脈は見えないが、あるのはわかってるんだ。きみの家のすぐ裏手に」

「明日の朝まで待って。一年でいちばん贅沢な季節が秋なの。いろんな木があって、たくさんの色があって、それぞれに鮮やかよ。そうね、三月の末にでも、来てごらんなさい。魅力半減だから」

マイルズは保安官助手の背後にフォードを入れた。ケイティは保安官助手に手を振ってから、眠っているキーリーをマイルズに渡した。マイルズは空いている肩にキーリーを抱き取ると、ふと立ち止まり、いまだくすぶっているバンと板を打ちつけられた玄関側の窓を見た。そして子どもたちを抱いて家に入った。

ケイティには、車が玄関の前に誇らしげに停まっていることが嬉しかった。クランシーにも見えないはずがない。そして保安官助手たちの車の座席のあいだには、ブラックコーヒーの入った巨大な魔法瓶がある。これだけあれば、この世の終わりまでだってもちますよ、とふたりはケイティに請けあった。

午前二時になろうとするころ、ケイティはマイルズにホットチョコレートの入ったカップを手渡し、大きな安楽椅子を指さした。

「これでも飲んで。わたしの経験だと、頭がちりちりしているときでも、ホットチョコレートを飲むと鎮まるわ。これを飲めば、ことんと眠れる」

「頭痛は治まったかい？」

「ええ。でも、どうしてわかったの？」

マイルズは笑顔になった。「なんとなく」

ケイティもつい笑顔を返した。「盛りだくさんの日だったわね」ふたりしてホットチョコレートをすすった。

ケイティは体の芯からぬくもる感覚に、うっとりと目を閉じた。

「盛りだくさんどころじゃない。子どもたちは骨なしで、ベッドのなかに注ぎこむようにして寝かせてきたよ。子どもってのは、どうしてあんな芸当ができるんだろうな。不思議でしかたがないよ」

ケイティは微笑んだ。「キーリーの面倒をみてくれてありがとう。サイズはサムに合わないにしろ、わたしのスエットは温かいわ。彼の服を洗ってあげる時間がなかったの。朝起きたらすぐに洗わなきゃ。勇敢な子ね、マイルズ」

「そうだな。だが、息子の命が救われたのは、誰がなんと言おうときみのおかげだ。感謝してるよ、ケイティ。きみには返しきれない借りができた」

「どういたしまして。でも、サムを救ったのはサム自身だってことを忘れないで。わたしがのろのろ運転していて、キーリーがサムを見つけたのは、たまたまなんだから」

「きみがおれの服を乾かしてくれているあいだに、キーリーをベッドに運んだだろ？　キーリーは病院でヒルダから借りたブランケットをまだつかんでいた。手放すのをいやがってるみたいだったよ」

「あの子、オスカーの話をした？　あの子の飼ってるウサギよ。生後六カ月のころから、ずっといっしょなの」

「ウサギと寝てるのかい？」

「ええ、そうよ、ぬいぐるみのね。サムにはいっしょに眠るお気に入りの動物がいる？」

「ああ」マイルズは言った。「オリーという名のぬいぐるみのカエルがね。もうぼろぼろなんだが、サムは手放そうとしない」

「ちょっと待って」ケイティはリビングを出ると、わずか数分後、大きな緑色のカエルを小脇に抱えて戻った。「キーリーのクロゼットにあったの。あの子の祖母、つまりわたしの母親が、去年のクリスマスにくれたものよ。これならオリーの代わりになるかもしれない」マイルズが微笑んだ。いかにも自然な笑顔だった。「そいつには名前があるのかい？」

「ええ、マリーよ」

「女の子じゃ、サムがいやがるかもしれない」

「大丈夫よ。緑色だから女の子っぽくないし、マーティンってことにすればいいわ」

ふたたびマイルズの目が閉じられ、緊張がよみがえったのがわかった。ケイティが黙って見ていると、しばらくして彼が言った。「おれには、サムが金曜の明け方近くに、眠っていたベッドから連れ去られたことしかわからない。終わりのない悪夢のようだった」喉をひくつかせて唾を呑んだ。ケイティは口を差しはさむのを控えた。

「幼稚園へやろうと寝室まで行ったら、息子がいない、ベッドはもぬけの殻だった。てっきりバスルームだと思って、急げと声をかけた。誰かに連れ去られたのだと気づくまでに、たっぷり五分はかかった。最初は小児性愛者のしわざだと思ったし、実際、FBIもすぐにその線を洗った。そのうち、誰もが報復じゃないかと考えるようになった。なにせ、おれはFBIにいて、悪いやつらをつかまえてきた身だ。かなりの数の連中がおれを恨み、その代償として誘拐に走ったのかもしれない。FBIはおれの義理の妹や、うちの会社の社員の一部、それに友人にまで話を聞いた。そうしたことにたっぷり時間をとられ、捜索は始まったばかりだった。だが、捜査官がなにを言い、なにをしていようと、おれにはどこぞの変態がうちの子を奪ったとしか思えなかった」

マイルズの声は割れていた。目を開く。「ＦＢＩが息子を取り戻してくれると信じたかったし、それを願ってもいたが、誘拐事件は多発している。そして子どもたちは永遠に見つからないか、死体となって発見される。こんなに怖い思いをしたのは生まれてはじめてだ」

「でしょうね。キーリーがそんな目に遭ったらと思うと、気が遠くなるわ」ケイティは首を振った。「サムから聞いた？　ボーとクランシーに小屋に閉じこめられていたとき、お母さんが導いてくれたそうよ」

「いや、こまかい話まで聞く時間がなくて」

「あなたの奥さんがお元気だといいんだけど」

「妻が死んで二年になる。交通事故だった」

「そうだったの？　ごめんなさい。サムから聞いていなかったもんだから」

マイルズの顔に微苦笑が浮かんだ。「いや、気にしないで。あいつはしょっちゅう母親の声を聞いているもんだから、まだそう言わないんだ。おかしなことに、おれにまでたまに聞こえる。もちろん、くたくたのときなんぞに頭のなかに響くだけなんだが、そのせいで混乱して困ってるよ。だが、サムの手引きをしてくれたんなら、彼女に感謝しなきゃな」身震いする。「たぶん、サムは自分の身を守るために母親を必要としていたんだろう。そして、そのとおりにした。なにがあったか教えてくれるかい、保安官？」

「喜んで。サムの大脱走劇について話すわね」ケイティはおよそ二分ほど話したところで、聞き手が船を漕《こ》いでいるのに気づいた。かがんで、マイルズの肩をそっと揺さぶる。彼は恐怖とともに瞬時に目覚め、サムが無事だと気づいて緊張をゆるめた。

「おねむの時間よ、マイルズ。サムにはわたしのスエットが使えるけど、あなたには無理ね。明日、あなたたちのために、買い物に行きましょう。それと、バスルームはサムの部屋の隣りよ。父が生前よく遊びにきていたから、男性が使うものはそろっているわ」

「ありがとう、ケイティ」ケイティはリビングから出るマイルズを見ていた。長身痩軀のランナータイプで、目も瞳も黒く、右脇に抱えた緑のカエルがおかしかった。持久力の限界に挑んでいるような歩きっぷり。そして奇妙なことに、ケイティはずっと以前から彼を知っているような錯覚を覚え、そこに心地よさを感じた。

ケイティは熱めのシャワーをゆっくりと浴びると、キーリーを見にいった。寝顔に笑みが貼りつき、抱きしめているオスカーの長い耳がヒルダに借りたブランケットの上からのぞいている。

ケイティはベッドに入った。頭を休める前に、もうひと仕事あった。ラップトップを開き、地方の捜査関係者にも利用できるＦＢＩの国内の犯罪者データベース、ＮＣＩＣ――全国犯罪情報センター――にアクセスした。いまは亡きボーレガード・ジョーンズはテキサス州デントン出身の常習的な犯罪者で、たとえ生きていたとしても、これ以上逮捕状が出たら刑務所で一生を終えるしかないだけの前科があった。しかし誘拐歴は見つからず、テネシー州やその近隣に家族がいるという記述もなかった。

クランシーに関しては名字の手がかりすらなく、ボーとの接点もわかっていない。ケイティはボーが数年前まで収監されていたオッシニングに電話をかけ、早急に連絡が欲しいと刑務所長への伝言を残した。事件を解決する鍵がクランシーにあると直感していた。

ラップトップを閉じ、モデムのプラグを抜いて、ベッドに横になった。

夢を見た。キーリーが自分を呼ぶ声がするのに、近づくと、ずらりとならんだバンしか見えない。それが一台ずつ爆発するのを恐怖に息を呑んで見ていた。やがてクランシーが現れ、まだ炎上していないバンにキーリーを押しこんだ。ケイティはそこで目覚めた。恐怖に息が上がり、汗で寝間着が濡れていた。

じっとしてはいられない。ケイティは起きあがってキーリーのようすを確認し、ついでにサムとマイルズの部屋ものぞいた。サムは横向きになって父親の肩に顔をつけ、父親は息子に腕をまわしていた。カエルのマーティンはマイルズの上で手足を投げだし、それにサムが腕をかけている。

恐ろしい夢のせいで、ケイティの体はまだ震えていた。ボーは死んだ。残るはクランシー。かならずつかまえて、刑務所にぶちこんでやる。

13

日曜午前十時の病院は、静かそのものだった。ケイティとマイルズと子どもたちは、サビッチが占有している個室同然の部屋にぞろぞろと入った。

彼の顔をのぞきこんでいたのは、黒いパンツに黒のハーフブーツ、赤いセーターに黒いデニムのジャケットを重ねた華奢《きゃしゃ》な女性だった。ふわふわとした赤っぽい髪をしているが、いわゆる赤毛でもなければ、とび色でもなく、さまざまな色が混じりあっている。そして気持ちのいい笑い声を響かせていた。彼女は物音を聞きつけて、顔を上げた。

目がぱっと輝いた。「あら、サム！　ディロンからあなたはヒーローだって聞いてたところよ」

サムは歓声を上げて彼女に駆け寄った。「そうだよ、シャーロックおばさん。ぼく、自分ひとりで窓によじのぼったんだよ。ちいちゃな窓で、肩がなかなか抜けなくてさあ。でも肩が抜けたら、お尻はすぽんと抜けちゃって、顔からぬかるみに落ちたんだ。げって思ったけど、いっぱい走ったら、ケイティが来てくれた。でね、ケイティが悪いやつらを撃ったんだよ」

そこでようやく息をついた。シャーロックはサムを抱いて病室内を踊りまわり、サムの顔にキスの雨を降らせた。

シャーロックがひと息つくと、サムは尋ねた。「ショーンはどこ?」

「おばあちゃんのところよ。誓ってもいいけど、いまごろは教会に連れてかれてるわ」

「かわいそうだね」サムは言った。「ショーンはおとなしく坐ってるのが嫌いなのに」

「ほんとね」シャーロックは最後にもう一度、サムにキスした。「グラハムクラッカーをあげて、慰めてやらなきゃ」

サムは急いでサビッチを見た。「ディロンおじさん、起きてるけど、もう大丈夫なの?」

「大丈夫だよ、サム。ちょっと不自由だけどな」サビッチはサムを抱きしめ、背中の包帯に少年の手が触れても、痛そうな顔をしないようにした。「今日じゅうに立ちあがらせるって、シャーロックに言われたよ。昨日は父さんといっしょに保安官の家に泊まったのか?」

「うん。パパと寝たんだ。暑いのにさあ、パパったら離してくれないんだよ」

「わたしも離さないわよ、サム」シャーロックは言った。「さあ、ほかになにがあったか教えて」

「目を覚ましたらね、このへんてこなカエルがパパの上にいたの」

「マリーだよ」マイルズはシャーロックに説明した。「緑色の大きなカエルのぬいぐるみで、キーリーから借りたんだ」

サムは憤慨《ふんがい》した。「女の子じゃないよ。マーティンって、男の子のカエルなんだから」

マイルズは言った。「おい、おまえは男らしいから、そんなこと気にしないと思ってたのに、そうじゃないのか？」

迷っているサムをよそに、マイルズはシャーロックに話しかけた。「午前中のうちにきみが来るだろうって、ケイティに言ってたんだ、シャーロック。どうやって来た？」

サビッチが答えた。「上司のジミー・メートランドに電話して、おれがテネシーで怪我をしたと伝えたら、シャーロックを送るために黒のベル・ジェット・ヘリコプターを出してくれたんだとさ」

「すごーい」サムは言った。「ケイティ、ぼくのパパはヘリコプターの部品をつくっててね、ヘリコプターも操縦できるんだよ。ねえ、家に帰るとき、ヘリコプターに乗っけてくれる、パパ？」

「そりゃむずかしいな」マイルズは答えた。「FBIのヘリコプターとなるとなおさらだ。ヘリコプターに乗れない納税者たちが、かんかんになって怒るだろ？　セスナじゃだめか、サム？」

サムがどうしてヘリコプターのほうがクールなのか説明しようと頭をひねっているあいだに、ケイティはシャーロックに挨拶した。

シャーロックはケイティの両手を取り、しばらく握っていた。「サムを助けてくださって、心から感謝してます」

「当然のことをしたまでです。それより、ミセス・サビッチ――」

「シャーロックと呼んで。みんなそうなの」

「ご主人が負傷されたのは、わたしのせいです。わたしがバンに駆け寄ろうとしなけ――」

「ううん、それはもういいの。そりゃ、最初は頭にきたけれど、ディロンから、あなたが一度ならず二度までもサムを救ってくれて、土壇場でボーを撃ったと聞いたわ。だからいまはここでおたがいに感謝しあえるし、ものごとを先に進めることもできる」

ケイティはサビッチとシャーロックに順番に目をやった。「まだご存じないであろうことを、おふたりにお伝えしなければなりません」

一同の目がケイティに集まった。

「クランシーはバンのなかにいませんでした。爆発する前に脱出したんです。いま捜索が行なわれています。まだこのあたりにいれば、つかまるでしょう」

サビッチが尋ねる。「犬はいるのかい、保安官？」

「ええ。バド・ディッカーが捜索犬を四頭飼育していて、今朝は六時から仕事に取りかかっています。まだ連絡はありませんが」

シャーロックは眉をひそめた。「よほどの大怪我じゃないかぎり、このあたりにいるとは思えないわ。さあ、いいわよ、ケイティ、続きがあるんでしょう？　吐きだしちゃって」

「雲をつかむような話なのですが……おそらくみなさんも、ボーとクランシーがなぜサムをここ、テネシー州ジェスボローに連れてきて、ブリーカーの小屋に閉じこめたのか、疑問に思っておられることでしょう。サムの誘拐事件には、地元の人間がかかわっているのか？

それとも、ここを選んだのは偶然で、たまたま小屋の存在を知っていたクランシーとボーがそれを利用しただけなのか？」

サビッチは巧みな話術に感心したときの常で、ふっとため息を漏らし、黙って先を待った。

ケイティは続けた。「マイルズ、このあたりに知りあいはいませんか？　ひとりも？」

「いないよ。昨晩話したとおり、テネシー州のこの地域に来たのは、生まれてはじめてだ」

「だとしたら、つぎに考えるべきは、ボーとクランシーをこの地域に結びつけるなにか。ふたりともこのへんの出身ではなく、したがって手を貸しそうな親戚がいないとわかっても、さほど驚きはありませんでした。しかし、ふたりは入出獄をくり返してきた根っからの犯罪者。わたしはそこに答えがあるにちがいないと考えました。クランシーとボーのどちらかが、刑務所でこのあたりの出身者もしくはこのあたりに友人なり親戚なりを持つ人物と知りあったのではないか、と。ＮＣＩＣに当たったところ、ボーはオッシニングに服役していたので、あの快適な施設にクランシーという男がいたかどうか、問いあわせてみました。

ついさっきオッシニングから返事があり、思ったとおり、クランシー・エデンズという男が八カ月前まで世話になっていたことがわかりました。罪状は誘拐謀議。犯人グループのひとりが怖《お》じ気《け》づき、仲間を売ったのです。

オッシニングからファックスされてきた写真により、わたしたちが捜しているクランシーと同一人物であることが確認できました。それをコピーし、町じゅうに貼らせています。ただ、クランシー・エデンズと地元の何者かを結びつける線は、まだ見つかっていません」

サビッチは微笑んだ。「きみは明晰《めいせき》だな、ケイティ。足踏みする必要はない。シャーロック、MAXを取ってくれ。なにか見つかるかもしれない」

モデムが接続されるや、サビッチは愛機MAXを立ちあげた。起動するのを待っているあいだに、マイルズはケイティにMAX——あるときはMAXINE——とは、サビッチが長い年月をかけて構築したデータ探索ソフトウェアにアクセスするとき使うラップトップだと説明した。「重要なのは、MAXあるいはMAXINEには、どこかのデータベースにそのデータが入っていさえすれば、大統領が使っているデオドラントの種類までほぼ特定できるってことだ。しかもサビッチは、おれよりコンピュータを得意としている」マイルズはつけ加えた。「ほんとのとこ、まったくやんなるよ」

「うるさいぞ、マイルズ」サビッチは顔も上げずに言った。「コンピュータならおまえも得意だろ。おれには夜間誘導システムとボウリングのボールの区別もつかない」

シャーロックが横から口をはさむ。「二、三週間前じゃなかった？　あなたがディロンをマットに沈めたのは」

サビッチが顔を上げる。「あれはたんなる事故だ、シャーロック。あのときのおれは脱水症状かなにかを起こしてたんだ」

ケイティは微笑みながらサムに話しかけた。「あなたが不安になるのはわかるわ、サム。でも、でぶっちょのことで悩まないで。わたしたちは草の根を分けてでも彼をつかまえる。そこらじゅうに彼の写真を貼ったし、いまこうやってしゃべっているあいだにも、特別のビラが刷りあがろうとしている。それにね、サム、あなたのディロンおじさんが、あいつらがあなたをここへ連れてきた理由をまもなく突き止めてくれるわ」

「あいつ、めちゃめちゃ腹がでかいんだよ、ディロンおじさん」サムは父親の腿《もも》に坐りながら言った。

「そうね、サム」ケイティは話を合わせた。「手配写真に写っているのは、ほとんどが彼のお腹だったわ」

マイルズが声をかける。「キーリー、椅子はここしかないよ。きみも坐るかい?」

キーリーは迷わず残っていた腿によじのぼった。マイルズは言った。「みんなまだ興奮状態で、まともに考えたり、ほかのことを話したりできないんだ。だから、おまえたち、しばらくおれにもたれて話を聞こう。いいな?」

シャーロックは言った。「そう言えば、サム、そのジーンズとタイタンズのスエット、とってもいかすわよ。レッドスキンズのファン仲間がそれを見たら、なんて言うかわからないけど。あなたのその大きな足にはいているのは、ひょっとしてナイキ?」

得意満面のサムを前にして、ケイティは言った。「今朝七時くらいに、メアリー・リン・レクター――彼女の父親は地元長老派教会の牧師なんですよ――がサムがわたしのスエットを着ていると聞きつけて、持ってきてくれたんです。今日は日曜日だから、Kマートも十時まで開かないだろうって。マイルズのほうは、洗濯しただけで、なにひとつ新しくないんですけどね」

サムが父親の胸につぶやいた。「ぼく、いかすって」

キーリーは母親を仰ぎ見ると、眉をひそめて、親指をくわえた。半年前にやんだと思っていた指しゃぶりの癖だ。バンの爆発や、間近で人が撃ち殺されるのを見たせいかもしれない。ドクター・シーラ・レインズに相談してみなければ、とケイティは思った。ケイティがジェスボロー郡で唯一信頼している精神科医が、幼なじみのシーラだった。ケイティは娘の傍らに移動した。

「メートランド副長官は、わたしといっしょに同僚の捜査官たちを送りたがったんだけど、わたしだけ急いで行かせてほしいと頼んだのよ、マイルズ」シャーロックは言った。「でも、ブッチ・アッシュバーンが今日ここに現れても驚かないわ。ブルドッグのような男なのよ、ケイティ」

「グレン・ホッジズのようにですか？」

「あんなもんじゃない」サビッチはあいかわらずラップトップを見たまま答えた。「メートランドを説得するシャーロックの声が聞こえるようだよ、ケイティ。自分がすべて片づけるから、ヘリコプターにそれ以上の人員を乗せる必要はないとでも言ったんだろう」

折りしも、グレン・ホッジズとその部下ふたりがドアから顔をのぞかせた。うちふたりが満面の笑みになり、残るひとりはがっくりと肩を落とした。「ここだと思いましたよ、シャーロック。こりゃすごい。五〇ドルの賭けに勝てました。哀れなジェシーは、あなたは十二時まで現れないほうに賭けたんです」ジェシーがうめいた。

「ここにいるに決まってるでしょ」シャーロックはホッジズに応じた。「ほかのどこにいるって言うの？」

「そこのジェシーは――」サビッチは妻に話しかけた。「きみが自分の望みをかなえるためなら、ひと山、ふた山、平気で越えられる女だってことを知らなかったのさ」

笑い声が起きる。ホッジズは言った。「保安官、マザーズ・ベリー・ベストはいい宿でしたよ。そりゃあうまい朝食を出してくれました。サビッチ、元気そうですね。一、二週間は痛みが残るだろうと保安官から聞いていましたが、もう起きてMAXを働かせてるとは」ホッジズはサムとキーリーを見てから、ケイティに尋ねた。「まだ怒ってますか、保安官？」

「ホッジズ捜査官は――」ケイティは一同に説明した。「クランシーがバンにいなかった報告を怠り、勝手に指揮を執ったんです。これぞぴかぴかのウィングチップをはいた、悪名高きFBI捜査官のやり口ですよね」

シャーロックが反応した。「それ、ほんとなの、ケイティ？　クランシーがバンにいなかったのがわかっても、グレンはすぐにあなたに連絡しなかったの？」

「ええ、まあ。報告が少しばかり遅れまして」

「実際は、わたしのほうがウェイドに電話したのよ。誰も電話をよこさなかったから」

「わたしが代わりにお仕置きしましょうか、保安官？」シャーロックは尋ねるや、早くも攻撃態勢に入りかかった。

シャーロックはホッジズを女性差別主義者と見なしているらしく、事実、そうかもしれなかった。いっときのことなら、ことを荒だてるまでもないが、ケイティはジェスボローの保安官であり、まだ彼に対する腹立ちはくすぶっていた。「お気持ちはありがたいけれど、わたしが自分で処理するわ、シャーロック」

「ええっと、もしおふた方とも、お仕置きを少し待っていただけるんなら、協力して当たらなければならないことがあります、保安官。その相談がすんだら、ぼくはクランシーの捜索に復帰します。まったく、驚異ですよ。あれほどの巨体ですばしっこいもんだ」

サビッチは言った。「グレン、アッシュバーンの自宅に電話して、まだ家を出ていないようなら、この間《かん》の経緯を伝えておいてくれ。捜査を指揮するのはあいつだから、すぐにでも乗りこんでくるぞ。その前におまえから話が聞ければ、助かるだろう。いつここに現れてもおかしくないが、万が一ということがある」

ケイティは言った。「いいでしょう。ディッカーが犬を連れて出ているほか、三十をゆうに超す人間がクランシーを追っています。捜索範囲を広げて、ウェイドには半径五〇マイル圏内にある全警察と保安官局に連絡させました。どこかから通報があれば、すぐにわたしに連絡が入ることになっています」

「あの、保安官、クランシーの件は申し訳なかったとして、いろいろあったにしろ、ご存じのとおり、これは連邦法に反する犯罪であり、管轄権はこちらにある。そうした通報はこちらにもまわしてもらえませんか?」

「ようやく、立場をわきまえたようね」シャーロックは言った。「まだ希望はあるわよ、グレン。あなたの奥さんに、わたしに電話をするように言って」

「どうしてです？」

シャーロックは不敵な笑みを浮かべた。「ちょっとした女同士のおしゃべり」

「妻にぼくを責めたてさせるつもりですね、シャーロック？」

「ま、そんなとこだろ」サビッチは自分の妻に笑いかけた。

ホッジズは言った。「保安官、昨晩のことですが、ウェイドはあなたから話しがある、今朝になったらみんなと相談すると言われて、すっかりまいってました。どんな話なんです？」

マイルズは言った。「保安官はボーとクランシーがジェスボローに現れた理由を探ろうとしている。ここは世界の誘拐センターにはほど遠い場所だからな。たんなる偶然なのか？　それとも、ここの誰か、あるいはコールファックスの誰かが、ボーかクランシーに通じているのか？　くさい気がしないでもない」

「あったぞ！」

ケイティはサビッチをまじまじと見た。「十五分もかけずに、もうなにかわかったんですか？」

「ときには答えがおのずと浮かんでくるものさ」サビッチは受け流した。「さて、クランシー・エデンズは一九九八年から八カ月前までオッシニングに収監され、廊下をはさんだ向かいにテネシー州キングズポートのルーサー・ビンセントという男がいた。おれの記憶に間違いがなければ、キングズポートといったら、ここから北東にわずか五〇マイルほどの距離じゃないか?」

「そうです」ケイティは指の関節で自分の腕を叩いた。

「ビンセントという名字に心当たりは?」

ケイティはしかめ面になり、足でこつこつ床を叩いていたが、やがてかぶりを振って、ため息をついた。「いいえ」

サビッチは軽く応じた。「知らなくたって、どうということはない。その男については記録を残し、引きつづきチェックする。そのうちクランシーに関するまたつぎのファイルが手に入るだろう」

それから数分で、サビッチは顔を上げた。その顔にはよこしまな笑みが浮かんでいた。

「なにがわかったと思う? クランシー・エデンズは二十年前に改名していた。父親は人生の敗残者だった。この資料によれば、妻とふたりの子を見境なしに殴っていたようだ。クランシーは十八で入隊し、二年後に不名誉除隊となった。そのとき改名して、犯罪の道に進んだ」

ケイティは言った。「お願いだから、焦らさないで。クランシーが改名する前の名前はなんというんですか、ディロン?」

サビッチは笑顔を返した。「きみがバードって名前に心当たりがあるのを切に望むよ」

ケイティは目をしばたたき、キーリーの小さくて形のいい指を見おろした。「バード。この地域には、少なくともわたしの知るかぎり、バードって人はいない。でも、どこかで聞いたことがあるような――」ケイティは膝をぱしりとやった。「そうよ！　思い出した！　彼女がエルスベト・バードよ」

「エルスベト・バード？」興奮したシャーロックが、つま先立った。「話して、ケイティ」

「エルスベト・バードというのは、九〇年代の頭にスーナー・マカミーと結婚し、ここへ引っ越してきた人の名前よ。じゃあ、クランシー・エデンズはあの人の兄なの？」

「クランシーは四十代だ。だから、答えはイエス、兄だろうな」

「助かりました、ディロン。あなたはもう結婚してらっしゃるから、なんならわたしがMAXと暮らしてもいいんですけど。お目にかかれてよかったわ、シャーロック。わたしはこれで失礼します」

「ちょっと待って、ケイティ」シャーロックは言った。「スーナー・マカミーと結婚したエルスベト・バードって人に、ひとりで会いにいくつもりじゃないでしょうね？」

「今日は日曜です」ケイティは辛抱強く答えた。

「それがなにか関係あるの？」

「たまたまですが、マカミー師は伝道師なんです。少数ながら、彼には彼と神を――たぶんその順番で――あがめる信者がいる。信者たちは孤立ぎみで、わたしも彼らの礼拝をのぞいたことはありません。カルトとまでは言わないまでも、多少首をかしげる部分がないでもありません。女性は従属する存在とされ、素直でない妻には、夫が折檻《せっかん》するように教えているとか。教団名は〝罪深き神の子ら〟」

「なにそれ?」

「ええ、でも、そういう名前なんです。マカミー師は午前中いっぱい説教します——そして今日の午後と、夕方にも。つまり空いているのは昼食の時間だけです。なんでもマカミー師にはカリスマ性があり、聴衆を思いのままに操れるのだとか。町なかで見かけたところでは、そんな雰囲気はないんですよ。もの静かで、借りをつくらず、騒ぎとは無縁の、尊敬すべき人物と目されています。

マカミー師は思いつめた印象のある人物です。黒い瞳に黒い髪。陰気で背が高くて痩せていて、いかにもひざまずいて神との対話に長い時間を費やしてきた人らしい風貌です。女性信者とややこしい関係になったという話は、聞いたことがありません。そもそも、奥さんのエルスベトがこのあたりでは指折りの美人なんです。金髪を長く伸ばした細身の女性で、夫に従う物腰のやわらかな人です。ですから、いずれにせよ、今回の事件にかかわりがあるとは考えにくいのですが」

「ふーむ」ホッジズがうなった。ケイティは黙って彼の出方を待ったが、あてがはずれた。ホッジズは女性を蔑視するような発言をせず、しかめ面でぽつりと言った。「犯人像に一致しないな」

「ええ」ケイティは言った。「つねに礼儀正しく、感じのいい人なんですが、どことなく、こちらをあとずさりさせるようなところがある。わかってもらえるかしら」

「信者数はどれくらいなの?」シャーロックは尋ねた。

「確かな数はわかりませんが、五、六十人でしょう。わたしは彼の家に立ち寄り、クランシーがあたりをうろついていなかったかどうか、少し探りを入れてみます。なんと言っても兄妹ですから、身を寄せるとしたら、あそこじゃないでしょうか」

「わたしも行くわ、ケイティ」シャーロックはバッグを肩から下げた。「そのささやかな観光旅行にあなたをひとりでやるわけにはいかない」

「あたしは、ママ?」

「あなたはここにいて。あら」ケイティはぼんやりとマイルズを見た。いたずらそうな笑みをよこした。

「連中をつかまえてきてくれ、タイガー」マイルズは言った。「キーリーとおれとサムはここに残って、ディロンおじさんとジンラミーをしよう。そのあと、カフェテリアでランチってのも悪くない。どうだい、キーリー?」

「あたし、ジンラミーのやり方、知らない」キーリーは答えた。

「ぼくも行きたい、パパ」

「残念ながら、今回は行かせられないな。彼女たちのことを待ってる人が、ほかにもいるんだよ。キーリー、きみならすぐにルールを覚えられるさ。さあ、ママにバイバイして」

「バイバイ、ママ」

「すぐに帰るからね、ちびちゃん」

「きっかり三十一分後に痛み止めの錠剤をのむのよ」シャーロックは無精ひげにおおわれた夫の頬にキスした。「それから、マカミーがサムの誘拐事件に関与している可能性を探って」

「伝道師がサムをか？」マイルズはサムを膝に乗せなおした。「動機の想像がつかないな」

ケイティは肩をすくめた。「わたしはクランシーがここジェスボローまでエルスベトに会いにきてブリーカーの小屋のことを知り、それでサムをそこへ連れていったんだと思う。シャーロック、準備はいいですか？」

エルスベト・マカミーは今回の事件に関係があるのだろうか。ケイティには考えられなかった。エルスベトは夫を敬愛するしとやかな女性で、完全に夫に支配されている。夫のことをファーストネームで呼んだことさえなかった。

ホッジズが身を乗りだした。「ぼくも同行します、保安官。さっきも言ったとおり、これは連邦――」

シャーロックはやんわりとたしなめた。「わたしも確か連邦捜査官だと思うんだけど、グレン。あなたは引きつづき捜索を指揮し、ウィングチップをぴかぴかにしたブッチ・アッシュバーンが来たら、歓迎してやって。伝道師の家には女ふたりで行ってくる」

14

道を折れてブーン通りに入ると、ケイティはシャーロックに話しかけた。「あれがトミー町長が鎮座しているシティホールよ。今朝はもう六件くらい、彼からボイスメールがあったわ。そしてあれが、保安官局と消防署の入っている建物。ジェスボローの目抜き通り、メインストリートはあと少しよ。楽しんでもらえるんじゃないかしら」

シャーロックはなにひとつ見落とすまいと、早くも首を長くしていた。前夜、大嵐が通りすぎた直後だけに、空が高く、秋の木の葉は目にあやなさまざまな色合いの赤色、黄色、黄金色に染まっていた。レンガ敷きの歩道に沿って立ちならぶ古くも美しい建造物。教会も五つ、六つあり、燃えたつような木々の上に尖塔《せんとう》をのぞかせていた。アンティークショップに画廊、鞍《くら》の専門店にギフトショップが五、六軒。シャーロックの興味を引くキルトショップも一軒あったし、周囲を囲った市場もあった。こうした店のあいだにこぢんまりとしたレストランが点在し、ファストフードからイタリアンまでそろっていた。

「きれいね」シャーロックはシートに坐ったまま、通りすぎたばかりのメインストリートをふり返った。「いま見てきた教会のひとつが、〝罪深き神の子ら〟の教会なの?」

「いいえ。〝罪深き神の子ら〟の教会はシカモア・ロードよ。三、四年前にマカミー師が古いルーテル教会を買い取ったの」

「ギフトショップもあったけど、観光客は多いの?」

「夏のあいだはかなり。でも、それほど有名な町じゃないから」

「それにあの山脈」シャーロックはそちらの方角に手をやった。「手を伸ばせば、青い靄《もや》に触れられそう。いつも変わることなくどっしりと構えているところが、安心感につながりそうね」

ケイティは微笑んだ。「アパラチア山脈は季節によって大きくその姿を変えるのよ。もっともきれいなのが秋なんだけど、青い靄の向こうにいつもいてくれる、変わることのない善き隣人のような存在でもある。あの靄ゆえに、アパラチア山脈はスモーキーズと呼ばれている。ほんとのとこ、あの山並みを見ると、いまだにたまに胸が躍るわ」

「美しい町ね、ケイティ。空気はきれいだし、鼻にボルトを通した十代のギャング団もいないし。平和そのものよ」

「ハイウェイまで行けば、その手のものも全部そろってるわ」

「でも、住民は危なくないように守られている。少なくとも、昨日までは」シャーロックはトラックのウインドウを下ろし、すがすがしい空気を吸いこんだ。

「ええ、少し前までは平和な町だった」

「わたし、太いカーラーを持ってきてるのよ」メインストリートに馬車が入るのを見ながら、シャーロックは言った。

そのときケイティは、ブッチ・アッシュバーン捜査官が来たときのことを考えていた。来たって、面倒が増えるだけだ。グレン・ホッジズと先を争うようにして、自分をないがしろにしようとするだろう。だから、まばたきしながらシャーロックを見て、「いま、なんて?」と尋ねた。

「この前、わたしとディロンはある事件でロサンゼルスに行ったの。テレビ番組を真似た殺害事件が起きて――」

「あのテレビ番組殺人事件を担当していたの?」

「まあね。で、ディロンはちょっとした偶然から、わたしの髪に太いカーラーを巻くのが好きだと気づいた。巻き終わったらわたしがひとつずつカーラーをはずし、最後に髪をゆすって、手でかきあげるわけ。だから、今回も、彼を元気づけようと思ってカーラーを持ってきたんだけど、起きあがって遊ぶには、もう何日か待たなきゃだめね」

ケイティは大笑いした。「カーラーか。それは考えたことなかったわ」

「ベリンダ・ゲイツに会うまでは、わたしだってそうよ」シャーロックは言った。「あの人がカーラーを引っぱってはずすところ、そりゃあ、すてきなんだから。ディロンなんて汗ばんでたくらいよ」

「『コンサルタント』に出ていた女優さんね?」

「そう、彼女。ものすごい美人なの。殴りたいと思ったこともあったけれど、それ以外のときは嫌いになれなかったわ。ハリウッドで出会った人のなかには、信じられないような人が何人もいた。まっすぐ歩けるのが不思議なくらい、根性が曲がった人も。あなたの娘さん、かわいいわね。歳は——五つくらい？」

「ええ。先月五歳になったばかりよ。ありがたいことに、わたしひとりの子どもなの」

シャーロックは具体的に訊きたかったが、出会ったばかりなのに、そこまで尋ねるのは立ち入りすぎの気がした。「エルスベト・バード・マカミーのことを詳しく教えて」

ケイティはメインストリートを折れてポプラ・ドライブに入り、左手に近づいてきた古いフォードを目で追いながら答えた。「彼女に関してまず気づくのは、たいへんな美人だってこと。明るいブロンドを腰まで伸ばしているわ。いつもまとめずに、耳に髪をかけているから、イエスのイヤリングが見える」

「なんですって？」

「イエスのイヤリング。シルバーでできた磔《はりつけ》のキリストで、少しぶら下がるようになっているから、彼女が動くとイヤリングも動くの。見てて、ぞくっとするわよ。歳は三十五くらい。若いとは言いがたいけれど、マカミー師が五十を超えていることを考えたら、少し気持ち悪くはあるわね。さっきも言ったとおり、彼は思いつめた感じのする人よ。目が煌《きら》めいていて、人を見るとその目がほぼまっ黒になる」

「薄気味悪い？」

「ええ、ある意味、そうね。独自の教義に入れこんでいるせいだと思う。そしてエルスベトは彼のことを名字でしか呼ばない。マカミー師がこうおっしゃった、マカミー師がああされたって、そんな調子よ」

「そんな女《ひと》がいるのね。十九世紀の奥さんたちみたいな感じ？」

「ええ。そしてマカミー師は彼女をエルスベトと呼んでいる。彼のほうはしかたなしに話しかけ、彼女のほうは嬉々として従っているという印象よ。彼女なら彼からなにかを求められたら、火のついた輪をくぐってでも、その求めに応じようとするでしょうね。神を崇拝するようなものね」

シャーロックの眉が吊りあがった。「それも彼の教えのうちなの？　妻たるもの、夫には逆らってはならないってこと？」

ケイティは肩をすくめた。「ええ。わたしが理解している〝罪深き神の子ら〟の教義によると、女たちはエデンの園のリンゴを食べてしまったという大いなる罪をあがなうため、自分のすべてをほかの人に与えなければならず、ほかの人とは、おのずと彼らの夫になるんですって」

「都合のいい話」

「そうね、絶対とは言えないけれど、わたしはそう聞いているわ。このへんの人は他人に対して寛容よ。地元に住む〝罪深き神の子ら〟の信者は、誰もつかまったことがなく、平和も乱さない。善良で立派な人たちだし、あまり周囲の人とは交わらない。信者の大半は地元の人間だと思うんだけど。あなたの言うとおり、男性信者にはそうとう都合のいい教えよね。

そのあたりに、マカミー師成功の秘訣があるのかもしれない。彼は自分の奥さんを女性の模範として提示した」

「奥さんが教義に興味を持たなかったら、どうなるの？」

「もちろん、入信を拒否することもできるけれど、素直じゃない奥さんたちには、彼がある種のカウンセリングを施すと聞いているわ」

「考えてみて」と、シャーロック。「その男は女性の隷属化を説いて、税金を免れてるのよ」

「そのとおり。宗教団体でもあるのかしら税金はかからない」

「ポイントシステムでもあるのかしら」シャーロックはなだらかな丘に広がるウシの群れを見渡した。「フットボールを観戦している旦那さんにビールを運んであげたら、ポイントがもらえるとか」

「夜、ビールのグラスを手に玄関で夫を出迎えるとポイントがつくとか？」

シャーロックは大笑いした。「おかしな人がそんなに大勢いるなんて、信じられない」

「実情はよく知らないのよ。わたしも礼拝に出たことはないから」

シャーロックはくすくす笑いながら、首を振った。「でも、ケイティ、そんなにたくさんの女性がそんなくだらない教えを本気で信じてると思う？　五、六十人信者がいるって言ってたわよね？　ざっと見積もっても、二十五人くらいは女性ってことでしょう？」

「男性信者にそれぞれ伴侶がいるとしたら、そうなるわね。くり返しになるけれど、このへんの人は、迷惑をかけないかぎり、他人の信仰には寛容なのよ」

シャーロックはしばし黙りこみ、ウインドウを小刻みに叩いた。「いまごろ礼拝のまっ最中なのかしら？」

ケイティはクリスマスに娘からもらった紫色の大きな文字盤がついた腕時計を見た。「ええ、あと三十分は礼拝が続いて、そのあと昼休みよ」

「そう。それだけあれば、クランシーが彼らの自宅付近をうろついていたかどうか、じっくり調べられるわね」

ケイティはまず左に曲がってバーチ・アベニューに入り、そのあと右のサッサフロス・ロードに折れた。「メインストリートを離れると、通りの一本一本にこのあたりに生えている木の名前がついているわ。ちなみに、わが家があるのは、レッドメープル・ロードよ」

「春も秋と同じくらいきれいなの？」

ケイティはにこっとしてかぶりを振った。「四月や五月も悪くはないけれど、いまここにいられる人は幸運よ。色とりどりの木々に、背景の山並み……この世には生きるとか死ぬとか以外のなにかがある、終わることのない美しさがあると感じさせてくれる」

「生まれてからずっとここに？」

「そうよ。二年前に亡くなるまで、父はベネディクト・パルプ・ミルという木屑《きくず》を扱う工場をやっていて、いまはわたしの代わりに母が経営しているわ。さあ、マカミーの自宅があるパインウッド・レーンよ。トラックを道端に置いて、この先は歩きにしたいんだけど、いいかしら？」

「もちろん」シャーロックはショルダー・ホルスターからシグ・ザウエルを取りだし、チェックしてから膝に置いた。「ねえ、ケイティ、念のために言っておくけど、屋内に入るには令状がいるのよ」

「わかってる」

ケイティはパインウッド・レーンから未舗装の道に入った。道と言っても、深い森に向かう小道にすぎない。「ここにしましょう。彼の自宅はこの先よ」

シャーロックはケイティに連れられるままマツの木立を縫って進み、道路からずいぶんと奥へ入った。冷えた空気は澄み、かすんでいるのは靄にけぶる山脈だけだった。

小動物が森の奥へ逃げこむカサコソという音がする。鳥たちはおとなしく、ときおり数羽のカラスが静けさを破るだけだった。

ケイティは説明した。「マカミー師はこの家と土地を、エルスベトと結婚した直後に亡くなったおばさんから相続したのよ。いいところでしょう？」

「彼はこのへんの出身なの？」

ケイティは首を振り、道をさえぎっていた枝を手で払った。「いいえ、ナッシュビルから十年ぐらい前に越してきたの。それまでの経歴は知らないけれど、いまはポップコーンにバターをかけるかどうかまで、徹底的に調べようと思ってる。彼はその後ここを出て、エルスベトと結婚し、彼女を連れて戻り、そのあとおばさんが亡くなった」

ふたりはマツの木立を抜けたところで、いったん立ち止まった。ケイティが指さした先にあったのは、ビクトリア朝様式の立派な三階建てだった。周辺を取り囲む広大な敷地にはカバオキとオークとカエデが密生し、その一部は屋敷の側面を守るように居ならび、金色と赤色と黄色からなる木の葉は息を呑む美しさだった。立地といい、縁が緑色の濃淡に塗り分けられた屋敷といい、非の打ちどころのないすばらしさだ。ドライブウェイはからだった。

「ここに住んでいるのは、マカミー師とエルスベトのふたりだけよ。彼はおばさんの金銭も相続したのに、わたしの知るかぎり、手伝いは置いていない。たまにディラードという、歯抜けだけれど腕のいい庭師の老人が来るくらい。だからいまは誰もいないはずよ。さあ、調べてみましょう」

シャーロックはシグ・ザウエルを脚につけて歩いた。

ケイティがふいに立ち止まる。

「どうしたの?」

「二階の窓のひとつで、なにかが光ったみたい」

「どんな光?」

「日光が鏡に反射したみたいな光よ」

「目当ての男がいるかどうか、調べてみるしかないわね」

ふたりは裏の勝手口にまわり、しばしあたりの気配をうかがった。

シャーロックは言った。「ケイティ、あなたがしばらくここにいてくれたら、わたしは表にまわって、玄関の呼び鈴を鳴らすわ。クランシーがいれば、彼の注意を玄関に引きつけられるでしょうから、あなたはその隙に側面からなかをのぞいて。クランシーの姿を確認できたら、そのときこそ大追跡の始まりよ」

「わかった、やってみましょう」

シャーロックは小走りで木立を抜け、家の表側を走る道まで戻ると、シグ・ザウエルを肩のホルスターにおさめた。パインウッド・レーン二〇〇一番地のドライブウェイへと進みながら、口笛を吹く。

クランシー、そこにいるの？

玄関の前に立つと、ボビー・マクフェリンの『ドント・ウォーリー・ビー・ハッピー』を吹き鳴らしながら、呼び鈴を押した。

人が応ずる気配はない。

もう一度、押す。

あの音はなかから聞こえているの？

シャーロックは声を張りあげた。「お留守ですか？　今朝はとてもお得な話をお持ちしました。日曜に失礼とは思いますが、マウイ旅行に行けるチャンスなんですよ。ホテルはグランド・ワイレアです」

もう一度、呼び鈴を鳴らす。やはり物音がする。ドアの近くに佇《たたず》み、どうしようかと思い悩んでいるクランシーが目に浮かぶようだ。

ドアを開けて、クランシー。

彼がドアを開けしぶっているのか、そこにいないかのどちらかだった。いまごろケイティは家の側面にまわり、窓という窓からなかをのぞいているだろう。静かにね、ケイティ、音をたてないように気をつけるのよ。

シャーロックはいま一度、声を張りあげた。「そこにいらっしゃるんでしょう？　音が聞こえるんですけど。なぜわたしを避けるんですか？　じつはわたし、くたくたなんです。せめてお水を一杯いただけませんか？　朝からずっと歩きづめなんです」

唐突にドアが開いた。

15

ケイティとシャーロックは顔を見あわせた。

ケイティがささやいた。「彼は見つからなかったわ。でも、驚いたことに、勝手口が開いていたの。急いでなかを捜索しましょう」

「なかには入れないのよ、ケイティ。わたしたちは法の執行官。令状を取ってこなくちゃ」

「わかってるわ、シャーロック。でも、これは個人としての行動なの。あの男のせいで、わたしたち親子は恐ろしい思いをさせられた。五分だけ。そのあとトラックをここへ乗りつけ、堂々とドライブウェイに停めて、マカミー師とエルスベトが昼食に戻るのを外で待てばいい。不意を突ける機会は、いましかないのよ」

シャーロックはショルダー・ホルスターから拳銃を取りだし、ふたりで一階を捜索した。それだけでも五分ではとうていすまなかった。広大な屋敷で、古い屋敷にはつきものの窪《くぼ》みやら隙間やらがいたるところにあった。

ケイティは顎《あご》をしゃくって階段を示した。ふたりがならんで歩けるだけの広さがあるが、ケイティは自分が先に立ち、シャーロックについてくるよう手ぶりで指示した。

何度かこの家に入ったことのあるケイティは、二階には少なくとも六部屋あるのを知っていた。ふたりでひと部屋ずつ確認した。うち五部屋は寝室で、クランシーがいた痕跡すら見つけられなかった。

最後のひと部屋は主寝室で、そこだけは勝手が違った。ふたりは部屋の隅々を調べると、中央に立ってじっくりと室内をながめまわした。

「伝道師殿は贅沢がお好きみたいね」シャーロックは言った。

「ほんと」ケイティは特大のベッドを見つめた。白い毛皮のカバーをかけ、純白の枕が四つ載せてある。白以外で使われているのは、ひとりがけの革の椅子と足台の黒だけだった。

シャーロックは眉を吊りあげた。「白と黒――善対悪ってとこ?」

「終わりのない闘争がくり広げられるんでしょうね、寝室のなかでも」ケイティはクロゼットのなかを調べた。やけに狭く、申し訳程度にしかものが入っていない。ケイティはそんなクロゼットを前にして眉をひそめ、奥の壁に隠すように取りつけられている小さな掛け金を見つけた。押してみる。

壁が開いた。くぐり抜けると、その先はケイティの家のダイニングほどの広さのある部屋だった。「シャーロック、来て」

ケイティは言った。「こんなに広いウォークインクロゼットははじめてよ。見て、部屋の中央に厚い大理石板がある――なんに使うのかしら?　それに、ほら、シャーロック、下が抽斗《ひきだし》になっていて、下着と彼女のセーターと、彼のシャツが山にして入ってるわ」

「すごい」シャーロックもクロゼットを抜けて部屋に入ってきた。「この緑の大理石、豪勢ねえ。イタリア産かしら。突飛に聞こえるかもしれないけど、わたしにはこの大理石の厚板が洗いたての衣類を突っこんでおく場所じゃなくて、祭壇に見えるわ」

ケイティは六フィート四方の厚板の周囲をめぐった。白いカーペットの床から三フィート半ほど高い。大理石はこまかな模様の入った深緑の超高級品だった。角のひとつになにかがたくしこんである。ケイティが手をやると、ステンレススチール製の枷《かせ》が開いた状態で出てきた。枷？　枷は大理石板の四隅からひとつずつ見つかった。

ケイティは眉をひそめた。

シャーロックが口を開いた。「手枷と足枷みたいね」

「信じられない」ケイティは枷のひとつを手に取った。「目がまわりそう。エルスベトは夫の言うことをよく聞く、ごく普通でまっとうな主婦だと思っていたのに、それが、この手枷、足枷？　この硬い大理石に横たわるのが気持ちがいいなんて信じられないわ」

「ええ。彼女を拘束したあと、ふたりでなにをしているやら」

ケイティは身震いした。「わたしたちには無縁のことかもね。なんだかぞっとする。それより、クランシーを捜さなきゃ。ここへは残りを調べてから、また戻りましょう。なにかの罪でマカミー師を逮捕できるかもしれない」

「無理よ、ケイティ、不法侵入なんだから。もう少し待って。これはなに？」シャーロックはふたつのネクタイラックを脇に押しやった。下にあったボタンを押すと扉が開き、奥行きのある高さ五フィートほどのキャビネットが出てきた。左側に鞭《むち》が展示するようにならべてある。続いて見つかったのは、厚い毛皮を一面に貼った木製のブロックと、ネットに入った小さな銀の玉、それにサイズや形や色の異なる一ダースほどの張り形だった。

キャビネットの上部には幅のある棚があり、一ダースはあろうかというガラスの小瓶が整然とならんでいた。「違法ドラッグかしら?」ケイティは瓶のひとつに手を伸ばした。「だとしたら、逮捕状を取る方法を考えだせるかもしれない」ラベルを読んだ。〝涙〟

「〝涙〟ってなに?」シャーロックは瓶を手に取った。丸い蓋《ふた》をはずし、液体を嗅ぐ。「やだ!」にわかに涙の浮いてきた目を指でなぞる。「涙を誘因する液体よ。タマネギのエッセンスかなにかかしら?」

「たぶん。でも、こんなものをなにに使うの?」

「そうね、彼女が鞭で打たれてもあまり泣かないようだったら、これを嗅がせるのかも」シャーロックは蓋を閉めて棚に戻し、つぎの瓶に手を伸ばした。「これ、見てよ。なにかと思えば、〝男の道具〟ですって。中身の見当がつくってものよ」

ケイティはその瓶の蓋を開け、においを嗅いだ。「男がこれをのむの? それともすりこむとか?」

シャーロックは言った。「のむのよ、きっと。こっちのは〝女への贈り物〟。赤くて大粒の錠剤よ。この錠剤の効能は?」

「〝男の道具〟を助けてくれる錠剤だったりして」

「バイアグラってこと？」

「ええ」ケイティは言った。「ここにあるのは、わたしの想像を絶する世界だけれど、違法ではないわ」

「たとえ一〇トンのコカインを見つけたとしても、彼を逮捕することはできないわ。行きましょう、ケイティ。いつマカミー師とその妻が帰ってくるかわからないから、急がなきゃ」

「想像すると、震えがきちゃう」

シャーロックはキャビネットの扉を閉め、ネクタイラックをもとに戻した。「誰にも、その人なりのカーラーがあるってことね」

ふたりは三階に向かった。かつての使用人部屋とおぼしき古い教室のような部屋と、仕上げをしていない屋根裏部屋があって、ガレージセールを開けるほどの古物が詰めこまれていたが、肝心のクランシーは見あたらなかった。

ふたりは勝手口から外に出た。「さっき窓でなにを見たにしろ、クランシーではなかったようね」ケイティは言った。「彼に関係するなにかだと思いたかったんだけど」

「わかるわ。それにしても、なんだったのかしら？」

ケイティは肩をすくめた。「いっしょに法を破ってくれてありがとう、シャーロック」

「どういたしまして。ふたりだけの秘密よ」

ふたりはいったんケイティのトラックまで戻り、あらためてマカミーのドライブウェイへと向かった。マカミーとその妻が白いリンカーンのタウンカーに乗って登場するまでには、たっぷり十分はあった。

シャーロックは言った。「車は黒じゃなくて白ね」

「あの人たち――」ケイティはゆっくりと言った。「みんなが考えているような、ありきたりの伝道師とその妻ではないのよね」

「ほんと。こんな話はサビッチだって信じないわ」

「笑いすぎて、縫い目がはじけないといいんだけど。さあ、そろそろ立ちあがって、マカミー師とその性の奴隷に話を聞くとしますか」

16

シャーロックはマカミー師と会うにあたって、ラスプーチンを想定していた。当たらずといえども遠からず。ただラスプーチンは身だしなみの悪い、黒い長髪が板状になった人物であり、めったに入浴しなかった。スーナー・マカミー師は髪が黒く、瞳もほぼまっ黒だった。意外だったのは、浮世離れしつつも、魅力的な人物だったことだ。彼はシャーロックの視線を受け止め、しっかりと握手した。客あしらいもよく、コーヒーと、妻が礼拝の前に焼いたというチーズケーキを出してくれた。それでいて、客がいても心ここにあらずという風情だった。頭のなかでは別のことを考えている。なにを考えているのだろう？　声は低く心地よい——聞く者をうっとりさせる、カリスマ性のある声だ。催眠作用さえありそうで、何分かマカミーが話すのを聞いたシャーロックは、彼に支配力があるのを理解した。

この男はおのれを純化し、神の使徒たるものの本質を体現している。人によっては彼から発される一言一句を押しいただき、普通ならしないようなことをしでかすだろう。それだけで、シャーロックには脅威を感じてしかるべき人物だった。ことによると、この男は、信者本人が望まないことをする許可を与えるのかもしれない。反抗的な妻たちは、この声を聞いただけで、清く正しい生活に飛びこむのだろうか。

自分の考えすぎなのかどうか、シャーロックにはわからなかった。ただ、彼があのガラスの小瓶を開け、その中身をのんだり、妻に与えたりする人物に見えないことだけは、確かだった。また、美しい組紐《くみひも》状の持ち手のついた乗馬用の鞭の一本で妻を打つような男にも、見えなかった。仮に彼がラスプーチンだとして、心に悪を宿しているとしたら、ずっと奥にしまいこまれていることになる。人には他人が思うよりずっと多くの顔があるものよ、とシャーロックは自分を戒めた。

この世にハンサムな魔王などというものがいるとしたら、マカミー師の外見こそぴったりだった。黒い瞳に、軽くウェーブのかかった黒い髪を伸ばし、昼を過ぎたばかりにしてはやけに黒々としたひげが目を引いた。

シャーロックからすると、あまりに考えが違いすぎるために、同じ世界にいるとは思えない修道士のようだ。五十代だと聞いたが、白髪は見あたらず、それでいて、染めているようにも見えない。体格としては、細身のひと言。黒のスーツにまぶしいほど白いシャツを着て、黒いタイを締めている。口元には、きれいにならんだ白い歯がのぞいていた。

エルスベトは、ケイティから聞いていたとおり、ほれぼれするほど美しく、生まれつきの豊かなブロンドは神々しいばかりだった。その髪がゆるやかなウェーブを描いて背中に垂れている。耳にはケイティが言うところの〝イエスのイヤリング〟があり、エルスベトが歩くと十字架も揺れた。すらりとした長身ながら、胸は大きい。そしてシャーロックの警報装置に引っかかったのは、彼女が夫を見るときの神を見るような目つきだった。いまにも大理石板に飛び乗り、手枷、足枷をはめられて、鞭で打たれるたび、彼が望むとおりの大声を放ちそうだ。シャーロックはふと、あの一面に厚い毛皮を張った木のブロックはどう使うのだろう、と考えてしまった。

「たいへんだったようだね、保安官。あなたが誘拐された少年を救出したと聞きましたよ」

「はい」ケイティはエルスベトがいれてくれたおいしいコーヒーに口をつけた。「もう大丈夫です。今朝の礼拝はどうでしたか、マカミー師？」

彼は黙ってうなずいた。その表情が礼拝がうまく運んだことを示していた。ケイティに目をやったまま、妻からコーヒーのカップを受け取る。エルスベトがささやくように言った。

「新しい信者ふたりが、この朝、神さまを見つけました。ふたりですよ」

そんな妻の発言にも、マカミー師は瞼《まぶた》をひくつかせただけだった。彼はシャーロックに目をやった。「ＦＢＩの捜査官に会うのは、はじめてですよ、シャーロック捜査官。なぜこちらへ？」シャーロックをひたと見据える。

すると、マカミー師はふたたび話しだした。「今朝の礼拝についてお尋ねだったね、ケイティ。ありがたいことに、喜びに満ちたものとなった。わたしはこの三週間、ある夫婦のカウンセリングを行なってきた。神の励ましと、無限の愛および理解のおかげで、ふたりは進むべき道を見いだし、神の恩寵《おんちょう》により、今朝、神に魂を捧げたのだ」

マカミー師はコーヒーを飲んだ。この美しいリビングでコーヒーを飲む人間たちとともにあっても、彼は超然としていた。ラスプーチン。この男は二十一世紀のラスプーチンだ、とシャーロックは思った。

「さて、おふた方」マカミー師は言った。「訪問の理由を聞かせてもらいましょう。わたしにできることはありますか？」

「じつは」ケイティは従順に控えているエルスベトに微笑みかけた。きちんと膝をつけ、背の高い表側の窓から差しこむ日差しを受けるその顔はどこまでも美しく、イエスのイヤリングはその場に留まったまま輝いていた。「今日うかがったのは、エルスベトに訊きたいことがあったからです」

眉をひそめた瞬間、エルスベト・マカミーの顔から夢見るような表情が消えた。ケイティも目の錯覚かと思うほど、ほんの一瞬のことだった。怖がっているの？　エルスベトの指は震えている。「わたしに？　わからないわ、ケイティ。わたしがなにを知っているとおっしゃるの？　そりゃ、マカミー師なら——」

ケイティはクランシーの写真が載ったファックス用紙を取りだした。「この男性はあなたのお兄さんですか、エルスベト？」

エルスベトは頭を前後に振った。イエスのイヤリングが躍っている。

「そうなのか、エルスベト？」

「はい」エルスベトは答えた。「クランシーです。でも、どうして——」

「今朝わかったのですが、誘拐犯の片割れがあなたのお兄さんでした、エルスベト。クランシー・バード──いまはクランシー・エデンズ。若いころ、法的に改名しています。彼がいまどこにいるかご存じなら、教えてもらえませんか」

エルスベトは動かず、まばたきもせず、どんな反応も示さなかった。マカミー師が話すのを待っているようだ。

そしてマカミー師は期待に応えた。ケイティからファックスを受け取り、写真を見つめると、うなずいて、しゃべりだした。「ジェスボローには、エルスベトが下劣な兄に苦しんでいるのを知る人はいない。もちろんエルスベトも、彼には長年会っていない」

ケイティは言った。「残念です。クランシーから連絡があればと思っていたので。彼は深手を負っており、発見が遅れると、命にかかわる危険性があります」

「主人の言うとおり、わたしはずっと兄には会っていないわ、ケイティ。兄が若くして神にそむいたのは知っていますが、わたしが小さいころは、いつも守ってくれました」

「彼があなたをお父さんから守ってくれたんですね？」

エルスベトはこくりとうなずいて、靴に視線を落とした。「父は横暴な人でした。クランシーはそんな父から、わたしを精いっぱい守ってくれた。遠い昔の話です」淡いブルーの瞳を上げ、シャーロックの顔を見て、イエスのイヤリングに触れた。

シャーロックは言った。「最後にクランシーに会ったのは？」

「六年ほど前かしら。何度めかの刑期を終えて、釈放された直後でした。そして兄は当然のように、また罪を犯して刑務所に舞い戻った。誘拐犯がふたり組で、その片割れの名がクランシーだと聞いたときも、兄かもしれないとはちらりとも思いませんでした」

エルスベトはケイティに尋ねた。「ほんとうに兄が少年を誘拐したの?」

ケイティはうなずいた。「ええ。あなたのお兄さんとボー・ジョーンズという男がサム・ケタリングという少年を誘拐してここへ連れてきたのは、否定しがたい事実よ。ふたりは少年をブリーカーの小屋に閉じこめ、少年はそこから逃げだしたの」

エルスベトは膝の手に目をやった。さっきよりも強く握りしめられている。「その話は聞いています。信徒たちもその話でもちきりですから。わたしたちが今朝、薬局に立ち寄ったときも、アリス・ヒューエットはそれ以外に話せないような状態だったわ。もうひとりの男に包帯を売ったのが彼女なのだから、無理もないけれど」

ケイティは言った。「あなた方のどちらにも、クランシーは助けを求める連絡をしてきていないんですね?」

「ええ、いっさい」エルスベトは言った。「そんなことができる道理があって? マカミー師が助けてくださらないことは、兄にもわかっているはずです。マカミー師は神にわが身を捧げた方。罪人の行為には深い痛みを感じられています」

「そうですか、ミセス・マカミー」シャーロックだった。「お兄さんを助けたいがために、警察に協力したくない気持ちは理解できます」

「そんな! 嘘をつくのは罪です。わたしはそんなことはしません。マカミー師にお尋ねになって。わたしは嘘のない生活を送っています」

マカミー師が助け船を出した。「わたしにも断言できる。妻は嘘をつく女ではない。いいですか、シャーロック捜査官、クランシーはわたしどものどちらにも連絡してこなかった。もし少年の誘拐に手を染めたのが彼ならば、妻もわたしも、彼があなた方に逮捕されて、ふたたび刑務所に送られることを望みます」

シャーロックは言った。「ミセス・マカミー、あなたのところに連絡してこなかったとして、クランシーが頼りにしそうな人はいませんか？　近所に住む友人とか親戚とか」

エルスベトはかぶりを振った。「そういう人はこの近辺にはいません」

そうよ、あなたをのぞいて、とシャーロックは思った。あなたしかいない。

「どうしてクランシーがブリーカーの小屋のことを知っていたんだと思う？」

「わからないわ、ケイティ」

「お忙しいなか、ありがとうございました」ケイティは言った。「エルスベト、もしクランシーがかくまってくれとか、お金が欲しいとか言ってきたら、すぐにわたしに教えて。もう聞いているでしょうけれど、クランシーの仲間だったボー・ジョーンズは昨夜死にました」

「あなたが撃ったそうだね、ケイティ」マカミー師は言った。「あなたが殺した」

シャーロックはその声に、まぎれもない非難を聞き取った。でも、なぜ？

「他人を傷つけたり、殺したりするのは、間違ったことです」エルスベトは苦悩もあらわに言った。

「ほかに選択肢がなかったのよ、エルスベト。わたしが阻止しなければ、彼がほかの人を殺していた。そしていまクランシーが危険にさらされている。ふたりともよくご存じのとおり、いまたくさんの人間が彼を捜しています。あなたたちが協力してくれなかったら、クランシーの身の安全は、わたしにも保証できません」

「残念だけど、ケイティ」エルスベトの声は震え、いまにも泣きだしそうだった。「クランシーがどこにいるか、わたしには見当もつかないわ。なぜ兄が幼いぼうやを誘拐して、その子をジェスボローに連れてきたのかもよ」

シャーロックは言った。「ブリーカーの小屋は、道からはずれているから、誘拐した子をかくまうに最適の場所です。ですが、それだけでは説明がつきません。このあたりに住む何者かが、サム・ケタリングをここへ連れてこさせたがったと考えられます」

「謎だらけの事件よ」ケイティが先を続けた。「少年がバージニアの自宅から連れ去られてから二日間、電話でも手紙でも身代金の要求はなかったの」

「お兄さんがサムをここへ連れてきた理由には、心当たりがないんですね、ミセス・マカミー？」シャーロックは重ねて尋ねた。「ブリーカーの小屋を使ったのは、わかるとしても」

エルスベトはケイティからシャーロックに目を移した。そして夫に助けを求めた。「マカミー師、わたしはまったく関与していないのを、あなたはご存じです。この方たちにそれをわからせてくださいませんか？」

「いいこと、エルスベト」ケイティはマカミー師を制して話しだしたが、実のところ、彼にはたいして興味もなさそうだった。むしろ、心がよそにあるようだ。「このあたりでクランシーが知っているのは、あなただけなの。この家の近くで、彼に似た人物を見かけたという目撃情報もある。それだけの材料があれば、家宅捜索令状が出るのは間違いないわ。いま家のなかを調べさせてもらえれば、その必要はないのだけれど」

シャーロックは、マカミー師が現実に舞い戻るのを目撃した。彼の意識と思考のすべてがリビングに戻り、自分が問題に直面しているのを知った。マカミー師は報復の預言者のように、すっくと立ちあがった。「わが家をお見せするわけにはいかない、捜査官、保安官。神をも畏《おそ》れぬ令状を取るのは勝手だが、判事を説得できるだろうか？」彼にはわかっている。捜索されれば、パーティルームが見つかり、善き神がそんなことを許されるわけがない。

そして善き伝道師は、捜索令状が出る可能性がゼロに等しいことを知っている。

ケイティはそんなマカミー師を見て、一瞬、前夫のカーロ・シルベストリが正しいのは自分だと言わんばかりの尊大な態度でそこに立っているような錯覚に陥った。ケイティを見る目つきが、おまえなどわたしの靴を磨くだけの価値もない女だと語りかけてくるようだ。

「つまり」ケイティも立ちあがった。「ベンソン・カーライスルは令状を発行しないとおっしゃりたいんですね？　確か彼の弟さんは、あなたの教会の信者では？」

「そうだ。公平かつ立派な男で、奥さんともども熱心な信者だ。その兄が、このあたりでクランシーを見かけたというただの証言を根拠に、わたしと妻を苦しめさせるはずがない」

エルスベトは全身をこわばらせて、必死に弁明した。「たとえもしクランシーがここにいたとしても——その場合は当然、隠れていたことになるけれど——、いまは絶対にいないし、どちらにしても、わたしたちとは無関係よ。わたしにできることがないのは、兄にもわかっているはずです」

「そうですか」シャーロックは言うと、ケイティとならんで立った。

マカミー師が言った。「ごきげんよう、シャーロック捜査官、ベネディクト保安官。あなた方はわたしの信ずるところを信じていない。そして女の道を踏みはずしている。帰りなさい。あなた方の存在や疑い深さやふしだらさによって、妻が汚されるのは我慢がならない。しかしながら、クランシーから妻に連絡があったときは、かならず通報すると約束しよう」

ケイティはシャツのポケットから名刺を取りだし、エルスベトに渡した。「わかりました。いいこと、エルスベト、クランシーから連絡があったら、彼を救うチャンスなのよ。警察に自首しなければ、彼はたぶん生き延びられない。お兄さんを死なせたくないでしょう?」

エルスベトの目は涙に光っていた。低い声を漏らしながら、椅子のなかで前後に体を揺すりだした。「死なせたくない。人の死を望むのは罪よ。そしてわたしにとっては兄だもの」

ケイティはエルスベトの顔の前で手を振り、いらだたしそうに注意を引き寄せた。「エルスベト、なにもクランシーを真昼に銃殺すると言ってるんじゃないの。でも、わたしたちは彼を逮捕するために全力を尽くすしかない。では、これで失礼するわ。コーヒーをごちそうさま。クランシーが生き延びられる可能性が、刻々と低くなっていることを忘れないで」

玄関に向かうケイティとシャーロックの背後で、エルスベトの泣き声がした。シャーロックは我慢できなくなって、ちらっとふり返った。燦々《さんさん》と陽の降りそそぐリビングの中央には、マカミー師が佇んでいる。白と黒の肖像画。表情は冷たく、黒い瞳はぎらついている。

トラックに乗りこみながら、シャーロックはケイティに言った。「あの男、誰が近所でクランシーを見かけたのか、一度も訊かなかったわね」

「ほんと。なぜかしらね？」

17

「あいつはラスプーチンよ」

十分前に痛み止めをのんだばかりのサビッチは、妻の発言に無理なく微笑んだ。

「そうか。で、実際はどう思ったんだい？」

「脅威を感じたわ」

「どうして？」

「彼はほんとうの意味ではその場にいない。内なる自己に引きこもり、そこには彼の神と、神への義務感と、彼の神をほかの人たちに受け入れさせるための方策しかないみたい。疑問なのは、彼に興味があるのは男たちの魂だけなのかどうかってこと。女も含まれているのかしら？」

「性差別主義者ってことか」サビッチは言った。「自分のことで手いっぱいで、およそ誘拐犯にはなれそうにないな」

「ええ、その点はあなたの言うとおりね。でも、まだあなたから、彼の教えに対する非難の言葉を聞いてないんだけど」

「ふーむ」

「なぜ怒鳴り散らさないの？　そんな教義は間違ってる、唾棄《だき》すべき教えだって？」

「そう、つっかかるなよ」サビッチは言った。「怒鳴り散らしたら、背中が痛むだろう？　どうやら風変わりな人物らしいな、スイートハート」

「ええ、ほんとに。くり返すけど、思いこみが激しくて、ラスプーチンみたいよ。より正確を期せば、ラスプーチンの末裔《まつえい》ってことになるわね。それでね、捜索令状を持参していなかったケイティとわたしが、ビクトリア朝様式の大きくて美しいお屋敷の周囲をうろついてたら、窓からなにが落ちてきたと思う？」

「窓から落ちてきた？　なるほど、目を閉じたら、きみの足元になにかが落ちてきたところが見えるようだよ。さあ、もったいぶらずに教えてくれ」

シャーロックは小瓶を投げ、寝室のクロゼットの奥にあった秘密部屋のことを話した。

サビッチはラベルを読んだ。〝救済〟。目をしばたたいて蓋をはずし、なかの液体を嗅いだ。かすかにアーモンドのにおいがする。「宗教的なテーマのあるセックスか？　きみはこれをのむつもりかい、シャーロック？　ここんとこ、そんなにお粗末だったかな？」

シャーロックは笑いながらそっと夫に抱きつき、唇を重ねた。サビッチは蓋を閉めて、小瓶を返した。「一段落したら、そいつをラボに送って、救済とやらの正体を突き止めてもらおう」

「一般に出まわっているものか、マカミー師が自分でつくったものかが、わかるといいんだけど。全部で一ダースくらいこういう小瓶があって、それぞれにこれと同じしゃれた名前がついてたわ。持ってきちゃいけないんだけど、つい手が出ちゃって」シャーロックが鞭と、緑の大理石の祭壇と、木製のブロックについて語り終わると、サビッチは爪を見つめて答えた。「木製のブロックの使い道に、頭を悩ませてるんだろ?」

「まあね。わからなくても爪を嚙《か》みちぎりはしないけど、知りたいのは確かね」

「腹にあてがう台さ」

「ええ? あてがうって……ああ、そういうこと。でも、ディロン、大きなカーラーを使うのと、木のブロックにもたれかかるのとじゃ大違いよ。まさか、そんなの信じられない。ところで、エイブル先生は診てくれた? 早くあなたを退院させたいんだけど」

「ああ、来たよ。おれは元気さ。ただ、一年くらい椅子の背にもたれられないだけでね。おれをここから連れだしてくれるか? きみが来るのを待ってたんだ」

シャーロックは家から持参した夫の衣類を取りだしながら、ふり返らずに答えた。「いいわよ。でも、わたしたち、行き詰まってると思わない? サムがジェスボローに連れてこられた理由や、ボーとクランシーにそう指示した人物の手がかりは、まったくわかっていない。捜査は始まったばかり。クランシーはまだつかまらず、わたしたちは必要とされている。サムとマイルズだけ、自宅に帰らせるのは危ないんじゃないかしら」

「ああ、おれたちはしばらくここだ」サビッチは着替えを始めた。「二、三日ぐらいなら、なんとかなるだろう。さっきメートランドから電話があった。数学教師殺人事件は忘れて、休養しろと言われた」

革のジャケットを腕にかけたサビッチは、大きくて強そうで、ふだんとほとんど変わらないように見えた。シャーロックは輝くばかりの笑顔を向けた。「キスしていい？」

「いいよ。ただし、あんまりいたぶるなよ、シャーロック」そうっと妻に腕をやり、首筋に鼻をすりつける。「今晩なら、太いカーラーで遊べるかもな。なにかが出てこないともかぎらないから、小瓶の中身を調べる時間があるといいんだが」


その日の午後三時五分過ぎ、ＦＢＩの捜査官五人と元捜査官ひとり、保安官ひとり、それに子どもふたりが、ベネディクト保安官の自宅リビングに集結した。

ブッチ・アッシュバーン捜査官は会合に幼い子どもたちがいることを内心どう思っているにしろ、なにも言わずに、少女――保安官の娘――がオスカーと名づけられた長い耳のウサギと遊ぶのをながめていた。アッシュバーン自身にも、まもなく十二歳になる娘がいるが、娘が動物のぬいぐるみと床で遊んでいた時分のことはもう思い出せない。月日がたつのは早い。親は老いてのろまになり、幼かった子どもは大人になる。

「考えたんだが」サビッチは言った。「おれも教会に行ったほうがいいだろう。マカミー師は今夜も礼拝があるのかい、ケイティ？」

「ええ、日曜は一日じゅう礼拝です。ボストンのポール・リビア・ハウスの近くにある教会に似た、きれいな教会よ。毎年六月には、マカミーによる屋外伝道集会が、ジェスボローからおよそ三マイル西にあるグロスリーの放牧地で開かれているわ」

ケイティはちらりとマイルズを見やった。まだ疲れた顔をして、息子に目を注いでいる。数時間前、ケイティはシャーロックを病院で降ろしたあと、服を買うためにマイルズとサムをKマートに連れていった。いまマイルズは黒のジーンズとブーツ、それに格子柄のフランネルのシャツを着ている。こうして見ると、いい男だ。サムのほうは、頭のてっぺんから黒いブーツにいたるまで、父親をそのまま小形にしたようだった。

「パパったらね、ぼくの服を持ってくるのを忘れちゃったんだよ」さっきトラックのなかで、サムはケイティに打ち明けた。「急いでぼくのとこへ来たくて、あとのことは全然考えてなかったんだって」

「きっとわたしがあなたのパパでも、やっぱり手ぶらだったでしょうね」ケイティはマイルズに笑いかけた。「近くにKマートがあるんだもの」

当然のごとくキーリーも黒いジーンズとブーツを欲しがり、あきらめどころを知っている哀れな母親は、娘の要求に屈した。

アッシュバーンはサビッチに言った。「あなたとシャーロックがしばらくジェスボローに残られるんなら、ジョディと自分はワシントンに戻ったほうがいいかもしれませんね。まだ近隣と従業員への聞きこみがすんでませんし、ボー・ジョーンズのアパートは自分がじかに調べたいんで。ジェスボローに結びつくなにかがあれば、そのとき見つかるでしょう。それと、マイルズは元FBIの捜査官ですから、マイルズが担当したなかでもとりわけ凶悪な犯罪については洗っています。個人的には復讐の線はないと思いますが、念のため」アッシュバーンはフライドチキンにかぶりついているサムを見た。「おれがどれほど喜んでるか、言葉じゃ言い表せないくらいだよ、マイルズ。よかったな、おまえの息子が賢くて勇敢で」

マイルズは唾を呑みこみ、ひとつうなずいてから、厳しい声で息子に注意した。「サム、新しいジーンズで手の脂を拭くんじゃない。ナプキンを使いなさい」

アッシュバーンは思う。人生は思いがけないことの連続だが、ときにはいまのように、悪くない瞬間もある。「あなたたちがこちら側から関連を洗っているあいだに、自分はあちら側から調べてみます。うまくしたら、近いうちにあいだで接点が見つかるでしょう」

ケイティはアッシュバーン捜査官に笑いかけた。これでもうこのウィングチップ野郎から、首根っこを踏まれる心配はない。

電話から十五分後、ケイティの母親のミナ・ブッシュネル・ベネディクトが子どもたちの面倒をみるためにやってきた。ミナは特大のチョコレートチップスクッキーでサムの気を惹き、この子たちはわたしが守るから心配いらない、とマイルズとケイティに約束した。保安官助手ふたりも、家の外に駐車したパトカーのなかから見守ってくれる。

「ブッチ、気をつけてワシントンに帰れよ。マイルズとケイティ、おれたちは〝罪深き神の子ら〟に出かけるとしよう」サビッチは言い、シャーロックの手を取った。「礼拝が始まる前に、信者たちから話が聞けるかもしれない」

「でぶっちょを見つけてね」サムは玄関を出ようとしている父親に声をかけた。「でもって、撃っちゃって」

〝罪深き神の子ら〟の教会はシカモア・ロードにあり、ケイティが言ったとおり、ボストンのオールド・ノース教会に似ていた。背の高い木造の尖塔は全体に白く、切り立った屋根にはこけら板が張られ、窓は小さく古めかしい。

教会の裏手には、舗装された駐車場があった。道から少し奥まったところにあるこの駐車場はカエデとオークからなる鬱蒼《うっそう》とした森と角を接しており、二十台ほどの車が停まっていた。マイルズはここでもふたたび、知らず知らずのうちにあたりの樹木の多さに目をみはっていた。

教会はほぼいっぱいで、ざっと見たところ、五、六十人ほどの信者がいた。男たちはスーツを、女たちはドレスを着こみ、頭には帽子をかぶっている。子どもたちは両親の傍らでおとなしくしていた。ケイティたち四人は最後列のベンチに腰かけた。同じベンチに坐っていた見知らぬカップルが、なにも言わずにすっと遠ざかった。

ケイティはきちんとした身なりをした会衆に目を走らせ、知らない顔が多いのにあらためて気づかされた。遠くから来ているのだろうか？　郵便配達人のトマス・ブーンもいるが、見慣れないスーツ姿のせいで、すぐにはわからなかった。キルト名人のビー・ヒップルは、隣りにいる彼女の夫で自動車修理工のベニーの、肩までの背丈しかない。ケイティには、従順なビーなど、想像ができなかった。

信者のうちケイティが知っているのは、せいぜい二十五人程度だった。『アメージング・グレース』のオルガン演奏が終わった。咳払いと、ページをめくる音がして、やがて静かになった。情け容赦ない保安官のはずなのに、ケイティは教会で『アメージング・グレース』を耳にするたび、つい涙ぐんでしまう。

スーナー・マカミー師は背もたれの高い椅子から立ちあがり、蛇行する階段をのぼって、高さ六フィートの台の上に置かれた説教壇へと進み、黙って会衆を見渡した。白いシャツと黒のスーツの上に、純白のローブをはおっている。

マカミー師の大きな手が、美しい細工のほどこされた説教壇の角をつかんだ。形のよい、力強い手。爪は短く切りそろえられ、遠くからでも、手の甲に黒い毛が生えているのが見える。彼が話しだすと、その声が教会内の隅々まで朗々と響き渡った。見ると、いまや全信者が全神経を説教に傾け、一言一句を聞き逃すまいと身を乗りだしていた。

「みなさん、夕方の礼拝にもよくいらっしゃいました。今日は豊かで実り多き一日であり、同時にまれな日でもありました。わたくしと妻は今日の昼、自宅で、ベネディクト保安官とFBIの捜査官と話をしました。なんでも、エルスベトの兄のクランシーが、からくも逃げだした例の少年を誘拐した犯人として、指名手配されたとか。クランシー・エデンズはたしかに妻の実兄です。彼の居場所をご存じの方がおられたら、どうぞ保安官に通報してくださ い。ジェスボローの全域に彼の指名手配書が貼ってあると聞いています」

説教のあいだじゅう、マカミー師は一瞬たりとケイティから目を逸らさなかった。ケイティはいつしか、自分をふり返る信者たちに、いちいち会釈を返していた。

マカミー師は説教を中断し、信者のひとりひとりを見ているようだった。ようやく口を開いた。「わたくしたちの精神には、肉体と同じように、つねに栄養を与えてやらなければなりません。栄養を深く取りこむ方法がわからないときでも、魂が飢えていることは自覚できます。クランシー・エデンズが今宵、彼に必要な栄養を見つけられるよう、わたくしたちは祈らねばなりません」

「アーメン、アーメン」

「まず気づくべきは、正しき信仰をいただく者たちのあいだには、共通の絆《きずな》があることです。彼らは人生には人類の一員である以上に大切なこと、それを超越したなにかがあることを知っています。命よりも貴重なそのなにかによって、わたくしたちには無限の知識と安らぎがもたらされます。彼らには、そのなにかがわたくしたちが愛してやまない神、心の栄養である神、人生に価値を与えてくれる神、進むべき道を示してくれる神であることがわかっているのです。兄弟たちよ、今夜はクランシー・エデンズのために祈りましょう。彼がわたくしたちとともに正しき道を追求しますように」

「アーメン……アーメン……アーメン」

「導く者、わたくしたち男は、罪人たる大切な魂の連れあいに、慎み深さと救済の道を示し、彼女らの永遠の罪が許されるように努めねばなりません。いまここで、神とその遣いを前にするあなたたちは、わたくしたちひとりひとりに役割があること、それがある者にとっては導きであり、ある者にとっては服従であるのを知っています。いずれもわたくしたちを解放してくれます。あなた方すべてに心から訴えたい。あなたがどうあり、なにをすべきか、つねに理解するように心がけましょう。なにがあろうと、神があなた方に与えたがっておられるもの、あってほしいと思われている姿を、追い求めねばなりません」

男にしか神さまが理解できないとでも思ってるの？　シャーロックがそんなことを考えていると、サビッチが腕に触れた。ふり向くと、笑顔のサビッチがウインクした。

「この地球上には、神が特別な恩寵を授けられた少数の男たちが存在します。そうした男たちは人類全体の罪をあがなうべく、神から犠牲を強いられます」

神の恩寵の犠牲者？　シャーロックはそれきり彼の説教を頭から閉めだしたものの、五分もするとマカミー師の声が耳に飛びこんできた。「さて、グループに分かれて日曜の学習をいたしましょう。今晩のテーマは〝神の恩寵の道に従うには〟です」

ケイティはマイルズを見て首をかしげた。細めた濃い色の瞳をぎらつかせてマカミー師の顔を凝視し、手を膝で握りしめている。ケイティがその拳をそっとなでると、しだいに緊張がゆるんだ。あとでなにを考えていたのか訊いてみよう。ぬかりのないマカミー師は、エルスベトの兄の件を包み隠さず打ち明けた。ひじょうに利口なやり方だ。わたしたちが礼拝に押しかけなくとも、サムの誘拐の話を持ちだしただろうか？

信者たちは複数のグループに分かれ、シャーロックは自分たちも仲間に入れてくれるよう頼んだ。マカミー師は諭すように言った。「申し訳ないが、シャーロック捜査官、学習グループに参加するためには、この教会の教義を信じる信者でなければならない。なぜいらしたんです?」マカミー師はまっ黒な眉の片方を吊りあげて、四人を順番に見た。本人は無自覚なのだろうが、どことなく好色さを感じさせる顔つきをしている。

ケイティはマカミー師にサビッチとマイルズ・ケタリングを紹介した。

マカミー師は黙ってふたりに会釈した。マイルズの顔をじっくりとながめたのち、自分の薬指にはまった指輪を見た。変わった指輪だ。見るからに重そうな太い銀の指輪で、トップの部分に黒っぽい色でなにかが彫ってある。シャーロックにはなにが彫ってあるのかわからなかったが、その奇抜さからいって、結婚指輪でないことだけは確かだった。

マカミー師が口を開いた。「サビッチ特別捜査官、怪我《けが》をしておられるようですね」

なぜ知っているのだろう? いや、知っていて当然だろう、とサビッチは思った。町じゅうの人が、連邦捜査官が飛来したバンの金属片で背中に負傷したと噂《うわさ》している。サビッチは握っていたマカミー師の手を離した。「たいしたことはありません」

マカミー師は言った。「あなたのことも祈るように、信者全員に指示しておきましょう。保安官、信者のなかには、あなたが昔から知っている人もいる。できれば人を助けたいと願っている人なのは、あなたもご存じだろう。さて、用がなければ、わたしはわが子たちの世話に戻らせてもらおう」

ケイティはトマス・ブーンを見やり、彼とミスター・フェランが郵便局でやりあっていたのを思い出した。口論の原因は教会とマカミー師のことだった。フェランに話を聞いてみたい、とケイティは思った。

ケイティはシャーロックといまにも倒れそうになっているサビッチをマザーズ・ベリー・ベストまで送ると、マイルズといっしょにモードズ・バーガーまでコーヒーを飲みに出かけた。店主のモード——柱のようにひょろ長く、大きな白い歯の持ち主——が接客してくれた。気の利くモードに幸《さち》あれ。彼女は誘拐のゆの字も口にしなかった。

「不思議なこともあるもんだな」と、マイルズはブラックコーヒーを飲んだ。「たった一日半のあいだに、どん底から幸福の絶頂までを味わうとは。まだこのあたりにクランシーがいると思うか？」

ケイティはうなずき、コーヒーにミルクを入れてかき混ぜた。「どこかに隠れているわ」

「説教師とその妻は知っているんだろうか？」

「イエスと答えたいところだけど、わからないわね。ＦＢＩの元捜査官として、あなたの意見を聞かせて」

「おれは、ほら、ここへ来てまだ一日だから」

「どこの支局にいたの？」

「アカデミーでサビッチと知りあって以来、ふたりともずっとワシントン勤務だった。所属していたのは情報証拠管理課だ」

「法医学関係ね」

マイルズはうなずき、大きな表側の窓からメインストリートをながめた。「父はおれの選択を喜ばなかったが、父の名誉のために言っておくと、それでも励ましつづけてくれた。その父が死んだとき、生活を変えなければならないのに気づいた。正直言って、燃えつきてたのさ。ジョン・ダグラスの本で奥さんが指を切ったときのことを読んで、脳天をガツンと一発やられた気がしたよ。血痕の飛び散り方には注目したのに、奥さんの怪我には無頓着だったと書いてあった。おれも似たようなもんだった。それで、父の死を機に辞表を出し、父の事業を継いだ。それがいまじゃ五年になる」いったん休んで、コーヒーを飲む。目を閉じて話を再開した。「実際、いまの仕事が好きだし、うまくやってもいる」

「どんな仕事なの?」

「ヘリコプターの部品の設計と製造だ。おもに陸軍に誘導システムなんかを納めてるが、軍関係のありとあらゆる組織からも部品の注文がある。ただ、軍の担当者と交渉したあとなんかは、正直言って、連邦捜査局にいたほうが楽だったと思ったりもする」

ケイティは笑いながら、自分が彼に好意を抱いているのを自覚した。異性を意識するのは、久しぶりだった。自分を笑わせてくれる好ましい異性。いざ好意を感じてみると、悪い気はしない。ケイティを燃えつきさせたのは、あのくそったれのカーロだった。

18

家のなかは静かだった。問題なし。ケイティは保安官助手たちのためにコーヒーをいれると、二度にわたって戸締まりを点検し、キーリーを見にいってから、三枚のブランケットの下に潜りこんだ。ベッドは母が天国に注文してくれたとしか思えないほど、やわらかかった。マイルズはサムと寝ている。サムのほうは新品の赤くてかわいいミッキーマウス柄のパジャマを着ているが、マイルズは寝間着を買わなかったから、たぶんパンツ一枚なのだろう。なにを考えているの？　男の下着のことなんか、ずっとどうでもよかったのに。ボクサーかな？　ケイティはにやりとして、うなずいた。賭けてもいい。マイルズならボクサーだろう。

マイルズは仰向けに横たわっていた。傍らにはサムの鼓動があり、やわらかな髪が首筋に当たっている。いまだ恐怖をぬぐいきれない。ケイティが電話をくれるまでの終わりのない時間は、生きながら炙《あぶ》られているようだった。この感覚をいつか忘れられるだろうか？　今回は運がよかった。運だけで窮地を切り抜けた。マイルズは息子を抱き寄せた。軽く寝息をたて、いまのところ悪夢にうなされる気配はない。今後も注意していてやらなければならない。

疲労が重かった。皮膚が裏返り、脳が濃霧に浸っているようだ。まだ頭は動くのをやめようとせず、眠りにつくことができない。だから体を横たえて、息子の寝息に耳を傾けている。

マイルズは目を閉じて、小屋の窓から逃げるサムを励ましてくれたアリシアにあらためて礼を言った。これまでも何度となく、世界の反対側から彼女が息子を見守ってくれているのではないかと思ってきた。反対側があればだが、なければサムに母の声が聞こえただろうか？　意識下の声がサムをうながしてくれたのだと頭では理解しているものの、ほんのいっときでいい、息子に寄せる母親の愛情が死による静けさと距離を乗り越えたのだと信じられたら心が安まる。

空気はやわらかく暖かだった。一瞬、頬にそっと触れる指の感触があった。マイルズは目をつぶったまま微笑んだ。

どれくらい時間がたったのか、わからなかった。しかし、陸軍の新型ヘリコプター、プロトA587機に取りつける新しいローターブレードの構造上の問題点を考えていたはずが、つぎの瞬間にはハッとして、とっさに起きあがろうとした。横になったまま、耳をすませた。

引っかくような音がする。

音がやんだ。なにも聞こえない。

クランシーがふたたびサムを奪還しに戻ってくるとは思えない。ふたりの保安官助手が玄関のすぐ外に控えている。

妙な音はもうせず、しんとしている。

マイルズは深呼吸して、体の力を抜いた。これからも長らく、聞こえもしない音を聞く日が続くのだろう。

「動くんじゃねえぞ、ケタリングのダンナ」

心臓が停まりそうになり、マイルズはぱっと目を開いた。上に陰になったクランシーの顔があるのを見て、サムを抱き寄せた。

「そうさ、あんたが目を覚ましたのがわかったんだ。だもんで、もうちょい待つことにしたら、案のじょう、また寝ちまいやがった」

マイルズはサムを起こしたくなかった。自分を見おろす白い丸顔にささやきかけた。「ここでなにをしている？　外に保安官助手がいたはずだ」

にやりとしたクランシーを見て、マイルズは気づいた。クランシーとて無傷でバンを逃れたわけではなかった。唇の裂けた部分に乾いた血がこびりつき、腫《は》れあがった頬は三枚のバンドエイドでおおわれている。左の眉にも切り傷があり、そこにはバンドエイドが縦に貼ってあった。右腕は、吊ってこそいないが、体の側面につけて離さない。

マイルズは首筋に銃口を押しあてられるのを感じた。ひやりとして、突き刺さるようだ。クランシーが顔を近づけたせいで、口がにおう——サラミとビール。クランシーはごく小声で言った。「ちょろいもんだぜ。最後に確認したときは、ほとんど意識を失ってやがった。あの馬鹿ども、いまごろはもう死んでっかもしんねえぞ。おれは車にゃ詳しいから、どうすりゃ排気ガスを車内に取りこめるか知ってんだ。やり方を知らないやつにゃ、かなり危ない作業だぜ。そうとも、排気ガスぐらい簡単なものはない。ホットドッグをつくるようなもんさ。あいつらは弱虫で、寒さに耐えられないもんだから、車のエンジンをつけたままにしてやがった。それでこの手を思いついたってわけさ」

「ああ、そうさ、ケタリング。そんなこと訊いて、どうしようってんだい？」

「サムを奪うためだけに、ふたりを殺したのか？」

「おまえを雇ったのは誰だ？」

「さあな。いまとなっちゃあ、あんたにはどうだっていいこったろ？」

「まともじゃないぞ、クランシー。州の住人の半分がおまえを捜している。サムを連れて逃げきれると思ってるのか？」

「わかってっか、ケタリング？　あんたがきゃんきゃん吠《ほ》えるせいで、なんであんたをいますぐ消しちゃいけねえのか、わかんなくなってきたぜ」

銃口が皮膚に押しつけられる。マイルズは動きを止め、息をひそめた。いま死ぬわけにはいかない。サムを守らなければならないのだから、絶対に死ねない。マイルズは廊下の少し先で眠っているケイティを思い浮かべた。サムに母親の声が聞こえたのなら、おれがケイティに話しかけられないともかぎらない。マイルズは心のなかでケイティを呼んでから、あらためて自分の置かれた状況に向きあった。なんと愚かなのだろう。反撃に出るにはサムが近すぎる。しかも、クランシーは背水の陣を敷いているようだ。いまだサムをあきらめられないほどの大金を、いったい誰が積んだのか。そのとき銃口がマイルズの首筋をなでた。

「顔色が悪いぞ、クランシー。いまだおまえが歩きまわってることからして、おれにはびっくりだ。おれはこの目でバンが爆発するのを見たが、たいへんな燃えようだった」

「保安官に発砲されたときは、木に激突してくらっときたが、ほんの一瞬だったぜ。ボーが保安官に撃ち殺されるのを見て、死ぬ気でバンから脱出したのさ。まったく、おれのバンをあんなにしやがって、あんたら全員、どれほど撃ち殺してやりたかったか」

しかしクランシーは引き金を引かなかった。さいわいまだ殺す気はないらしい。なぜか？サイレンサーがないのがひとつ。そしてまだ発砲すべきときではないからだ。

マイルズははたと気がついた。クランシーが自分を生かしておくのは、サムを運ばせるためだ。親子ともども人質にしておき、ここを離れしだい自分を消すつもりだ。

マイルズはまばたきすら控えた。恐怖に不意打ちされたために、一瞬凍りついてしまった筋肉と心臓を、もとの状態に戻したかった。

「ぼうずを起こしな、ケタリング。一度で言うことを聞けよ」

マイルズは命じられたとおり、軽くサムの頬をなで、小声で話しかけた。怖がらなくていいぞ。心配いらないからな。

サムは目を開き、クランシーを見つめた。「悪者だ」サムは小声ながら、力のこもった声で言った。

「よう、ぼうず。残念だよ、大切な人質でなきゃ、おまえの首をもぎ取ってやんのにな。ボーが殺されたのはおまえのせいなんだぞ。そのつけは払ってもらわなきゃなんねえ」

「なぜおれの息子をこれほど追いまわすんだ、クランシー？」

「いつか話してやれるかもしれねえ」クランシーは答えた。「かならずしもおれが信じてる必要はねえんだよな」二歩下がって、ベッドの足元に立つ。銃口はまっすぐサムに向けていた。「妙な気を起こすなよ、ケタリング。さもないとぼうずを撃つぞ。念のために言っとくが、いまのおれには失うもんがねえんだ。さあ、ふたりとも立ちな。外は寒いから、なんか着たほうがいいぞ、ケタリング。ぼうずはパジャマで大丈夫だろう」クランシーは黙ってふたりを見ていた。「あの保安官助手たち、もうくたばりやがったかな？ まだだとしても、そう長くはねえだろ。あいつらの車を奪うってのも、悪くないよな？」

「なぜそんなことをする？ ここまでどうやって来た？」

「あんたには関係ねえだろ」

マイルズは言った。「ゆっくりとベッドを出んだぞ、サム。出たら、そこに立つんだ」

「パパ――」

「言われたとおりにしなさい。心配いらない、パパがついてる」

クランシーは鼻で笑った。サムが父親から離れ、ベッドの脇に降りるのを見ていた。サムは赤いパジャマ姿でそこに立った。

「お、ミッキーマウスか、いかしてんな」クランシーは声をかけた。「さあ、今度はあんただぞ、ケタリング。じゅうぶんに注意しろよ。おれがどこを狙ってるか、わかってんな？ ぼうずの頭さ。あんたの出方によっちゃあ、ぼうずを殺すしかない」

だがマイルズには、はったりとしか思えなかった。クランシーを雇った人間は是が非でもサムを手に入れたがっている。とはいえ、あえて危険を冒すつもりもなかった。上掛けから出て、ベッドの脇に足を下ろした。冷たい空気がボクサーパンツ一枚の体に突き刺さる。ゆっくりと立ちあがると、クランシーがジーンズを投げてよこした。脚を通し、前を留めて、手を差しだした。「おれのセーターはあそこだ」

クランシーはセーターをほうり、マイルズが着終わるのを待った。「靴ははくな。あんたにチャンスを与えるつもりはねえんでな。さあて、首のうしろで手を組みな」

マイルズは首のうしろに手をまわした。

「よおし、いいぞ。あんたが先だ、ケタリング。ぼうずは父さんのあとについてきな。さあ、動くぞ。足を止めんなよ。ぼうず、いい子にしてろ」

こいつはサムを生かしておきたがっている、とマイルズはまた思った。サムを生きたまま連れていくことに、すべてを賭けている。なぜだ？　マイルズがいま必要としているのはきっかけであり、クランシーのわずかな失態が逆襲につながる。マイルズは隙を狙いつつ、クランシーの呼吸に耳をすませ、息苦しそうにしているのに気づいた。太っているうえに、怪我をしているのだから、無理もない。だが、怪我の程度まではわからない。そしてクランシーの銃は、一貫してサムの頭部に向けられていた。

マイルズはゆっくりと廊下を歩いた。サムはケイティの厚い靴下をはいているので、ほとんど足音がしない。あと少しでケイティの寝室のドアだった。

簡単だろ、クランシー？　こんなに簡単なんだから、少しは油断しろよ。おれたちはもうおまえの手の内にある。

まったくの沈黙のうちに、三人はリビングまで来た。板を張っていない玄関側の窓から、月光が差しこんでいた。明るくはないが、つまずかずに歩ける程度には明るい。

クランシーは重たげな手ぶりでマイルズをどかせると、サムの腕をつかんで、玄関に押しやった。

「パパ――」

「黙ってろ、クソガキ！」

片手でサムをつかんでいたクランシーは、残る一方に銃を持ったままではデッドボルトをはずせないことに気づき、しばしその場に立ちつくした。

「おい、ケタリング、来て玄関を開けな。言うとおりにしねえと、ガキを痛めつけんぞ」クランシーはサムを引き寄せた。

マイルズは玄関まで行き、錠をはずした。

「開けろ」

マイルズはドアを開けた。冷たい夜風がいっきに吹きこんだ。

「手を後頭部にやって歩きな」

マイルズは家を取り囲む広々としたポーチの端まで歩き、つま先がロッキングチェアの足に触れたところで立ち止まった。

「さあ、行くぞ。野郎たちが死んでるかどうか確かめて、そのあと連中の車をちょうだいするとすっか。まったく、いまだ悪い夢を見てるようだぜ。あの保安官のやつ、おれのバンをめちゃくちゃにしやがって」

「どうやってここまで戻ったんだ、クランシー？」

「あんたにゃ関係ねえって、何度言わせりゃ気がすむんだ。さっさと階段を下りろ！」

クランシーは時間切れになりつつあることに勘づいている。そしてマイルズは、動きだす前に息子の位置を正確に把握する必要があった。サムは背後の少し右手、視界の届くぎりぎりのところにいた。クランシーはサムの首に腕をまわし、体の側面に引きつけている。

マイルズはポーチの階段の二段めで叫んだ。「伏せろ、サム！」

サムが全身から力を抜いて床に腰を落としたのと、マイルズがふり返ってクランシーの負傷したほうの腕を蹴《け》ったのは、同時だった。銃が宙を舞った。

クランシーは悲鳴を上げつつも、サムの首をつかんで引きあげ、腰をひねってマイルズから遠ざけようとした。ふたたびマイルズが足を蹴りだす。この一撃はみぞおちに命中し、サムを離したクランシーは、背後に吹っ飛んだ。胸を押さえて、うめいている。

そのとき、開いた玄関から裸足のケイティが現れ、両手でシグ・ザウエルを構えた。

ケイティは怒声とともに、腰を落とした。「動かないで、クランシー！」

「やったぞ」マイルズは言った。ケイティが見ると、彼は満面の笑みだった。憎悪と勝利感をむきだしにした恐ろしい笑顔だった。

マイルズはクランシーに近づきながら、ケイティに指示した。「急いで保安官助手たちを見てくれ！　車内にガスが引きこまれている」

そして手のひらでクランシーの鼻を突き、股間に膝蹴りを食らわせた。

クランシーはギャッと叫ぶと、膝をついて、股間を押さえた。ケイティは文字どおりクランシーを飛び越し、ポーチから飛びおりた。ケイティが裸足で石や砂利を踏むのを見てマイルズは一瞬ひるんだものの、彼女の速度は落ちなかった。助手席側のドアを開け、保安官助手を外に引きずりおろす。続いて運転席側にまわり、同じように引っぱりだした。

いまだ腹を折っていたクランシーは、サムに目をやったまま、よろよろと立ちあがった。サムは四つん這《ば》いの格好であとずさりし、ポーチの端へと逃れた。

「大丈夫だぞ、サム」マイルズはクランシーに駆け寄り、顎を殴った。クランシーの皮膚が裂けるのを感じたが、怪物を素手で失神させるのはいい気分だった。クランシーが気絶するのを見届けてから、ふり返ってケイティを見た。片方の保安官助手の上に身を乗りだし、息をしているかどうか確かめている。サムはポーチの端で丸くなり、黙りこくっていた。

「ママ？」

「大丈夫だよ、キーリー」マイルズは言った。「家から出てくるんじゃないぞ。お母さんはすぐに戻るからな。ほら、動かないで、キーリー。サムもなかに入って、キーリーといっしょにいなさい。ケイティ、おれがもうひとりを見ようか？」

ケイティは答える前に、クランシーを見た。うめき声ひとつ漏らさず、家のほうを向いてぐったりとしている。どのみち手錠は手元になく、生死を確認できていないコールをほうっておくことはできない。クランシーのほうは人事不省に陥っているから、放置しておいても問題はないだろう。

「マイルズ、頼むわ。急いで！」

マイルズは念のためにもう一度クランシーを蹴り、銃をジーンズに押しこんだ。

ケイティはつと顔を上げ、「コールは生きてるわ！　息をしてる！」と叫ぶと、もうひとりの保安官助手に近づいた。いつの間にかキーリーが出てきて、母親の傍らにいる。サムがマイルズの傍らにいるのと同じだった。マイルズはちらりとポーチを見やり、クランシーに動きがないのを確認した。「サム、家のなかから携帯を持ってきてくれ」

戻ってきたサムから携帯電話を受け取ると、マイルズは九一一に電話をかけた。ほどなく、夜の静けさを切り裂くサイレンの音が近づいてきた。

救命士たちは急いで酸素マスクを取りだし、保安官助手たちの鼻と口をおおった。「危ないとこでしたよ、保安官」マッキーは小首をかしげてケイティを見た。「ここは犯罪多発地帯みたいですね。保安官のおかげで、大忙しですよ。それで、みなさん、ご無事ですか？」

「ええ、たぶん」ケイティはクランシーを指さした。「あの男、太ってるわりには猫の泥棒みたいに動きが静かなのよ。でも、いまはどうなってることやら。ミスター・ケタリングはまったく手心を加えなかったようだから。でも、死んではいないし、生きていさえすれば、雇った人間を訊きだせる。護衛につける保安官助手が到着したら、あなたたち全員でこの男を運んでもらわなきゃならないわ」

「狂ってる」マッキーは言った。「こいつは狂ってるんですよ」

それから五分で、ウェイドが到着した。パジャマの上にジーンズをはき、シャツの前をはだけていた。「やりましたね、ケイティ！　あなたがやっつけたんだ！」

「やったのはマイルズよ。いい動きだったわ。そいつに手錠をかけておいて、ウェイド」

マイルズは意気さかんながら、疲れきっていた。ポーチの端に腰かけていた子どもたちに近づき、腰を下ろしてふたりを抱きしめ、サムとキーリーに何度もキスした。「ふたりともよくやったな」

「ママに抱っこされたい」キーリーはマイルズに抱きしめられながら言った。

「もう少し待とうな。仕事が終わったら、来てくれる。それまではおじさんで我慢してくれるだろう？」

「サム？」

サムが体をすり寄せてくる。

「サム、大丈夫か？」

サムは答えなかった。クランシーがふらふらと立ちあがり、ウェイドをポーチから突き落としたときも、まばたきひとつしなかった。クランシーはそのままドライブウェイに飛びおり、闇のなかに消えた。

ケイティは悪態を吐き散らしながら、クランシーを追った。それに続くべく、マイルズもポーチから飛びおりた。どちらもまだ裸足だった。マイルズはウェイドが罵声《ばせい》を上げるのを聞いたが、なにを言っているかわからなかった。

そして静かになった。

一発の銃声。

さらなる静けさが押し寄せた。

19

マイルズはケイティの家のリビングから、ドクター・シーラ・レインズがサムに小声で話しかけるのを見ていた。無反応のサムは、ドクターと目を合わせることすら避けている。小さな手がせわしなく動き、ジーンズを引っぱったり、肘を掻いたり、ソファのクッションをパンチしたりしている。

「ほとんどしゃべらないんだ」マイルズは隣りに坐るケイティに話しかけた。その膝には、手足を投げだして眠るキーリーがいる。マイルズはとつとつと続けた。「いろいろありすぎた。あの子には受け止めきれないくらい、いろいろなことが。それなのに、誰がなんのためにあの子を狙っているのか、まだわからない。そして最大の謎は、まだ幼いあの子になぜこれほどの災難が降りかかるかだ。あいつらは、あの子が逃げてから二度追ってきた。二度も！　しかも今夜のクランシーはひとりきりで、怪我をおしてやってきた。そこまでしなきゃならない理由が、おれにはまったくわからない。

営利誘拐なら、なぜ身代金の要求がなかった？　ほぼ二日あったんだから、それだけあれば要求できたはずだ」マイルズはしばし口を閉ざし、髪に手櫛《てぐし》を通した。「おれは小児性愛者のしわざだと頭から信じこんでいたが、ありがたいことに、それはなかった。それに、これも確信を持って言えるが、人に恨まれる憶えはない。捜査官時代につかまえた悪党にしろ、ここまでの復讐は企てるとは思えない。仮に復讐するとしても、おれを撃てば簡単に片がつく。それをなぜだ？　なぜこんなことをする？

あんまりじゃないか。サムを見てくれ。黙りこくって、心がどこかへ行ってしまったみたいに、目がうつろになっている。恐怖のあまり、現実から逃げているのかもしれない。そして、恐怖を内側に閉じこめている」

ケイティはマイルズの肩に触れた。「たしかにあの子は、たいへんな目に遭った。でも、マイルズ、わたしはサムのことをよく知っているわけじゃないけど、立ちなおる力のある子なのはわかる。とても強い子よ。焦らないで。シーラは優秀だから、ここは信頼して任せましょう。

問題は動機よね。動機のない事件はない。なにかがある。わたしたちにはそれがまだわからないし、場合によっては解明する必要もないのかもしれないけれど、動機があるのは間違いない。しかも、クランシーとボーの執念深さからして、サムを誘拐させたある個人なりグループなりには、かなり強い動機がある。かならず探りだすと約束するわ、マイルズ」

マイルズは話を聞いていないようだった。「しかも、まだ決着はついていない」その目は、いまだ息子に注がれていた。「全然終わっていないんだ。クランシーは死に、その背後にいた人物の名前も同時に闇に葬られた。だが、おれにもきみにも、犯人たちがまだそこにいるのがわかっている。きみにだって予測がついているんだろう、ケイティ？　連中はこれからもサムをさらおうとするだろう。ここでやめる理由があるか？」

「正直に言うわ」ケイティは少しして言った。「わたしにはクランシーが口を割ったとは思えない。サムが手に入ったら、クランシーはあなたを殺しただろうと、言っていたわよね？」

マイルズはうなずき、キーリーの足をなでだした。鮮やかなピンク色の靴下をはいた足。サムと同じように小さい。

「それでもクランシーは、雇い主の名を口にしなかった」

「ああ」マイルズはふと足元を見た。ケイティはまだ裸足で、ジーンズに〝ベネディクト・パルプ・ノンフィクション〟という文字が胸を横切るように入ったナイトシャツしか着ていない。

マイルズ自身も裸足だった。気がついていなかったが、こうして見ると、いくつか切り傷ができている。だが、手当はまだいい。ケイティも足に怪我をしている。こんなときに、足のことなどかまっていられるか。マイルズはふたたびサムと医者に目をやった。サムは反応していない。ただ坐って、なにを見るでもなく、手だけ動かしている。

十分後にサビッチとシャーロックがやってきた。ふたりともサムを抱きしめ、ドクター・レインズに挨拶すると、ふたりを残してその場を離れた。

シャーロックは言った。「わたしがこの部屋のなかにある血だらけの足を手当しているあいだに、あなたたちはサビッチになにがあったか話して。救急箱はある、ケイティ？」

ケイティはぽかんとした顔で、シャーロックを見た。「救急箱？」

「そう。あなたたちの足を手当するのよ。あなたとマイルズの」

ケイティはまばたきした。足の傷のことを思い出し、あきれたように首を振った。「ええ、キッチンよ。冷蔵庫の上のキャビネットに入っているわ」

それから数分後、シャーロックが顔を上げると、そろそろとキッチンに入ってくるケイティが見えた。

「キーリーはどうしたの？」

「マイルズに頼んできた。マイルズもあの子を抱いているほうがいいみたい。最悪だわ、シャーロック。サムは全然しゃべらない。でも、わたしはシーラを信じてる。彼女には才能があるし、なかでも子どもの治療は得意なの。あの人は子どもたちの心にまっすぐ飛びこんでいける。彼らの恐怖や、それが潜んでいる場所を探りあて、それを薄めるにはどうしたらいいかを知っているの。とても優秀よ。それにシーラのことは小さいころから知っているけれど、良識の人でもある——」ケイティは喉を詰まらせた。涙ぐんだ。

シャーロックはしばらくケイティを見つめたのち、いちばん上の棚から下ろしてきたばかりの救急箱を置き、両手を伸ばした。「いらっしゃい、ケイティ」

ケイティはその腕に身をゆだねた。馬鹿みたい。だいたい、自分のほうがシャーロックより大きいのに。けれど、抱きしめられると気分がよかった。理解されているのがわかるだけで、肩の荷が軽くなるようだった。シャーロックの髪にささやいた。「わたしはふたりの人を殺した。ふたり——しかも昨晩からよ。ジェスボローの保安官になって三年になるけれど、人を撃つのははじめてだった。ここで犯罪と言ったら、万引きや、一年に二十五件くらいの飲酒運転くらい。おもな仕事は、ミスター・ジェイムズのウシを牧場に戻したり、トラクターの下敷きになっているミスター・マレーを助けだしたり、郵便配達人の足に嚙みついて離れないミセス・マカルバーのラットテリアを引っぱったり、七月四日に交通整理をしたりといったところよ。殺人犯や誘拐犯には遭遇したことがなかった。少なくともここでは——平和な町だから。それがこんなことになるなんて」

「わかるわ」シャーロックはケイティの髪をなでた。「ショックだったでしょうね。あなただけじゃない、みんなそうよ。それでもあなたは、事態を収拾するために最善を尽くし、サムを救った。そうよ、あなたがサムを救ったのよ。あなたがサムについていなかったら、どうなってたかを考えてみて。いまふり返って、あなたに選択肢があったと思う？　どちらかでも、ほかに方法があった？」

ケイティはシャーロックに抱きついたまま、首を振った。

「そのとおりよ。わたしに言わせれば、今後サムにはあなたのために生きてもらわなきゃ。あなたは命の恩人なの。あなたが年老いて、よだれを垂らすようになったら、車椅子を押させたり、よたよた歩きまわるのを手伝わせればいい」

これにはケイティも笑ってしまった。「そんな場面を想像すると」腰を起こす。「笑いたいと同時に泣きたくなるわね」

シャーロックはケイティの顔を両手で包んだ。「ほかの誰でもない、あなたが人の命を絶ったのだという認識――それが重く感じるときは、サムだけを見て、正しいことをしたのだと確認してね」

「人を殺したことがあるの、シャーロック？」

「いいえ。でも、一度だけ、本気で殺意を抱いたことはある。いつかあなたにマリーン・ジョーンズのことを話してあげる。ディロンは殺したことがあって、芯からこたえたと言っていたわ。でも、トミー・タトルという、稀代の犯罪者を撃ったときは、まったく後悔していなかった。彼はそうした経験を乗り越えてきたの。法の執行官であるかぎり、仕事を遂行するには避けられない現実だと、理性のうえでも感情のうえでも納得したからよ」シャーロックは言葉を切り、失望をあらわにした。「わたしたちがここにいて、クランシーをつかまえるのに協力できたらよかったのに」

ケイティは微笑んだ。「ほんとね。クランシーは勝手口の鍵を開けて、その足で二階までやってきたのに、わたしはその物音に気づかなかった。こんなこと、誰に想像できた？　あの男はマイルズとサムが寝ていた部屋にまで入りこんだのよ。あんな太った男がネズミのように静かに動きまわるなんて――おぞましいったらないわ。保安官助手たちにしたって、彼が迫っていたのに気づかなかった。クランシーはわたしが物音を聞きつける前に、マイルズとサムを家の外に連れだした」ケイティは目をこすり、ふうっと息をついた。「ありがとう、シャーロック。もう落ち着いた。大丈夫よ」

「あなたと知りあって、まだ一日にもならないけど、ひとつだけはっきりとわかることがあるわ、ケイティ。あなたはいい人だし、優秀な保安官よ。さあ、もう真夜中で、あなたの足は傷だらけ。手当をさせて。ディロンも休ませなきゃいけないんだけど、全部片づくまでうんと言いそうにないわ」

ケイティは多少のユーモアをこめて言った。「ひょっとしたらわたし、いい患者にもなれるかも」

「試してみましょう」シャーロックは頭ひとつ分背が高いケイティに笑顔を向け、彼女の手を取ってリビングに戻った。

湯の入った洗面器と石鹸《せっけん》とタオルと救急箱が用意できると、シャーロックは手当に取りかかった。ケイティの前に膝をつき、足首をしっかりとつかんだ。両方の足を洗い終わると、いよいよヨードチンキの出番だった。「じっとしててよ、ケイティ。染みると思うけど」

染みるなんてものじゃなかった。ケイティは中身の濃い悪態をふたつばかり呑みこんだ。眠っているとはいえ、キーリーには聞かせたくない。

「ごめん。あとは包帯だけで、もう染みないから」シャーロックはヨードチンキを救急箱に戻した。

シャーロックに包帯を巻いてもらいながら、ケイティは小声で言った。「マイルズがクランシーに食らわせた蹴りだけど、信じられないほどの威力だったのよ。空手の名手なのね」

マイルズをちらっと見る。「武術には縁がないんだけど、マイルズの技を見たら、やってみたくなっちゃった」

「銃を顔面に突きつけられたのでないかぎり、武術は最高の武器よ。マイルズとディロンも昔はよくふたりで稽古《けいこ》していたんだけど、いまはせいぜい月に一度ね。いまマイルズは軍から受注した新しい仕事に追われて、ディロンは、新型の誘導システムから欠陥を排除しようと躍起になってるの。才能のある男よ。ディロンは、あいつにならば翼一枚あればなんでも飛ばせられると言ってるわ」シャーロックは思い出したように言い足した。「知ってると思うけど、マイルズは以前FBIにいたの」

「ええ、彼から聞いたわ」ケイティは言いながら、マイルズを見た。ケイティがさっきまで坐っていた大きなロッキングチェアに移ったマイルズは、抱きかかえたキーリーの頭に頬をつけ、一心不乱に息子を見つめながら、ゆっくりと椅子を揺らしている。ケイティはこれまでとは違う目で彼を見ようとした。マイルズの顔にはとくに表情はないが、息子のことで恐怖と闘っているのはわかっている。ひどい心痛だろう。そっとキーリーを抱きつつも、いっときとしてサムから目を離さない。まるでサムだけを見て、ほかのことを考えなければ、息子を救えると思っているようだ。

そして彼の隣りにはサビッチがいた。背中に怪我をしているので、前かがみで脚に肘をついている。黙ってそこにいるだけでよかった。

シャーロックは言った。「アリシアが亡くなったとき、マイルズはなんて言うか、内に引た。友だちはみな、そんな彼を見ていてなにもできないのをつらがった。わたしはアリシアをよく知らなかったけれど、ディロンによると、明るくて元気のいい、打てば響くような元気で、考えこむような調子で続けたんですって。「これもディロンに聞いたんだけど、アリシアには理解しがたいところがあったんです。たとえばサムがちょっとした風邪を引いたときなんか、やたら大げさに騒いで、異常に怯《おび》えたと言っていたわ。サムが少し熱を出して、錯乱状態になったこともあるとか。そのときはサムを素っ裸にして全身をくまなく調べ、山のようにブランケットをかけ、マイルズがなだめようとしたら、われを忘れて怒鳴り散らしたそうよ。

でも、いまは関係ないわね。どんな親だって、わが子にサムのような災難が降りかかったら、叩きのめされてしまう。マイルズはよくがんばっているけれど、サムが誘拐されたとわかったときのマイルズは、いままで見た誰より怯えていたわ」

「そんな恐怖、わたしには想像もつかない」ケイティは言った。「知らないですんでいるのを、神さまに感謝しなくちゃ」

「わたしもそんな目に遭わないですむよう、祈ってるわ」シャーロックはバンドエイドの包装紙をはがし、足の指のつけ根の傷に貼った。「親にとってそれほどの悪夢はないもの。ところで、わたしがいまなにを考えてるかわかる？　どういう顚末《てんまつ》にしろ、クランシーが消えてくれてよかったと思ってる。あなたがケリをつけてくれてよかった。だって、あの男があきらめるなんて考えられないもの。脱獄してでも、またサムを奪いにきたでしょうね。だって、これまでに二度よ。どうしたら、そこまでできるの？」

ケイティが答える前に、マイルズが誰にともなくつぶやいた。「クランシーが言ってたな。かならずしも信じている必要はないんだって」

「信じるってなにを？」サビッチが尋ねた。

マイルズは肩をすくめた。「なぜそうもサムが欲しいのかと尋ねたら、あいつは、いつか話してやれるかもしれないと答え、そのあと、かならずしも信じている必要はない、とつけ加えた。誰かがサムのなにかを信じているのに、あいつには理解できないか、信じきれないと言っているようだった。いま思い返してみると、あのときのあいつは困惑しきりの顔をしていた。おれにはさっぱりわからないが、そのなにかとは信じがたいもののようだ。おれにはサムに異常なところや、奇妙なところがあるとは、思えないんだが」

マイルズがあらためて息子を見た。サムはドクター・レインズの手を握っていた。寄り添う医師にもたれかかっている。どうやら、サムの心の鍵が開いたようだ。マイルズはいまサムがもたれて話をしているのが自分ではないことに、深い無力感を覚えた。

マイルズは顔を上げた。シャーロックがやってきて、前に膝《ひざ》をついた。「自分でやろうと思っちゃだめよ、マイルズ。あなたはじゅうぶんがんばったんだから、いまは坐ってわたしに足の手当をさせて。ほら、そんなに体を揺すったら、わたしを蹴っちゃうでしょ。わたしの腕が信じられないなら、治療のすんだケイティに訊いてみたらいい」

マイルズは間髪を入れずに尋ねた。「ケイティ、足はよくなったかい？」

「傷口全部にヨードチンキを塗られたせいで、少し染みたけれど、よくなったわ。シャーロックの腕は確かよ」

マイルズは上からシャーロックに微笑みかけた。「親父さん似のシャーロックは、岩のように頑として揺るぎがない。おれが息を引き取らないかぎり、誰にも生命維持装置を引っこ抜かせない女だと信じてるよ」

「なんだか特別な存在になった気分よ、マイルズ」シャーロックは彼の膝を叩いた。

「そうだな、少し言いすぎたかもしれない」マイルズはケイティに話しかけた。「シャーロックのことは、テニスでダブルスを組んでもいい程度には信じている。これでどう?」

「ドラマチックさに欠けるわね」と、ケイティ。「どれくらいじょうずなの、シャーロック?」

「殺し屋並みさ」サビッチが答えて、妻に笑いかけた。

シャーロックはにこりとして聞き流した。「さあ、動かないでね、マイルズ。立派な大足だこと。サイズは十二?」

「ずばり、ご明察」

「支えるべき体が大きいものね」

「サビッチの足はどれくらいだ?」

シャーロックは彼の土踏まずを叩いた。「十二」

ケイティは包帯に包まれた細長い足を前に出した。「わたしも五フィート一〇インチあるから、身長ではあなたたちにあまりひけをとっていないわ。いつか十二サイズの靴をはけるようになるかも。あとたった三サイズ分よ」

サビッチはサムとドクター・レインズのようすを見る合間を縫い、妻がマイルズの足にバンドエイドを貼るのを見た。サビッチは椅子からゆったりとしたソファに移って、背中の痛みをやわらげたかった。ついでにお茶が飲みたかったので、全員から注文をとってキッチンに向かい、ついてこようとするケイティを手で制した。「きみはじっとして、九サイズの足を回復させてやるといい。ここで痛めつけると、大きくならないかもしれないぞ。いるものは自分で探すし、汚しもしない」

ドクター・レインズはサムの両手を包みこみ、耳元でささやいた。「あなたのパパのことだけど、とっても怖がってるから、そのうち月に向かって吠えちゃうかもしれないわよ」

サムはまじまじと医者を見た。「クランシーはもう戻ってこないんだよね？」

20

その発言によって、大人たちのやりとりに三十秒ほどの空白ができた。ドクター・レインズは答えた。「ええ、もう戻ってこないし、それはとってもいいことよ。あの男は犯罪者なの、サム。犯罪者にわたしたちを脅かさせてはいけないわ。クランシーとボーが死んだことについて、あなたはどう思ってる？」

サムは考えこみ、下唇を嚙んで、ちらっと父を見ると、ようやく口を開いた。「あんなにぎゃあぎゃあ言ってたのに……そのあとすぐ……いなくなっちゃった。銃の音がして、あいつが死んで、ママとおんなじ。ママが死んじゃったのは悲しい」

よかった。ついにサムの口が開いた。ドクター・レインズはサムと額を突きあわせ、目をのぞきこんだ。「わたしの言うことをよく聞いて、サム。あなたのママは天国にいて、あなたが無事で大喜びしてるわ。天使たちもみな浮かれてるし、聖ペテロだってにこにこ顔よ。じゃあ、ボーとクランシーはどうかしら？　あのふたりはたぶん深い深い地獄に堕ちて、魔王にだって、どこにいるかわからないでしょうね」

サムは少し考えてから、顔を上げて医者に微笑んだ。声に力強さが戻る。「つぎにママから話しかけられたら、ボーとクランシーがどうなったか訊いてみる」

「いい考えね。ママから教わったら、保安官にも教えてあげて」

サムの笑顔が見え、声が聞こえると、マイルズは叫びたくなった。医者がなにを言ったか知らないが、サムの反応を引きだしてくれた彼女には、一生返しきれない借りができた。

マイルズは言った。「サム、こっちへ来てパパを抱いてくれるか？ なんだかふらふらするんだ。急がないと、倒れるかもしれない。キーリーを落としたら、たいへんだろう？」

サムはそろそろとソファから下り、父親に近づいた。少し立ち止まって父の膝に手を置き、シャーロックの肩を叩いた。「いらっしゃい、ぼうや」シャーロックはサムの頬にキスした。

「あなたのお父さんの足、見てやってよ。かわいそうでしょう？ あなたが最後のバンドエイドを貼ってあげる？」

サムはシャーロックの隣りに膝をつき、真剣な面持ちでバンドエイドを叩きつけた。いちおう傷口は塞がれた。

マイルズは息子を抱きあげ、空いているほうの膝に乗せた。子どもたちを近づけ、ふたりいっしょにゆっくりと揺すり、サムの耳にささやきかけた。「おまえみたいに勇敢な子には、お目にかかったことがないぞ。おまえは自慢の息子だよ」

サムはふうっとため息をつき、父親の肩にもたれかかった。「ぼくを落とさないでね、パパ。ぼくのがキーリーより重いけど」

「ああ、そうだね。だがな、チャンピオン、おまえは骨と筋肉だけだ。寝ていいぞ、サム」

シャーロックは立ちあがり、うしろに下がった。見おろすと、キーリーはマイルズの首筋に頭をつけ、サムは頭をなでられながら、早くも目を閉じていた。

ほどなくサムが寝つくと、ドクター・レインズは、「まだ完全ではありませんが、最初としては悪くありません」と言って、立ちあがった。「ケタリングさん、よろしければ、明日の朝、サムを診たいのですが。十時でいかがでしょう?」

マイルズはトレイを持ってリビングに入ってきたサビッチに視線をやり、うなずいた。

「ええ、それでけっこうです、ドクター・レインズ。十時にうかがいます」

「シーラと呼んでください」

「ありがとう、シーラ。あなたのおかげで、あの子がまた話すようになりました。感謝しています」

「電気が消えるように寝つきましたね。よかった。いまのあの子には睡眠がいちばんの良薬です」レインズはいちだんと声を落とした。「夢にうなされるかもしれません、ケタリングさん。サムは自分を守り、起きたことを理解し、その恐怖を堰《せ》き止めるために、少しのあいだ内側に引きこもらなければなりませんでした。わたしはそんな彼をなだめ、こちらに目を向けさせましたが、ほんとうは、彼自身が出てきたがっていたんです。キーリーと、そしてもちろんあなたといることが、支えになるでしょう。強いお子さんです」ドクター・レインズはケイティを見ると、そのまま坐っていてと手ぶりで示した。「動かないで、保安官。医者として言わせてもらえば、九サイズのあなたの足は、使わないほうがいいわ」

「あなたは精神科医でしょ、シーラ」

「そうよ。でも、内科医になろうかと思ったこともあるんだから。結局、夜、眠れるほうを選んだけど。みなさんにお目にかかれてよかった。明日になれば、またあらためてお話しをする時間もあるでしょう。ケイティ、マイルズ、なるべくサムをキーリーといっしょにしておいて。いまは誰よりも、あの子が重要な気がするの」

ドクター・レインズはケイティの肩に手を置いた。「話したいことがあったら、いつだって聞くから、わたしがいるってことを忘れないでね。あなたたち全員にとって、この数日は嵐のようなものだった。でも肝心なのは、サムが無事だったってことよ。ところで、そのスリープシャツいいわよね、〝パルプ・ノンフィクション〟。お父さんにもらったのね？」

「ええ、亡くなる少し前に。来てくれてありがとう、シーラ。あなたに借りができたわ」

「今回はあなたとの貸し借りはなしよ。それよりキーリーったら、一週間前に会ったときより、また大きくなったみたいね」

レインズは真夜中をとうに過ぎているからという理由で、お茶を断って帰った。当人の弁によると、この時間にカフェインを摂取すると、ジャンプして天井を突き抜けそうになるのだとか。

サビッチはソファのサイドテーブルにトレイを置き、ケイティに話しかけた。「さっきウエイドと話したよ。彼がクランシーを検死医のところへ運んでいった。今回のきみの活躍に、いたく感動した口ぶりだったぞ。残念ながら、おれは詳しいことを知らないもんだから、あんまり話し相手になれなくてさ。おれの推察がどの程度当たっていたか知りたいから、なにがあったかきっちり教えてくれるかい？」

ケイティは子どもたちをよく見て眠っているのを確認してから、一瞬目を閉じ、ふたたび椅子の背にもたれた。「クランシーはポーチを飛びおり、わたしはそのあとを追った。彼はたいして逃げられず、追いつくと息を切らしていた。わたしが動くなと言うと、信じられないでしょうけど、彼はわたしをあざ笑ったの。ボーは撃てても、おれは撃てない、そんなことをすれば、おまえも確実に命を落とす、後悔するぞ、と言って。

クランシーは息切れがおさまると、カエデの木の背後にしゃがみこんだ。彼には、わたしが彼を撃つより、雇い主を訊きだすことを優先していたのが、わかっていたんだと思う。運悪く近づきすぎたわたしは、彼に襲いかかられた。マイルズが追ってきているのは足音でわかっていたけれど、間に合いそうになかった。わたしはクランシーの膝を撃つつもりだった。それが襲いかかられた拍子に銃口が上を向いて、胸に命中してしまった。彼は撃たれたのが信じられないみたいに、茫然とした顔で立ちつくしていた。わたしの拳銃に手を伸ばしたけれど、わたしが下がると、その場に崩れ落ちた。もう死んでいた。念のためにマイルズも確認してくれた。事故だったの。みんな、ごめんなさい。生かしておきたかったのに」

シャーロックは言った。「さっきも言ったけど、わたしはクランシーが死んでくれて心底ほっとしてる。あきらめたとは思えないもの。あとは黒幕を捜しださなきゃね」

サビッチは女ふたりにお茶のカップを手渡した。「すばらしいお茶だね、ケイティ。ティーバッグで我慢するしかないと思ってたよ」

「ダージリンには目がなくて」ケイティは言った。「十歳くらいのとき、母からはじめての一杯を飲ませてもらった。それ以来のお茶好きよ。母に感謝ね。先週、茶葉を補充していってくれたところなの」

シャーロックはマイルズからケイティに目をやって思った。いまの彼らには、日常のこまごましたことが恐怖を押しのける助けになる。シャーロックは愛しいわが子ショーンを思って、身震いした。人はときに、いつもの生活に戻ったことを思い出し、もう大丈夫だと確認するために、些末でくだらないことを必要とする。

サビッチはゆっくりと立ちあがり、精いっぱい背伸びした。「シャーロックとおれは、そろそろマザーズ・ベリー・ベストに引きあげるが、なにかあったら電話してくれ。なにもなければ、明日の朝、またここで会おう」

ケイティとマイルズは今夜二度めのベッドへ向かった。マイルズはぐったりとした息子を肩に背負い、ケイティはキーリーを腕に抱いた。キーリーが寝ぼけ眼《まなこ》でつぶやいた。「ママといっしょに寝たい」

「わたしもそう思ってたところよ、ちびちゃん。ベッドを独り占めしないって約束する？」

キーリーはにっこりした。「横向いて寝るのが好きだもん、平気だよ、ママ」

ケイティの微笑みは長くは続かなかった。この二日でふたりの男を射殺したという現実に不意を突かれた。どうしてこうも、昔のことのように感じるのだろう？　身をさいなむような衝撃が消えて、いまでは他人事《ひと》のように感じている。人として道を踏みはずしたせいだろうか？　いや、そういう考え方は間違っている。ケイティは奥歯を嚙みしめた。この現実と向きあい、しっかりと心に刻みつけなければならない。

21

つぎの日、ケイティが朝早くに目覚めると、ベッドからキーリーが消えていた。ベッドを飛びだしてリビングに向かい、その手前で急停止した。サムとキーリーはリビングにいた。ブランケットの上に腹這いになり、音を絞ってアニメを観ている。

ケイティは自分の足を見おろした。パニックを起こして、足の怪我を忘れていた。そういえばマイルズも――目を覚まして、サムがいないのに気づいたら、やはりあわてふためくだろう。

子どもたちはそっとしておくことにして、足の痛みを無視して早足で廊下を引き返し、ゲストルームに頭を突っこんだ。マイルズは仰向けに眠っていた。上掛けをはね、胸をあらわにしている。片腕は頭上、もう片方はお腹にあった。あちこちを向いた濃い色の髪が寝苦しい夜を物語り、顔はひげで黒ずんでいるが、いまはぐっすりと眠っている。

ベッドサイドテーブルの時計によれば、まだ六時をまわったところだ。眠らせておいてやろう、とケイティは思った。

ケイティはしばらくサムの父親を見ていた。わずか二日のうちに信頼もし、尊敬もするようになった男性をじっくりと観察した。そのあと自分の寝室に立ち寄ってブランケットを何枚か持ち、ふたたびリビングに向かった。

テレビはうるさい声で鳴く鳥とコヨーテが登場する古いアニメ番組をやっていたが、子どもたちは観ていなかった。ふたりとも熟睡している。ケイティはテレビを切った。

折り重なるように眠っているふたりを引き離した。猫でもあるまいに、よくぞここまで脱力できるものだ。ぴくりともしない。ふたりのあいだに腰を下ろし、苦労して三枚のブランケットを全員にかけた。それぞれに腕をまわすと、ふたりしてすり寄ってきた。ケイティは微笑みながら目を閉じ、小さな体を守るように抱いた。

マイルズが目を覚ましたのは、それから一時間後だった。サムがいないのに気づいてリビングへ急ぐと、ジェスボローの保安官が横向きに眠っていた。編みこんだ長い髪がほどけ、枕の上に広がっている。それぞれが横を向いてくの字になり、キーリーはケイティに、ケイティはサムに張りつくようにして眠っている。

マイルズはしばらく戸口に立って、三人をながめた。保安官がふたりに腕をまわしているのを見たとき、すべてが変化しつつあるのだと悟った。アリシアの死とともに、内面が凍りついていたようだったのに、その感覚が消えている。マイルズは方向転換をしてゲストルームに戻り、着替えをすませてからキッチンに入った。コーヒーをセットし、義理の妹のアン・マルコムに連絡するため携帯電話を取りだした。日曜の昼前にサムの無事を伝える電話をしたきり、詳しい話をする暇がなかった。必要な連絡はブッチ・アッシュバーンに任せてある。すべてをぶちまけても動揺させるだけなので、今度も簡単にすませるつもりだった。そもそも電話をすること自体が億劫《おっくう》になっている。それより、リビングに寝転がって、サムを抱えていたかった。

「やあ、クラッカー、おれだ、マイルズだよ」

叫び声が耳にこだました。「月曜の朝七時よ！　いくらなんでも、そろそろかかってくるころだと思ってたわ、このグズ！」マイルズは微笑み、彼女は独走態勢に入った。マイルズは電話を耳から遠ざけて、第一波が去るのを待った。やがてアンは矢継ぎ早に質問を放ちだし、マイルズは聞きながら、彼女の姿を脳裏に描いた。間違いない、着ているのはあのけばけばしい化粧着《ペニョワール》だろう。ご大層な呼び方だが、本人がそう言うのだからしかたがない。彼女の姉でありマイルズの妻であったアリシアは、つねに駆け足で唇に歌を携えているような女性であり、寝間着はフランネルのパジャマだった。対する妹のクラッカーは非常勤の不動産専門弁護士で、目から鼻に抜けるように弁が立つ。そしてサムを愛している。大切なのはそこだ。

「ああ」ついにマイルズは割って入った。「いまはもう大丈夫だ、クラッカー。おれは無事だし、サムも無事。話したいことはたくさんあるが、はしょらずに話せるときがくるまで、待っててくれ。ところで、テネシー州のジェスボローにきみの知りあいはいるか？」

「わたしの？　ジェスボローなんて聞いたこともない。いまどうなってんの、マイルズ？」

「電話をしたもうひとつの理由がそれさ。とんぼ返りするつもりだったんだが、事情が変わった。サムがこちらの精神科医に診てもらってるんだが、優秀な先生でね。昨日の夜、またひと騒動あったあとに、往診してもらったんだ」

クラッカーは話の道筋を見失いつつあった。「ひと騒動って？　そのひと騒動ってのは、なんなの？　なに考えてんの、マイルズ？　すぐにサムを連れて帰って！」

ようやく彼女をなだめすかし、ふたりとも無事だと納得させてから、マイルズは言った。

「ちゃんと連絡するから。頼むよ、クラッカー、心配すんなって。ところで、きみにはFBIに協力してもらわなきゃならない。こちらに来ていたブッチ・アッシュバーン捜査官が、背後関係を洗うためにそちらに戻る」

「保安官のことだけど……なんていう名前なの？」

「ケイティ・ベネディクト。優秀な保安官だよ、クラッカー、とても優秀だ。迅速で、芯が強くて、根性がある。それじゃまだ足りないが、とりあえずはこんなもんにしておこう。そして、さっき言ったとおり、サムの恩人でもある」

「メル・ギブソン主演の『サイン』に出てくる女性保安官みたい？」

「そうだな、歳はもっと若いが、映画の保安官と同じように、ひじょうに冷静だ」

「よかったわね、マイルズ。でも、サムを家に連れて帰ってほしいの。わかるでしょう、あの子に会いたくてたまらなくて」

「わかるよ。おれたちがここに足止めされている理由のひとつは、サムがいま精神科医の治療を受けてることだ。もうひとつが、保安官にはキーリーって名の幼いお嬢さんがいることなんだ。その子とサムがべったりで、ドクター・レインズは、いまのサムには必要不可欠な存在だと考えている。おれとしても、ふたりを引き離して、サムの回復が遅れるようなことは避けたい。それに、サムはここでも自宅と同じように守られる。だから、あと二、三日はジェスボローに置いておいてやりたい。それ以上の名案があるかい？」

「ううん。でも、FBIはあなたの会社の従業員を片っ端から調べてて、それに膨大な時間がかかってるわ。従業員だけじゃない、ありとあらゆる人から話を聞いてる。隣り近所に、サムの先生たち、それに郵便配達人にまでよ。わたしからサムに特大のキスを送っておいて、マイルズ。すごく会いたがってるって、伝えてよ」

「わかった。元気にしてろよ。なにかあったら電話するから、留守を頼む。会社のほうは、コンラッドに電話して万事、滞りなく運ぶように指示しておくから、心配しなくていい」

工場のピーター・エバンスからボイスメールが一件あった。ポケットに携帯電話を戻して顔を上げると、キッチンの入口にケイティがいた。靴下をはき、シャツの裾《すそ》をジーンズの上に出し、長い髪はポニーテールにしている。こざっぱりとして、生き返ったようだ。マイルズはというと、やはりバンドエイドを貼った足を守るために靴下をはき、昨日買ったジーンズに、シャツのボタンを留めて着ている。マイルズは笑顔になった。いい気分だ。

「クラッカー？」

「ああ。義理の妹――アリシアの妹のことさ。アリシアが亡くなってから、おれたちといっしょに暮らしてるんだ。サムの母親がわりをしてくれてる」

「クラッカーなんて名前、どこからついたの?」

「独立記念日に爆竹でおれの足を吹き飛ばしそうになったからさ。ファイアークラッカーと呼んでたんだが、いつしか縮まってクラッカーになった。頼りになるし、弁護士にしては信用できる。アリシアが死んでからは、非常勤だけどね。子どもたちはまだ寝てるのか?」

「ええ。目を覚まして、キーリーがいないのに気づいたときは、心臓が停まるかと思った。リビングに行ってみたら、ふたりが寝転がっていたの。音を聞こえないくらい小さくして、アニメを観ていたみたい。だからわたしはあなたのようすを見てから、ブランケットを持ってリビングに戻った。ところで、朝食にはなにを食べる、マイルズ?」

「おれのようすを見てくれたのか?」

ケイティはうなずいた。「目を覚ましたときサムがいなかったら、怯えるだろうと思って。でも、ぐっすり眠っていたから、起こさなかったの。それで、なにを食べる?」

マイルズは上掛けを下ろしたのを憶えていた。目覚めたときもそのままだったから、大の字になってパンツ一丁で寝ている姿を彼女に見られたかもしれない。勃起していなかったのを祈りたい。と、ふと、彼女を意識している自分に気づいた。おい、なにを考えてるんだ?

「なにを食べるかと訊いているんだけど、マイルズ」

マイルズは目をしばたたいた。「わかるだろ、サムがいなくなってから今日までの三日間、食べ物のことがすっかり頭から抜け落ちてた。腹ぺこだよ」

「じゃあ、ベーコンと卵もつけてあげる。カリカリのベーコンにスクランブルエッグでいい？」

22

ドクター・レインズの診察が終わったあとも、マイルズはまだサムの落ち着き先を決めかねていた。結局、決め手となったのは、サムがキーリーとかたときも離れたがらないという現実だった。

マイルズはケイティが自分と同じくらい困っているのに気づいていた。マイルズはジェスボローに引っ越せないし、かといって、キーリーをバージニア州コールファックスに連れていくわけにも、もちろんいかない。

サムを自分の目の届かないところへやるつもりがない以上は、キーリーも手近に置いておくほかなく、というわけでキーリーは、ケイティと幼稚園の先生の許可を得て、しばらく幼稚園を休むことになった。

言うまでもなく、キーリーは大喜びだった。マイルズは子どもたちとともに、メインストリートのモリーズ・ダイナーで昼食をすませ、そこでほかの大人たちと別れた。胃の腑《ふ》には、ノックスビル東部でもっともおいしいミートローフがおさまっていた。

美しい日だった。空はうららかに晴れ渡り、空気にはかすかに秋の気配がある。マイルズはふたりを小さな公園に連れていった。メインストリートからわずか一ブロック先にある、見惚《みほ》れるほど色彩豊かな木々に囲まれた公園で、真ん中には子ども用の大きなブランコがひと組あった。

ケイティはウェイドたち保安官助手に現況を伝えるために出勤した。保安官室に入るや、あとを追うようにしてグレン・ホッジズ捜査官が戸口に現れた。腕組みをし、ケイティを見て首を振っている。

ケイティはデスクの奥に坐った。「おはよう、ホッジズ捜査官」

ホッジズは軽く敬礼した。「やあ、保安官。いやあ、すばらしい。あなたには驚かされっぱなしですよ。結局、ふたりともあなたが仕留めてしまわれた」

「ええ、まあ。本意ではなかったのだけれど。ご存じでしょうけど、クランシーは雇われているのを事実上認めていたわ」

「突き止めるまでですよ」ホッジズは言った。「ブッチ・アッシュバーンからあらましは聞きました。今度はぼくがマカミー夫婦に会って、話を聞くべきじゃないかと思いましてね」

ケイティは微笑んだ。「そりゃわたしは見てのとおりの田舎の保安官ですけれど、彼らのところへはもうシャーロック捜査官と行ってきました。マカミー夫婦のことはわたしたちに任せてもらえないかしら」

ホッジズは不承不承うなずいた。

「それと、わたしからお願いしたいことがあるとしたら、保安官助手たちとの打ち合わせに参加してもらうことなんですけれど」

これもホッジズにはおもしろくなさそうだったが、ケイティにしても、ホッジズの存在はおもしろくない。彼が部屋を去ると、続いてウェイドを呼び入れた。

ウェイドはいつも、餌《えさ》を求める動物のような歩き方をする。ケイティよりふたつ年上で、保安官になりたくてしかたがないのに、町の有力者たちがベネディクト・パルプ・ミルに大恩があるという事情もあって、選ばれたのはケイティのほうだった。ウェイドは前の保安官の時代から保安官助手をつとめてきた。前保安官はバド・オーエンズといい、コンピュータは腰抜けの道具だと信じて疑わない昔気質《かたぎ》の老人だった。そのオーエンズがいよいよ引退を決めたとき、彼はウェイドを後任者に推した。しかし気の毒なことに、ウェイドにはケイティほどの教育も、都会で警官として働いた経験もなかった。保安官になりたいという気持ちの面でも、ケイティはウェイドに勝るとも劣らなかった。ノックスビルで警官としての経験を二年間積み、その間にカーロ・シルベストリに出会って人生がひっくり返った。うち一年は、危機の連続で大波に揉《も》まれているようだった。そしてカーロの父親が現れ、息子をノックスビルから連れ去った。

残されたケイティはわが身をふり返った。自分が警官以外のなにものでもないのに気づき、ジェスボローの保安官になりたいと心から思った。なる必要があったと言ってもいい。保安官という職業を愛している。おかげで、父が病んでいた最悪の時期を乗りきることができた。避けがたく容赦ないアルツハイマーの進行により、父は怒りっぽい他人となり、最後には病に命を奪われた。ケイティはいま、目を細めてウェイドを見つめた。ウェイドがいたたまれなくなった頃合いを見はからって、口を開いた。「ちょっと訊きたいんだけど、ウェイド。ホッジズ捜査官がここにいるあいだは、ずっと彼に協力するつもり？」

「ええ、ケイティ、もちろんそうしたいと思ってますよ」

「はっきり言って、わたしはあの人に全幅の信頼をおいていない。こちらが必要としている情報をすべて教えてくれるとは思えないわ。それであなたに確認しておきたいんだけど、あなたがその部分を補って、わたしに教えてくれると思っていいのかしら？」

ケイティは彼の目を見た。ウェイドはケイティと違って、嘘をつくのが苦手だ。人目を欺《あざむ》くのが得意なケイティは、ノックスビルでは潜入捜査を担当していた。ケイティは笑みをたたえて返事を待った。

ウェイドは片方の瞼をひくつかせながら答えた。「当然ですよ、ケイティ。なんたっておれは、ジェスボロー保安官局のために働いてるんですからね」

「いいこと、ウェイド、あなたは実際にはわたしのために働いているのよ。わたしイコール保安官局だってこと、忘れないでちょうだい」

ウェイドの頬にさっと赤みが差した。全身を張りつめたが、馬鹿な男ではない。面と向かってケイティに逆らえば、首を切られることくらい百も承知だ。

「そうですね。あなたのためです」

「いいでしょう。あなたにはホッジズ捜査官とわたしの連絡係をつとめてもらいます」椅子のなかで身を乗りだし、射抜くような目つきで彼を見る。「大切なことだから、しっかりと聞いておいて。彼からなにかを言われても、真に受けないこと。なにが起きているか、自分で把握するのよ。いいわね？」

肝に銘じたと答えたあと、ぶらっと保安官室を出ていくウェイドの足取りには、さっきよりも力がこもっていた。

ケイティも数分後に保安官室を出た。小さな会議室に入ると、室内のおしゃべりがやんだ。テーブルの上座にある小さな演台の奥に立ち、前に置いた手を握った。「今朝、ここにいるのは八人だけ、ネイトとジェイムズは家で休んでいます」会議テーブルを囲む七人の保安官助手を見まわすと、その全員が興奮して気負っていた。授業を受ける生徒のようなので、みんなにまわしてやれるキャンディーのバスケットが欲しくなった。すでに各自の前には、通信指令係とケイティの秘書を兼任するリニーが配ったコーヒーがある。

ケイティは彼らをホッジズ捜査官に紹介したのち、これまでの経緯を時間軸に沿って説明した。ゆうに十五分はかかった。「補足することはありますか、ホッジズ捜査官」

補足したいのはやまやまだが、いかんせん材料がない。ケイティの説明には不足がなく、ホッジズにはそれを認めるだけの度量があった。「いいえ、よくまとまっていましたよ、保安官」

「そう。では、今後の捜査の進め方を説明します。ヘスター・グランビーが〝罪深き神の子ら〟の事務をやっているのがわかったので、ウェイドは彼女から信者の名前を訊きだしてください。信者の名前がわかったら、みんなで手分けして今日じゅうにできるかぎり大勢から話を聞きます。教会の活動やマカミー夫妻について興味深いことが判明したときは、わたしの携帯にメッセージを入れること。あくまで丁重にね。マカミー夫妻と誘拐事件を結びつける証拠がない以上、彼らは手がかりにすぎないってことを忘れないように。信者の一部はもうわかっているけれど、大半は地元の人間じゃありません。それだけでも、あなたたちにはやりやすいはずよ」

コール・オズボーン保安官助手が尋ねた。「保安官、重要な証言というのは、どう判断したらいいですかね？」

「いい質問ね。多少なりと尋常じゃないことを聞いたら、それがわたしの知りたい情報よ」

全員を解散させ、晴れればれとした気分でホッジズ捜査官に別れを告げると、ケイティはダニー・ピーブリーを呼んだ。ダニーは保安官助手のなかではもっとも人好きのするタイプで、相手に心を開かせる才能があった。ダニーの母親に言わせると、うちの息子を前にしたら、タマネギだって進んで皮を脱ぐ、のだそうだ。「ぜひともあなたに話を聞いてもらいたい人がいるのよ、ダニー。エリザベストンに住み、ユニオン76のガソリンスタンドを経営しているホーマー・ビーンという男性よ。じつは昨日、教会でビー・ヒップルを見かけたんだけど、彼女が電話をしてきて、ホーマー・ビーンを教えてくれたの。ホーマーはいい人だけれど、マカミー師に不満を持っていたというの。ビーも知っているのはそれだけよ。ホーマーが半年ほど前に教団をやめた理由を探ってきてちょうだい、ダニー。ホーマーがマカミー師をどう考えているのかを訊きだしてきて」

ケイティは保安官室のドアを閉め、デスクについた。リニーから託された三件の事件を検討する時間ができて嬉しかった。三件も重なったら、ジェスボローにとっては犯罪ラッシュといっていい。ひとつは飲酒運転――酔っぱらっていたティミー・イーグルズはいまも、ひとつしかないクッションの利いた独房でおねんねの最中だ。もうひとつは暴行事件――マービン・ディッカーソンが奥さんのエリーを殴り、またもや独房に戻ってきた。マービンはデンバー判事が罪状認否手続きを行なう水曜まで、閉じこめておこう。もちろん奥さんに会って告訴を勧めるが、例によってしないだろうから、ケイティにできるのはマービンをできるだけ長く勾留しておくことだけだ。そして最後の事件は万引き――犯人はベン・チャイバーズ。かわいそうに、家が極貧のうえに、両親とも夜はぶっ倒れるまで浴びるように飲むのだから、救いようがない。盗んだスニッカーズは自分が買って返させるとして、あなたをどうしてあげればいいのかしら、ベン？　ケイティは目を閉じて、考えをめぐらせた。

いい考えがある。ケイティは笑顔で受話器を取り、ミセス・チェラルーに電話をかけた。彼女は婦人参政権論者だった祖母の名にちなんで、エミーズ・ワンストップ・グローサリーという食料品店を営んでおり、ベンがスニッカーズを盗ろうとしてつかまったのは、この店だった。ケイティは電話を切ると、帽子を持ち、リニーのデスクに立ち寄った。「ベン・チャイバーズに会ってくる。授業中でしょうけど、教室から連れだしてやろうと思って。保安官が訪ねていったら、彼の評判も上がるわよね?」

「きっと鼻高々ですよ」リニーは言い、首を振った。「かわいそうな子です、ケイティ。あの子の両親ときたら、ろくに働きもしないで、飲んで悪態をつくだけなんですから」

「わたしに考えがあるの」ケイティはリニーに小さく敬礼すると、愛車のトラックを駆って地元の中学校へ向かった。


サビッチが目を上げると、シャーロックが携帯をシャツのポケットに戻すところだった。ふたりはいま、マザーズ・ベリー・ベストにいる。サビッチはいまだ前のめりの姿勢を保ったまま、痛みにそっぽを向いてMAXを使っていた。

「検死官はなんと言ってた?」

「クランシーは——」シャーロックは言いながら、ベッドで体をはずませた。「雄牛並みに屈強で、ブタ並みに食らい、耳の先の動脈まで硬化していた。死因はケイティの放った一発。それでおしまい」ベッドから立ちあがり、上掛けの皺《しわ》を伸ばして、夫に近づいた。かがんで唇にキスしたが、彼の呼吸がとたんに荒くなるのを感じて、起きあがった。「いまはカーラーをおもちゃにすることくらいしかできないわね」いかにも無念そうに言う。

「カーラーはどこだ?」

シャーロックは笑った。「昼からずっとMAXを使ってるけど、なにかわかった?」尋ねながら、愛おしそうにラップトップを叩いた。傷がよくなるまで休んでいていいと、ジミー・メートランドから言われているので、少なくとも当面は、数学教師殺しの件を忘れていられる。

「スーナー・マカミー師について調べてみた。歳は五十四。テネシー州のナッシュビル近郊で生まれ、オーリン・ミッドベール・ジュニア・カレッジに進学。最初に結婚した相手とは別れ、子どもはいない。ナッシュビルのポルシェ代理店で車の販売を手がけ、金回りはきわめてよかった。その後、仕事をやめて、ここ、ジェスボローに住む金持ちのおばの家に越してきた。以来、いわゆる稼ぎ口はないが、思うに、その必要がないからだろう。いまから十年ほど前に、ジョンソンシティのエルスベト・バードと再婚。当時、四十四のマカミーに対して、彼女はまだ二十四だった。伝道師になったのは、いまから六年ほど前のことだ」

サビッチは両手の指先を突きあわせ、穏やかな電子音をたてるMAXをのぞきこんだ。

「使命を見いだす四年前には、エルスベトと結婚してたってことね？」

「そういうことだ。しかし、彼は天の声を聞くや天啓に従い、突如として、〝罪深き神の子ら〟という、風変わりな名前を持つ教団の設立者兼指導者となった」

「神学校には行ってないの？」

「ああ」

「そう。それで、彼のおばさんの死因は？」

サビッチはひどい背中の痛みに襲われていた。

彼の目を見れば、痛みに苦しんでいるのがわかる。シャーロックには見ていられなかった。

「頼むから、おとなしく痛み止めをのんで」

サビッチは薬をのんだ。シャーロックは背中の痛みが治まるのを待った。数分してサビッチが言った。「そのおばさんのことを調べてみよう。おばのエレノア・マリー・マカミー・ワードはスーナーとエルスベトが結婚して半年後に亡くなっている。ふたりはおばがご主人から受け継いだ美しい屋敷に同居していた。シャーロック、ケイティの携帯の番号を知ってるか？　彼女に訊いてみよう」

ケイティはすぐに電話に応じ、耳を傾けた。「いい点を突いてるわね、シャーロック。いま非行問題に対処しているところだから、これがすんだら、こちらからかけなおすわ」

シャーロックは電話を切ると言った。「ケイティが調べてくれるそうよ。今晩、ケイティの実家で夕食をごちそうになることになったから、あなたはスーナー・マカミーについて、彼女はおばのエレノア・マリーについて、たがいにわかったことを教えあえばいいわ。ホッジズ捜査官も呼んだほうがいいかしら？」

「ああ。情報を比較できる相手は多いほうがいい。マイルズはまだサムとキーリーといるだろうが、ケイティの母親に頼めるだろう」

「でも、マイルズがサムと離れられないかもよ」

「そりゃそうだ。ここへ来てくれとマイルズに言っておいた——」

ドアをノックする音がして、サムの声がした。「ディロンおじさん、シャーロックおばさん、来たよ！」

サビッチはそろそろと立ちあがった。機敏に動くと激痛が走る。シャーロックの髪をつかんでキスした。欲望と、痛みと、失望の入り混じったキスだった。「あとで大きなカラーを使わせてくれ」

シャーロックは彼の顎にささやきかけた。「あまり痛みを感じずにすむ方法があるかもしれないって、わたしもいま考えてたとこ」

そのひと言で、サビッチは元気づいた。

23

サビッチたちはケイティの母親の家まで、夕食に出かけた。ケイティの母、ミナ・ベネディクトの家は、六〇年代に建てられた大きなランチスタイルで、ジェスボローのなかほどのチューリップ・レーンにあった。その家に亡き夫とともに住むこと二十九年。いまは二羽のカナリアと三匹のキング・チャールズ・スパニエル、そして一時的にからになっている水槽がある。ミナ・ベネディクトはたっぷりのツナキャセローラを用意しており、子どもたちは気に入るはずよ、と出迎えに出た玄関先でマイルズに言った。

「ツナキャセロールと同じものですか、ミセス・ベネディクト?」マイルズは尋ねた。

「わたしの祖母はキャセローラと呼んでたし、このあたりじゃ、みなそう呼ぶんです。いらっしゃい、ディロン、レーシー。あなたにははじめてお目にかかるわね、サー?」

「グレン・ホッジズ捜査官です、マダム」

ミセス・ベネディクトは彼と握手した。「みなさん、ようこそわが家へ。わたしのことは、ミナと呼んでちょうだい。あら、誰よりもお利口さんの子どもたち。サムとキーリー、さあ、来て抱っこさせて。そしたら、抱っこよりも大きい、焼きたてのチョコレートチップスクッキーをあげましょうね」

「わたしたちにはくれないの、母さん？　ディロンを見てちょうだい。背中が痛くてひどい状態なのよ。クッキーを食べたら、よくなるかもしれない」

ミナは娘ほどの長身とスタイルには恵まれていないが、豊かな赤茶色の髪には娘をしのぐ輝きがあった。彼女は言った。「わかりましたよ。それじゃみなさんに一枚ずつ、背中に怪我をしたディロンには特別に二枚あげましょう。さあ、ぐずぐずしないで、入ってちょうだい。夕食まではまだたっぷり時間があるわ。それにいつだって、夕食よりデザートのほうが楽しみなものでしょう？」

三匹のキング・チャールズ・スパニエルがやっと落ち着きを取り戻し、みんながその絹のような耳をなで終わり、二羽のカナリアがナイトシートの下で静かになったころ、客たちは一列になって狭いダイニングに移動した。マイルズが驚いたことに、サムはツナキャセローラを口にするや、休まず食べつづけ、料理をふた皿とお手製のビスケットを三枚平らげた。食事のあいだじゅう、子どもたちは身を寄せあっていた。

「今日、わたしがしたいことを話させてください」ケイティは食卓の一同に告げた。

シャーロックはフォークを振った。「話して、ケイティ。前向きな話のひとつも聞かないと、やってられないわ」

「地元の食料品店からスニッカーズを万引きした少年がいたんです。家は貧乏で、両親は飲んだくれ。わたしは中学校に出かけて、教室から十二歳のベン・チャイバーズを連れだし、ある提案をしました。毎日、放課後に三時間、その食料品店で働いたらどうか、ってね。ミセス・チェラルーはそのうち二時間分の最低賃金を払い、あとの一時間はただで働く。ミセス・チェラルーは大賛成してくれました。もし一カ月間ちゃんと働けたら、その後も少年を雇いつづけて、週に三日、三時間分の賃金を払ってくれることになったんです」

マイルズは首をかしげた。「名案だね、ケイティ。それなら、少年は児童施設に入れられずにすむ」

ケイティは肩をすくめた。「できれば無駄な出費は省きたいから。その少年の場合は、不良なんじゃなくて、どうしたらいいかわからずにいるだけよ。これなら人の役に立っているという実感と、多少のお金が手に入る。ベンには新しい仕事をできるだけ長く続けろと言ってあるわ。さもないと安ワインを買うために父親から殴られるだけよとね」

「でも、あの父親はどのみち殴りますよ」ミナは言った。「それに、ケイティ、ミセス・チェラルーにはお金の余裕なんてないから、ベンのお給金分をあなたが補助するつもりなんじゃないかと思うんだけど、違うかしら？」

ケイティは口を一文字に結んだしかめ面を母に向け、なにも言わなかった。

どうやったらこんな小さな町の保安官の給料で、少年の賃金を援助できるんだろう？　マイルズが喉元まで出かかった疑問を嚙み殺していると、ミナが笑顔で種明かしをした。「ケイティはここに戻ってくると、ベネディクト・パルプ・ミルを救い、多くの地元民の職を守り、その後も折りに触れて、ジェスボローの人たちに救いの手を差し伸べてきたんです。その多くは子どもよ」

「ここはわたしの故郷だもの」ケイティはひっそりと言った。「それに、母さんの助けがなければ、工場を立てなおすことはできなかった」そして、食卓を囲む人びとに向かってつけ加えた。「父はそうでもなかったけれど、母は優秀な経営者なんです。さあ、この話はこのへんで」ケイティは皿を見おろした。ツナキャセローラがひと口分、残っている。「キーリー、もうひと口食べない？」

大量にあったツナキャセローラと皿に山盛りにされていたビスケットは、十五分で消えてなくなった。

マイルズは椅子の背にもたれ、腹の上で手を組んだ。「おいしかったです、ミナ。お招きいただいて、ありがとうございます」

「あら、あなた方大人は、サムとキーリーに会うためのおまけですよ。さあ、コーヒーとアップルパイを召しあがりたい方は？」

サビッチは言った。「わたしの母のメールアドレスを残していってもいいですか、ミナ？キャセローラのレシピを教えてくれたら、お返しにアイリッシュビーフシチューのレシピを送ってきますよ」妻に笑いかける。「そしたらシャーロックとおれは、この胴のくびれとおさらばです」

「子どもたちならテレビの前に寝転がって、『運命のルーレット』に熱中してますよ」ミナからそう言われてはじめて、ケイティはコーヒーカップを置き、ファイルを取りだした。

「階段から転落して亡くなったとき、エレノア・マカミー・ワードは六十四の若さでした。検死報告書によると、首の骨が折れており、骨折も内出血もそうした転落によるものと一致したそうよ。事故発生時、スーナーとエルスベトには確固たるアリバイがあった。スーナーが最初の説教を行なうのはさらに五年後、招待されて出かけたマーティンビルのアセンブリーズ・オブ・ゴッド教会でのことだった。それから半年後、彼はここジェスボローで〝罪深き神の子ら〟教会を設立。設立当初の信者数はわずか十人程度。いまでは六十人を超える信徒を抱えているわ。生来の伝道師だったってわけね」

「スーナーは一流の車のセールスマンだった」サビッチは言った。「伝道師として成功するのも道理だろう。ミナ、マカミー師についてご存じのことはありませんか?」

「エレノアは言っていましたよ。スーナーは激しさと自意識を内に秘めたもの静かな子だけれども、ひとたび口を開けば、自分の弁舌に絶対の自信を持っている、と。彼のことを幸せではないとも言っていたわね。ひどい女と結婚して、大都会に住み、馬鹿ばかしいほど高価な車を売っているんだから無理もないって。エレノアも信仰心の篤い人で、生前はスーナーが人生の意義を見いだせるようにと祈っていたものです」

「でも、生きているうちは、彼が伝道師になるのを見られなかった」シャーロックは言った。

「そうね」ミナは言った。「エレノアの死には、わたしたちみんながショックを受けたわ。立派な人だったから。でもスーナーは間違いなくみずからの天命を知った。彼は信徒たちから深く敬愛され、信徒たちの人生の大部分を占めている。それが健全なことかどうかはわからないけれど、わたしは詮索《せんさく》する気にはなれませんね」

ケイティはまっ向からシャーロックを見た。「エレノアが表の階段から落ちたのは、事故ではなかったかもしれないと考えているの?」

「その質問に答える前に、もうひとつ訊かせて」シャーロックは言った。「エレノア・マカミー・ワードはお金に困らない程度だったの? それとも大金持ちだった?」

「検認記録を調べることはできるけれど、亡くなったとき、彼女がかなりの財産を持っていたのは周知の事実よ。そうね、五〇〇万ドルくらいかしら。だから、そう、大富豪だったと言っていいわ」

「それで、スーナー・マカミーはそのすべてを相続したのね?」

ケイティはうなずいて、ため息をついた。「当時、わたしはここを離れていたけれど、スーナーにはものすごく都合のいい死亡事故だと思ったのを憶えているわ。だとしても、もちろん、誰にもなにも見つけられなかったんだけど。あなた方は彼に会ってみて、頑固な田舎伝道師の役割にぴったりの男だと思わなかった? 黒い髪に、黒い瞳。陰気で、魂を見透かすようなあの目つき」

「それがどこまで本物かが、問題なわけか」と、マイルズは席を立った。子どもたちを見にいき、すぐに戻ってきた。

ケイティは言った。「スーナー・マカミーがエレノアを殺したのかもしれない」

「そうだな」サビッチはミナがいれてくれたおいしいダージリンを味わいながら、うなずいた。「しかし、階段から突き落とすんじゃ、確実とは言えない。首が折れるとはかぎらないだろ？　もしスーナーが彼女を殺したんだとしたら、たまたま機会をとらえて、その場の思いつきで実行したんだろう」

「同感です」ケイティは言った。「あまりに確実性の低い方法だわ。足首のねんざですんでいてもおかしくない」

「あのね」シャーロックは残っていたアップルパイを平らげてから言った。「かたよった教義について、もっと知る必要があると思うんだけど。ケイティ、平日にも〝罪深き神の子ら〟の集まりはあるの？」

「ええ」ケイティは答えた。「でも、火曜は休みよ」

サビッチは考えながら言った。「考えてみたんだが、おれとシャーロックとが子どもたちを連れて、マカミー師とその妻を訪ねてみたらどうだろう。それであの男がサムを見てどんな反応をするかをじっくり観察してくる。どうだろう、いい考えだと思わないか？」

ミナは顔をしかめた。「どんな形にせよ、マカミー師が誘拐事件に関係しているとしたら、そんな人の鼻先にサムを突きつけていいものかしら？」

シャーロックはその点を少し考えてみた。「わたしとディロンがいっしょだったら、サムにはなにも起きようがありません。それは約束できるし、でなければ、連れていこうとは考えもしなかったでしょう。マカミー師がサムを前にしたときの反応を観察できれば、それだけで意味があります」

「ミナ、このふたりは最高の捜査官ですから、大丈夫ですよ。おれも心配していません」とマイルズ。「とはいえ、太い棒を持って、玄関前の物陰に隠れてるかもしれませんがね」

「なにかが飛びだすかもしれない」ケイティはにやりとした。「いずれにしろ、ボーとクランシーはもうこの世にいない。マカミー夫妻が関与しているにしろ、失業中の犯罪者を雇い入れている時間はないはずよ」


火曜日の昼近く、サビッチとシャーロックはキーリーとサムを連れて、マカミー家の玄関のドアをノックした。

「誰が住んでんの、ディロンおじさん?」

「とってもおもしろい人たちがふたり住んでるんだよ。おまえたちに会わせたら、喜ぶかもしれないと思ってね」

「アニメが観たかったな」キーリーはサムの手を握った。

シャーロックは言った。「お昼はあなたたちのママとパパといっしょに食事をする約束なのよ。だから、それまではわたしとディロンおじさんにつきあってもらわなきゃ。この家じゃアニメは観ないだろうけど、いい子にしててね」

「ぐずるなってこと?」キーリーがサムに尋ねると、サムはうなずいてから質問した。「パパはどこなの?」

「仕事の電話だよ。ほら、おまえも知ってるだろ、工場のピーター・エバンスにさ。だから、ほんのちょっとのあいだだけ、おまえたちに離れててもらわなきゃならないのさ」

「いつもそう言うんだよね」サムは言った。「でも、そのあとで、つぎに会うのが待ちきれないって言うんだよ」

サビッチは微笑んだ。「それが親心ってもんさ」

エルスベトが応対に出るまでには、さらに一分かかった。ふたりの捜査官を見据え、続いて子どもたちを見据えた。

「お時間をいただけますか、ミセス・マカミー？」シャーロックは切りだした。「子ども連れで失礼かと思ったのですが、手の空いている大人がわたしたちしかいなかったもので」

「どうぞ、お入りください」エルスベトは声を張りあげた。「マカミー師、FBIの捜査官おふたりが、子どもたちを連れていらっしゃいました」

自分の夫をマカミー師と呼ぶとは、なんとまあ古めかしい。サビッチはそう思ったが、エルスベトの外見は古めかしさとは無縁だった。ヒップハングの細身のジーンズに、お腹が三インチほどのぞく白のチューブトップを着て、臍《へそ》には細い金の輪のピアスをつけている。そしてイエスのイヤリングが、表に面した窓から注ぎこむ明るい朝の陽光を受けて輝いていた。

スーナー・マカミー師は黒いパンツと白いシャツ、それに黒のジャケットという、おなじみのスタイルだった。書斎を出て、当惑顔で廊下を近づいてきた。「エルスベト、わたしはいまクーム夫妻の相談に乗っていたところだよ」

「この方たちがわたしたちにお話があるそうです」

「リビングにお連れしろ。クーム夫妻には十分ほど、待っていただこう」

「十分あればじゅうぶんです」シャーロックが言うと、マカミー師は片方の眉を吊りあげた。

エルスベトは彼らをリビングに手招きし、あらためて、子どもたちに目をやった。「いらっしゃい、キーリー。このぼうやを紹介してくれる？」

「ぼうやじゃないよ」サムは言った。「六歳だもん」

「そうね。お名前は？」

「サム。ぼく、サムっていうの」

シャーロックはサムを見つめるエルスベトをつぶさに観察した。子どもにやさしく接する大人という以外にはなにもなかった。

「そうね、あなたはもうぼうやなんかじゃないわね。わたしはミセス・マカミーよ、サム。ようこそわが家へ。ジェスボローは気に入った？」

サムはいくらか考えてから答えた。「そうだね、ぼくをさらったふたりの男の人が死んだから、これからは好きになれるかもしれない」

「そうね、そうなるといいわね」

「クランシーが亡くなられて、ご愁傷さまでした、エルスベト。今朝、検死が終わりました。あなたのほうで葬儀を手配したいかどうかうかがうよう、検死官から頼まれてきました」

「いいえ、シャーロック、結構よ。テネシー州にお任せします。クランシーは悪の道を長く歩きすぎました」ふと押し黙り、サムを見おろす。「クランシーがわたしのお兄さんだって、あなたは知ってるのかしら、サム?」

24

サムは彼女を見あげて首を振り、「そうなの？」と尋ねた。「おばさんのお兄さん、どうしてぼくをさらったの？」

「わたしにもわからないのよ。兄とは長いあいだつきあいがなかったから」

「あのでぶっちょじゃ、ぼくでもつきあいたくないや」

「そうでしょうね」

マカミー師が戸口から声をかけた。「では、きみが誘拐されたぼうや、サム・ケタリングなんだね」

「ぼうやじゃない」サムは抗《あらが》った。

「もう六歳なのよ」エルスベトが口添えする。

「だが、わたしにはぼうやに見えるよ」マカミー師は妻には目もくれずに歩いてくると、サムの前に立ちはだかった。

「おじさんは年寄りだね」サムはマカミー師を仰ぎ見て言った。「だから、ぼくより大きいんだ」

「サビッチ捜査官のことも、年寄りだと思うかい?」尋ねるマカミー師に笑みはなく、黒い瞳で一心にサムの顔を見ている。

「うん、そうだよ、ディロンおじさんはおじさんよりもっと背が高くて、でもとっても力持ちなんだよ。ジムのそこらじゅうで、パパと投げあうんだ。殴りあいっこして、怒鳴ったり、うめいたりして、でも、そのあとは笑うんだよ」

「サムの父親とは、ちょくちょく手合わせするんです」サビッチはマカミー師に説明した。

「サム、キーリーといっしょに暖炉を見てきたらどうだい? ずいぶんと古くて大きいみたいだぞ」

「ねえ、おじさん、おじさんはおばさんを階段から突き落としたの?」サムはマカミー師から目を逸らすことなく尋ねた。

リビングは水を打ったように静まり返った。サビッチは子どもたちを連れてきたことを悔やむ半面、これが糸口になるかもしれないと思った。それにしても、子どもたちが別室でテレビを観ていると信じていたとは、いい気なもんだ。サビッチはマカミー師の顔を見ていた。ひげの剃《そ》り跡が目立つ異様に白い顔は、いっそう白さを増したようだ。沈んだ顔のなかで目だけがぎらついているさまは、ひと昔前の狂信者を思わせ、さしものサビッチもぞくりとした。

マカミー師は首を振った。手を伸ばしてサムに触れ、手を引っこめた。「いや、そんなことはしないよ。どうしてそう思ったのかな、サム?」

サムは肩をすくめた。「わかんない。大人のなかには、悪いことをする人もいるから。ボーとかでぶっちょとか」

「でぶっちょ？　ああ、クランシーのことか。そうだね、きみの意見は間違ってはいないし、きみはそう思って当然の経験をしてきた。だがね、わたしは神に仕える身なんだよ、サム。わたしの使命は人びとを神へと導き、神がわたしたちの罪をあがなうためにどれだけの苦痛を受けてくださったかを知らしめることにある。ボーとクランシーの罪もだ。そして、神はわたしたちの一部に、彼と同じ犠牲を味わわせてくださる」

「おじさんがでぶっちょとボーを神さまのとこへ連れてってくれたらよかったのに」サムは言った。「そしたら、あいつらはパパからぼくを奪わなかったのにね」

「それはどうかな。きみをさらったとき、彼らは神さまのことを考えていたのかもしれないよ。それは誰にもわからない。みんながみんな、よいことばかりできるわけじゃないからね。きみはいい人間なのかな、サム？」

サムはひと言も発さずに、マカミー師をじっと見ていた。

キーリーが言った。「サムは子どもだけど、いい線いってると思うな」

「きみは保安官の娘さんだね？」マカミー師は言った。

「そうよ」キーリーはサビッチの脚に抱きついた。「おじさんはママの持ってる古い映画に出てくる人みたい。カラーになる前の白黒の映画。あたし、白黒映画は好きじゃない」

サビッチは思わず頬をゆるませたが、マカミー師を見ると、子どもの他愛ないおしゃべりをおもしろがっていないのがわかった。表情は変えていないものの、サビッチには正体のわからない、なにかどす黒く陰鬱《いんうつ》なものが彼をおおっていた。それでも、マカミー師は言った。

「エルスベト、子どもたちをキッチンへ連れていって、レモネードを飲ませてやりなさい」

「ありがとうございます」シャーロックは言った。「お手伝いさせてください」

エルスベトはうなずき、子どもたちを連れてリビングを出た。

「あの人、怖いよ、シャーロックおばさん」サムはひそひそと言った。

「そうね」シャーロックは言った。「サム、どうかしたの？」

サムが立ち止まって、大きな階段を見つめていた。キーリーはエルスベトを追って、前を走っている。シャーロックはかがんでサムの耳にささやいた。「サム、どうかしたの？」

「ぼく、このうち嫌い。シャーロックおばさん、感じない？」

「感じるって、なにを、サム？」

サムは階段を見て一瞬、眉をひそめたものの、肩をすくめてこう言った。「わかんないけど、なんか怖い。あの人のおばさんはこの階段を落ちたんだよね」

「そうよ」

サムはマホガニーでできた階段の親柱に触れた。手のこんだ松笠形に彫ってある。「ねえ、ほんとにレモネードがあるのかなあ？　ダイエット・コークとかじゃなくて」

「もうすぐわかるんじゃない？」シャーロックは答えた。

リビングのサビッチは、坐らなかった。立っていたほうが痛みが少ない。大柄ではないマカミー師だが、その存在感ゆえに実際以上に大きく見える。サビッチは狂気をたたえていたタミー・タトルの底なしの瞳を思い浮かべた。マカミー師の黒い瞳にもそれと同じ狂気がほの見えるだろうか？

「子どもたちのいるところで、わたしのおばが死んだときの話をしたのかね？　わたしがおばを殺したと？」

「テレビを観ていると思っていました」サビッチは言った。「うかつでした。わたしたちは警官です、マカミー師。タイミングよく亡くなった。ことに注目しないわけにはいかない。彼女はあなたの結婚から半年後に亡くなった。持病はなく、階段から落ちて首の骨を折った」

「おばは立派な人だった、サビッチ捜査官。わたしはおばを心から愛していた。目的を見失っていたわたしを受け入れ、正しい道に導いてくれた。わたしの話に耳を傾け、慰め、自分の心の命ずるままに生きなさいと励ましてくれた。おばの死は大いなる悲しみをもたらした。だが、わたしにはおばが神の輝かしい光を浴しているのがわかる。いまは痛みもなく、永遠に神とともにあるのです」

「かもしれませんね。ですが、あなたはまだ、奥さんともども生きておられる、マカミー師。しかも大金持ちとなって。いいお宅ですね。魅力的な不動産だ」

「ええ、それは事実です」マカミー師は手でサビッチにソファを勧めた。「生者がつねに死を利己的な観点からながめようとするのは、興味深いことだと思わないか？　悲嘆には暮れるが、そのあと一転してそこから得られるものを計算する。どうぞお坐りなさい」

「そうかもしれませんね。いえ、このまま立っています。背中があまりよくないので」

「背中の痛みは経験がないな」

「わたしも土曜の夜まではありませんでした。教えてください、サー。サムをどう思いますか？」

黒くひたむきな瞳をつとサビッチに据えて、マカミー師は答えた。「そうだった、きみがケイティの家で怪我をしたのを忘れていたよ。ＦＢＩの捜査官が入院したと、病院の看護師たちが大騒ぎしていたな」

サビッチは眉を吊りあげた。

マカミー師は肩を持ちあげた。「ここは田舎町だし、緊急治療室で働く看護師のうちふたりは、ここジェスボローの住民だ。噂話には事欠かない。さて、それは奇妙な質問だね、サビッチ捜査官。わたしがサムをどう思うか？　そうだな、歳のわりには大人びていて、じつに率直なお子さんのようだが」

「大人の話をくり返したからというだけの理由で、そうした印象を？」

「いや、それだけではない」マカミー師はしばし黙りこみ、ほっそりとした指で黒いウールのジャケットの表面をなでた。「なぜかあの子は、普通の子どもの嘘やごまかしとは無縁なように思う」

「わたしはサムが大ボラを吹くのを聞いたことがありますよ、マカミー師。まだ幼いですから、そうしたものです。しかし、自力で自分の身を守ったという点には、感動しています。

恐怖に足がすくんでもおかしくはなかった――わずか六歳にして、驚くべきことです。ブリーカーの古い小屋の窓をくぐり抜け、ボーとクランシーに追われながら逃げたという話は、すでにお聞きおよびと思います」

「ああ、その話はいくつかのパターンで聞いている。どれも印象的な物語だった」マカミー師はゆっくりと首を振りつつ、自分の指を見ていた。あいかわらずジャケットの毛羽を逆立てるように指を動かしている。

サビッチは尋ねた。「あなたの奥さんの兄であるクランシーが、ここへサムを連れてきたのは、偶然にしてはできすぎだと思いませんか？」

マカミー師は黒い瞳をサビッチの顔に向けた。「偶然というのは愚かな人間によって引き寄せられる、成り行きまかせの行為でしかない」

「思うに、あなたは愚かではないのでしょうね？」

「わたしは現実的な男ですよ、サビッチ捜査官。ではあるが、おおかたの人間の例に漏れず、ときに愚かにもなる。われらが主は、わたしたちが成り行きまかせの行為にどう影響されるかを学ばせ、わたしたちがどのように美質を高めるかを見定めようとしているのだと信じている。あなたはわたしと妻が少年の誘拐事件に関与しているとお思いか、サビッチ捜査官？クランシーがあれの兄だというだけの理由で」

サビッチはゆっくりとしゃべった。光から暗さを吸い取っているような、マカミー師の黒い瞳をのぞきこみたくなかった。「わたしがなにを考えているかというと、あなたの奥さんの兄が、サムをテネシー州のジェスボローに運んだのには、なにか理由があるということです。クランシーとボーに強い動機があったことは、認めていただかなければならない。ふたりとも、死ぬまであきらめなかったのですから。それもまた、きわめて異例なことです」

マカミー師は黙ってうなずいた。右手で黒く豊かな髪をかきあげた。うなじで結べるだけの長さがあるが、ただ垂らしている。髪をかきあげるのは、昔からの癖なのだろう。痛み止めがもう一錠欲しい。サビッチは痛みに耐えて続けた。「彼らがなぜこんなことをしたと思われますか？」

「わたしにはとんとわからないね、サビッチ捜査官」

「昨晩、保安官の自宅に現れたクランシーは、ミスター・ケタリングに向かって奇妙な発言をしています。かならずしも信じている必要はない、と言ったとか。なにを信じるのでしょう、マカミー師？」

「わからないな、サビッチ捜査官」

「同時にクランシーは、自分が誰かに雇われているのを認めていた」

マカミー師は肩をすくめた。「そういうことなら、子どもを手に入れるために誰かがふたりに大金を払ったのだろう」

「そこまでは明らかです。だとしても、疑問は残る。彼らの雇い主にとって、サムはなぜそうも重要なのか？　重要だとしたら、サムのなにがそうも重要なのか？　身代金の要求はなく、復讐の線もこれといって考えられず、わかっているかぎり小児性愛でもなかった。では、なにか？　ほかにどんな動機が考えられるのでしょう、マカミー師？」

マカミー師は今度も肩をすくめた。「さっきも言ったとおり、サムは大人びているが、大人びた子どももひとりを手に入れるために、そこまでの手間をかける人間がいるとは、わたしには思いもよらない」

「では、サムにはそれ以上のなにかがあるのでしょう」

黒い瞳がサビッチの顔をとらえた。「それ以上のなにかはつねにあるよ、サビッチ捜査官。悲しいかな、人間には自由な意思が与えられている。終わりのない虐待だとは思わないかね？」

「どうしてそれが悲しいのです？」

「自由意思があるがゆえに、人は悲惨な過ちを際限なく起こす。神から恩寵《おんちょう》を賜ることだけに集中せねばならないというのに」

サビッチは反論した。「わたしから見ると、多くの人たちが際限なく過ちを犯す直接の原因は、神の恩寵を求めることにあります。歴史をふり返ってみてください、マカミー師。アイルランド、イングランド、スペイン、フランス——どの国でも、人間の犯した悲惨な過ちがいたるところに転がっている。自分たちだけが神の恩寵を得ようと躍起になり、意見の異なる人びとをすべて切り捨てようとした結果です」

「それは無分別というのだよ、サビッチ捜査官。無分別であることによって、人は救われもすれば、破滅もする。もし神の恩寵と、わたしたちのために受けられた苦しみに思いをいたせば、その無分別も長くは続かないだろう。おや、ミセス・マカミーがわたしたちのためになにか運んできたようだ」

「それにはどうしたらいいのでしょうか、マカミー師？」

「導きのためにこの地球に遣わされた預言者の手に身をゆだねることだ」

エルスベトは夫の言葉に一瞬目を閉じ、おもむろにうなずいた。

サビッチは尋ねた。「それで、あなたはそうした預言者のひとりであると？」

だがマカミー師は軽く会釈して、お茶のカップを手に取った。

そのお茶はマカミー師の瞳の色と同じくらい濃く、口を火傷《やけど》しそうなほど熱かった。うまくない。サビッチはソーサーをエンドテーブルに置くためかがんだ。しまった。背中を激痛が駆け抜けた。

「そろそろお帰りの時間ではないかな、サビッチ捜査官。妻もわたしも、これ以上申しあげることはない」

「お時間を割いていただき、ありがとうございました」倒れそうなほどの痛みだった。すぐに痛み止めをのまなければ。マカミー師と握手を交わしたサビッチは、適度に制御された力強さを感じつつ、一瞬、その思いつめた瞳を見た。あまりに多くを見すぎたか、でなければこの世界には属さないものを見ている瞳。サビッチにはどちらなのかわからない。ただひとつ、わかったことがあった。

シャーロックは口をつぐんだまま、マカミー夫妻の両方に目顔で挨拶した。子どもふたりと手をつないでいた。

玄関を出て、ドアが閉まると、サビッチは言った。「痛み止めを持ってきたと言ってくれ」

「水がないわ」

「それぐらい平気だ。任せてくれ」

サビッチが薬をのみこんだら、あとは帰るだけだ。後部座席に乗りこんだキーリーが言った。「ミセス・マカミーがレモネードを出してくれた」

「まずかったよ」サムは言った。「変な味がしたんだ」

シャーロックはサムをふり返り、ゆっくりとうなずいた。「わたしも変な味だと思ったわ」

サビッチがなるべく苦痛のないようシートベルトを締めるのを待って、車を発進させた。

「さあ、あなたのママに会いにいきましょう、キーリー」

25

「保安官のところには、ケタリングさんがいらしてますよ」教えてくれたのは、主任通信指令係のリニーだった。彼女がキーリーとサムに指を振るのを見て、サビッチは笑顔でうなずいた。

「お願いがあるんだけど、サム」シャーロックは切りだし、腰を折ってサムと目の高さを合わせた。「少しのあいだ、キーリーとあなたは、リニーとここで待っててくれる？」

「そうしてください」リニーは手で口をおおってシャーロックにささやきかけ、ぐるっと目をまわした。「なにやら揉めてるみたいで」

子どもの常で、なにごとも聞き逃さない地獄耳の持ち主であるキーリーは、サムに言った。「もしあなたのパパがあたしのママを怒鳴ってたら、あなたのパパの首を折っちゃうかもよ。ここのボスはうちのママだからね、サム」

ごもっとも。シャーロックは内心うなずきつつ、キーリーに言った。「いいこと、あなたたちのパパとママは怒鳴りあってるんじゃなくて、話しあってるの」事実でありますように。どちらも多大なストレスと焦燥感を抱えている。

そのころ保安官室のなかで、ケイティは言っていた。「むちゃ言わないでよ、マイルズ。エルスベトがクランシーの妹だからって、マカミー夫妻を逮捕できるわけがないでしょう。あなただってFBIにいたんだから、それくらいわかるはずよ」

マイルズはほかに表現のしようがなくて、喧嘩腰《けんか》になった。「彼らが関与してるのは、きみにだってわかってるんだろ、ケイティ？　ほかに誰がいる？　ひょっとしたら、ミセス・マカミーだけかもしれない。彼女を連れてきて、質問攻めにしろ。いや、もっといい手がある。おれに彼女と話をさせてくれ。威嚇《いかく》してやる」

「それはできない相談ね。ほかになにか？」髪を編みこみにしてくれればよかった、とケイティは思った。クリップがずれて左耳にもたれかかっている。

「ホッジズ捜査官たちはいまなにをしてるんだ？」

「事情聴取はこちらで引き受けたから、金銭の流れを追っているわ。ほら、クレジットカードや、教会の帳簿、お金の移動といったことよ」

「テネシー捜査局はきみの邪魔するばっかりで、なにもしてないのか？」

ケイティは辛抱強く答えた。「テネシー捜査局には、テネシー州の保安官がふたりの男を意味もなく殺さないよう監視する義務がある。それが彼らの仕事なの。たいして邪魔にはなっていないわ」

「ああ、そうだろうとも。きみはもう、あいつらのために何時間も割いてきた」

おっしゃるとおり。ケイティにしても、彼らとの面談を楽しみにはしていない。これまでのところ、捜査局はどちらの殺人も正当と認めて、納得している。ただ、警官として、ことの顚末を細大漏らさず知りたがっていた。ケイティは答える代わりにため息を返した。

「五分でいい。ミセス・マカミーと話させてくれ。揺さぶるとしたら、彼女しかない」

ケイティはもう一度ため息をついた。「現実を見て、マイルズ。わたしたちはマカミー夫妻のどちらに対しても、なんの証拠もつかめていない。さらに決定的なのは、誰も彼らのどちらかがサムの誘拐にかかわらなければならない動機を思いついていないことよ。証拠をつかみ、動機の見当がつかなければ、ふたりには拒否する権利がある」

「なにか理由があるはずなんだ」マイルズは言い、手のひらに拳を叩きつけた。「頭がどうかなりそうだ」

ケイティは髪に指を通し、大きなクリップにかろうじて引っかかっていた髪を下ろした。髪を手早くまとめて、クリップで留めなおす。髪が落ちてこないようにするには編みこむしかないのだが、今朝はその時間がとれなかった。右耳の前に残った長いひと房を、耳のうしろにかけた。「頭がどうかなりそうなのは、あなただけじゃないわ、マイルズ。もうすぐシャーロックとサビッチが子どもたちを連れてここへ来る。いい話が聞けるのを期待して待ちましょう」

マイルズはまっすぐケイティを見た。「おれはエルスベト・マカミーと話をする」

ケイティがドアから出ようとするマイルズの腕をつかんだとき、ふたりの眼前でドアが開いた。シャーロックは笑顔をふり向けつつ、両方の顔に刻まれた恐怖といらだちを見て取った。ケイティはマイルズの腕にそっと手を置いた。「銃に弾が入っているのを確認できるまで、発砲は控えるものよ、マイルズ。マカミー夫妻が容疑者であることは確かだけれど、証拠を突きつけないかぎり、ふたりは悠然と構えていればいい。わかるでしょう、そういうものなの。いらっしゃい、シャーロック。サムとキーリーは？　もうランチに出られる？」

「なにかをつかんだことを願うよ」マイルズは足音も荒く保安官室を出た。「サムとキーリーは？」

「リニーがトイレに連れてってくれてるわ」シャーロックは答えた。

「待ってて。保安官助手たちに、行き先を伝えてくるわ」ケイティはきびきびとした大股で遠ざかった。髪の半分はクリップで留まっているが、残り半分は背中に垂れている。

マイルズはすぐにサビッチが苦しんでいるのに気づいた。動くのを怖がっているように身体をこわばらせ、目が少し曇っている。マイルズは言った。「シャーロック、この鉄人にやる痛み止めを持ってるかい？」

シャーロックはマイルズの言わんとするところをすぐに理解した。さっき痛み止めをのんでから、まだ十五分もたっていない。そろそろ効いてくるはずだが、足のつま先まで怖くなり、サビッチの頬に触れた。「見ていられないわ。唇がまっ青よ、パートナー」錠剤の入った瓶を取りだし、手のひらに一錠出すと、水飲み器から紙コップに水を汲んできて、サビッチに渡した。「薬が胃におさまるまで、しゃべらないでね」

その瞬間のサビッチなら、ひと瓶丸ごと渡されても、全部のんでいただろう。

「驚いたね」マイルズはサビッチをながめながら顎をなでた。「きみにキスしようともしないとは」

「そりゃそうよ、彼は馬鹿じゃないもの」シャーロックは夫の腕に触れ、自分の恐れが消えるのを願った。

サビッチは妻から触れられるのが好きだった。気分がよくなる。そしてシャーロックはサビッチをよく知っているからこそ、そして彼の痛みを憎んでやまないからこそ、腕をなでつづけた。

「体を休めなきゃいけないのに、その時間が足りないのよ」

「ひとまずランチにしよう」サビッチは言った。「それと、マイルズ、話してやれることならあるぞ。そんなにやきもきするなよ、シャーロック。おれなら大丈夫だ。この錠剤は効き目が速い」自分の腕にあったシャーロックの手を持ちあげ、軽く握りしめた。

「ディロン、しばらくここに坐ってたら？」

「いや、行こう、シャーロック」シャーロックは我慢して彼に従った。ふたりしてマウイのビーチで寝転がっていられたらいいのに、とつい思ってしまう。暇にまかせて、のんびりとマイタイをストローで飲んでいたい。

一行はモードズ・バーガーにくりだし、厚いハンバーガーを注文した。たったひとりの例外はサビッチで、彼だけは酸味のあるパンに西海岸で獲れたメカジキのグリルを載せた料理を頼んだ。サンフランシスコに近いとは言いがたいが、そそられる組みあわせではある。

「彼はベジタリアンなんだけど」シャーロックはケイティに言った。「ごくたまに、こういう特別の機会にだけ、魚を食べるのよ」

「どうして今日は特別なの、ディロンおじさん？」キーリーは尋ねた。長いポテトフライを一本ずつ端から口におさめていく。

「なぜ特別かというと、きみとサムがヒーローだから、それにみんなでこうして食事ができるからさ。サム、おれにはきみがハンバーガーを楽しんでいるように見えないがなあ」

サムは頰ばったハンバーガーを呑みこむまで口が利けないので、ケチャップだらけの顔をくしゃくしゃにしてサビッチを見た。

十分後、キーリーとサムはチョコレートチップスアイスクリームに取りかかっていた。ふたりだけの世界をつくり、アイスクリームからチョコレートの粒をちまちまと取りだすのに熱中している。それを見はからって、サビッチは小声で話しだした。「ついさっきジミー・メートランドから電話があった。また数学教師が殺されたから、捜査に復帰しろとのお達しだ。必要とされているのは新鮮な目であり、彼に言わせると、誰よりも新鮮な目を持っているのは、おれたちなんだそうだ。副長官があれほど深刻な声を出すのは、長らく聞いたことがない。二度めの事件をくり返し報じたあとは、メディア攻勢も下火になっていたが、三度めが起きたとなると、あらゆるテレビ、新聞が連続殺人と連呼するだろう」

シャーロックは言った。「今晩、本部で行なわれる記者会見にも、わたしたちを同席させたがってるの。こうなると、わたしたちは、帰るしかないわ」

「良心的な人は大勢いる」サビッチは言った。「しかし、三つの警察署とFBIがいっしょになって先陣争いをくり広げたら、あっという間に悲惨な状況に陥る」

ケイティは言った。「二件めの数学教師殺しが起きてから、政治家が介入してきたと聞いているけれど」

「連中は、犯人が使った銃器のために、世界じゅうのあらゆる銃器を排除したがってるわ」とシャーロック。「そのせいで地元の警察はむずかしい対応を迫られてるの。政治家連中が競って口当たりのいいコメントを出そうとするんだから、なおさらよ」

シャーロックはため息をつき、ちらっとサビッチの皿を見た。メカジキのサンドイッチがほぼ手つかずで残っていた。「ひとつだけ確実なのは、みんなが怖がってることよ。みんなが犯人の逮捕を願い、世間の圧力はますます強まる」

「メートランドが言っていたが、殺人発生地区のハイスクールの校長たちは、数学教師がしばらく町を離れたがった場合、引きとめないそうだ」サビッチは言った。「馬たちが逃げだしてから、納屋のドアを閉めるようなもんだけどな」

「殺されたのは三人」シャーロックは頭を振った。「メートランドはわたしたちが三人めの被害者のご主人から前もって話が聞けるように、会見の時間を遅めに設定してるわ」

「それで、会見ではどんな話をするつもりなの？」ケイティは尋ねて、コーヒーを飲んだ。

サビッチはわからないと答えかけて、藪《やぶ》から棒に席を立った。テーブルを離れ、外に出た。携帯電話を取りだして、電話をかけている。

「あの人、なにか閃《ひらめ》いたみたい」そう言うシャーロックの声は、明るく満足げだった。「この前そうなったのは、ショーンを胸に乗せているときだった。サビッチはショーンを小脇に抱えてMAXに直行し、それから一時間後、デトロイト警察は家出中のティーンエイジャー三人を殺害した容疑で、デトロイトの長距離バス会社のカウンターで働いていたひとりの男を逮捕したわ。三人ともその会社のバスでデトロイトを出ていたの。犯人は彼らのあとを追い、そして殺害した」

「どうしてそんなことを?」ケイティは訊いた。

「本人からはなにも訊きだせなかった。鼻水を垂らして、泣くばかりで。半年にわたって精神科医にも診せたけれど、動機は誰にもわかりそうにない。いまは州立病院の精神病棟に収監中よ」

サビッチが店内に戻ってきた。椅子にかけ、サンドイッチをひと口食べたきり、なにも言わない。

マイルズはサビッチに話しかけた。「それじゃ、なにか。おまえの脳が突然、お告げを発したわけか? 長距離バス会社のカウンター係が犯人だぞ、と」

サビッチがキツネに撮《つま》まれたような顔をしていると、シャーロックが助け船を出した。「デトロイトの事件の話をしてたのよ、ディロン」

サビッチはうなずいた。「警察はバス会社の全従業員から話を聞いたが、そいつが有力な容疑者だとは思っていなかった。ま、おれにしても、さんざん考えたあげくに、ふと浮かんできたんだけどな。それで、その男を三日間監視しろと警察に伝えた」

「どうなったの？」ケイティは話に引きこまれていた。

「やつは潜入捜査員——二十六なのに、十五にしか見えなかった——をつぎの標的に選び、おれたちは犯人を逮捕した」

「それで、ディロン、今回はなにが閃いたの？」

彼はシャーロックに笑いかけ、首を振りふり残る一同を見た。「まだ言える段階じゃない。さて、これからのことを話しあおう。今日は火曜だが、マイルズ、おまえはこれからどうする？」

「まだなんとも。ただ、もうしばらくここにいなきゃならないと思う」マイルズはサムとキーリーに目をやった。

サビッチには、マイルズが怒りといらだちとで、忍耐の限界にあるのがわかった。サビッチは言った。「ふたりとも、なにかあったら知らせてくれよ」

サムとキーリーはアイスクリームをあらかた食べ終わり、大人たちの話を熱心に聞いていた。それに気づいて、ケイティは言った。「アイスクリームを食べちゃいなさい」そして、キーリーの口からチョコレートチップスのかけらを拭き取った。

26

その夜八時、サビッチはワシントンDCのFBI本部にいた。ジミー・メートランド副長官の隣りに坐り、メリーランド州オックスフォードの警察署長からふたたびマイクがまわってくるのを待っていた。演壇の背後には管轄の異なる三警察の署長が居ならび、自信に満ちた態度でまぶしいライトや口々に叫ばれる質問の矢面に立っていた。

署長たちの傍らには、被害者の夫たち三人が雁首をそろえている。明るい青のスーツを着たトロイ・ウォードは、でっぷりとして悲しげだった。電柱のように痩せたギフォード・フアウラーは、大きな黒いステットソン帽を手にしていた。そして売れっ子弁護士のクレイトン・マドックスは、いまだショックを引きずり、幽霊のように青ざめつつも、体面だけはどうにか保ち、数千ドルはすると思われる仕立てのいいスーツに身を包んでいた。いまその男を見ながら、サビッチは記者会見に先立つこと二時間前、バージニア州ロックリッジにあるマドックスの自宅で彼に会ったときのことを思い出していた。

サビッチとシャーロックはロックリッジ・ハイスクールまで車で出かけた。官僚連中が好んで住む、郊外の高級住宅街だ。事件を担当している地元の警官およびFBIの捜査官たちはまだ現場を離れておらず、六人の警官がロープを張ってメディアの侵入を防いでいた。

トマス・マルティネス署長は校長室でサビッチたちを出迎え、挨拶もそこそこに切りだした。「月曜の午後、校務員はボイラー室でちょっとした蒸気の漏れを発見した。校務員が言うには、修理はしたものの心配で眠れず、異状がないかどうか調べるため、今朝は早くから出勤した。六時前だったそうだ」署長は言葉を切り、顔をゆがめた。「そして校務員は異臭に気づいた。五人いる数学教師のひとり、ミセス・マドックスだ。試験の採点のために遅くまで残っていたのはわかっている。今日の朝、家族といっしょにカリブ海に旅行に出る予定だった。殺人事件が二件起きているからと、亭主が説得して避難させようとしていたんだ。なんにしろ、彼女は帰宅せず、居ても立ってもいられなくなった亭主は、九時過ぎに署に電話してきた。携帯にかけても、彼女は出なかった。警察はそれからずっと彼女を捜索していた。そして校務員によって発見された。こちらに来てくれ」

胸躍る光景ではなかった。エレノア・マドックス。まだ三十五歳の声も聞いていないとおぼしき、ふたりの子を持つ母親にして、幾何学を教えるのを得意とした数学教師は、ボイラーの脇に押しこめられていた。気温は低く、それがためにボイラーの火力は強く、だからこそ彼女のにおいが校務員の鼻を刺した。至近距離から眉間に一発被弾しているのは、これまでに殺されたふたりの女性教師と同じだった。

マルティネス署長は言った。「現場検証は三時間前に終わり、検死官の見立てが正しければ、凶器はほかの被害者同様、三八口径だ。加えて、犯人は銃殺後被害者を移動したと言っていた」

「目撃者はいないんですか？」

「いまのところ皆無だ」

「近辺に不審な車もなかったんですね？」

署長は首を振った。「ない。この地域一帯を部下たちに当たらせたが、誰もなにも見ていなかった。バスケットボールの練習も、学生クラブの会合もすでに終わっていたために、こちらで調べたかぎり、残っていたのは被害者ひとりだった」

シャーロックは言った。「犯人は発見を遅らせたかったんでしょう。ご主人はなんとおっしゃってるんですか、署長？」

夫のクレイトン・マドックスはワシントンでも屈指の大物やり手弁護士であり、各種の圧力団体は、政治家へのつてをなんとかして取りつける彼の能力に対して喜んで大金を払った。仕事の実体がどうであれ、マドックスは説明を省き、容易には人を信じないサビッチは内実を尋ねなかった。すでに夜九時になろうとしていたのに、マドックスは胸元にコーヒーの染みのあるローブ姿だった。靴下だけで、靴をはいていなかった。一週間ずっと寝ずに、しかも快適とは言いがたい時間を過ごしてきたようなやつれようだった。

マドックスは言った。「妻の友人や同僚の教師には、残らず電話しました。二年近く話をしていなかった妻の母にもです」涙に喉を詰まらせて黙りこんだのち、サビッチをひたと見据えた。「あなたにわかりますか？　こんなのは間違っている。起きちゃいけないことなんだ。エリーは夫であるわたしを含めて人を傷つけたことのない女で、わたしは弁護士なんです。わたしは危険を避けて家にいたほうがいいと言ったのに、彼女はカリブ海に旅立つ直前まで働くといって聞かなかった。なぜそんな妻が殺されなきゃいけない？　なぜです？」

サビッチには答えられなかった。「すでにマルティネス署長の事情聴取を受けられたことは知っていますから、こまかな話は署長から聞きます。わたしたちがこちらにうかがったのは、FBI本部で数時間後に開かれる記者会見に同席をお願いするためです。あなたにはなにが起きたかがわかるし、ご同席願えれば、こちらも助かります。わたしは被害者の家族が公に顔を出すことには、意味があると考えます。こうした心ない犯罪によって、家族がどれほど傷つくかを、知らしめることになるからです。これまでのふたりの被害者のご主人であるミスター・ウォードと、ミスター・ファウラーもいらっしゃいます。ご同席願えますか、ミスター・マドックス？」

マドックスはうつむいた。そしてサビッチの予測に反して、いっさい疑問を呈しなかった。やがて言った。「わたしが秘書のマージーに電話したのを知っていますか？　彼女は今朝、七時前にここへ来ました。マルティネス署長に話したとおり、彼女はわたしと妻に関するすべてを知っています」いったん黙り、手首のロレックスに目をやってから、リビングの窓から外を見た。「知らなかった、もうこんなに暗いのか」顔を上げて、サビッチとシャーロックを見る。「ふだんのわたしは、夕方の六時ごろ帰り支度を始める。エリーの帰宅は四時ごろだった。子どもたちが帰ったとき、家にいてやりたかったからだ」

二階から泣き声と、慰める女性の声が聞こえてきた。子どもたちだ、とシャーロックは思った。先の二件の殺害事件では、母親を失った子どもはいなかった。なぜ犯人は今回にかぎって、子持ちの女性を殺したのだろう？

「義理の母は」マドックスは天井をちらりと仰ぎ見た。「マージーが電話をかけると、十分で駆けつけました。これでまた、義母と話さなければならなくなるのでしょう」立ちあがった。ずっと動いていなかった人のように、背中が丸まっている。「記者会見に出させてもらいます、捜査官」

いまメートランド副長官はサビッチにうなずきかけ、演壇に進みでた。三警察が協力態勢にあることや、犯罪現場におけるＦＢＩの捜査のあり方について語り、殺人事件に関する情報提供を受けつけるホットラインの番号をくり返した。そして、部屋いっぱいの報道関係者を前にして、こう締めくくった。「そしてここにいるのが、ＦＢＩの犯罪分析課チーフのディロン・サビッチ特別捜査官です」

記者の多くはサビッチが何者なのか知っていた。メートランドの口が閉じられるが早いか、数人の記者がいっせいに声を上げた。「サビッチ捜査官、犯人はなぜ数学教師を標的に？」

「被害者はすべて女性です。犯人は男性だとお考えですか？」

サビッチは演壇にのぼり、室内に静寂が戻るのを待った。場内はいっきに静まり返った。サビッチは記者の多くが自分と、悲しみに暮れる夫たちのようすを書き留めているのを見て取った。「ミスター・ジョージ、あなたはなぜ数学教師が標的にされたのかを尋ねられ、ミスター・ドブズは被害者が全員女性であることを指摘された。そうです、わたしたちは犯人は男性だと考えています。なぜ犯人がかくなる犯罪を犯したかについては、いくつか仮説はあるものの、現段階でそのすべてを明らかにするのは適当ではないでしょう」

「狂気に駆られての犯行ですか？」

サビッチは熟慮しつつ質問者を見つめた。ワシントンポスト紙のマーサ・ストックトン。見当違いなことを言うと評判の記者だが、今回の彼女は、手っ取り早く不必要なおおいをはがしてみせた。「いいえ。病的な意味で狂気によるものとは考えていません。目撃者がいないことからしても、あらかじめ計画を練ったうえの犯行と考えられます。犯行の動機についてはいまだ不明ですが、かならず犯人をつかまえることだけは、この場でお約束します。現在、延べ数百人／時を使って、同僚教師やかつての教え子に聞きこみを行ない、万全の態勢を整えています。

続いて、この悲劇的な事件によって傷ついておられる被害者の家族の一部をご紹介します。ここにおられるのは、被害者のご主人たち、ミスター・ウォードとミスター・ファウラー、そして今朝、奥さんの遺体が発見されたばかりのミスター・マドックスです。ミスター・ウォードとミスター・ファウラーは、短い声明を用意されています」

CNNのエリ・ドブズが叫んだ。「失礼ですが、ミスター・マドックス、あなたの奥さんは殺害されたばかりです。ミスター・ウォードとミスター・ファウラーとともにそこに立つことをどう感じられているか、お聞かせ願えますか？」

無神経な質問が出るのは、毎度のことだ。サビッチは手を挙げた。「質問はあとで。残されたご主人たちは悲嘆とショックのうちにおられる。質問をするときは、まず状況を考慮したうえにしていただきたい」

トロイ・ウォードは前に進みでて、台の角をつかんだ。「カードならびにEメールをくださった方に、この場をお借りしてお礼を申しあげます。警察は全力を尽くしてくれていますし、このどん底の時期にわたしや妻の家族を支え、思いやってくださるすべての方に感謝します」演台から下がり、顔を伏せた。

「日曜のレイブンズの試合では、アナウンスをしませんでしたね、ミスター・ウォード」エリ・ドブズは言った。「今後の予定は?」

ウォードは答えたが、マイクから遠いので、耳をそばだてないと記者には聞こえなかった。「今度の日曜には、中継を担当します。妻もぼくが立ち止まるのを望まないでしょう」

続いてギフォード・ファウラーが演台の前に立った。「妻を愛していました。彼女がいないことを悲しんでいます」あっさりと言い、世間一般にお礼を述べた。しかしすぐには下がらず、質問が寄せられるのを待っているようだった。

「ミスター・ファウラー、明日、水曜の夜にロータリー・クラブで話をされるとか?」

ファウラーは言った。「支援の証《あかし》として、苦しみを分かちあいたいとの申し出がありました。招待していただいて、ひじょうに感謝しています」

サビッチが割って入るため、演台に進んだ。マドックスを記者たちに差しだすつもりはなかった。いまだ妻の死は生々しく、彼の自制心は弱まっている。そこへきて、ひとりの人間として世間に顔をさらした。もうじゅうぶんだ。

「あなたのコンピュータはまだ活躍していないんですか、サビッチ捜査官?」

「そのうちMAXが立ちあがって、犯人を公表するとか?」

笑いが起きた。

サビッチは笑顔で応じた。「MAXはすばらしい道具です。しかし、事件を解決するのは、昔ながらの地道な捜査活動であることを忘れてはなりません。いまわたしたちは、そのとおりのことを迅速かつ懸命に行なっています。今日はお集まりいただき、ありがとうございました」

すべてが終わると、サビッチはシャーロックに小さく敬礼し、妻に先立たれた三人の夫たちに話しかけた。「同席いただいて、感謝しています。これで反応が違ってくるでしょう。

まだ、お尋ねしたいことがありますので、あらためてこちらからうかがいます。なにかがわかったときは、早急に連絡します」

三人と順番に握手をし、彼らが捜査官に連れられて裏口から出ていくところをじっくりと観察した。

シャーロックはサビッチの手を握り、小声で言った。「壮観だったけど、それだけの価値はあるの?」

サビッチはふり返って両手を妻の頰に添えた。「たぶん。じきに結果が出るさ」

その夜遅く、ジョージタウンの自宅にいるサビッチの背中には、眠りこけるショーンの姿があった。遅い夕食として、サビッチ特製のバジルスパゲティを食べさせたところだ。シャーロックはお茶をいれるために湯を沸かしながら言った。「マイルズから電話があったわ。サムはまだドクター・レインズに診てもらっていて、マイルズもうしばらく先生のそばにいたほうがいいだろうって。それに、サムをキーリーから離すなんて想像がつかないみたい」

「おれにも想像できないよ」サビッチは言った。「サムはあそこでも自宅と同じぐらい安全だろうし、それにケイティやマイルズがいっしょにいられないときは、保安官助手に守ってもらえる。賭けてもいい、マイルズはケイティを拝み倒してマカミー夫妻に会いにいくぞ」

シャーロックはうなずいた。「同感。それに、いまサムをキーリーから引き離すなんて、やっぱり想像できない」

「だな」サビッチは妻が彼のお気に入りのレッドスキンズのマグカップにお茶を注ぐのを見ていた。「それに、あの保安官なしでマイルズがどうやっていくのかもわからない」

シャーロックは肩をすくめた。「とても強い人間がふたり、こういう厄介な状況でやりあう……」

「まあな。でも、先走るなよ、シャーロック。あのふたりについちゃ、まだ海のものとも山のものともわからないんだから」

「どちらも、子どもを最優先に考えてるわ」そのとき電話が鳴った。シャーロックがふり返って受話器を取ると、デーン・カーバー捜査官から、マイアミでの捜査の経緯をサビッチに報告する電話だった。

水曜の朝。体のこわばりと凝《こ》りを自覚したサビッチは、なにか手を打たねばならないのに気づいた。こういうときは、トレッドミルでのウォーキングがよさそうだ。バレリー・ラッパーのことはうっかり忘れていたが、彼女のほうはもちろん忘れていなかった。バレリーはジムでサビッチを張っていた。彼女はスパイでも雇っているのかと思うほど、絶好のタイミングで登場した。

サビッチは眉を吊りあげた。「朝の十時だぞ」

「昼前に運動したくなることだってあるわ。昨晩、テレビであなたを観たわよ、サビッチ捜査官」サビッチの隣りにあるトレッドミルを十分にセットした。「ご主人たちの哀れなことったらなかったわ。よほどこの事件の恐ろしさを世間に知らせたかったのね。だから、彼らを表に出したんでしょう？」

サビッチはうなった。背中は痛むが、歩くとこわばりが多少なりとゆるむ。シャーロックは厳重に包帯を巻いてくれた。サビッチが馬鹿なまねをしないのを知っているからだろうが、包帯を巻きながらぶつくさ言っていたから、ほんとうのところはわからない。

「どこか悪いの？　どこか痛めてるみたいな動きだけど。なにがあったの？」

バレリーの声には、本物の気遣いが表れていた。「べつに。筋肉が凝ってるだけだ」

「テレビでも動きがぎこちなかったわ」

「いや、大丈夫だ」サビッチは開いてあった本をこれ見よがしに読みだした。

「運動がすんだら、コーヒーでもいかが？　おごらせてもらうけど」

サビッチは微笑んだ。「ありがとう、ミズ・ラッパー。だが、おれは妻帯者だ。たとえおごりとあっても、よその女性とはコーヒーを飲めない」

バレリーはけらけら笑った。「そんなの平気よ。たいしたことじゃないもの。あなたを誘惑する気はないのよ、サビッチ捜査官。コーヒーを飲んで、おしゃべりするだけだってば」

サビッチは首を振った。「悪いが、断る」

「少しはリラックスして、楽しんだほうがいいんじゃない？　ええ、そうよ、コーヒーでなにが楽しめるかでしょう？　だから、その先はあくまで可能性の問題よ」

「きみもここでおれの妻に会ったことがあるはずだ」サビッチは言った。「赤っぽい巻き毛に、大きな緑の瞳。しかもFBIの捜査官だ。名前はシャーロック」

「ばっかみたい」

「なにが？　髪か、名前か？　それとも彼女が捜査官であることがか？」

「名前よ」バレリーはサビッチの背後の鏡をのぞきこんだ。「名前が馬鹿みたいだって、言ってるの」

「ラッパーだって、かなり変だぞ」

バレリーは足を止めた。「ええ」ゆっくりと言葉を紡ぐ。「そうかもね」いま一度、サビッチを見たが、表情を読む間を与えずに停止ボタンを押した。さっさとトレッドミルを降りて立ち去り、軽くふり返って、美しいと自覚している横顔を見せつけた。「わたしとコーヒーを飲むことだけ考えてね、サビッチ捜査官。わかった？」

返事を待たずに彼女は去った。

27

美しい水曜の朝だった。ケイティは白い雲が点在する青い空を見あげ、ふくふくとした雲が東へと流れゆくのを目で追った。そちらの空には、山並みが変わることのない壁のようにそびえ立っている。山をおおうカエデとポプラ、ブナ、サトウカエデの木々は目にもあやな赤色、鮮やかな黄色、黄金色に燃え、マツとモミは緑を保っている。こうしたあでやかな色のパレットの内にあると、茶色までが、不思議と映える。晩秋のテネシー州東部ほど、美しいところはない。気温十三度。革のジャケットを着るのにちょうどいい肌寒さだった。ケイティはかぐわしい木の葉の香りと、暖炉で木が燃えるにおいを吸いこんだ。こんなときだ、身を刺す風と雪と木々が裸体をさらす冬を先送りにできたらいいのに、と思うのは。

ケイティはエンジンをかけたまま、マイルズがサムとキーリーを母の家の玄関まで連れていくのを見ていた。マイルズはかがんで子どもたちに話しかけ、サムの腕と、キーリーの髪に触れた。ふたりは彼に抱きついてから、玄関から出てきたミナに駆け寄った。チョコレートチップスクッキーが目当てね、とケイティは子どものころの興奮を思い出した。サムとキーリーのいる家を守るべく、ふたりの保安官助手がそれぞれ持ち場につく。ケイティは念のためにもう一度、あたりに目を走らせた。おかしなところはまったくなかった。

ケイティが見るかぎり、ありがたいことにサムは危機を脱したようだ。たとえば今朝など、ケイティがチェリオスの代わりにオートミールを出すと、サムはキーリーといっしょになってぶつくさ言った。悪くない兆候だ。オートミールを目にしたマイルズは思わず目をぱちくりし、オートミールというのはセメントにするには最適だけれど、食べるには向かないんじゃないか、と意見を述べた。子どもたちは大笑い。ケイティが笑顔で成り行きを見守っていると、マイルズはオートミールをぱくりとやり、目をぐるっとまわして言った。「こんなにうまいセメントを食べたのは、はじめてだぞ。さあ、サム、おまえも食べてごらん」そしてサムは食べ、気に入ったと言って、父親と同じように目をまわそうとした。朝食の席には笑いがあふれ、それが心地よさとなってみんなを包んだ。気がつくとケイティまでが、理由もなくマイルズに笑いかけていた。

サムは今日の昼すぎにドクター・シーラ・レインズの診察を受けることになっているが、マイルズがシーラから聞いた話によると、サムはいまではキーリーのことばかり話しており、キーリーのシャツのなかに木の葉を突っこんだときの話をしていたそうだ。ジェスボローの町のことや、彼に子ども向けのペパーミントキャンディーをくれたミセス・ミッグスのことを話すのに忙しくて、誘拐のことや、クランシーやボーのことは口にしなくなっている。これは希望を感じさせる、きわめて明るい兆しだった。もう後戻りはしないでしょう、回復力のあるお子さんですよ、とシーラも言ってくれているそうだ。

ケイティが思うに、サムにあるのは回復力だけではなかった。困ったことに、もっとずっと意味のある子だった。ケイティはトラックを降り、ドライブウェイを歩いた。怪しい気配はどこにもなかった。

マイルズが近づいてきて、ケイティに言った。「あいつら、おれたちには目もくれやしない。きみのおふくろさんにべったりだよ、ケイティ」口を閉ざし、深々と息を吸って、鮮やかに色づいたカエデの葉に触れた。「このあたり一帯が神の国に見えるのは、どれくらいのあいだなんだ?」

「せいぜい二、三週間よ」ケイティは答えた。「そのうち嵐になって、二月、三月は、ほぼ雪に閉じこめられる。それもまたきれいなんだけど、最高なのはこの季節――完璧だわ」

マイルズは自然とケイティのシルバラードの運転席側へと向かい、立ち止まって顔をしかめた。

「いいわよ、運転して」ケイティはキーを投げた。

後部座席の床には、ライフルを入れるロックボックスがあった。彼女はそのライフルを使ってサムを助けてくれた。

マイルズはシートベルトを締めた。「あのふたりの保安官助手だが、優秀なのか?」

ケイティはうなずきつつ、彼と同じ気分を味わった。「コールとジェフリーなら、しっかりと目を開けていてくれるから心配いらないわ。クランシーとボーが倒れたとき、うちでなにがあったか知っているから、尋常な事態じゃないことは理解してるし。どちらかというとぴりぴりしすぎてて、カフェインを摂らないよう注意したくらいよ。ふたりとも仕事で暴力沙汰に対処するのは、はじめてなの」

「ここの保安官助手たちはどんな訓練を受けてるんだ？」

「全員がナッシュビル郊外のドナルドソン警察官訓練所で十週にわたるトレーニングコースを受講してる。それと、地元のジュニアカレッジ——ほら、ウォルター・ステートよ——で法の執行と司法に関する講義を受けているわ。ウェイドはできるだけたくさんの講義を受けようとしているけど、ま、好きなようにしたらいいわ」

「彼もきみの後釜を狙ってる口かい？」

ケイティはお日さまのような笑顔を浮かべた。「見こみはないけれどね」

マイルズは彼女のその笑顔と、その笑顔をつくりだす唇が気に入り、そんな自分にとまどった。シートは少し下げるだけでいい。マイルズは眉を吊りあげて彼女を見た。「暴力沙汰がはじめてって、どういうことだ？　暴力は仕事の一部だろう？」

ケイティは笑った。「ジェスボローはノックスビルやチャタヌーガとは違う。ジェスボローの保安官局でいちばんの荒仕事といったら、ミスター・ベイリーのウシを駆り集めることよ。八月になると、低空を漂う農薬に恐れをなして、ウシたちがちりぢりになるの。ここは外からの悪影響がほとんど入ってこない、小さな町よ。ドラッグにしても、地元で栽培されたマリファナ程度だし、たまに丘陵地帯の奥深くで密造酒が見つかることもあるけれど、それだってこのへんじゃ昔からの伝統で、住民の多くは罪のない純粋な楽しみだと考えているの」ケイティは外をながめ、少ししてから話を再開した。「この事件が起きるまで、ここは平和そのものだった。保安官助手は十人いて、全員が男性よ。わたしが土曜日にサムを保護してからというもの、男性ホルモンをむんむんと発散させているわ」

「リニーはいい通信指令係だね」

「ええ、優秀よ。誰がどんな問題を抱え、人とどんな関係を結んでいるか、裏の裏まで知りつくしているの。言ってみれば、局の屋台骨ね。彼女を横取りしようとする人がいたら、わたしは本気でその人を傷つけることを考えるでしょうね」

ケイティはパインウッド・レーン沿いにある、ビクトリア朝様式の屋敷へ行くよう指示した。その家を見たとたん、マイルズは家の持ち主に気づいて、心臓が凍りついた。

ケイティはそっと彼の腕に触れた。「プロらしくふるまうのよ、マイルズ。約束できる？」

マイルズはうなずいた。「ふたりのどちらも、遊戯室の台に縛りつけないと約束するよ」

「いいでしょう」

「でも、ほんとうは、その部屋にあるものを見たかったんだがね」

「鞭《むち》とか手枷《てかせ》とかを使う趣味があるの？」

「いや、その自覚はないが」マイルズは思案顔をしたかと思うと、にたっと笑った。「もうひとつ、ふたりにドロップキックを食らわせて、大きな表側の窓から外に蹴りださないと約束するよ」

「いいでしょう」ケイティはくり返した。「こちらには新しい切り札がある。うまく使えば、思わぬものが飛びだすかもしれない」

ケイティは呼び鈴を鳴らした。軽い足音が聞こえ、しばらくするとエルスベトが応対に出た。いつもながら、情熱を感じさせる女だった。こんな人がなぜマカミー師のように暗く深刻で思いつめたような男といっしょにいるのか、ケイティには不思議でならない。マカミー師は全身全霊で自分の魂のみを見つめているような男だ。彼が口にするのは、彼が信じる神に対する賛歌と、人間は神の愛の犠牲者になるべきだという信念のみ。神の愛の犠牲者――奇妙な言葉の組みあわせだが、ケイティはその組みあわせに新たな意味を見いだしていた。

ケイティは戸口に立つ女とまみえながら、毛皮を張った木製のブロックが置いてある二階のセックスルームを思い出していた。今日のエルスベトはタイトジーンズに赤いスパンデックス素材のトップを合わせ、耳にイエスのイヤリングをつけている。信徒たちは彼女をどう思っているのだろう？　だが実際問題として、こんなセクシーな女はマカミー師には似合わないとか、伝道師の妻にふさわしくないと言った声は、一度として聞いたことがない。ジェスボローの住民の多くがそうであるように、彼らもまた面倒を起こさない人たちだった。

ケイティはうなずいたが、手は差しださなかった。「こんにちは、エルスベト」

「こんにちは、ケイティ。なんのご用？」エルスベトは言いながら、マイルズに目をやり、形のいい眉を吊りあげた。「日曜日に教会にいらした方ね」

「はい」

「あのぼうやのお父さんね」

「エルスベト、こちらはマイルズ・ケタリング。そう、サムの父親よ。あなたとマカミー師にお話を聞かせてもらいたくてうかがったの」

「マカミー師は信徒ふたりを指導中です」エルスベトは言った。「ロックご夫妻と書斎にいて、あと三十分は出ていらっしゃらないと思うわ」

「それまであなたからお話をうかがえるかしら?」

家に入れたがっていないのは見え見えだったが、エルスベトには断る理由がない。しぶしぶ、ふたりを通した。

「こちらへ」エルスベトは言った。「マカミー師のためにブラウニーをつくっていたのよ。彼の大好物なの。息子さんはいまどちらなんですか、ケタリングさん?」

「サムは保安官局で、保安官助手たちを監督しています」

エルスベトは声をたてて笑った。「かわいいお子さんね。キーリーもいっしょなの?」

「そうよ」ケイティは言った。「もう引き離せなくて」どうしてマイルズは、サムが実際とは違う場所にいると言ったのだろう?

「税金がなにに使われているかわかって、心が慰められるわ」

ケイティは言った。「お兄さんのこと、お気の毒でした」

「本心なの?」

「ええ。わたしは保安官であって、人殺しじゃないわ。それにしても、マカミー師がブラウニー好きだなんて、想像したこともなかった」

「あら、どうして？　甘い物には目がないのよ」

ケイティは肩をすくめた。「彼は人生の楽しみすべてに背を向け、仕事に没頭――」

「使命よ」エルスベトは訂正した。「仕事じゃなくて使命。一般の男たちを神に導くため、神はほかの誰でもなく、彼を選ばれた」

「女たちは？」

「もちろん、女も」刺々しい口調だ。エルスベトは人に聞かれまいとでもするように、声を落とした。「彼は神から恩寵《おんちょう》を賜った神の遣いであり、特別な存在であるからこそ、神は彼に受難の美しさをお与えになったのよ」

「受難とは、なにを指すのですか、ミセス・マカミー？」マイルズが疑問を呈した。「受難がなぜ美しいのです？」

「受難はときに贈り物となります、ケタリングさん。マカミー師はペカンがたっぷり入ったブラウニーがお好きなのよ」

ケイティとマイルズは食卓の椅子を勧められた。コーヒーが出ると、ケイティは言った。

「噂《うわさ》を聞いたのよ、エルスベト。嘘ならもみ消すつもりだけれど、ほんとうかどうかを確認するには、本人に尋ねるのがいちばん手っ取り早いと思って」

エルスベトがココアの缶を手にしてふり返った。「どんな噂？」

「あなたとマカミー師がここから引っ越そうとしているという噂よ」

エルスベトは缶を取り落としそうになった。「いやだ、どこでそんな噂を、ケイティ？」

マイルズはケイティの意図を測りかねていた。ケイティはそれに気づきつつ、微笑みを浮かべてコーヒーを飲んだ。マカミー師がノックスビルの不動産屋に入ったという噂はほんとうだろうか？　ケイティはベーキングパウダーを量ってボウルに入れるエルスベトの手が震えているのを確認した。「ほら、わかるでしょう――みんななんだって噂にするんだけれど、無責任なものよ」

「そうね、その噂は間違っているわ。わたしたちがここを離れるわけがないでしょう。マカミー師はここが気に入っているのに、ノックスビルのあのテレビ伝道師のせいよ。あのいやらしい男は、ケーブル局のプロデューサーがマカミー師に接近していると知って、マカミー師を魔王の落とし子だと信じさせようとしているの」

「その男の名前は？」

「ジェイムズ・ラサート。ひどく俗っぽい男よ。テレビでがなりたてて、騙《だま》されやすい人たちから大金を巻きあげる人たちはみんなそう」

マカミー師の信徒たちは騙されやすい人たちじゃないの？

ケイティはジェイムズ・ラサートを観たことがあった。騒々しくわめき散らすテレビ福音伝道者で、すぐにテレビを切ってしまった。

エルスベトはココアの粉のついた大きなスプーンを手に持ち、ふたりを見やった。「うちの信徒を困らせているそうね。職場で話を聞いたり、家までつけたり。恥ずべき行為だわ、保安官」

「わたしたちは捜査をしているだけよ、エルスベト。考えてみて。クランシーはあなたのお兄さんなんだから、あなたをはずすわけにはいかない。当然、捜査の対象として扱わせてもらいます」

28

エルスベトがスプーンを振りたて、ココアの粉がいくらか飛んだ。「わたしたちと信者たちにこれ以上つきまとったら、弁護士を雇って強硬手段に出るわよ！　わかった？」

だがエルスベトは突然、落ち着きを取り戻し、肩をすくめると、回れ右をしてブラウニーのボウルを見た。ふたたびココアをカップで量りながら、いつもの静かな声で肩越しに言った。「わたしもマカミー師も、事件についてはなにも知らないと、再三言っているでしょう？　マカミー師は神を愛していらっしゃるわ。それ以上に大切なことは、彼が神と、神の恩寵に浴するすべての人に愛されていることよ。あの方は人を悪く言ったことがないの」

「罪人《つみびと》のこともですか？」マイルズの声は、言った当人がびっくりするほど穏やかだった。

「普通の罪人は──わたしたちの会に属する罪人は──自分たちが問題を抱えているのを知っています、ケタリングさん。そうした罪を乗り越えるためには、マカミー師の助けがいるのを自覚しているんです」

短い沈黙をはさんで、マイルズは同じ穏やかな調子で言った。「マカミー師の教えによると、女性には男性以上の助けが必要だそうですね」

エルスベトは一瞬、押し黙り、いらだたしげにキャビネットを開け、ペカンの袋を取りだして、ひと袋丸ごとボウルに入れた。「そうじゃありません。そうではないけれど、わたしたちは正しい男たちに導かれるのをよしとしています。マカミー師は教会のすべての信者に神から恩寵を賜れる暮らしを送らせたいと願っています。そして女性信者に関しては、アダムに神の命令をそむかせたのはイブだとわかっているのですから、女はその罪に耐えなければなりません」

こういう発言に対して、いったいなにを言えるだろう？ ケイティとマイルズは黙って、エルスベトがボウルの中身を混ぜあわせるのを見ていた。彼女はお菓子づくりに安らぎを見いだし、小声で鼻歌を口ずさみだした。

どうしたら、このブラウニーをこしらえているとてつもなく奇妙で美しい女性が、自分の息子の誘拐にかかわれるのか、マイルズにはわからなかった。だが彼女はクランシーの妹。それを忘れることはできない。「わたしの息子が誘拐されたのには、なにか理由があるはずです、ミセス・マカミー。あなたは、その理由をご存じなのではないですか？」

エルスベトはあやうく、きれいに掃除された淡いクリーム色のタイルの床にボウルを落としかけた。ケイティは固唾《かたず》を呑み、マイルズを殴ってやりたいという衝動を顔に出さないように努力した。急《せ》いてはことをし損じるということわざを知らないの？ ケイティはマイルズ同様、エルスベトの表情をうかがい、やはりマイルズ同様、彼女がなにかを知っているという手応えを得た。いまの彼女の顔を見れば、いやでもわかる。それではじめて、マイルズの意表を突いた質問があってこそ、彼女をここまで取り乱させられたのだと得心がいった。

エルスベトは木製のスプーンを手に取り、力をこめてブラウニーの生地をかき混ぜだした。力が入っているせいで、ペカンがボウルの側面に当たって砕ける音がする。

エルスベトは終始沈黙を守ったまま、オーブンまで行ってスイッチを入れた。カウンターにとって返し、ふたたび生地を混ぜだす。腕のひと振りごとに、生々しい怒りがこもっていた。

唐突にエルスベトがふり返り、キッチンの窓から差しこんだ光を受けてイエスのイヤリングが輝いた。「ふたりとも出ていってちょうだい。こちらはお客さま扱いしているのに、こんなの、警察の横暴だわ——」

「エルスベト、なにをしているんだね？」

彼女はゆっくりとふり返り、持ちあげたボウルを身を守るように体の前で構えた。なんとも腑に落ちない仕草だ。声の主は彼女の夫、マカミー師だというのに。

「お客さまがいらしてたんですが、もうお帰りになります。あなたのためにブラウニーをつくっていたんです」

マカミー師はキッチンに入り、黒く思いつめた瞳をブラウニーの生地に向けたが、妻には声をかけなかった。その視線はケイティをかすめてマイルズで止まった。「あの少年のお父さんだね？」

「はい、サムの父親のマイルズ・ケタリングです」

ありがたいことに、マカミー師は近づいてこなかった。マイルズはこの男と握手したくなかった。マカミー師はマイルズを観察しながら、一心不乱に考えているようだった。

「疑問に思っていることがあります」マイルズは尋ねた。「どうしてご自分の教会に〝罪深き神の子ら〟という名前をつけられたのです？」

「第一の罪のためです、ミスター・ケタリング」マカミー師は答えた。「その罪はあまりに重いため、アダムとイブには永遠の呪いがかけられ、イブの罪のせいで苦しみを与えられた」一瞬黙り、ちらっと妻を見てから、ケイティを見た。カウンターに向かい、ボウルの縁を指でなぞってブラウニーの生地を舐《な》め、陶然と目を閉じた。これぞ至福の瞬間、とケイティは思った。マカミー師はぱっちりと目を開き、ふたたび罪人をとがめる預言者のようになった。「創世記に、『おまえは夫を求め、彼はおまえを支配する』という女に向けた記述がある。ご主人に逃げられてお気の毒だね、ケイティ。きみは人生の焦点を失った」

「わたしがどれほど喜んでいるか、口では言い表せないくらいです」ケイティは甘い笑みを浮かべた。

この男はおかしい、とマイルズは思った。

「夫は女というヒツジを導く者」マカミー師は黒い瞳でケイティをひたと見据えた。「その導きや助けやしつけを失った女は、罪にまみれて、打ちのめされる」

さしものケイティもつかみかかりそうな顔でマカミー師を見たが、目に浮かんだ殺意の閃きはまたたく間に消え、笑みまで浮かべた。「ブラウニーの生地がお好きなんですね。わたしもです。味見させてもらえないかしら、エルスベト？」

マカミー師はいったいいつから、キッチンの外で話を聞いていたのだろう、とマイルズは思った。妻がへまをするのを恐れているのか？

マイルズは言った。「たぶんあなたも聞いておられただろうが、あなたの奥さんになぜクランシーがわたしの息子を誘拐したのか、うかがっていたところです」

マカミー師はマイルズの発言を無視した。「苦難はわたしたちを神に近づけ、幼い少年の苦難も、また例外ではない。それが神の神聖な意志によるものであれば」

「わたしには理解できません、マカミー師」ケイティは反論した。「なぜ幼い少年の苦難が神の神聖な意志にかなうのですか？　どうしてそうなるのです？　それとも、神はすべての人、すべての子どもたちが苦しむのを求めておられるとでも？」

伝道師はケイティを見つめたままささやいた。「あなたは誤解している。わたしが言っているのは、キリストの十字架に従うという意味だ。聖書には、『みずからの十字架を負ってわたしについてこない者は、わたしの弟子ではない』とある。人間にとって最大の贈り物は、神の愛のために苦痛を受け入れることだ。人は苦難を通じて創造主との和合に近づく。もちろん、かくも神々しき恩寵を賜るのは、ごく少数にかぎられるが」

「十字架に従うとは、どういう意味です？」ケイティは尋ねた。「進んで十字架にかけられたら、神が喜ばれるということですか？」

マイルズには、マカミー師がケイティに触れたがっているのがわかった。ただ、神の加護を祈るためか、はたまた彼から見ると不敬なケイティを罰するためかは、わからなかった。マカミー師はいかにも庇護者ぶって辛抱しているふうだったので、マイルズはケイティが立ちあがって、顎に一発食らわす場面を想像した。しかし、彼女は職務に集中していた。

マカミー師は言った。「わたしたちは神へ近づく道として苦難を受け入れねばならず、その苦難の内には、偉大さと服従がある。そう、神はわたしたちが十字架にかけられることを望んではおられない。それは浅はかで理性を欠く、無意味な行為でしかない。わたしが言っているのは、それよりもはるかに深遠で、はるかに包括的なことだ。神の恩寵が生けるものに授けられることは、ごくまれにしかなく、それはキリストが十字架の上で味わわれた苦痛の模倣として顕在する」

ケイティはマカミー師から視線を逸らそうとしなかった。「あなたはおっしゃいました。神はわたしたちが磔刑《たっけい》にされたキリストを真似て十字架にかかるのを望んではおられない、と。だとしたら、ごく少数に与えられるその贈り物とはなんなのかしら？」

マカミー師は尋ねた。「あとどれぐらいでブラウニーは焼けるのかな、エルスベト？」

「三十分です」エルスベトはけっして夫の顔を見ようとせず、かといって、マイルズやケイティも見なかった。ガラス皿をオーブンに入れ、シンクの前に立ってボウルに水を張った。

残念、とケイティは思った。ほんとに生地を味見したかったのに。そろそろもう一度マカミー師をつつき、望んでいる状態に追いこまなければ。「キリストの磔刑を模倣する個人とは、具体的にどんな人なのでしょう？　誰にどうやって選ばれるのですか？」

エルスベトはつぶやいた。「あなたにはまだわからないの？　マカミー師は神から恩寵を授かった数少ない人物のひとり。苦痛を受けることで、神の法悦に祝福された人なのよ」マカミー師は妻に平手を食らわせそうな顔をしつつも、突っ立ったまま両脇で手を握りしめた。

ケイティはマカミー師同様思いつめた目をして、けれどあくまでもやさしい声で言った。「あなたは、死すべき人間の肉体に現れるキリストの傷のことを言っているのね、エルスベト。つまりマカミー師は――なんと言ったかしら？」

「聖痕を持つ人」マカミー師が答えた。

「それで、あなたには聖痕があるんですね？」

追いつめられたマカミー師は怒りをあらわにし、その瞬間、マイルズはケイティがきわめて巧妙にここまで会話を運んだことに気づいた。そのときのマカミー師は言葉を失っていた。ケイティには彼が自分を抑えようと、苦労しているのがわかった。

ケイティは言った。「元信者のホーマー・ビーンから聞きました。ある晩、あなたは少数の男性たちを前に、神の愛の犠牲者として聖痕を持つことの意味を語ったそうですね」

マカミー師は顔を伏せたままだった。「すでに聞いたのであれば、否定はしない。わたしはかつて神から恩恵を与えられた。釘に貫かれたキリストの手を模して、わたしの手からは血が流れだし、その苦痛によって法悦がもたらされた」

「あなたの手のひらから血が？」ケイティは訊いた。「ほんとうにそんな体験をされたんですか？」

「そうだ、わたしは神から聖別された。神はこの熱烈にして愛情のこもった贈り物をわたしに賜れた。痛みと恍惚《こうこつ》――そのふたつが渾然《こんぜん》一体となり、はかり知れないほどの益が魂にもたらされる。わたしはこの事実を伏せてきた。ただし、かつて信頼した少数の男たちには話したが」

ケイティは言った。「なぜあなたがそうした対象に選ばれたのですか、マカミー師？」

「神聖な存在があることを受け入れ、認めることだ、ケイティ。人間の理解を超えた圧倒的な存在があること、それが究極の信仰の表れにほかならないことを、信じるしかない。神を持たぬ者はこの神から与えられた法悦を軽視して、取るに足らないもの、見世物の一種と見なしがちだが、そうではない。血はわたしのこの手のひらから流れだした」

この狂信者も、そのおかしな連れあいも、オーブンのなかのいまいましいブラウニーも、マイルズにしたらうんざりだった。「ひじょうに興味深い話だが、マカミー、なぜクランシーとボーがうちの息子をさらったのか、教えてもらえないか？」

明かりのスイッチが切れたようだった。黒い波によって身内がかき乱されでもしたのか、マカミー師の瞳はいっそう黒さを増した。ぶるっと身震いするところは、どこか深く遠い場所から自分を呼び戻そうとしているようだった。「あなたの息子は、神の子のひとりなのだよ、ミスター・ケタリング。わたしはあなたの息子のために祈り、神の許しを請おう」そこまで言うと、マカミー師は回れ右をしてキッチンを出た。少しして、大きな声がした。「エルスベト、ブラウニーができたら書斎に運んでくれ。冷まさなくていい」

エルスベトは彼がもういないにもかかわらず、うなずいた。「はい、マカミー師」

ケイティは言った。「サムはすばらしい子よ。二度と奪わせないわ。わかったわね、エルスベト」

「帰って、ケイティ。神を持たないその男を連れて、さっさと出ていって」

「おれにも神はいるよ、マダム。あなたとあなたの亭主が信じている神とは違うだけだ」

美しい屋敷から遠ざかる車中で、マイルズは言った。「みごとな誘導尋問だったよ。結果をどう解釈したらいいかは、わからないが」

「わたしもよ」ケイティは言った。「けれど、わたしにもあの男の化けの皮をはげることはわかったわ」

「やつらは事件にかかわってるな、ケイティ」

「ええ、そうね」

マイルズは拳でハンドルを叩いた。「だが、なぜだ？　なぜ、そんなことを？」

29

サムとキーリーはチェスをしながら、とりとめなくしゃべっていた。ちなみに、キーリーは二度しかチェスをしたことがない。ケイティが平日はテレビをつけないと決めているため、家のなかは静かだった。ときおり、スピーカーから小さな音で流れだす軽めのロックに、暖炉の薪《まき》がはじける音が重なる。空気が濃く重く感じられるのは、大嵐が近づいている証拠だ。

「だめ、サム」キーリーは言った。「それはできないってば。ルークはまっすぐに動けるだけで、斜めには行けないんだよ」

「つまんない」サムは言いつつ、斜めに長い距離を進みたかったのでビショップを動かした。そこまではよかったのだが、問題はポーンの前に止めたことで、すかさずキーリーに駒を取られてしまった。サムはわっと叫ぶと、坐りなおし、父親と同じように顎をなでた。「これからはよく考えるからな。そしたら、きみなんかぼくにかなわないんだから」

キーリーは嬉しそうに笑った。

「ふたりとも、やるな」マイルズは言った。サムに子どもっぽさが戻って嬉しかった。

ケイティとマイルズは長いソファの端と端に坐り、コーヒーを飲みながら、ふたりあわせて十一歳になる子どもたちがくりだすチェスの駒の音に耳を傾けていた。

家の外では、いかさま師《クルック》という意味の名字を嘆いてやまないニール・クルックと、若かりしころはモハメド・アリのダンスをさかんに真似ていたジェイミー・ビーザーという、ふたりの保安官助手が警護に当たっている。ニールから電話があって、高齢のミスター・チェラルーがキーをなかに入れたまま一九五六年型のビュイックをロックしてしまったから、解錠してやりにいっていいかと訊かれると、ケイティは、行っていいから、すみしだい急いで戻るように、と指示した。

一瞬、席を立ったケイティは、ブラウニーを載せたプレートを手にリビングに戻った。

「エルスベトみたいに自家製ってわけにはいかないけど、ハーベスト・ムーン・ベーカリーも馬鹿にしたもんじゃないわよ」

マイルズはブラウニーを取った。「エルスベト・マカミーのブラウニーよりうまいのか？」

「それはどうかしら。知りたいとも思わないけど。あなたたちは？　チェスを中断してブラウニー休憩にする？」

ものの四分もせずにプレートがからになると、マイルズは組んだ手を腹の上に置いてくつろいだ。前に投げだした脚の足首を重ねてソファにもたれ、目を閉じながら言った。「いまは水曜の夜で、きみと知りあったのは土曜日だ。すごいと思わないか？」

ケイティは彼には見えないのを承知でゆっくりとうなずいた。「こうしてみんなでいると、ずっと昔からこうしてきた家族みたいだわ」ただし、ジーンズのウエストにはシグ・ザウエルがあるし、足首のホルスターにはデリンジャーがおさまっている。

そのとおりだ、とマイルズは思った。

ケイティは暖炉で赤く熾《おこ》りつつ、ときおりはじける薪を見つめた。「もっとずっと長くいっしょにいるような気がする」ひと息おいて、つけ足した。「それに自然だし」

マイルズが目を開け、ケイティの顔を見た。「おれもいつまでもここにいるわけにはいかないぞ、ケイティ。そりゃ、きみの電子レンジとやかんには愛着が湧いてきたし、オートミールだって悪かないが、ベッドの丈は足りないし、サムはたまにいびきをかく」言葉を切り、体を起こして膝《ひざ》のあいだに手をはさみ、ケイティの祖母が三〇年代に端布でこしらえたラグを見た。「まだ事件は終わっていない。おれはどうしたらいいんだ、ケイティ?」

その問いに対する答えはケイティにもなかったので、子どもたちを見て、チェスに夢中になっているのを確認した。ふたりとも腹這《はらば》いになり、鼻がチェスの駒にくっつきそうだ。

「マカミー夫妻と会ったときのことだけど——たいしたもんだわ、マイルズ。出しぬけにあんな質問をエルスベトにぶつけるんだもの。少なくとも、これでふたりが関与していることはわかった。エルスベトの表情がなによりの証拠よ。あの人、嘘をつくのがへたね。あれじゃポーカーをやったら、身ぐるみはがれちゃう」

「あのふたりの関与は確かだとして」マイルズは小声だった。「なぜ伝道師がサムを誘拐させなきゃならない?」

「この際、基本に戻って考えてみましょう。マカミー師はクランシーとボーにサムを誘拐させ、サムをブリーカーの小屋に連れていくよう命じた。その理由は――待つため？　なぜ待たなきゃいけないのか？　準備するためだったのかもしれない」

「準備って、なんのための？」

「まだわからないけど、もし準備のためだったとしたら、やはり理由があって、それはマカミー夫妻にとっては間違いなく道理にかなったもののはずよ。それと、マイルズ、ホーマー・ビーンが言っていたのは、聖痕のことだけじゃないの。マカミー師は後継者を欲しがっていたそうなの。誰でもいいってわけじゃなくて、彼を継ぐにふさわしい後継者を」

「マカミー師がノックスビルの不動産屋に入ったという噂が事実だとして、この土地を離れるつもりでいるんなら、おれが思うに、〝罪深き神の子ら〟の全信者を託せる後継者を望むのは、もっともな話だ。しかし、それにサムがどう関係する？　後継者にするには幼すぎる。おれもつい先月、おまえが後継者だからなとサムに言ったところだが、誘導システムの綴《つづ》りがわかるようにならなきゃ、会社は任せられない」

　ケイティは微笑み、つま先でカーペットをこすった。それを見ていたマイルズは、ケイティが話しだすと、顔を近づけた。「いまわたしたちが集めているのは、マイルズ、半端な断片情報でしかない。でも、そのうちすべてがつながる。答えに近づいているのを感じるの。いまは、ホッジズ捜査官がマカミー師の個人口座の取引記録と教会の帳簿を持って戻るのが待ち遠しい」

「令状を取るのがたいへんで、明日までは無理だろうと言っていたな」

「それに、あのマカミー師のようす。彼のことは昔から知っているけれど、取り乱すのを見たのははじめてよ。何度も爆発しかけていた」

「あのふたりがサムの誘拐を手引きしたとしたら、すべてが崩壊するのも時間の問題だと感じるだろう」

「チェック！」

サムは膝立ちになり、拳を振りまわして叫んだ。「キーリー、ずるいぞ！　クイーンをキングみたいに動かしちゃいけないんだぞ！」

キーリーはサムの腕をこづき、チェスには飽きたと言って、キャビネットからお気に入りのボードゲームを取りだしてきた。人生ゲームだ。つぎの瞬間には、ふたりしてサイコロを転がしてけたけた笑い、どちらもよくわかっていないルールのことで言い争いだした。

マイルズは言った。「きみはよくやったよ。キーリーはいい子に育ってる」

「それを言ったら、サムだって。二度しかチェスをやったことのない五歳の子からチェスを教わるなんて、あなたに想像できて？」

「きみはチェスをやるんだね？」

「ええ、いまのキーリーと同じくらいのときに、はじめて父から教わったわ。シティホールの前には、屋外でチェスをやっているお年寄りがふたりいるんだけど、大恐慌以来ずっとやってるんじゃないかしら。わたしにはそのどちらにもお手合わせを願う勇気がないわ」

マイルズは大笑いし、マカミー師の口ぶりを巧みに真似た。「ご主人に逃げられて、きみは人生の焦点を失った」

ケイティも笑いはしたものの、むかむかして、苦しげな笑いになった。「あの男も、よくそういうことを言うわよね」

「きみが巧妙だったからさ」

「そうかもしれないけど、エルスベトはブラウニーの生地を味見させてくれなかった」

マイルズは正面から彼女を見た。髪を編みこみにし、耳にカールしたほつれ毛がかかっている。編みこみも、ほつれ毛も、すごくいい。それにふだん着のオックスフォードシャツを着て、ジーンズをはき、足元ははき古したローヒールのブーツだった。「玄関脇のコートラックにクリーム色の麦わら帽がかかってたけど、ふだん使ってるのかい？」

「もちろん。それで思い出したけど、いろんなことがありすぎて、かぶるのを忘れてた。コートまで忘れなくてよかったわ」

「テネシー州の東部って、きれいなとこだな」

彼女はうなずいた。「そうよ。やっぱり山脈よね。いつもすぐそこにあって、目の届かないところまで続いている。じゃあ今度アパラチア山脈を見るときは、うっすらとかかる青い靄《もや》に注目してみて。こんなへんぴな場所に住むからって、わたしたちを田舎者扱いする人がいるけれど、不思議でしょうがないわ。だって、わたしたちは追放されてここに住んでるわけじゃないのよ。空を見あげれば、都会の人には想像もつかないほどたくさんの星があるし、それに、わかってもらえるかしら？　たまに、よその人にここのことをむしょうに聞いてもらいたくなるの。ここにはウシがいて、酪農場があって、穏やかに起伏する農地がある。ここでの暮らしは豊かよ、マイルズ。いえ、豊かってだけじゃ足りない、祝福されているわ」マイルズは滔々《とうとう》と語る彼女の顔を見ていた。「わかるよ」言葉を切り、子どもたちを見てから、先を続けた。「おれは冬にはここにいないんだよな、ケイティ」

「そうね」ケイティはゆっくりと語を継いだ。「そうだと思うわ」

マイルズはやり場のない思いを振りきるように手で空《くう》を払ったが、子どもたちに聞かれないよう、声は低めたままだった。「ふだんなら、いいなと思う女性がいたら、食事に誘ったり、ときにはワシントンでのショーに連れだしたりする。それがここじゃあ、ある女性の家に住まわせてもらって、しかもその女性と知りあってまだ——四日か？」

「わたしは保安官だから、事情が違うわ」

「そうなのか？」

ケイティは落ち着きなく手を動かし、太腿《ふともも》に手をこすりつけた。「おかしいと思わない？夫だった人はここに住んだことがないのよ」

マイルズは話が横道に逸れたままにした。そのほうが無難だからだ。「その馬鹿野郎とはどういう暮らしだったんだい？」

ケイティはソファの上で向きを変え、片脚を折ってもう片方の脚の下に敷き、身を乗りだした。「その馬鹿野郎はカーロ・シルベストリといって、イタリア貴族の跡取り息子だった。そう、そしてあなたの言うとおり、フェラガモの靴にいたるまで、全身これ馬鹿野郎だったわ」

「イタリア貴族？　嘘だろ、おい」

「それがほんとなのよ。父親はロッソ伯爵。ミラノ近郊の有力者で、武器製造業に手を染めていたんだと思う」

「どうやってイタリアの貴族なんかと知りあったんだ？」

ケイティは特大のため息をついた。「ほんと馬鹿よね。自分の頭をこづいてやりたくなる。カーロと彼の友だちふたりはナッシュビルに遊びにきていたの。その友だちのひとりから聞いた話によると、カントリー歌手のドリー・パートンの胸が見たくて、東に車を走らせたんですって。そしてノックスビルに到着したとき、そのうちのフランス人がル・マンかなんかと間違えたんでしょう、ネイランド・アベニューをぶっ飛ばした。ノックスビルの大通りのひとつでよ。しばしの追跡劇のあと、わたしは彼らの車を停めた。その馬鹿は酔っぱらっていて、ガードレールを飛び越えてテネシー川に落ちかけていた」

「で、きみは彼をぶちこんだのか？」

「そう。そしてカーロは、その男が釈放されたとき、もう帰りたくなくなっていた。わたしが手錠をかけるのを見て、恋に落ちたんですって。嵐のようなロマンスではあったわね。わたしが二十四で、彼が三十六。年齢差がありすぎることや、彼が絶対にイタリアを出てテネシーに住めないことはわかっていたのに、全部、どうでもよくなっていた。考えるのをやめて、彼と結婚したの。彼が甘やかされて育ったどら息子で、裕福すぎて責任の意味が理解できないことにも目をつぶった。女ってそうなのよね。考えるのを放棄しちゃう」

「男だって同じさ」

「男にとっては、欲望が引き金。それが女だと、ロマンスになる。どちらにしろ、足元をすくわれる。わたしはすぐに身ごもった。それから一週間もするといろんな問題が起きて、ずっとそんな状態が続いた。キーリーが生まれてひと月を迎えたころ、カーロの父親のロッソ伯爵ことカーロ・シルベストリ・シニアがノックスビルの自宅に忽然《こつぜん》と現れ、息子から助けてくれと電話があったとのたまった。大爆笑よ。それでカーロの父親に言ってやったの。あなたの息子さんの手錠は、とうの昔にはずしました、って」

「それで?」

「伯爵は、わたしとこの町の住民が一生カーロを愛さずにいられないようにしてくれた」

マイルズは起きあがった。「なにをしたんだ?」

「四の五の言わずにカーロと離婚し、キーリーの名字をベネディクト——わたしの名前ね——に変え、彼らと永遠に縁を切れば、手切れ金として一〇〇万ドル払うと言ったの」

「冗談だろ」

「それが、ほんとなのよ。いまでも憶えてるけど、わたしは黙ってカーロの父親を見つめ、小切手に書かれることになる一の数字のあとに続くゼロとコンマのひとつずつを思い浮かべて、あんな狭いスペースに全部書ききれるのかしらと思っていた。

向こうはわたしが駆け引きをしていると勘違いして、そうとうなタマだと思ったみたい。

その愛すべき殿方がどう出たと思う？　値を釣りあげたのよ。で、わたしがどうしたかと言うと、まずわたしの口座にお金が振りこまれたのを確認したうえで、離婚に同意した。シルベストリ親子は四時間もしないうちに出ていった」

「最終的な金額は？」

「一五〇〇万ドル。わたしはそのお金を父の会社であるベネディクト・パルプ・ミルの再建に使い、それによってこのへんに住むたくさんの人が職を失わずにすみ、そのうえ、実を言うと、わたしはそのおかげでジェスボローの保安官に選ばれた。ジェスボローで女性が保安官になったのはわたしが最初だし、テネシー州東部でもやっぱり初よ」ケイティはしかめ面でブーツを見た。「その手切れ金がなかったら、はたしてわたしが選ばれたかどうか」

「手切れ金の副産物としては、上等じゃないか。能力はあったわけだから」

「おじょうずね、マイルズ」ケイティは笑った。「でも、実際問題として、保安官に立候補したなかでは、わたしがいちばん実績があった」

「ウェイドも保安官になりたかった口だろ？　それで選挙に負けたわけだ」

ケイティはうなずいた。「ウェイドはいい人よ。でも、いわゆる犯罪が起きているそこそこの規模の都会で仕事をしたことがないの」

サムは大人たちを見た。「ねえ、ケイティ、保安官なら、ぼくを助手にしてくれる？」

「そうね、それも悪くないかもね。でも、あなたはもっとほかのなにか、ほら、たとえば大統領になるかもしれないから。いまはゲームをしてなさい」

その言葉を噛《か》みしめてから、サムは腹這いに戻った。鼻がゲームボードのサイコロにくっつきそうだ。キーリーは言った。「あたしが大統領になったら、サムを副大統領にしたげる」

サムはうなずいた。「うん、それいいね」

「あたしはずうっと命令するから、サムはそれを聞かなきゃいけないんだよ」

マイルズは上体を起こして腕組みし、やれやれとばかりに首を振った。「きみはよくやったよ、ケイティ——正しい金の使い方さ。たいしたもんだ」

「保安官になってから、なんの文句も出ていないことに感謝よ」ケイティは眉をひそめた。「ここは農園と、ウシがたくさんいる酪農の地であり、タバコ栽培の地でもある。それだけ言えばわかるでしょうけど、そのせいで安いタバコが大量に出まわり、たくさんのティーンエイジャーがタバコを吸うの。それをわたしは親の敵のように取り締まっているわ」

「どんなふうに？」

「わたしはほとんどのティーンエイジャーと顔見知りだから、タバコをくわえている子を見たら、その子とタバコを刑務所送りにしてやるの。違法行為ではないから、拘束することはできないけれど、代わりに両親に電話するわけ。頭に血がのぼった母親がティーンエイジャーの息子をどういう目に遭わせるか知ったら、驚くわよ。母親自身が喫煙者でも、そのへんは変わらない。保安官としては、見ていて胸温まる光景がくり広げられるわ」

マイルズは大笑いした。「おれにしても、もしタバコを吸ってるところをおふくろに見つかってたら、ひと月は外出禁止を食らってただろうな。おふくろで思い出したが、きみのお母さんのツナキャセローラは絶品だし、子どももぼんくらには育てなかった」

ケイティには嬉しい褒め言葉だったし、それはマイルズにもわかった。ケイティは言った。

「ありがとう。キャセローラって、ほっとする料理よね。だからうちの母も月曜の夜にキャセローラを出してくれたんだと思う」

ケイティは立ちあがって、伸びをした。マイルズの視線を感じたので、あわてて腕を下ろし、少し前かがみになった。

「ごめん。あなたの前でそんなつもりはなかったんだけど」

「気にすることないさ」

「仕事の自慢をするつもりはなかったってことよ」

「言ってくれるね」

30

「ほらね。サムは歯医者さんになるのよ。それであたしは宇宙飛行士！」

ケイティはふたりの傍らにしゃがみこんだ。「さあ、職業が決まったところで言わせてもらうけど、そろそろ九時、ベッドに入る時間よ」

大人たちが予測していたほどの騒ぎにはならず、子どもたちのぐずぐずは五分も続かなかった。ケイティがキーリーを落ち着かせ、マイルズが廊下でサムを同じように落ち着かせると、ふたりは考えなしに子どもを交換し、それに気づいてケイティは眉をひそめて足元を見た。キーリーを寝かしつけながら、マイルズはなにを思うのだろう？　きっとキーリーから、『女の子探偵リンディ・ライムズ』の続きを読んでとねだられるだろう。

ケイティはサムにキーリーの本を読んでやろうとしたが、サムがげえっと大きな声で言ったので、ぎゅっと抱きしめて耳にキスした。油断していると、このぼうやに夢中になってしまいそうだ。

マイルズがベッドに入るのを待って、ケイティは外で警護に当たっている保安官助手たちのところへ行った。ジェイミーとニールにコーヒーを入れた魔法瓶を渡し、戸締まりを点検してから、ベッドに入った。

夜中の二時くらいになると嵐が激しくなった。窓ががたがた鳴り、木の枝が家の壁に叩きつけられる音がした。保安官助手が見張りを交替する時間だった。ケイティはキーリーが熟睡しているのを確かめ、ベッドに戻った。ケイティは昔から嵐が好きで、そのせいかキーリーも嵐を怖がらないが、今夜のケイティはどうにもそわそわして、寝つけなかった。ついにあきらめて起きあがり、キッチンでやかんを火にかけた。シンクの前に立ち、家から一〇フィートと離れていないところに鬱蒼《うっそう》と立ちならぶメープルとポプラの木立をながめた。降りしきる灰色の雨が、木の葉の鮮やかな色合いをにじませている。

「お茶はふたり分あるかい?」

マイルズの声だった。ケイティは自分がナイトシャツとからっぽのアンクルホルスターしか身につけていないのを意識しつつ、ふり返った。靴下もはいていない。

マイルズはまっすぐ歩いてきて、両腕もろともケイティを抱きすくめた。ケイティが押しやるとすぐに離したが、今度はケイティのほうが彼を抱いた。頬にはマイルズの笑み、体には彼の力強さを感じる。彼はジーンズにダークブルーのTシャツという軽装だった。ケイティは言った。「いい気持ち」嘘だった。そんな生やさしいものじゃなかった。彼のおかげで長らく忘れていた感覚がよみがえった。

「おれもだ」うわずった彼の声に、ケイティはやはり嘘を聞き取った。

マイルズは彼女の首筋に鼻をすりつけた。顔をつけたまま「背の高い女が好きなんだ。おれたちはぴったり合う」と言い、唇を重ねた。

ケイティは二年と三月ほどキスとは無縁だった。しかも最後は、ビールの味がする冴えないキスだった。いましているような、星が飛び散るようなキスを最後にしたのは、いつだろう？　カーロとつきあっていたとき？

大きくけたたましいやかんの音で、ふたりは跳びあがった。マイルズは彼女の腕をつかんでひたと顔を見たあと、あとずさりをした。「お茶にはなにも入れないのかい？」

ケイティはうなずいた。うるさいやかんが疎ましい。彼はたんなる安らぎ以上のものをもたらし、それがケイティにはまっとうに感じられた。だからさらに先を求めたし、やかんに邪魔されて残念だった。人生って不思議。先週の末まで、この世にいることも知らない男なのに。

ケイティが見ていると、マイルズはお茶をいれ、キャビネットからマグカップをふたつ取りだした。

マイルズは背中を見せたまま言った。「足首のホルスターっていいよな。セクシーだ」

ケイティが足元に目をやると、親指に赤いマニキュアが申し訳程度に残っていた。にんまりして、彼を見た。「あなたって単純ね、マイルズ」

「そんなことないさ」マイルズは彼女にマグを持たせ、自分もマグを持って、かつんとマグを合わせた。「おれたちのために」

どういう意味なの？　ケイティはマグに口をつけた。風がうなり、窓に叩きつけられる雨は、怒った子どもたちが投げつける石つぶてを思わせた。

「明日また、TBIの聴取があるわ」ケイティは言い、彼が苦い顔をするのを見て、つけ加えた。「たぶんこれが最後よ」

「おれの目撃証言は必要ないのか?」

ケイティは首を振った。「今日の午後、彼らはグレン・ホッジズにもう一度電話をしているし、サビッチとシャーロックにも帰る前に話を聞いているわ。あなたからも話を聞きたいと思うんだけど、いまのところ名前は出ていないの。それにわたしには保安官助手たちがついている。みんながわたしを守ろうとしてくれていて、あのウェイドでさえ、自分にとってなにが得かを忘れさえしなければ協力的よ。すべてを調べあげたTBIの捜査官は、このケースは議論の余地がない――担当者がそう言ったのよ――と言っているから、あとはたんに時間潰しがしたいだけよ。いまはただ上司から終了の連絡が入るのを待っているわ」

そのとき、ケイティはなにかを耳にした。普通の物音ではない。危険を察知し、リビングに駆けこんで、窓から降りしきる雨に目を凝らした。保安官助手の車が見あたらない。

ケイティに迷いはなかった。「マイルズ、急いでサムを連れてきて!」

マイルズはなにも訊かずに行動に移った。ゲストルームに急ぐと、サムが寝ぼけ眼《まなこ》でベッドに起きあがっていた。「なんか音がしたよ、パパ。外から聞こえた」

「おいで、サム」マイルズは息子を立たせ、ブランケットにくるんで、リビングに駆け戻った。ケイティがキーリーを連れてきていた。

「サムは起きてた。物音を聞いたそうだ。どうなってるんだ？」

「わからない」ケイティは言った。「わからないけど、なにか変だわ。二時に現れるはずのダニーとジェフリーが、まだ来ていないの。いますぐここを出ましょう」

「ケイティ、寝間着のままだぞ」

ケイティは気が動転していた。保安官としてはあるまじきことだが、どんどん恐怖が増してくる。「子どもたちをお願い。わたしはなにかはおってくる。あなたにもシャツとジャケットを持ってくるわ。いけない、子どもたちにもなにか着せなきゃ。マイルズ、この子たちをどこへもやらないで。わたしがすべて持ってくるから」

二分半後、大人たちふたりは膝をつき、サムとキーリーに急いで服を着せていた。

「ここを出るのよ」ケイティは言った。マイルズには彼女が恐れつつも、その恐怖を子どもたちに感染させまいと努力しているのがわかった。そして、子どもたちのためなら、命を投げだすであろうことも。

ケイティは帽子を頭に載せ、全員のコートをまとめて抱えた。「さあ、行きましょう！」

サムが父親の首にかじりつきながらささやく。「なにがあったの、パパ？　あの音はなんだったの？　悪いやつらがまたぼくをつかまえにきたの？」

「だとしても、パパがまとめてやっつけて、おまえに踏んづけさせてやる。わかったな？」

「わかったよ、パパ」ありがたいことに、声の怯《おび》えが薄らいでいる。

マイルズのもう片方の腕に抱かれていたキーリーは、ふり返って母親を見た。「なにがあったの、ママ?」

「シーッ」マイルズは言った。「いいか、みんな静かにするんだぞ」子どもふたりをぐっと抱き寄せた。

ケイティが玄関のデッドボルトを開けようとしたちょうどそのとき、背後で大きな爆発音が響き、廊下を伝ってキッチンから炎と熱が押し寄せた。何者かがキッチンに爆弾を投げ入れたのだ。つい五分前までマイルズとケイティがお茶を飲んでいた、あのキッチンへ。マイルズはとっさに熱風に背を向け、子どもたちをかばった。ケイティはうしろに飛びのき、頭に残る衝撃を振り払おうとまばたきした。怒りのあまり口がまわらない。「わ、わたしの、うち、うちが。ど、どこの、ど、どいつよ、こ、こんな真似をしたのは!」

めらめらと炎が燃えあがる音がする。

ケイティはドアを開け、外に飛びだした。マイルズは「命があっただけ、拾いもんだ」と言いながら、彼女に続いた。

「待って!」

ケイティは銃を取りだし、腰をかがめて、周囲に銃口をめぐらせた。大雨でなにも見えないので、これ以上は用心のしようがない。ケイティは手を振って合図し、マイルズは子どもたちにおおいかぶさるようにして、ケイティを追った。

降りかかる雨で、全員あっという間にずぶ濡れになった。背を丸めて踏んばらないと、強風に吹き飛ばされそうだ。ケイティは一同をまっすぐトラックへと導いた。「乗って、マイルズ！」

ギアをバックに入れて発進したが、タイヤが空回りして進まない。豪雨のために、地面が水を吸いこんで、ぬかるんでいる。

もう一度勢いよくバックに発進すると、今度はタイヤが地面をつかんだ。ケイティは庭で最高齢のオークの巨木をかろうじてよけた。タイヤが巻きあげた泥が、側面のウインドウに飛び散るが、ここから抜けだせさえすれば、あとはどうだっていい。

そのとき、なにかが金属に当たるような、ピシッと鋭い音がした。もう一度。

「誰かがわたしたちに向かって撃ってる」ケイティは声を抑えて、静かに言った。「子どもたちを下にやって、マイルズ」

マイルズは助手席の前のスペースに子どもたちをしゃがませた。ふたりはひしと抱きあい、声ひとつ上げない。この幼い子たちに、どこまで試練を与えれば気がすむのだろう？

「頭を下げてなさい」ケイティは淡々と指示した。「すぐに脱出できるわ」

シフトをドライブに入れるなりアクセルを踏み、いっきに前に飛びだした。耳をつんざくような爆発音が聞こえ、車体が揺れた。ケイティはいったんトラックを止めて、背後をふり返りつつ九一一をダイヤルした。

「なんてやつなの……うちが燃えてる！」夜間の通信指令係であるルイスが電話に出ると、矢継ぎ早に指示を出した。「保安官助手全員と、消防士をうちに向かわせて、ルイス。それから、ダニーとジェフリーのことだけど。二時の予定なのにまだ来ていないわ」

「保安官、少し遅れると連絡がありました。どこかのガキに後部タイヤを両方とも盗まれたとかで」

「そう、どこかのガキにね」ケイティは言った。「でも、ふたりが無事でよかった」

電話を切ると、穏やかな声できっぱりと告げた。「マイルズ、子どもたちを保安官局に連れていき、監房に閉じこもっていて。キーリー、サム、心配いらないわよ。マイルズの言うことをちゃんと聞いてね。わたしも用事がすんだら、すぐに行くから」

「ママ！」

ケイティはふり返ることなく、ぬかるみと雨のなかに飛びだした。銃を手にして、燃えさかるわが家へと走った。

わたしたちに発砲した悪党はどこなの？　サムがいなくなれば、ここにいる理由はなくなる。ケイティにはもうなにも怖いものがなかった。

腰をかがめて走り、ふたたび木陰に入ると、燃えさかる家の側面にまわった。家から熱波が渦となって押し寄せ、火の粉が手に降りかかるのを感じた。悪態をつきながら手を振り、見ると、火傷になっていた。痛みがひどいが、傷口にあてがうものはない。手を振って熱をさまし、あとは頭から追いだすしかなかった。

キッチンに爆弾が投げ入れられた。なぜそんなことをしたのだろう？　家からわたしたちを追いたてるため？　キッチンはサムが寝ていたゲストルームからいちばん遠いところにある。たぶんそれを知っていたのだろう。どうやら、サムを殺すことだけは避けたいらしい。

一日千秋の思いで待っていると、ようやく保安官助手と消防士たちがやってきた。爆発犯はもういない。標的が逃げたいま、犯人にはもう居残る理由がない。

突然、またもや銃声が聞こえた。相前後して、携帯電話が鳴った。ケイティはゴミ容器の背後に転がりこみながら、電話に怒鳴った。「ウェイド、そこを動かないで！ 命令よ！ 家に爆弾を投げこんだ馬鹿者が、いま撃ってきたわ！」

さらに一発。今度はゆうに二〇フィートは離れていた。ウェイドが家の角から現れるのを見て、ケイティは叫んだ。「近づかないで、ウェイド！ みんなが来るまで、しゃがんでて！」

しかしウェイドは銃を振りまわしながら、走ってきた。まもなく四人の保安官助手が駆けつけ、家から飛び散る火の粉を避けようと、怒鳴ったり、ぶつかったりした。

「みんな、気をつけてね」ケイティは叫んだ。

肩で息をしていたウェイドは、ケイティが手から出血しているのに気づいて青ざめた。

「その手、やられたんですね？」

「いいえ、火の粉で火傷したのよ。ウェイド、みんなと森を調べてきて。なにか見つかるかもしれない」

たいして時間はかからなかった。厚い雨の膜を突っきってウェイドが戻ってくると、ケイティはゆっくりと腰を起こした。ウェイドは首を振った。

「なにも見つからなかったの？」

「まったくです。それにしても、ケイティ、こんな異常な事件、聞いたことありませんよ。これからどうしたらいいんですか?」

「あたり一帯をくまなく捜索して、証拠となりそうなものを捜すのよ」ケイティは地面から突きだしているガラスの破片を指さした。「あれは犯人が落として壊れたものよ。でも、あの爆弾の片割れがうちのキッチンの窓から入ってきた」ケイティが自分の手を見ると、ウェイドがポケットからハンカチを取りだして包帯がわりに巻いてくれた。「なにもないよりはましですよ」

ケイティは彼を見あげた。「ありがとう。犯人がマイルズを追ってジェスボローに行ってないのだけが救いね。彼らには危害がおよばないわ」

31

マイルズは気を鎮めた。そうするしかないという、ただそれだけの理由だった。「きみのママなら心配いらないぞ」運転席につきながら、子どもたちをなだめた。「さて、サムとキーリー、きみたちには助手席に坐って、ブランケットをかぶっていてもらおうか」ふたりとも雨に濡れた寒さと恐怖とで、歯の根が合っていない。マイルズはヒーターの出力を上げた。「ひとつ頼めるか？　おれに歌を歌ってくれると、ありがたいんだけどな」

この子たちに幸《さち》あれ。ふたりはしゃがれ声で歌いだした。『パフ・ザ・マジック・ドラゴン』がこれほどいい歌だとは知らなかった。マイルズはふたりが恐怖におののきつつも、自分と同じようにがんばっているのを感じて、誇らしくなった。まもなくサイレンの音が聞こえ、赤い光を点滅させて保安官局の車が近づいてきた。マイルズはトラックを脇道に入れ、燃えさかる家に向かう車に道を譲った。さいわい雨が強いから、全焼は免れるかもしれない。

ケイティの無事を祈りながら子どもたちを抱えあげたマイルズは、シティホールのドアをくぐり抜け、保安官局のある右に折れた。

夜間の通信指令係であるルイスが手を振って招き入れてくれた。ふたたび表のドアが開く音がして、マイルズたちを追うようにリニーが飛びこんできた。ジーンズにブーツ、大きなスエットシャツに特大のボンバージャケットを重ね、頭にはカーラーを巻いたままだ。

「こっちよ」リニーは子どもたちに笑いかけた。ケイティと同じように、穏やかで頼りがいがある。動悸のおさまらないマイルズは、なにかを殴りつけたい衝動に駆られていた。

電話が鳴り、ルイスが出た。

「もう安心よ」リニーはかがんで子どもたちを抱きしめた。「あんたたちをやきもきさせたくないから、よーく話を聞くこと。あなたのママがすごく強いのはわかってるわね、キーリー。それから、サム、あなたのパパはここにいて、体も大きければ気性だって荒いから、誰だって避けて通るってもんよ。さあ、いらっしゃい。乾かしてあげる」

サムは父親を見あげ、なにか言いたそうにした。

マイルズは膝をつき、サムとキーリーのふたりを両腕でつくった輪のなかに入れた。「リニーに面倒をみてもらうんだぞ。濡れた体を拭いて、寒くないようにしてろ」

濡れて青ざめた子どもたちが、黙ってマイルズを見あげる。納得していない。マイルズは言葉を尽くさざるをえなくなった。

「いいか？　リニーがそばにいて、おまえたちを守ってくれる。このあとリニーがここに鍵をかけたら、ここはおまえの貯金箱よりも安全な場所になるからな、サム」

「パパ、ぼくたち、置いてけぼり？」

マイルズはあっさりと答えた。「ケイティを手伝わなきゃならない。わかるだろ？」

「悪いやつらからママを守って」キーリーがわっと泣きだした。

「きみのママは誰にも傷つけさせないよ、キーリー。約束する」マイルズは立ちあがった。

「リニーといっしょにいろよ」

マイルズはリニーに声に出さずに感謝を伝え、リニーは子どもたちを抱き寄せた。

「ちょっと待って、ケタリングさん!」リニーは携帯電話を投げた。「これを使って。余裕ができたらすぐに電話をください。ね、サム?」

「電話してよ、パパ」

「わかった」

「ぼくはキーリーを抱っこしてあげる」サムは言った。「怖がってるもん」マイルズが見ていると、サムはキーリーを引き寄せて、背中をぽんぽんと叩いた。

マイルズは降りすさぶ冷たい雨のなかを引き返した。運転席側のウインドウが割れ、まだサイレンの音がしていた。一マイル手前からでも、炎で空が明るんでいるのがわかる。これほどの大雨なら、木立ぐらいは助かるだろう。保安官助手の車の背後にトラックを止め、外に飛びだした。

消防士たちが屋根に放水しているが、土砂降りにもかかわらず、家はもちそうにない。ケイティの家は内部から破壊され、そこにあったすべてが灰燼《かいじん》に帰す。

マイルズは天に向かって叫んだ。「ケイティ!」

保安官助手がひとり走ってきて、息を切らしながら言った。「子どもたちは無事ですか、ミスター・ケタリング？」

「リニーといっしょに文字どおりの意味で独房に入ってるよ。ケイティは？」

「まだ裏だと思います」

「保安官のトラックは発砲された。銃弾を取りだして、特定できるかもしれない。それで、ケイティはほんとうに無事なんだな？」

「絶叫してましたから」保安官助手は言った。「ああやって絶叫するときは、無事なんです。激怒しているだけで」

マイルズはうなずいて、燃えさかる家の裏手にまわった。雨で視界が曇る。目をこすって叫んだ。「ケイティ！」

「ここよ」

うっかり彼女と衝突しそうになった。サトウカエデにもたれ、手になにかを巻いている。

「怪我《けが》してるじゃないか！」マイルズは怖くなって、とっさに彼女を抱きしめた。

「たいした傷じゃないわ」ケイティは体を引いて、うっすらと笑みらしきものを浮かべた。

「飛んできた火の粉で火傷をしただけだから、気にしないで。うちに爆弾を投げこんだ犯人たちはさっさと逃げだし、保安官助手たちはまだなにも見つけられずにいるわ」

「犯人が向かった先は、わかってるだろう？」マイルズは言った。「まずは、きみの手にもう少しちゃんとした包帯を巻いてもらおう。表に救命士がいる」

それから十分後、ふたりはケイティのトラックに乗りこみ、マイルズの運転でマカミー家へと出発した。

ケイティはふり返り、無惨な姿となったわが家を見た。「なくなってしまった。なにもかも失われたのよ。キーリーの写真も、チェスセットも」

「大切なのは、みんなが生きていることだ。それに、きみの帽子は残った」

雨と泥にまみれたケイティは、美しいクリーム色の麦わら帽の下からばらけた髪をのぞかせ、しかも手には傷を負っているが、それでも笑顔になった。「ええ、こうなったらわたしたちの暮らしを破壊しようとした怪物たちに、立ち向かうしかないわね」足首の銃を取りだし、それを彼に渡した。マイルズは片手でハンドルをあやつりながら、ジーンズのウエストに銃を差しこみ、前のめりになって曇りつつあるフロントガラスを拭いた。「ようやく小降りになったな」

「もうすぐ朝の四時よ。マカミー夫妻は寝ていたふりをすると思う？」

マイルズは道路からすべり落ちないように注意しつつ、首を振った。「よほど運がよくなきゃ、入れてもらえないだろう。犯人たちはマカミー夫妻の家に戻ってるだろうが、今晩なにがどうできるか、おれにはわからないよ」

ケイティは嚙みしめるように言った。「玄関を突破するいい考えがある」

マイルズは物問いたげな顔をしたが、首を振るケイティを見て、質問を変えた。「誰にバックアップを頼んだんだ？」

今度も彼女は答えなかった。いまや手はずきずきと痛み、家のことを思うと、胸がむかつき、怒りに目がちらついた。バックアップは必要だろうか？　もちろん、つねに用意すべきものだ。そんなことさえ忘れていた自分が信じられなかった。

　ふうっと息をつき、九一一を押した。「ルイス、リニーと子どもたちはどうしてる？」

「あの子たちなら、清掃員のモートと独房に閉じこもってますよ」ややあって、リニーが電話に出た。「ふたりはモートからポーカーを教わってます。いい気晴らしになってるみたいで。それと、濡れた服は脱がせて、暖かい格好をさせました。こちらはご心配なく、ケイティ。クリスマスみたいに煌々《こうこう》と明るいし、わたしを含めて四人の大人が侵入者の頭をかち割ってやろうと手ぐすね引いて待ってますからね」

「駆けつけてくれて助かったわ、リニー。ところで、頼みたいことがあるんだけど。ウェイドを筆頭に保安官助手を四人、マカミー師の自宅へ派遣してちょうだい」察しのいいリニーのこと、ケイティたちがすでに途上にあることはわかっている。すでに保安官助手たちにも、そう伝えているかもしれない。「リニー、重要なことだから、よく聞いてね。ウェイドにはサイレンを使わせないで。現場には静かに近づき、なかには入らず、わたしの家を爆破した連中を捜すように伝えてちょうだい。用心するように言ってね」言葉を切り、頬をゆるめる。「子どもたちにわたしからキスを送るわ」ケイティは携帯を切った。「そこを曲がって、マイルズ」

　マイルズは身を乗りだし、曇ったフロントガラスと雨を透かして外を見ようと、目を凝らした。「やつはやみくもにサムを手に入れたがっている。でなきゃ、とうにあきらめてるはずだ。金銭目的じゃない。狂った男の、狂った信念によって引き起こされた事件だ」

単純な話だった。そして、そのとおりだ、とケイティは思った。「あの男はもはや正気を失っているわ。今晩の件がその証拠よ。こんな短い期間に、どうやって人を手配したのか謎だけれど、地元に住んでいる教会の信者だと思って間違いないわ」

「単独犯か、複数犯かが気になる。こんな異常なこと、ひとりを説得するのだってたいへんなのに、それが複数となると、やつの話術の巧みさたるや、恐るべきものがある。きみからカリスマ性のある男だとは聞いていたが、今回の一件によって、それが証明されたな」

「そうやって考えてみると、単独犯の可能性が高いわね。それでも、注意を怠るわけにはいかないけれど」

ケイティはウインドウを下げ、手を突きだした。「もう小降りよ」

「手は大丈夫か？」

ケイティはそれには答えず、視界に入ってきたビクトリア朝様式の屋敷を指さした。「今度こそ、答えを携えて帰りましょうね、マイルズ」

32

トラックから降りるとき聞こえたのは、雨音と、濡れた木の葉のこすれる音だけだった。冷えこみの厳しい、月も星もない夜で、空には新たな大嵐に備えてエネルギーを蓄えているらしい膨張した雲が浮かんでいた。ビクトリア朝様式のその屋敷には、ひとつの明かりもついていなかった。

ふたりは濡れていた。

ケイティはまだ帽子をかぶったまま、編みこみからほつれた髪をのぞかせ、手の白い包帯は雨を吸って濡れている。歩くとブーツがガボガボ鳴った。

ケイティは普通の来客のように呼び鈴を鳴らした。誰も出ない。もう一度、そしてさらにもう一度鳴らした。その顔には、不敵な政治家のような笑みが浮かんでいる。果ては、大きな木製のドアを拳で叩きだした。

執拗《しつよう》に叩きつづけていると、ついにマカミー師の尖《とが》り声がした。「誰だ？　こんなところでなにをしている？　さっさと失せろ！」

勢いよくドアが開く。そこには、パジャマにガウンを重ね、寝室用のスリッパをはいたマカミー師が立っていた。怒りをむきだしにしたその顔には、なにかほかのもの、他人にはうかがい知ることのできないなにかがあった。

「どなたですか、マカミー師？」

階段を下りてくる軽い足音が聞こえる。エルスベトが夫の隣りに立ち、ふたりを見つめた。エルスベトは裸足のまま、膝までしか丈のないピンク色のシルクのローブを着ていた。下になにも身につけていないのがひと目でわかる。顔の周囲の髪が乱れ、背後はもつれて、今度ばかりは、例のイヤリングもさすがにつけていなかった。

マカミー師は手を腰にあてがい、底なしの鋭く黒い瞳でふたりをにらみつけていた。ふたりも視線を逸らさなかった。ついに、マカミー師が話しだした。「これはどういうことだね、保安官？　いま何時だと思っているんだ？」

ケイティは思いきり歯を見せて笑い、なだめるように包帯を巻いた手を振った。「なかへ入れてください、マカミー師。コーヒーをいただけると、ありがたいのですが。たいへんな夜だったので」

「理由を聞くまで、うちの敷居をまたがせることはできない。どちらもひどい汚れようだ」

「それはそうですね」ケイティは言った。「しかたありませんよ。自宅が焼け落ちて、雨のなかを駆けずりまわっていたんですから。あなたにも予想はついていたと思いますけど」

マカミー師は頑として動かなかった。「自宅が火事？　それはお気の毒だが、保安官、わたしたちには関係のないことだ。コーヒーを出すつもりはない。さあ、帰ってくれ」

ケイティは一拍おいて言った。「でも、あなたにお伝えしたいことがあります、マカミー師。ぜひとも」口を閉じ、相手が自分の発言を受け止めるのを待ってから、この異常な伝道師の目を真正面から見た。「あなたが無能な人間を使ったせいで、サムが重傷を負って病院に運ばれたのです」

マイルズはまばたきひとつしなかった。

マカミー師の口が動くが、言葉が出てこない。

エルスベトが叫ぶ。「どういうこと、サムが病院に運ばれたって？　どこが悪いの？」

マカミー師がささやいた。「いや、そんなはずはない。あの子は大丈夫だと言ってくれ」

「いまの段階では、まだなんとも」

「わたしは聖職者だ。あの子のもとへ出向こう」マカミー師は回れ右をした。「すぐに支度をしてくる」

ケイティはその背中に叫んだ。「あなたを病院へお連れするつもりはありません、マカミー師。サムは手術中です。あなたにできることはありません。いまはここに残り、どうしてそれほどサムが欲しいのかを話してください」

「馬鹿なことを言わないでちょうだい、保安官」エルスベトは言った。「わたしたちにはなんの関係もありません。サムはどこの病院にいるの？」

マイルズが尋ね返した。「おまえたちにあの子の居場所を教えると思うのか？　そんなことをしたら、おまえたちはあの子欲しさに目がくらんで、病院に火をつけるかもしれない」

「なにをおっしゃっているのか、皆目わからないな」マカミー師はそう言いつつ、一歩ずつあとずさりした。見るからに血の気の失せた顔をしているが、恐れているのは逮捕されることではないようだ、とケイティは思った。そう、恐れているのはサムが命を落とすこと。マカミー師の目はすわり、光を失っていた。

エルスベトは夫が狂っていることに気づいているの？　認めたくはないだろうが、知らないとは思えない。サムを手に入れるため、なにくれと手を貸してきたのだろう。

「息子は瀕死《ひんし》の状態だ」マイルズの声からは怒りがにじむようだった。「おまえのせいで、狂信的な考えに取りつかれたおまえのせいで、命を落としかけている。わかってるのか？　六歳の子がおまえのせいで死にかけてるんだぞ！　誰でもない、おまえのせいで！」

マイルズはマカミー師の目をのぞきこみ、一歩、また一歩と前に出て、彼を壁際まで追いつめた。顔を突きつけて、ローブの胸ぐらをつかんで揺さぶり、面罵《めんば》した。「そんなおまえが、神の使者だと？」もう一度、マカミー師を引き寄せ、頭ががくがくするほど揺さぶった。

マカミー師はマイルズの手を払いのけようとしたが、できなかった。「この身のほど知らずの愚か者め！　サムはおまえのものではない！」

マイルズは頰に唾が飛び散るのを感じつつ、体を寄せて怒鳴り返す。「かといっておまえのものでもないぞ、絶対に！」

マカミー師は激しく前後に首を振った。「いいや！　あの子は神のものだ！　神があの子の命を召されるわけがない！　わたしが病院へ行かねばならないのが、おまえにはわからないのか？　わたしが行かねば。あの子を救えるのは、わたしだけだ！」

ケイティが横から尋ねた。「なぜ神はサムの命を奪わないの、マカミー師？」

エルスベトは言った。「だめよ、マカミー師、この人たちの挑発に乗らないで！」

マカミー師はマイルズの手を逃れ、走って脇をすり抜けた。マイルズはとりあえず行かせた。マカミー師はビクトリア朝様式の傘立てにつまずき、横倒しになって壊れた傘立てから二本の傘が転がりでた。マカミー師は長い廊下を走り去った。

セクシーなピンク色のローブ姿のエルスベトは、茫然と夫を見送った。ケイティとマイルズはそんな彼女には目もくれず、マカミー師のあとを追った。書斎まで駆けつけ、閉まりかけていたドアをマイルズが引き戻した。マカミー師があとずさりをし、カップルのカウンセリングに使われている部屋の奥へと入ってゆく。床の絨毯《じゅうたん》には、いったいなにに使うのか、三つの床用クッションが置いてあった。

ふたりが室内に押し入ると、マカミー師は本棚のならぶ壁に背中をつけ、ふたりを追いやるように手を前に伸ばした。

マイルズはデスクの前で立ち止まり、卓面に両手を置いた。「話を聞かせてくれ、マカミー師。なぜおれの息子が神のものなのか、教えろ」

「だめよ！」エルスベトの叫び声が割って入った。「マカミー師にそれ以上近づかないで！さっさと出ていきなさい！」エルスベトはケイティをふり向くや、拳で顎《あご》を殴った。マイルズとマカミー師に気を取られていたケイティは、ぐらっと横に傾き、あやうく倒れそうになった。目の前に星がちらついているが、痛みよりも驚きのほうが大きい。エルスベトの腕をつかんで引き寄せ、彼女の両手を背後にまわした。その姿勢のまま顔を近づけ、もつれた美しい金髪越しにささやいた。「おとなしくなさい、エルスベト。警官に暴行をふるっても、マカミー師を助けることにはならないわ。彼を傷つけるつもりはないの」

「ちょっと、よして——」ケイティが力を強めると、エルスベトがうめいた。シルクのローブの前がはだけた。

「そこの女、罪人たちに裸体を見せるんじゃない！」

「彼女の体なんぞ、見ちゃいないぞ」マイルズはマカミー師からかたときも目を離さなかった。「いつまで待たせる気だ、マカミー師？　サムが神のものだという理由を教えろ」

マカミー師の唇は、青ざめた一本の線となった。そしてふいに、怒鳴り散らした。「この神を畏《おそ》れぬ大馬鹿者めが！　おまえは価値のない人間だ！　なぜ神はあのような少年をおまえの手にゆだねられたのか？　しかし、ときに神は、彼を崇拝する者たちには理解できぬ方法を採られる。神にくらべればなにものでもないわれらには、神を問いただす資格などない。神はわたしにサミュエルを手元に置き、彼が神に愛されし者のひとりであることを伝えよとおっしゃられた。おまえにはわかるまい。サムは恍惚を知っている！　幼いころ、一度経験した崇高な苦痛に対する法悦を、受け入れさせなければならない。その受け入れ方を学ばせるのだ。やがては神の思し召しに身を投じ、神に選ばれし者として、その苦痛を歓迎するようになるだろう」

マカミー師はデスクをめぐって、マイルズの真正面に立った。「おまえにはわからぬか、愚か者よ？　サムは愛の、神の愛の犠牲者なのだ。あの子には聖痕が現れる。すべての人間のために崇高な苦悩を味わい、その苦痛は恍惚として輝く。魂の奥深くで、神の美しさと犠牲を知るだろう！」

マイルズはアリスのウサギの穴に落ちた気分だった。常軌を逸した言葉の海を手探りで進んだ。一歩下がって、マカミー師をしげしげと観察する。「なにを言ってるんだ？　そのたわごとはいったいなんだ？　サムに聖痕が現れるだと？　おまえがそう思ったという、ただそれだけのことなのか？　そんなことがあるか、馬鹿野郎！」

エルスベトがつと体をこわばらせ、ケイティから逃れた。マイルズに駆け寄り、拳を振りまわして叫んだ。「彼をほっておいて！　マカミー師、こいつらにはわからないのよ。一生わかりっこないわ。もうこれ以上はお話しにならないで、こいつらを追いだしてください。ここにいちゃいけない人たちなのよ。さあ、出ていって！」

「妻の言うとおりだ。おまえたちにはわかるまい」マカミー師は妻の傍らに立ち、両手を差し伸べた。なにをするつもりなのか、マイルズにもケイティにもわからなかった。と、マカミー師は両方の拳をデスクに叩きつけた。「サム——そんなものは、かりそめの名でしかない！　あの子の名はサミュエル、聖書に出てくる名だ。あの子を死なせるわけにはいかない！　神よ、サミュエルを救いたまえ！　あの子はあなたの一部、あなたが愛した生《い》け贄《にえ》なのです！　どうぞお助けください！」

マカミー師は発作でも起こしたように、激しく体を震わせた。涙が頬を伝う。「エルスベトは正しい。おまえたち、出ていくがよい!」

戸口から男の声がした。「師がこんな目に遭っているのに、黙って見ているわけにはいかないぞ、保安官。マカミー師から離れろ」

マカミー師が怒鳴る。「おまえは馬鹿か、トマス? さっさと出ていけ!」

ケイティがそろそろとふり返ると、地元で二十年間郵便を配達してきたトマス・ブーンが、ライフルを手にして書斎に入ってすぐのところに立っていた。ケイティは微笑んだ。「どうやら生き証人が向こうから来てくれたようね。ほかにもまだ出てくる予定があるの? それとも、あなたひとりだけなのかしら、ミスター・ブーン?」

「ぼくだけだよ、保安官。あんたぐらい、ぼくひとりでじゅうぶんさ。申し訳ありません、マカミー師。ですが、この女は銃を持っています。ほら、ショルダー・ホルスターに入ってます。あなたを傷つけさせたくなかったんです。それと、おまえ、ケタリングとやら、マカミー師から離れろ!」

マイルズはうしろに下がった。

ケイティは日曜日に、〝罪深き神の子ら〟でブーンを見かけたのを思い出した。「この狂った男は、サムを手に入れるため、わたしとキーリーとミスター・ケタリングを殺そうとしたのよ。それでも彼を信じるの?」

「ぼくは誰かを殺そうとなど、していない」

「黙れ、トマス！　ここから出ていきなさい！」

「いいえ、マカミー師、そうはいきません。ぼくに誰かを傷つけるつもりがなかったとわかれば、この女も引きさがるでしょう。ぼくは自分の使命を果たし、マカミー師と神から命じられたとおりにしただけなんだ、保安官」

「あなたが言っていることがよくわからないのだけど、ミスター・ブーン。今回の事件に神さまは無関係よ。このおかしな男があなたに進軍命令を出し、サムをさらってくるように言っただけなの。サムを誘拐しようとしたふたりの男がどうなったか、聞いていないの？」

「聞いてるよ、保安官。あんたがふたりとも殺しちまったんだってね。おまえのような女が、ふたりの男をさ。言語道断だよ」

ケイティには、ブーンを見つめて首を振ることしかできなかった。「自分がなにをしたかわかっているの？　うちのキッチンに爆弾を投げこみ、わたしのトラックに向かって発砲したのよ。そのあとさらに居残って、しつこくわたしの命を狙った。なにを考えているの？」

喘息《ぜんそく》持ちのブーンは、恐怖が昂じて、肩で息をしはじめていた。そぼ降る雨と冷たい空気が胸に入り、息をあえがせている。ブーンは自分を助けてくれたことのある男を見た。自分の胸に手を置いて祈り、息苦しさをやわらげてくれた聖人のような人物を。ブーンにとってはそれぞ奇跡だった。

「それも神のご指示だったのだ」マカミー師は叫んだ。「わたしはおまえに報酬を与えると約束したな、トマス。そう、永遠に喘息から解放してやろう、と。だがそれには、始めた仕事をやり終えねばならない」

ケイティは尋ねた。「マカミー師は報酬として、ほかになにを約束してくれたの、ミスター・ブーン？」

「ぼくを助祭にすると言ってくださった。長年の望みがこれで叶う。死ぬまで自由に息が吸えて、苦しまずにすむ」

ノックスビルでティーンエイジャーのギャングやドラッグの売人、殺人犯やレイプ犯とやりあってきたケイティだが、これほど突飛な思いこみは聞いたことがなかった。

深呼吸して、ブーンに片手を差し伸べた。「どうしてしまったの、ミスター・ブーン？こんなことをしたらどうなるか、あなたのお母さんやおばあさんのことを一度でも考えてみた？この男は聖人なんじゃなくて、まともじゃないだけなのよ。自分がどれほど厄介な立場に立たされているか、わかっているの？さあ、その物騒なライフルを置きなさい」

しかしブーンは命綱のようにライフルを抱えて離さず、実際、彼にとってはそうなのだろう。しっかりとケイティの胸を狙っていた。

ケイティはマカミー師に言った。「こういう状況をハリウッドでは万事休すと言うんでしょうね。わが保安官局の快適な留置場に入る前に、なにか言っておきたいことはありませんか？」

「よしてくれ、保安官。なぜわたしの言うことを信じない？」

「信じられるわけがありません」ケイティの頭のなかで、警報が鳴りだした。マカミー師はいっきに怒りをつのらせつつある。「わたしはまともですから」

「この馬鹿女！」マカミー師はよろよろとあとずさりすると、デスクの奥の本棚に駆け寄った。棚の本を床に投げ捨て、奥に手を伸ばしてビデオテープらしきものを取りだした。

「証拠を見せてやる！　このテープを観てみろ！　わたしが正しいのがわかる！　わたしは狂ってなどいないぞ、馬鹿女！　このテープにちゃんと録画されている！」

「なにが録画されているのですか、マカミー師？」ケイティは尋ねた。

「観ればわかる」マカミー師の涙はいまだ止まらず、体は震えていた。口ぶりは熱にうかされたようで、すっかり正気を失っている。「観ればわかる。神は、その果てしないお情けと、わたしを使ってほかの人びとを導こうとされるご意志から、この奇跡をわたしにくだされた。わたしは奇跡を目の当たりにし、魂に刻みこんで、人生の使命をサミュエルに理解させると神に誓った」

彼はビデオテープをデッキにセットし、テレビをつけた。それだけでビデオが始まった。このテープをかけるために、あらかじめビデオに設定してあったのだ。

サーッという音ががさついた音に変わり、画面をおおっていた波線が消えた。ピントが甘いうえに、カメラが固定されていないらしく、画像がふらついている。ホームビデオのようだ、とマイルズは思った。なにが映っているんだ？　カメラはサムを、いまよりも幼いサムを映しだした。三歳くらいだろう。アレクサンドリアにあった最初の家の子ども部屋で、以前のベッドにパジャマの下だけをはいて横たわっている。手足をさかんに動かし、うめいたり、むずかったり。体はのたうち、背中は持ちあがり、手足はベッドに叩きつけられる。カメラは唐突にサムに寄り、マイルズは女の泣き声を聞いたような気がした。たぶん、サムを撮影している人物だろう。アリシアなのか？

まったく知らない映像だった。マイルズはサムの手が頭上に投げあげられ、握ったその手がアップでとらえられるのを見た。小さな両手がゆっくりと開く。

サムの手のひらからは血が出ていた。それが手首まで伝っている。

マイルズは息を呑んだ。血？　サムが出血していたのか？　いつだ？　なぜアリシアは話してくれなかった？

いまや女の泣き声は大きくなり、カメラが激しく揺れているためにすべてがぼやけ、そして映像はふいに途切れた。

マカミー師は停止ボタンを押したきり、なにも映っていないテレビの画面を見つづけていた。呼吸は速く荒く、黒い瞳には膜がかかったようだ。一種の恍惚状態にあるらしい。マイルズが見ていると、マカミー師の手がいま見たサムの手と同じようにゆっくりと開いた。そして映像のなかのサムと同じように、息を荒らげ、体を震わせている。その全身で、サムの身に起きたことを懸命に真似ようとしているようだった。

マカミー師はなにも映っていない画面を見つめながら、小声で言った。「見たか？　あの子はキリストと同じように、神に捧げられた生け贄であり、神の力を世界に知らしめるためにこの世に遣わされたのだ。そしてサミュエルの恍惚を通じて、人類は神の愛とかぎりない哀れみの心を理解する。

サミュエルはこのとき、この貴重な瞬間にあって、この世の誰よりも神に近づいていた」

33

画面を見据えるマカミー師の瞳は、彼の心の内にだけある映像を見つづけ、その映像が深く刻まれているがゆえに、彼は心に変調をきたしていた。あるいは、狂気が先だったのかもしれない。

一瞬、まったき静寂が漂った。

マイルズはその場を動かず、淡々とした穏やかな声でマカミー師に話しかけた。「つまりこういうことか？　おまえは見るからに病んでいて譫妄《せんもう》状態の子どもが、どういうわけか手から出血しているのをビデオで観たから、サムを誘拐したと言うのか？」

ケイティは脳天をがつんとやられたような衝撃を受けた。マカミー師から聖痕の話を聞いたときは、狂信者のたわごととして片づけ、サムとは結びつけていなかった。

聖痕を持つ人とは、いったいなんなのだろう？　ケイティのなけなしの知識によれば、十字架にかけられた跡とおぼしき印を表す人のことをいい、肉体、精神ともに深く病んでいると考えられている。けれど、なぜ、ビデオのサムの手からは血が出ていたのだろう？　ビデオにおさめたのは、サムの母親だろうか？　マイルズがいっさい関知していなかったのは、彼のようすを見ればわかる。なぜ奥さんはマイルズにこのことを話さなかったのだろう？「このビデオが撮られたのは三年ぐらい前だろう、マカミー師」マイルズは言った。「それからサムを奪うまでに、三年待ったのはなぜだ？」

マカミー師はつと妻を見やり、いっそう目を血走らせた。「エルスベト、下がりなさい！ローブの前を合わせるんだ、女！　おまえはこいつらに、この男に肉体を見せびらかしているのだぞ！」

「おれが見ているのは、マカミー師、おまえであって、そこの奥さんじゃない」

「失礼しました、マカミー師。お許しを」エルスベトは一同に背中を向け、躍起になってローブの腰帯を結びなおした。

マカミー師はマイルズに向きなおった。「少年を奪うのはたやすかったろうが、わたしがまだ会っていない状態で、あの子に理解できるはずがあるまい？　あの子はまんまと逃げ延びた。おまえにはわからんのか？　神はあの子をわたしの手元に置きたがっている」

マイルズはゆっくりと言葉を紡いだ。「おれはこのテープをはじめて観た。こんなものがあることも知らなかったし、撮影者が誰かもわからない。サムがあれほどの病気になっていたのも、記憶にない。あの子が重病で、譫妄状態になっていたのは明らかだ。あのテープをどこで手に入れた、マカミー師？」

「その質問には答えられない。おまえはあのテープをわたしにくれた人びとを傷つけるだろう。神の仕事をしたにすぎない人たちを」

「なにを言うかと思えば――」マイルズは天を仰いだ。

「じゃあいいわ。だったらせめて、サムをどうするつもりだったのか教えて」ケイティは言った。「あの子はもう幼児じゃなくて、六歳の少年よ」

「わたしはこの地を離れ、サミュエルを連れてフェニックスへ行く予定だった。新居はすでに購入してある。サミュエルに自分が何者で、なにをすべきかを教えるのには、たいして時間はかかるまい」

「サムはあなたの後継者なのね」ケイティは言った。

「そうとも。だからこそ、わたしはサミュエルに会いにいかなければならない。いますぐ」

マカミー師は突如、羊飼いの群れを仕切るリーダーとなり、決然と宣言した。マイルズから離れ、身震いする。「わたしはサミュエルに会いにいき、あの子のために祈ろう。あの子を救ってくださるように、神に祈るのだ。そしてあの子に触れよう」

マカミー師は部屋を出るため、向きを変えた。

「マカミー師」ケイティは愛想よく話しかけた。「あなたはどこへもやらないわ」

ブーンからライフルを向けられているのもかまわず、ケイティはウエストバンドに差してあったシグ・ザウエルを取りだした。ブーンは言った。「お願いだ、ベネディクト保安官、銃を下ろしてくれ」

ケイティはゆっくりとふり返り、シグ・ザウエルを脇に下ろした。「もうわかっていると思うけれど、ミスター・ブーン、神はわたしとミスター・ケタリングを殺せとあなたに命じてはいないわ。それでもマカミー師と病院へ行き、もう一度サムを誘拐する？　あの無垢《むく》な少年を忍従と狂気の生活に引き入れようとしていることに、まだ気づかないの？　いいこと、ミスター・ブーン、誰も傷つけなければ、まだあなたを救ってあげられるのよ」

「違う！　マカミー師はそうはおっしゃってなかった！」

マカミー師が口を開いた。「トマス、この者たちは少年が負傷したと言っている。どうしてそんなことになったのだ？」

「こいつらを家から追いたてるため、ぼくはキッチンに爆弾を投げようとしていました。そしたらたまたま保安官がそこにいて、ぼくは彼女を巻き添えにして殺したくなかった。そうこうするうちにケタリングがキッチンに入ってきたんで、ふたりが食卓で情を通じあうつもりだと思ったんです。ぼくは成り行きを見ていました。そしたら、なにもしてないのに、保安官が異変を察知したんです。ぼくを見た可能性もないとは言いませんが、きっとそうじゃない。すごく注意してたんですから。保安官は子どもたちを連れてこいとケタリングに大声で命じ、みんなして家を出ました。そしてサミュエルを奪う間もなく、全員トラックに乗りこんでしまった。サミュエルはケタリングとともに走り去り、どこにも怪我なんかしてませんし」

マカミー師の顔は怒りで朱に染まり、こめかみの血管が浮きでた。震えがひどすぎて、デスクにつかまらないと、まっすぐ立っていることもできない。マカミー師は怒鳴った。「神はおまえを撃ち殺すであろう、保安官！　おまえは心のねじ曲がった、堕落した女。嘘をつきおって！」

ケイティは眉を持ちあげ、にこやかな笑みまで浮かべた。「わたしが堕落した女？　あんまりな言い方じゃありませんか、マカミー師」

「サミュエルは病院じゃない！　怪我などしていないのだ！　あの子をどこへ隠した？　いまどこにいる？」

愚か者はまだケイティにライフルを向けている。こちらまで熱くなってはまずいと判断したマイルズは、本棚にもたれて腕組みした。「おれの息子なら、留置場で元気にしているよ、マカミー師。いまごろは四人の保安官助手に見守られながら、清掃員のモートとポーカーをしているだろう。あんたが手錠をして現れれば、保安官があの子を自由の身にしてくれる」

「これがあなたの従ってきた男よ、ミスター・ブーン」ケイティは言った。「よく見てごらんなさい」

「こいつらを殺せ、トマス！」

ケイティはブーンが、自分が窮地に立たされたことにようやく気づいたのを見て取った。法の執行官にライフルを向けてはいるが、怖さゆえに額からは汗が噴きだし、いまにも倒れそうだ。

「殺せ！」

ブーンの喘息がひどくなった。貴重な呼吸の合間にあえぎながら言った。「できません、マカミー師。ぼくには無理だ。保安官の母親とは知りあいなんです！」

すべてが凍りつく長い一瞬だった。

突然エルスベトが手を伸ばし、ブーンの弛緩《しかん》した手からライフルをひったくった。ぐるりと回転して銃口をマイルズに向け、彼女が引き金を引いた瞬間に、マイルズはデスクの奥の床に身を伏せた。すかさずケイティは飛びついた。エルスベトは怒声とともにライフルをもぎ取ろうとしたが、そうはいかない。ケイティに腹を強打され、髪をわしづかみにされた。ケイティは髪を引っぱって顔を間近まで引き寄せ、ごく小声で耳元にささやいた。「ライフルを離しなさい、エルスベト。美しい髪を根こそぎ引っこ抜かれたいの？」

エルスベトはうめきながらなおも身をよじり、ライフルを上に向けようとした。ケイティはその体を引き倒し、胸に膝蹴《ひざげ》りを食らわせた。

飛びだしたマカミー師は、妻が取り落としたライフルをつかみ、書斎から逃げだす途中でブーンを椅子に突き飛ばした。

「妻を離せ！」

階段を駆けあがる足音がする。

マイルズは言った。「あいつをつかまえたい、ケイティ。おれにつかまえさせてくれ」

ケイティはいっしょに行きかけたものの、マイルズをとくと観察し、馬鹿なことはしでかさないと判断した。この人は警官としての訓練を受け、警官としての勘を備えている。マイルズはケイティから預かっていた拳銃を取りだした。大きな手には滑稽《こっけい》なほど小さなデリンジャーだが、誰かを足止めするだけの威力はある。それが異常な人間であっても同じことだ。

「気をつけて、マイルズ。わたしもあとから行くわ」

ケイティはシグ・ザウエルをつかみ、ブーンとエルスベトをソファに誘導した。携帯電話を取りだして、外で待機しているであろうウェイドに電話をかけた。

ウェイドには玄関をくぐる間もなかった。頭上で大爆発が起き、屋敷全体が衝撃に揺れた。

エルスベトが金切り声を上げ、ブーンが言った。生きているのが不思議なほど苦しげな呼吸だった。「マカミー師がガソリン爆弾のひとつを投げられた。なぜそんなことを?」

エルスベトが書斎を駆けだした。あとを追うしかないケイティは、拳銃を使わなかった。ブーンはほうっておいても、行き場がない。ケイティは肩越しに叫んだ。「ミスター・ブーン、外の安全な場所に逃げてなさい!」

ケイティは廊下に出た。一段飛ばしに階段をのぼるエルスベトのすぐあとに続いた。階段をのぼりきって角を曲がると、主寝室に向かうエルスベトが見えた。

ぱちぱちという音が聞こえるや、主寝室から炎が波となってあふれでた。廊下の絨毯は早くも煙を上げはじめている。急いで全員を外に誘導しなければならない。

ケイティは主寝室に飛びこむエルスベトに叫んだ。「エルスベト、入らないで!」

しかしもはや彼女の姿はない。

「マイルズ、どこなの?」

ケイティが広々とした主寝室に入ると、クロゼットの扉が開き、エルスベトが奥に消えようとしていた。

「マイルズ！」

銃声が響いた。軽いポンという音で、デリンジャーだとわかった。信じがたいほどの熱と煙とで、咳が出た。ケイティは椅子にあったクッションを手に取り、口にあてがった。

マイルズがいた。右手に持ったデリンジャーを脇に垂らし、セックスルームへの入口で苦しげに息をしていた。「ケイティ、ここを出るんだ！」

「エルスベトとマカミー師は？　たいへん、どうしたの、その顔？」

「まずは逃げよう。エルスベトの行方は知らない。マカミー師はやむなくおれが撃った。死んだのは確認ずみだ。さあ、サムやキーリーを孤児にしたくない」

ケイティは悪あがきせずにいられなかった。「エルスベト！　どこなの？　出てこないと、死ぬわよ！」

返事はなかった。ケイティはセックスルームへ走りこもうとしたが、マイルズに腕をつかまれて、寝室の外に引きずりだされた。彼の言うとおりだ。ここは逃げるしかない。持っていたクッションを顔に押しあて、マイルズとならんで長い廊下を走った。階段で一度つまずいたが、マイルズがつかんで抱き寄せてくれたおかげで、転ばずにすんだ。

そのまま玄関に向かうと、入ってすぐのところに、ブーンと五、六人の保安官助手が群がっていた。ケイティは言った。「息ができるようになったのね、ミスター・ブーン。マカミー師に手を置いてもらう必要がなくなったのかもよ」

「火のまわりが早くて手がつけられません、保安官」保安官助手のチャーリー・フリッツは言った。「すぐに待避してくれと消防士たちから言われてます。さあ、急ぎましょう」

ケイティの脳裏を一瞬、エルスベトの顔がよぎった。観念して、夫との死を選んだのだろうか？　彼女がなにをしたにせよ、死なせたくはなかった。すでに多すぎる人が死んでいる。

道路の近くまで来た一行は、年月を重ねてきた立派なビクトリア朝様式の屋敷をふり返った。内側から煌々と輝き、黒い空をオレンジ色に染め、炎を空高く噴きあげている。古い木材の破片がいたるところに飛び散っていた。その渦中にないものにとっては、信じがたいほどの美しさだった。

マイルズの傍らに立つケイティは、彼が自分に腕をまわし、ぬくもりと慰めを与え、狂気を遠ざけ、現実感を取り戻させてくれているのに気づいていた。マイルズは言った。「マカミー師はセックスルームに入り、大理石の祭壇の下の抽斗《ひきだし》からたっぷりガソリンの入ったボトルを取りだした。そして芯に火をつけ、おれに投げつけたんだ。それがベッドに当たって、いっきに炎が燃えあがった」

「あなたの顔はどうしたの？」

マイルズは顔の側面に触れた。こめかみから顎に向かって、皮膚が裂けている。「あいつが壁から鞭を取って、おれにふるったんだ」

「それで、あなたは撃ったのね？」

「鞭を奪おうとしたが、あいつは抵抗した。炎の音がして、時間がないと思っていたら、銃を奪われそうになった。

ケイティ、誓っていうが、あの男は殺気をみなぎらせていた。錯乱状態になって、そのせいで力がすべて解き放たれたようだった。にやにやしながら、同時にうめいてもいた。血が凍りつくような恐怖だった。

そこへ、クッションを顔に当てたきみがやってきた」

「エルスベトは見なかったのね？」

彼は首を振った。「彼女の声は聞いたが、姿は見ていない」

「生き残ることより、あの男と死ぬことを選んだってことかしら」ケイティは首を振った。マイルズを見あげ、もう一度いやいやをした。「救命士に診てもらったほうがいいと思うんだけど」ケイティは傷口を調べだした。「それほど深くはないようね。でも今回は救命士は使わない。あなたを病院へ連れていくわ」

ウェイドが隣りに来ていた。「消防士たちはこの一連の騒動に文句たらたらですよ、保安官。今度は救命士たちまで怒らせるつもりですか？」

マイルズは大笑いした。天を仰いで、腹の底から笑った。燃えあがる屋敷を見あげる。

「終わった」彼は言った。「ようやく終わったんだな。永遠に終わらないのかもしれないと絶望しかけてた。ほんの数日のことなのに。びっくりだよ」

ケイティはうなずき、笑顔でマイルズを抱き寄せた。

34

木曜の朝十時、本降りだった雨は濃い灰色の霧雨へと変わり、地表をおおう濃霧と、山並みの中腹で混じりあった。

「ほんとにこれで終わり？」

キーリーは口をきゅっと結び、疑わしげに眉をひそめた。「わかんないけど、そうだといいな。昨日の夜はすっごく怖かったね、サム」

サムはため息をついた。怖いと言ったら、先週の金曜の朝からずっとだと思いながら、キーリーに顔を近づけた。「ほんとだね。でもきみのママとぼくのパパがぼくたちを助けてくれた」もう一度、深いため息をついた。「でも、全部終わっちゃったら、つぎどうなるかわかってる、キーリー？」

「わかってるよ。サムは帰っちゃって、もう二度と戻ってこないんだよ」

「ぼく、帰りたくないってパパに言ってみようと思うんだけど、いい？」

「サムのパパが、サムだけあたしとママと暮らさせてくれるかなあ？」

「ぼくはパパにもいてほしい」サムはキーリーの祖母のミナが貸してくれた肌触りのいいウ

ールのブランケットを引き寄せ、自分とキーリーをしっかりとくるんだ。ずいぶん寒くなってきた。

「サムのパパが残りたくなかったら、どうするの？」

「わかんない」サムはしばらくして言うと、目に拳を押しあてた。「ぼくはまだ六歳なんだよ。誰もぼくの言うことなんか、聞いてくれやしない」

「五歳だと、もっと聞いてもらえないんだよ。少し前におばあちゃんがリニーに言ってたんだけど、サムのパパとあたしのママは結婚するべきだし、あとはなるようになるって」

「どうなるの？」

「サムが帰るときに、あたしもいっしょに行くってことじゃない？」

「へえ。そうなったらいいなあ」

「サムのパパはあたしの新しいパパになる」

「そうだね。で、ケイティがぼくの新しいママ。すごいや」

「あたしたち、喧嘩《けんか》だってなんだって好きなだけできて、誰にも文句がつけられないんだよ」キーリーはサムの腕をこづき、にんまりと笑うと、彼の肩にもたれた。

いまふたりはミナのポーチに置いてあるブランコにいた。脚の長さがポーチまで届かないサムは、傘立てからキーリーの祖父が使っていた杖を持ちだし、何分かおきに杖でポーチの床を突いて、ブランコを揺らしていた。

「サムとずっといたい」

「そだね。それでぼく考えてみたんだけど、キーリー。パパは馬鹿じゃないから、きみのママと結婚するに決まってるよ」

「サムはまだ六歳でしょ」キーリーは言った。「パパが馬鹿かどうかなんてわかんないよ。うちのママはここのこと、世界一きれいだって言ってる。サムのパパが馬鹿だとしても、ここなら幸せに暮らせるよ。そうだ、サムのパパにビッグ・ピジョン川に川下りに連れてってあげるって言おうっと。スモーキー山脈にあるんだ」

「パパも昔は川下りをやったんだよ。ぼくからも言うけどね、キーリー、パパはバージニアでおっきなヘリコプターの会社をやってて、悪いやつらにぼくをさらわれてから、あんまり仕事をしてないんだ」

キーリーはしばらくこの話を考えてみた。「だったら、ママはテネシー一のイカダ乗りだから、川下りを教えてもらえるよ、って言ってみるね。そうだ、それと、サム・ヒューストンが十八歳のときに丸太造りの校舎で教えてた話もしてあげよ。サムのパパ、きっと感動するよ。そこに連れてってあげるって言わなくちゃ。仕事はEメールですればいいし」

「ねえ、キーリー、もしぼくのパパときみのママが結婚したら、きみはなんて名前になるの？」

キーリーにはわからなかった。サムはポーチの床に杖をつき、大きくブランコを揺らす。ふたりはけらけら笑いながら、しがみついた。

子どもたちの笑い声に勝るものはない。ケイティはいま、マイルズとならんで、網戸のすぐ内側に立っていた。おたがいひとことも発さず、目を合わそうともしなかった。こうなると見越していたからこそ、母はふたりに、山裾《やますそ》から這いのぼる霧がきれいだから見ておいでと言ったのだろう。

マイルズはうしろに下がりながら、小声で言った。「あのふたり、ノーマン・ロックウェルの絵みたいだな」

ほんと。ゆっくりと前後するブランコのなかで、ふたつの頭がくっついている。だが、そう言おうにも、言葉が喉に詰まって出てこない。ケイティはただうなずいて、山並みを見はるかした。うっすらとした煙のような霧で淡くにじんでいる。こんな朝に山脈をながめるのは、老眼鏡なしに読書をするようなものだと、母が言っていたことがある。

「たとえそれが冬で、つま先が縮こまり、山が雪で重そうに見えるときでも、山には見ているだけで泣きたくなるほどの美しさがある。そして、ふもとのガトリングバーグには――」

「ケイティ、子どもたちが話してたことだが……」

ケイティはふり返ってマイルズを見た。緊急治療室の医師は傷口を縫わず、皮膚を寄せてテーピングしていた。そしてケイティは、ビタミンEをすりこんでおけば、ハンサムな顔を台なしにしないですむわと言ったうえで、ただし、危険な男を気取りたいんだったら別だけど、と眉をうごめかしてつけ加えた。「つまり、わたしの口からは、グレートスモーキー山脈国立公園のことを話さないほうがいいってことよね」

「そうじゃなくて、その前に話してたことさ」

「ええ。わたしたちの結婚についてね？」

「ああ」マイルズは言った。「考えてみるべきかもしれない」

ケイティはついさっき、ほんの四分前までは、再婚するくらいなら男漁りをしたほうが、まだましだと固く信じていた。でも、いまは？

「ケイティ、マイルズ？あの子たちにシナモンナッツブレッドを持ってきたんだけど」

母は出番を間違えない、とケイティは思った。昔っからそうだった。とりわけ、欲情した男の子たちが群がってきたハイスクール時代には。ミナはケイティとマイルズに子どもたちの会話を立ち聞きさせ、それを考えて話題にするだけの時間を与えておいて、登場した。ふり返ったふたりは、二〇フィート先からでもいいにおいがしそうな大皿を持ったミナを見て、笑顔になった。

「腹ぺこだ」マイルズはわれながらびっくりした。「自分でも気づいてませんでした」

「あなたの着替えがあってよかったわ、マイルズ。ケイティの父親はあなたと同じように背の高い人でしたから、足首を隠す丈だけはあったわね。そのジーンズ、数えきれないくらい洗ったせいで、白っぽくなってるけれど、よくお似合いよ。さあ、わたしはおやつを子どもたちに持っていってやらなくっちゃ。あの子たちも苦労の連続だものね」

「先に少しもらっていい、母さん？」

「どうぞ。好きなだけお取りなさい。子どもたちはわたしが面倒みるから、あなたたちはリビングに戻ったら？」

それから数分後、ミナは踊るような足取りでリビングにやってくると、ふたりに宣告した。

「サムとキーリーはご機嫌とは言えない気分だそうよ。あの子たちを引き離すなんて、あなたたちも難儀だこと」

これぞ母のやり口。今度は軽く拍車を掛けてきた。ケイティはにやりとして母を見たが、ミナの作戦に気づいていないマイルズは笑顔どころではなかった。

「おれたちだって、そんなことはしたくないんです」マイルズはため息をつき、ソファにもたれて目を閉じた。

ミナは言った。「あなたがシャワーを浴びているあいだに、リニーから電話があったわよ、ケイティ。テネシー州捜査局がすっかりご立腹で、今日の昼ごろ大挙して押しかけてくるとか——長い夜だったから、それまでに少し眠れるわね。調査官のなかに、ここジェスボローでなにが起きているのか、確認したくてしょうがない人がいるとかで、その人は、ついこの前まではくだらない飲酒運転や未成年の喫煙事件しかなかったのにと嘆いていたそうよ。ただ、調査官は興味津々の口調だったから、心配いらないだろうって、リニーは言っていたけれど。それと、これもリニーからですけどね、町長はじめ、町会議員全員が早くあなたに会って、血みどろの話をことこまかに聞きたがってるそうよ」

ケイティは言った。「でしょうね、あのトミー町長のことだから、すべてを議論するために、十回だって聴聞会を開きたがるんじゃないかしら」

ミナはうなずいた。「そりゃ、トミーにしたら、遠いハイスクール時代に、観覧席の裏で親友が恋人といちゃついているのを目撃してしまったとき以来の大事件ですからね。あの人の身にもなってごらんなさい。議員だってそう。わたしもそのひとりなんですけどね、マイルズ、そのせいでもう何十本も電話がかかってきてるのよ」

「でしょうね」と、ケイティ。「母さんの言うとおり、トミーには乾期が長すぎたのよ」

マイルズは義妹の通称クラッカーに電話をかけ、すべてが終わったことを報告した。自分の留守中にサムが病気になったのを知っているかどうか尋ねようかと思ったが、やっぱりやめておいた。妻のアリシアの人となりはよくわかっている。サムが手のひらに出血し、それをビデオに撮ったことを自分に話さなかったとしたら、それ以外の人に話すはずがない。しかし、アリシアはビデオを他人に託した。誰に託したのだろう？　ひょっとすると、つきあいの長かった司祭かもしれない。高齢の司祭は鷹揚な人物だったが、肉体的にも精神的にも衰えつつあった。アリシアがその司祭にビデオを渡したのだとしたら、そこからまた別の人物に渡ったにちがいなく、その人物を介してマカミー師のもとへ届けられたのだろう。いまとなっては確かめようがないが、実を言うと、重要な問題とは思えなかった。あのビデオは灰となり、燃え落ちた木材の瓦礫《がれき》と灰の下に埋まっている。

マイルズが電話を切ると、ケイティはうなずいた。サムがメディアから新進の聖人候補者や、超能力者や、他人に利用される哀れな子扱いされるのだけは、なんとしても避けたかった。ケイティには、テレビの司会者がカメラに映したいので手から血を流してみてくださいとサムに頼む場面が目に浮かぶようだった。そして、心理学者としてドクター何某《なにがし》が登場し、目に見える聖痕について歴史的な講釈を垂れる。なかには、サムが詐欺師だとか、虐待の被害者だとか言い放って、ひと旗揚げようとするやからも出てくるだろう。トマス・ブーンの口には戸を立てられないとはいえ、彼がやったことは知れ渡っているので、おかしなことを口走っても信じる人はいない。

マイルズはケイティにというより、むしろ自分に言い聞かせるように言った。「彼女はほかになにを隠していたんだろう?」

ケイティは黙って彼の手を握った。

ふたりで表向きの説明をあらかじめ相談しておかなければならない。町長にも、ケイティの母親を含む議員にもその内容を伝えることになるが、それはもう少し先でいい。干しっぱなしの洗濯物のように、ふたりともよれよれだった。

ケイティが見ると、マイルズは食べかけのシナモンナッツブレッドが残る紙皿を膝に載せたまま、ぐっすりと眠りこんでいた。

笑顔になったケイティも、ほどなく眠りに引きこまれた。

35

あれからもう二日たつのに、まだ地に足がつかず、頭が軽くなったような感じが抜けない。

ケイティはこの間にテネシー州捜査局の調査に応じ、トミー・ブレッドソウ町長――代々続くシャーマンのブレッドソウ家の子孫――が招集したタウンミーティングに呼ばれ、事件の顚末《てんまつ》をことこまかに説明した。ジェスボローの住民のほぼ全員の前で宣誓し、そのなかには当然、母も、そして事件の詳細を聞くために休暇を与えられたパルプ工場の全従業員も含まれていた。メディアもいくつか来ていたが、ありがたいことに、全国ネットの機関はなかった。ケイティはもっぱらマカミー師が異常な考えに取りつかれていたという線で話を進めた。そのために、ワシントンDC訪問時に見かけたらしいサムに強く惹きつけられ、人を使ってサムをさらわせた。そしてケイティは、これは推察の域を出ないけれどもと前置きしたうえで、マカミー師はサムを育て、彼の自己像に合った鋳型にはめ、後継者にするつもりだったとみて、当たらずといえども遠からずだろう、と述べた。マカミー師は常軌を逸してしまったのです。ケイティにしたら馬鹿げた理由づけだけれど、とんでもない真実のほうはもっと馬鹿げている。ケイティとマイルズはそのうちに自分でもそう信じこむのではないかと思うほど、ふたりで組み立てた話をくり返し語った。

ケイティにもマイルズにも、ビデオの内容を説明することはできなかった。いつかできるようになるとも思えない。なぜ、どうして、三歳の男の子にあんなことが起きたのか。出血を伴うなんらかの発疹だったのか？　それとも、爪で手のひらを傷つけたとか、薬に対する副作用とか？　それは考えられる。映像のなかのサムは、実際、病気のようだった。そしてアリシアは夫であるマイルズになにも言わなかった。マイルズはそのことを思い悩んでいるが、アリシアはとうにこの世にいないのだから、あとは忘れるしかない。

ケイティは〝罪深き神の子ら〟の信者にも集まってもらい、マカミー師とその妻が自宅の火事で亡くなったことにお悔やみを述べた。そして同じ公式見解をここでも開陳し、マカミー師は誰にも理由はわからないが、サムを手に入れねばならないと信じこんでいたと伝え、彼が最期に見せた錯乱や、精神崩壊のようすを語り、自殺だったと締めくくった。信者たちの嘆きは深く、あれやこれやと尋ねられたが、大半の信者はこの一件を早く忘れたいと思っているようだった。

家のことを考えると、ため息が出る。ケイティの家はなくなり、すべてを失った。これからの方針はまったく立っておらず、いまは疲れていて、考えることもできなかった。

「いい考えだと思うけどな、ケイティ。ほら、以前話に出た例の件」

ケイティはぴくりとした。結婚のことね。木曜の朝、話して以来、そのことについてはどちらもひと言も述べていないが、ケイティにはわかった。「大問題だわ、マイルズ。とっても大きな問題よ」

「きみは家を失った」

「ええ、いまちょうどそのことを考えてたの」

「おれには家がある。とても大きな家で、全員が住むのにじゅうぶんな部屋数がある。コロニアル様式なんだ。コロニアルは好きかい？」

「ええ」ケイティはそれだけを答えて、あいかわらず彼の顔から視線をはずしていた。

マイルズはサムとキーリーを見た。リビングの床に坐り、ジーンズをはいた脚を大きく開いて、三つの赤いボールを転がしあっている。脚のあいだからボールを出さないルールなのが、見ていてわかった。

「強く転がしすぎ、サム！」

サムはボールを打ち返しながら言った。「気をつけろよ、キーリー」

「まったく。おれとおんなじ口調じゃないか」マイルズは言った。「子どもが自分を真似てるのを見ると、怖くなる。イエスと言ってくれよ、ケイティ」

「なににイエスと言うの、ママ？」

突然、ふたつの小さな顔がこちらを向いていた。マイルズは肩をすくめ、ケイティはため息混じりにうなずいた。「よし、いいだろう。おまえたちに訊きたいんだが、おれとケイティが結婚するのをどう思う？　まだ彼女はイエスと言ってくれていない。そうなったら、おまえたちは兄妹になって、いっしょにいられるぞ」結婚の主たる理由はそれだ、とケイティは思った。悪い理由じゃない。少なくとも大人たちふたりには、子どもたちのために幸せな家庭を築くという動機が与えられ、サムをわが子にできる。サイズ九の足の先にまで響き渡るサムのキスもだ。それにマイルズには性交能力もあるし。そんなことを思うと笑みが浮かんだものの、あっという間に消え去った。結婚。知りあってたった一週間の男と。

いいえ、結婚じゃない。再婚よ。

これまでケイティは、ノーと言えるだけの息があるかぎり、再婚はすまいと誓ってきた。理由は簡単、自分に男を見る目があるとは思えないからだ。最初の結婚で連れこんだ男を見れば一目瞭然。カーロ・シルベストリ。弱虫で、甘ったれで、結婚生活から逃れるために父親に一五〇万ドル払ってもらった男。そうね、取引としては悪くなかった。カーロの父親のおかげでパルプ工場が救われ、大勢の人が路頭に迷わずにすんだのだから。それに、カーロがいたからキーリーが生まれた。あの子のためなら、ろくでなしの十人や二十人、我慢できるというものだ。

詰まるところ、問題はマイルズをよく知らないという点に尽きる。知りあって一週間にもならず、その間は恐怖と暴力とアドレナリンの大放出の日々だった。マカミー師の自宅が住人ともども焼け落ちて以来、生死のかかった危機には瀕しておらず、そのせいで血糖値がいっきに低下しているであろうことも、ほぼ確実だった。

家のない女はどうしたらいいの？　家持ちの男と結婚する？　コロニアル様式の家。見方によっては、滑稽だった。ケイティがある男の子を助け、その父親が町へやってきた。

つぎつぎに悪いことが起きて、いまその父親から求婚されている。もとはと言えば、子どもたちが発端。サムとキーリーがポーチで話しているのを聞かなければよかった。母の企みにまんまとはまってしまった。

その反面、ケイティはキッチンでのひとときを忘れられずにいた。実際、彼に飛びつきたいくらいだった。それほど気持ちがよかったのだ。

子どもたちはふたりの顔を交互に見ている。サムはそろそろと尋ねた。「結婚するの？」

「言ったろ、サム。ケイティがまだうんと言ってくれない。それで、きみはどう思う、キーリー？」

「ママ、あたしいっぱい考えてみたけど、すっごくいいと思うな」

「キーリー、マイルズがあなたにこのことを話したのは二分前よ。いっぱい考えるには、時間が足りないと思うんだけど」

キーリーはちらっとサムに横目をやった。クリスマスの前にプレゼントを見てしまった子どものように、にこにこしている。

「ふたりで話しあったんだ」サムは言った。「ぼくたちは賛成」

「それがいいよ、ママ。あたしたちが言うんだから、絶対だって」

今度はマイルズとケイティが目を見交わす番だった。たがいに顔を見あわせ、そして子どもたちを見た。マイルズは臆したように尋ねた。「なぜそんなに自信があるんだい？　先週の土曜の午後までは、おたがいに相手がいることすら知らなかったんだぞ」

子どもたちは、だからなんなの、といわんばかりの顔つきで大人たちを見た。

マイルズはこれに勇気づけられ、踏んぎってみようという気になった。結婚したいという気持ちには嘘がない。「ケイティ、どう思う？　やってみないか。結婚しちゃいけない理由はないだろ」それにケイティの笑い方や、息子を愛してくれるようすを見るにつけ、彼女と愛しあうのは正しいという手応えがある。

ケイティは勢いよく立ちあがり、みんなを驚かせた。「わかったから、聞いて。わたしたち全員にとって、これはとても大きな決断よ。実際に行動を起こす前に、わたしはこの結婚の意味を考えてみる。サム、あなたのお父さんにも、しっかりと考えてもらうつもりよ。だから、あなたたちはいい子にして、わたしや彼を急《せ》かさないこと。わかったわね？」

やっぱり、おまえの言うとおりだよ。マイルズは息子に目配せした。

土曜の夜
ワシントンDC、ジョージタウン

マイルズが食事を終えると、サビッチがブラックコーヒーを手渡してくれた。メニューはこれまで食べたなかでいちばんおいしいホウレンソウのラザニアと、冬カボチャのソテーと、シーザーサラダ。サムとショーンにはホットドッグとチップスと申し訳程度のサラダというメニューだった。「坐れよ、マイルズ。まだ疲れた顔をしてるぞ」

「いや、そうでもないさ。コーヒーはおまえがいれたんだろうな、サビッチ」

サビッチはにやりとした。「ああ。シャーロックにもだいたいのことは仕込んだが、コーヒーをいれるのは苦手でさ」

キッチンからシャーロックの声が飛ぶ。「いまわたしの悪口を言った？」

「いいや、全然」マイルズが叫び返した。「きみはフェタチーズを加えることで味気ないサラダを絶品の料理に変えたけど、正直に言わせてもらうと、コーヒーに関しちゃ連れあいほどの技量がない。それでいて本人はほとんどコーヒーを飲まないんだから、驚きだよ」

「正直に言ってくれなんて、誰が頼んだ？」シャーロックがリビングに入ってきて、夫にいれたてのお茶のカップを渡した。

「ありがとう」サビッチはひと口飲み、至福の表情で目を閉じた。

「海賊みたいですてきよ、マイルズ」シャーロックは言った。「小さなテープがいっぱいついてて、とってもセクシーだわ」

「おれの背中のことは、セクシーだって言ってくれなかったぞ」サビッチが文句をつける。

シャーロックは文字どおり身震いした。「そうね。震えが止まったら、言ってあげる」そしてマイルズに補足した。「ずいぶんよくなったんだけど、傷口が開くのを心配せずにストレッチするには、あと一週間かかるそうなの」

サビッチとシャーロックはマイルズと向かいあわせに坐り、ショーンがサムに早口でまくしたてるのを片方の耳で聞いていた。ほとんど意味不明だが、サムには申し分なく理解できているらしい。サムはショーンにブロックを転がしては、ショーンがブロックを転がし返すのを手伝ってやっている。子どもたちがいるのは、リビングのなかでも、オモチャと混沌《こんとん》に支配されている子ども用の一画。こうしておけば大人たちがボールに足を取られて、首を折らないですむ。

シャーロックはブラックジーンズと黒のレースのシャツでシックに決めていた。カールしたとび色の髪はあちこちを向き、瞳の緑は夏の草原のようだ。マイルズはサビッチがそんな彼女にふぬけ面で笑いかけるのを見て、ため息をついた。またケイティのことを考えてしまった。

彼女を最後に見てから、もうすぐ一日半になる。その三十時間が十年にも感じた。

「テネシー東部はいまだ雨が多いそうだ」マイルズは言った。「アッカーマンの離着陸場から飛び立つときは、正直、あんまり大降りなんでびびったよ。あそこじゃ短い休憩をはさんで、いくつも大嵐が来るらしい。ケイティと保安官助手たちは泥と落ちた電線に鼻までつかって、事故はもちろんのこと、道の真ん中で鳴く迷子のウシや、子どもが郵便箱に穴を開けたせいで水浸しになった手紙なんかの対処に追われてたよ」

「そうか、彼女は八面六臂《はちめんろっぴ》の大活躍らしいな」サビッチはシャーロックに背中の傷跡の周囲を掻いてもらうため、体を前に倒した。

マイルズは椅子にもたれて目をつぶった。なにをやってもぱっとせず、自分でもどうしたらいいのかわからない。そもそも気力が萎《な》えており、それはサムも同じだった。クラッカーからは、どうしちゃったの、とひっきりなしに尋ねられる。マイルズは工場のオフィスを手負いのサイのようにうろついたものの、日曜の午後なのでそれを見物してくれる従業員はほとんどいなかった。そのあと家に戻り、そこでもやっぱりうろついた。サムはもう安全なのに、見るからに元気がなく、とはいってもまだ早すぎた。そしてマイルズは、自分には終わらせる権限のない仕事を抱えて、にっちもさっちもいかなくなっている気分だった。

マイルズは目を閉じたままなにごとかつぶやき、なんと言ったか知らないほうがよさそうだとシャーロックは思った。

サビッチはマイルズに眉を吊りあげて見せた。

「これで一日半」マイルズは言った。「三十時間を少し超えたかもな。びっくりだと思わないか?」

「ええ」シャーロックは言った。「まったくもってびっくりよ。あなた、塞ぎこんでるみたいね、マイルズ」少し声を落とし、椅子を彼に近づけた。「サムとショーンは遊びに夢中よ。どういうことだか、わたしたちに説明して」

マイルズはびくりとして目を開いた。「昨日の朝、ケイティにプロポーズしたら、袖にされた」

ふたりは目を丸くしてマイルズを見た。

シャーロックがおずおずと尋ねる。「いま、プロポーズしたって言った？　出会って――そうね――一週間にもならない女性に」

「ああ、ちょうどそれくらいだ」マイルズは言った。「まったく女ってのは。おれにどうしろって言うんだ？　彼女に家の好みまで尋ねて、コロニアル様式は好きだと言ったのにさ」

シャーロックはそっとサビッチの脚に手を置いた。「わたしはコロニアル様式にはあんまり縁がないわ――西海岸にはあまりないから。でも、正直に言ったら、彼がわたしに気づいてくれさえしたら、ディロンとは三日で結婚してたと思う。コロニアル様式であろうとなかろうと」

「よく言うよ」サビッチはシャーロックの手を握った。「当時の記憶があいまいみたいだな、スイートハート。あのころのきみは、おれだけじゃなく、みんなに距離を置いていて、それがようやく、たまたまここに泊まることになり、おれと一夜を過ごした……マイルズに聞かせられる話は、もう全部したんだっけな」

マイルズはショーンを見た。グラハムクラッカーを口に詰めこんでいる。「なんならその話を聞いたことがないふりをするから、助言してくれてもいいんだぞ、サビッチ」口を閉じ、少しして首を振った。「サムがおれにそっくりで、ショーンがおまえに生き写し。不思議なもんだな」

シャーロックは言った。「不屈のX染色体をお持ちだこと」話を本筋に戻す。「それで、ケイティは受け入れてくれなかったのね？」

「ああ。たぶん、出会って一週間しかたっていないからだろう。そりゃ、短いよな、短すぎるさ。考えてみたいと言われて、おれもそれに同意したような気がする。彼女が銃を手放すなんて、おれには考えられない。で、いまは宙ぶらりんさ。彼女、すごくきれいだよな。気づいてたか？」

サビッチはうなずき、笑顔で言った。「どれくらい考えたいって言われたんだ？　まったく希望はないのか？」

マイルズはひょいと肩を持ちあげた。「さあな。期限は切らなかった。でも、正直、おれとサムはまいってる」

「彼女が恋しいの？」

「ああ、それにキーリーも。でも、いちばんの心配はサムなんだ」

「心配って、悪夢でも見るの？　子ども専門の精神科医に診てもらったんでしょう？　先生はなんて言ってた？」

「いや、原因は悪夢じゃない」マイルズは言った。「キーリーだよ。キーリーがいなくて、悲しいのさ。ふたりはあっという間に仲良くなった。こんなことはかつてなかった。そのふたりを引き離すのが、悪夢だったんだ。ケイティとおれは怪物扱いだし、ケイティの母親は三つ叉《また》を持って村人を率いたそうな顔でおれたちのことを見るし。サムももう話してくれるようになったが、落ちこんでるもんだから、口数が少ない。すねてんじゃなくて、不幸せなんだ。永遠にこんなことが続くんじゃないかと思うと、気が重いよ」

「まだ一日ちょっとしかたってないのよ、マイルズ」

サビッチは言った。「それで、医者はなんと言ってる?」

「ドクター・ジョーンズはジェスボローのドクター・レインズに電話したんだろう。それで今朝、サムの診療を引き受けてくれた」

「先生はなんだって?」

「どんな手を使ってでも、ケイティに結婚してもらえと言われた」

全員大笑いだった。サムは顔を上げ、しかめっ面で大人たちを見ると、ふたたびショーンを手伝ってブロックの基地をつくりだした。ブロックが三段積めると、ショーンが雄叫びとともに空手チョップをくりだすせいで、作業が思うようにはかどらない。

「どうするつもり?」シャーロックは尋ねた。

マイルズは身を乗りだした。「あのさ」ゆっくりと先を続けた。「そろそろおれも、バカニーアになるべきときが来たんじゃないかと思うんだ」

「バカニーアってなに、パパ?」

「なんだ、聞いてたのか?」サムはショーンと手をつなぎ、父親の傍らに立っていた。「盗み聞きするには、息をひそめてなきゃならないってことを学んだらしい」

「教えてよ、パパ」

真剣そのものの声だった。「わかったよ、サム」マイルズはサムとショーンの両方を膝に乗せた。「バカニーアってのは、国の許可をもらって、敵の船から強奪していた海賊のことさ。自分の流儀を持っていて、人を率いる力のある男たちだ。おれはいま、そういう男になってみようかと思ってるんだが、おまえはどう思う?」

「パパはいつだってみんなを率いてるよ」

ショーンはサムの腕に口をつけてげっぷをし、頭を上げてシャーロックに言った。「ママ、アップルパイ」

シャーロックは笑いながら立ちあがり、キッチンへ向かった。「アップルパイを出すけど、バカニーアはどうする?」

「おれにはアイパッチを頼む」

サムはげらげら笑った。テネシーを離れて以来、その小さな口からほとばしりでたはじめての笑い声だった。

36

その日の夜十一時、マイルズは自家用飛行機でアッカーマンの離着陸場に到着した。加えること三十分後には、彼が運転するレンタカーはミナ・ベネディクトのドライブウェイに入ろうとしていた。

いまは雨も小降りだが、じき本降りになるのがマイルズにもわかる。低く垂れこめていた霧が浮きあがってきて、すべてを濃い灰色に変えている。山脈はやわらかな霧に包みこまれて、けぶっていた。

故郷に戻ったようだ。

マイルズは、興奮しすぎて無口になっていたサムにドアをノックさせた。

ミナはびっくり仰天しつつも、満面の笑みでふたりを迎えた。「まあ、マイルズとサムじゃないの！　さあ、抱っこしてちょうだい、ぼく。あら、あなたよ、サム、お父さんのほうじゃなくて。ああ、驚いた。あなたたちに会えて嬉しいわ。マイルズ、あなたのお顔がとっても情熱的に見えてよ」

ミナに抱きかかえられるサムをよそに、マイルズは彼女の頭越しにケイティを探した。

「電話したんですが、出なかったんです、ミナ。ケイティとキーリーはどこです？　真夜中近いから、眠ってるのかな？　夜分遅くにすみません。ふたりはもう寝てるんですか？」

ミナが答える前に、サムが口をはさんだ。「ぼくたちがここへ来たのはね、パパが夕ごはんのときにバカニーアになるって決めたからなんだよ。シャーロックおばさんはパパのためのアイパッチを見つけられなかったから、見ただけじゃ、わかんないかもしんないけど」

「サムが言っているのは、ミナ、ぼくが花嫁を略奪しにきたって意味です」

「わかったわ」ミナは言った。起きあがり、サムを自分の脇に押しつけた。にっこりと笑ってマイルズを見た。「それにしても、こんなおかしなことがあるかしら？　ケイティとキーリーは今夜トラックに乗って、バージニアに向かったんですよ」

「え？」

「わあ！」

ミナは少年とその父親に笑顔を向けた。彼らと親戚になるのも、時間の問題だろう。「さあ、入って。ケイティの携帯に電話したらいいわ。立ち去る前にあの子の携帯の番号を訊いておかなかったなんて、驚いちゃうわ」

「教えてくれなかったんです」マイルズは言った。「考えているあいだは、おれに悩まされるのも、サムのことで罪の意識を抱くのも、いやだったんでしょう」

「大丈夫ですよ。心配しないで、サム。キーリーはずっと母親に働きかけてましたからね」

「ぼくもパパにそうするって、言っといたんだ」サムはにこりとした。

「お利口だこと」ミナは言った。「コールファックスまで車だとどれくらい?」

　マイルズはいまにも爆発しそうだった。心臓がばくばくし、胃が縮こまった。「ミナ、どうしてケイティがコールファックスへ向かったのか、ほんとうのところを教えてください。ずばり、お願いします」

「そりゃ、あなたといっしょになるためですよ。あなたがうんと言ってくれたら電話をする、問題はそのあと片づければいいと言ってましたよ」

「からかってるんじゃないでしょうね? ほんとにおれと結婚するためだと? そのためにキーリーとふたりでトラックに乗って出発したんですね?」

「そうよ、マイルズ。あの子ったら、ここをうろうろ歩きまわって、見てるほうがおかしくなりそうだったのよ。保安官助手たちにはがみがみ言いどおしだし、市長のトミーにまで、三度もしつこく血なまぐさい話を聞きたがったって、噛みつくし。どんなに雨が降って、そのことで問題が発生しても、あの子の気は紛れなかった。果てはあのリニーにまで当たり散らす始末。キーリーにまで、これ見よがしなことばかりすると言って癇癪《かんしゃく》を起こして、怒鳴りつけられたキーリーはかわいそうなもんですよ。でも、それでやっと観念したようね。あら、あら、マイルズ、そんな顔して。殿方が考えごとをしているのを見るのって、いいものねえ」

　マイルズは突っ立ったまま口を開け、黙って首を振っていた。まさかあのケイティが自分と同じような行動をとっていたとは。自分がいないと、そしてサムがいないと、悲しくてしかたがないということだ。

「ケイティはバカニーアなんだ」サムが叫んだ。「パパとおんなじだね！」わあわあ言いながら父親の手を握り、小躍りしはじめた。

「結婚のお祝いに、あの子にアイパッチを贈ろうかしら」ミナは言った。「こちらへは自家用飛行機でいらしたの、マイルズ？」

目をぱちくりしながらうなずき、冷静な判断力を取り戻そうとした。

「だったら、帰ったほうがいいんじゃないかしら。あなたより先にあの子が着くのはいやでしょう？　ひどい天気だから、操縦は慎重になさいね」

マイルズはクラッカーを思い浮かべた。ケイティたちが先にコールファックスに到着したとき、クラッカーがふたりを家に招き入れてくれますように。

月曜の夜

ワシントンDC、ジョージタウン

「結婚したね」サムはさも満足げなようすで、コーヒーやシャンパンを手に、クラッカー特製のトリプルチョコレートケーキの周囲に集まった一同に言った。

サビッチが手を伸ばし、サムの髪をかき乱した。「ああ、これで正式に夫婦だぞ、サム」

シャーロックは眠るショーンを胸に、うなずいた。「これであなたとキーリーは兄妹ね」

「やったね」キーリーはそう言って、サムの腕をこつんとやった。

「ほらな。子どもたちがどういう立場だったか、わかるってもんだろ」マイルズは言いながら、切り分けたケーキの皿をまだ少しショックを引きずっているクラッカーに手渡した。

サムが近づいて、彼女の手を叩く。「大丈夫だよ、クラッカーおばさん。ケイティはとってもいい人だし、おばさんを困らせる人がいたら撃ち殺してくれるよ」

クラッカーは思わずケーキにむせた。サムがその背中を叩き、彼女は涙ぐみ、そしてキーリーはシャンパンのグラスを差しだした。

「それよ、わたしにいま必要なのは」クラッカーは苦しそうに言い、シャンパンをあおった。

「あら」ケイティは言った。「こんなこと言って、信じてもらえるかしら、クラッカー？実際は、ティーンエイジャーに清く正しい生活を送らせる方法のほうがよく知ってるのよ。わが町では、わたしがそのへんにいるかぎり、十八歳未満でタバコを吸おうって子はひとりもいないわ」

クラッカーはもうひと口ケーキを食べ、うっとりと目を閉じながら言った。「それならあんまりむごたらしくないわね、ケイティ。サムったら、あなたのことをターミネーターみたいに言うんだもの」

だがサムとキーリーは大人たちの話など聞いていなかった。リビングの隅でひそひそ話に花を咲かせながら、自分たちの両親をちらちらと盗み見ている。

サビッチは立ちあがり、息子をそっと肩に乗せた。「もうすぐ十時だ。われわれは不可能を可能にした。きみたちはたった一日のうちに認可を受けて結婚した」

「古き善きバージニアに待機を定めた法律がなくて感謝だよ」マイルズは言った。「それに巡回裁判所の事務官がある判事の奥さんと懇意でよかった」にたりとする。「一箇所で全部《ワンストップ・》そろった《ショッピング》」

「結婚か」ケイティは目を寄せて、気絶しそうなふりをした。「マイルズと知りあって一週間で、結婚しちゃった」

サムはこの発言を聞き逃さなかったのだろう。キーリーといっしょになってはやしたてた。

「ケイティは悪い連中を撃ち殺せるだけじゃなくて、寄り目までできるのよ、サム」シャーロックは言った。「男にとってこれ以上の女性は望めないんじゃない？」

「ほら、ママ」キーリーは自分も寄り目にして見せた。「あたしもできるんだよ、シャーロックおばさん」

ケイティはサムに言った。「あなたが悪さをしたら、びしびしやるけど、それでもこの結婚が嬉しい？　わたしは厳しいわよ、サム、憶えておいて」

キーリーが笑った。「あたしもサムに言ったんだよ。ふざけたことしたら、猫みたいに木の上に追いやられちゃうよって」

「ふーむ」マイルズは言った。「サムは木登りが得意なんだよ、キーリー。ケイティにコツを教えておいたほうがいいかもしれないな」

「ぼく、悪いことなんかしないよ」サムは輝くばかりの笑みを浮かべ、椅子の背にもたれて、腕を組んだ。

それを機にシャーロックとサビッチは帰ることにした。ショーンは父親に運びだされながら、軽くいびきをかいていた。

子どもたちがベッドに入ったときには、真夜中近くなっていた。キーリーはバスルームをはさんでサムの部屋とつながっている淡いローズ色とクリーム色の美しい寝室におさまった。隣りが気になってしかたがないキーリーが、こっち側のバスルームに一歩でも入ったら殴るからね、とサムに言っている声がケイティにも聞こえた。トイレがあることなど、おかまいなしだ。それに対してサムは、ベッドに入る前にちょいとバスルームを足でつついていった。

クラッカーは以前は物置だった屋根裏を使っていた。床は艶《つや》やかな木製で、ふとのぞきこみたくなるような傾斜のついたコーナーのある続き部屋だ。ケイティは歯を磨きながら、クラッカーが早くうち解けてくれることを願った。あのときクラッカーはケイティのノックに応じてドアを開けたときから、警戒感をあらわにした。クラッカーは、「なんのご用?」と、応対に出ると言った。

「マイルズに会いにきました。わたしはケイティ・ベネディクト。ケイティ・ベネディクト保安官です」ケイティは握手を求め、おずおずと握られたその手を、すぐに下ろした。

「サムを助けてくれた人ね? 残念ながら、マイルズは留守なのよ。バカニーアになるんだとかなんとか、わけのわからないことを口走って、わたしをぎゅっと抱きしめると、幸運を祈ってくれと言って、行き先も告げずにサムを連れて出てっちゃったわ。でも、どうぞお入りになって」クラッカーは道を空け、キーリーがこう言うまでは愛想がよかった。「ママはマイルズと結婚しに来たんだよ。そしたらサムはあたしのお兄ちゃんになって、マイルズはあたしのパパになるんだ」

クラッカーは平手打ちを食らったような顔になり、苦笑混じりに言った。「女の子って、おしゃまなことを言うものね」

ずっと昔のことのようだが、あれは前夜の出来事だ。ケイティは髪を梳《と》かした。編みこみにしかけて、両手を脇に下ろした。これがわたしの初夜。なんて奇妙なの。ワンストップ・ショッピングとは、マイルズもうまいことを言うものだ。ふたりは三〇ドル支払い、それで準備は整った。短い式のあいだ、サムは父親の隣りで偉そうな顔をして背筋を伸ばしていたし、ケイティの隣りにはキーリーがいて、それ以外の人たちは少し下がったところにいた。母が参列できなかったのは残念だけれど、濃霧で一日じゅう、飛行機が飛ばなかったのだから、しかたがない。母は二、三週間したら行くと約束してくれた。しばらくは家族だけで過ごしたほうがいいと言って。

工場でマイルズの右腕として働くピーター・エバンスは、クラッカーと同じくらいショックを受けているようだった。とても友好的だけれど、それ以外の選択肢がないというのが正直なところだろう。タイタンズのラインバッカーのような風貌の男で、髪はシャーロックのように赤かった。

ケイティは飾りのない金の指輪を見おろした。結婚したのね。二度めの結婚。ケイティは誘拐犯ふたりを殺し、愚かな元郵便配達人に自宅を丸焼けにされ、そしてここバージニアで結婚した。二度めの結婚。なんとも奇妙な感覚だった。人生が百八十度変わってしまった感じがするし、実際そのとおりだった。

いまの名前はケイティ・ベネディクト・ケタリング。変な感じ。

もう一度キーリーを寝具にくるみこみ、バスルームの両側のドアが開いているのを確認してから、広い寝室に戻り、マイルズと部屋の端と端から向きあった。大きな窓のある広々とした寝室で、アンティークの家具と特大のベッドが置いてあった。ケイティは胸の前で腕を組んだ。守りの姿勢であり、最大級の闘争逃走反応だった。

この男の前で服を脱ぐなんて、想像できない。知らないに等しい相手なのに、けれど夫となった男。よく考えもせずに、すでに一歩を踏みだしている。

「身長はどれくらいあるの?」ケイティは尋ねた。

マイルズも馬鹿ではない。一歩も近づこうとしなかった。「六フィート二インチってとこかな。ところで、おれはきみに飛びかかるつもりはないぞ」と、にっこり。二〇フィートの距離からフリースローを決めた学生のような笑顔。

ケイティは自分と彼の両方に対して首を振った。「なにもかも突飛すぎるわ」

「でも、この短期間にきみがなし遂げたことを考えてみろよ」指を一本ずつ立てて列挙する。「きみはこの一週間おれといて、それだけあれば、おれがすばらしい配偶者になるのがわかるにはじゅうぶんだし、きみのおかげでおれたちの子は幸せで、あと一週間は悪さをしないかもしれない。きみの新しい名字だって、最悪ってわけじゃない。なによりすばらしいのは、おれが心からきみを好きだってことさ、ケイティ。ほんとだぞ。ウェディングドレス姿を見て、ぐっときたよ」

「三インチのヒールをはいたら、あなたと同じぐらいの身長があるってこと、忘れないで」

「忘れるもんか」七時間前に執りおこなわれた結婚式のとき、はじめて彼女のドレス姿を見た。

「それに歳は三十一」

「ああ、郡の書記にそう言うのを聞いたよ。三十五のおれは、きみより経験が豊富で、きわめて微妙な判断が下せる力があるってことだから、おれのことを全面的に信頼してもらわなきゃならない」開いた手のひらを上にして、彼女のほうに突きだした。「きみをゆだねるには、最高の手だよ、ケイティ」

「はい、はい。あなたのほうが年月を重ねているぶん、どうしたら冗談めかせて、あらゆる面で利口な男になれるかを知っているみたいね」ケイティはいったん黙った。「わたしは誰も信じずにきた。異性をってことよ。カーロが最後」

「そんな金メッキされたろくでなしとつきあったんだから、無理ないさ。でも、おれはおれだし、金メッキなんかどこにもついてない。誓ってもいい、おれはクソ野郎じゃないよ、ケイティ。さあ、そろそろすばらしい月曜の真夜中になる。おれもきみも疲れてて、あのキーリーとサムですら、うだうだ言わずにベッドに入った」

「これが最初で最後かもね」

「こちらに来て、キスさせてくれよ。そのあといっしょにベッドに入って、この一週間ではじめての安らかな眠りをむさぼろう」

ケイティはベッドを見て、そのあとまたマイルズを見た。「もう長いあいだセックスには縁がなかったから、キスのあとどうするか、忘れちゃってるかも」

マイルズは指を折って数えはじめた。

「なにしてるの？」

「最後にセックスしたのは、いつだったかなと思って。指を全部使っても足りないよ。哀れな話さ。なんだったら、ふたりで思い出してみないか？」

ケイティはなにも考えていなかった。脳が活動停止状態に陥っている。自分が着ているナイトシャツを引っぱった。カウボーイハットをかぶったコンコルドが〝ハウディ、ハウディ、おいらはカウボーイ〟と歌っている絵柄がついている。マイルズはそのシャツを消し去りたかった。彼女の長い脚が大好きなのだ。その脚を体に巻きつけられたい。

「きみはベッドのどちら側が好き？」

ケイティは左側を指さした。マイルズがベッドの隣りに入ってくると、ケイティは尋ねた。

「あなたのパジャマ、新品みたいね」

「おれの公式なウェディングパジャマさ」

マイルズは明かりを消した。沈黙が広がる。それから五分後、ケイティは尋ねた。「なにを口ずさんでるの？」

「古いバカニーアの歌だよ」

「マイルズ？」

「うん？」

「ねえ、キスしてみる？ひょっとしたらそのあと、ウェディングパジャマを抽斗に戻せるかもしれない」

マイルズは、結婚したばかりの美しい女にのしかかる若い男を思い浮かべた。少し神経質にはなっているだろうが、肝心な部分は申し分なく機能する。

「ベッドでは楽しくやろうな」マイルズはキスしながら言った。「多少はうめいたり、転げまわったりするかもしれないが、ここには、ほかの問題を持ちこまない。それから、もうひとつ」

「なに？」

「朝になったら、きみに敬意を払うと約束する」

マイルズが上になった。彼女が長い脚を胴体にからみつかせてきて、あえぎながら彼の耳たぶを嚙み、いたるところにキスの雨を降らせだした。「おれたちうまくやれるよ、ケイティ」マイルズは言い、彼女の体をまさぐった。マイルズが上にいてくれなかったら、ケイティの体は窓から飛び去っていたかもしれない。

37

二週間後
ワシントンDC

雄叫びを聞いたシャーロックは、ふり返ってショーンに手を振った。キーリーとサムを追いかけている。つぎの瞬間には、サムがくるりとうしろを向いて手を差し伸べ、ショーンはきゃあきゃあ言いながらその手につかまった。ケイティに話しかけるシャーロックは、笑顔になっていた。「あの子たち、ショーンをよくかわいがってくれるわ」

「ええ、サムったら、ショーンは小さくてなにも知らないから、ぼくが面倒をみてやんなくちゃならないって言ってたわ」

シャーロックは噴きだした。

「キーリーはショーンがあっという間に大きくなっちゃうと言ってるわ。そのあと言ったことが、ふるってるのよ。男の子には学ばなきゃいけないことがたくさんあるから、いまから自分が教えてやったほうがいいかもしれない、ショーンが大きくなってから、いろいろ詰めこむのはいやだから、ですって」

また叫び声。ケイティは肩越しに目をやり、マイルズがキーリーにフリスビーを投げるところを見た。笑い声が満ちている。全身にほのぼのとしたものが広がるのを感じた。

ケイティは言った。「もう二週間になるけど、数学教師を殺す事件は起きていないわね。犯人が別の場所に移ったのかもしれない」

「殺人事件が起きてないのは嬉しいけど、わたしは犯人がよそへ行ってないといいと思ってる。ここを離れられたら、ずっと逮捕がむずかしくなるもの。ディロンは詳しいことは語らず、昔ながらの警察のやり方で捜査を進めてるんだって、にっこりするだけ。ま、そのうちわかるでしょ。わたしはほかの事件で手いっぱいだから、彼の管轄まで侵さずにいるわ。ホットラインへの電話はこの二週間で日に五十件まで落ちこんでるけど、その五十件ですら、チェックするとなると驚くほど手間がかかるの。しかも、成果はゼロなのよ」

「わたしには想像もつかないわね。そういう事件は扱ったことがないから」ケイティは額に手をかざして公園を見渡し、キーリーを見るたび目を留めた。キーリーはサムを追いかけ、そのふたりをショーンが必死で追っている。シャーロックから声をかけられてはじめて、ケイティは自分がいつしか立ち止まり、ぼんやりと虚空をながめているのに気づいた。「どうしたの、ケイティ？」

ケイティはびくっとして、シャーロックを見た。痩せてはいるけれど、空手をしたら、かないそうにない。「あなた、闘うときは卑怯《ひきよう》な手も使う、シャーロック？」

「卑怯な手？　そうねえ。悪いやつから武器を奪いたいときは、それがどんなに汚い手であっても、かまわずやるかってこと？　ええ、やるわよ。どうして？」

ケイティは肩をすくめた。「ちょっと気になっただけよ。ほら、見て、すばらしいお天気。もう十二月なのに。こういう日を小春日和って言うのよね」

シャーロックは明るく暖かい太陽に顔を向けた。あらかた木の葉の落ちた枝を吹き抜けたさわやかな風が、髪をかき乱してゆく。すぐそこまで迫っている冬も、まだ今日は追いついていない。「絶え間ない長雨を終わらせてくれて、神さまに感謝よ。あのままだと、カビが生えるところだったわ。月曜日に吹雪きが始まるまで、あと何日かはいいお天気を楽しめそうね」

「ジェスボローもようやく雨がやんだって、母が言っていたわ。まだいたるところ水浸しだけれど、いつもの状態に戻りつつあるって。母が結婚祝いになにをくれたか、わかる?」

「鞭《むち》とか?」

シャーロックが驚いたことに、ケイティはいまにも泣きだしそうになった。「どうしたの、ケイティ? お母さんがなにをくれたの?」

ケイティは涙をぬぐい、首を振った。「取り乱すつもりはなかったんだけど。あなたは鞭と言ったのよね――おもしろい。でも、実際に母がくれたものは、それを目にするたび、わたしにとってそれがどんなに意味があって、母がそのことを知っていてくれたんだと気づかされるものよ。母は手元にあった家族の写真をすべて、焼き増しして大きなアルバム三つに貼ってくれたの。自宅が焼けたとき、うちにあった写真はすべて燃えてしまった。でも、母のおかげで、五歳になるまでのキーリーをふたたび手に入れることができたの」

「なんてすてきなの。すばらしいお母さんね、ケイティ。そんなおばあちゃんができて、サムは幸せよ。たしかクリスマスには、家族そろってジェスボローに帰るんでしょう？ それで、そのときお母さんと友人のために教会で式を挙げるのよね？」

ケイティはうなずいた。「母はまだこちらに来るのを遠慮しているわ。わたしたち四人がたがいに慣れて落ち着く時間がいるだろうからって」ケイティは深呼吸した。「わかるかしら、シャーロック。ここと テネシー東部じゃ、においが全然違う」

「でしょうね」シャーロックは言った。「ここじゃ、いつも排気ガスのにおいがするから」

「ううん、それだけじゃなくて」

「だとしたら、政治家臭ね。排気ガス以上の悪臭よ。でも、ワシントンも春になればそれはきれいなのよ。政治家のことさえ頭から追いだせればだけど」

ケイティは笑ったが、耳ざといシャーロックには、無理に絞りだした笑い声であることがわかった。ケイティは話題を変えた。「サビッチが回復したら、すぐにでも手合わせしたいと、昨日マイルズが言っていたわ」

「最後は罵倒《ばとう》の応酬と青あざだらけになるのにね。あなたが鎮痛用の軟膏《なんこう》を塗るのが得意だといいけど」

「任せて。マイルズには、勝ったほうにあなたが興奮すると言っておく」

シャーロックは嬉しそうだった。「あなたが結婚して十三日よ、ケイティ。てことは、あなたとマイルズが知りあって、もう三週間！ それで、ふたりの仲はどうなの？」

ケイティは眉を吊りあげた。「ゲストルームじゃ寝ていないわよ、それがあなたの訊きたいことなら」

「まあね、わたしもあなたがそんなとこで寝てないことを願うわ。ディロンにも言ったんだけど、マイルズはすごくいい人ってだけじゃなくて、ぺたんこのすばらしいお腹の持ち主でもあるわ」

「ええ、そうね」

「そんな人を誰が拒めて？」

「わたしには拒めなかった。だったら、教えてあげるけど、シャーロック、マイルズは世界一セクシーな男でもあるのよ」

心やさしいシャーロックは、ケイティの明らかな間違いを正さなかった。ケイティは大きな誤解をしている――世界一セクシーな男といったら、ディロンしかいない。誰がなんと言おうと。もっとケイティとつきあいが深くなったら、教えてあげてもいい。シャーロックは眉をひそめた。「おたがいに深い好意を抱いていて、おたがいやその家族にきちんと向きあっていれば、その親密さを梃子《てこ》にしてうわべの飾りを取っ払い、いっきにものごとを進められるものなのかもね。ほら、男のボクサー姿や無精ひげを見たら、決まりの悪さなんてたちまち消えちゃうもの」

「でも、どちらもまだ手探り状態よ。相手を傷つけたり、怒らせたりするのが怖いし、子どもたちのどちらかを動揺させるようなことはしたくないし」

「サムとキーリーは落ち着いた？　それともなにか問題でもあるの？」

「つまらない口喧嘩はしょっちゅうだけど、そうね、あの子たちは信じられないほどうまくやってる。今朝も六時から、ふたりしてわたしたちのベッドに飛びこんできて。ええ……いい感じだった。キーリーが一生、サムと出会えなかったかもしれないなんて、いまとなっては考えられないわ。それくらい仲がいいの。クラッカーについては、なにを考えているか見当もつかない。だいたいはひとりで屋根裏の続き部屋にいるか、夜は友だちと、映画かなんかに出かけてるみたい。たまに顔を合わせたときは、感じよく接してくれているけれど、まだおつきあいしてる人がいないんなら、探してほしいと心から思うわ」

シャーロックはカエデの小枝を折って、それを嚙んだ。「彼女、マイルズと結婚したかったのよ」

「そんなことだろうと思った。それでも、クラッカーはわたしによくしようとしてる。彼女にしてみたら、ショックなんてもんじゃないでしょうに」

「この際だから説明しておくと、彼女はアリシアが亡くなったあと、サムの面倒をみるために引っ越してきたの。それ自体は立派よ。サムもマイルズも落ちこんでいて、彼女がいることで安定が得られたんだから。でも、もう二年以上になるし、あなたが来たんだから、新しい人生を始めなきゃ」

「そしてマイルズ以外のいい男を見つける」

「前置きはこれくらいにして、ケイティ、なにが問題なの？」

「だったら言うけど、わたし、なんだかむずむずして、落ち着かないのよ。最初の週は、あのきれいな家を隅々まで歩きまわって、手に豆ができるまで木の葉を熊手で集め、日に二度は母と話し、立っていられなくなるまで子どもたちと遊んだ。そして先週は……そうなの、もう愚痴りだしていたわ。マイルズにじゃなくて、ジェスボローにいるドクター・レインズ、つまり親友のシーラにね。彼女なら受け止めてくれる。いろいろ助言してくれたけれど、わたしは落ちこむいっぽう。彼女は辛抱しろとか、落ち着くには時間がかかるとか言うのをやめて、文字どおりの意味じゃないけど頭をなでてくれたわ。

知ってのとおり、わたしはジェスボローの保安官局に休暇届を出してきた。その結果、いまはウェイドが一時的に責任者の座におさまり、それはそれでいいんだけど――」ケイティは肩をすくめて、ため息をついた。咳払いをしてから、話を続けた。「ごめんなさい。子どもたちは、一週間半前から幼稚園に戻ったわ。サムはクラスの人気者で、残念ながらキーリーは一学年下だけど、あの子もうまくやっているみたい。ジェスボローの友だちを懐かしがってはいるけれど、いまはサムがいて、それで埋めあわせがついているの。サムはキーリーも友だちの輪に入れてくれるし、サムはキーリーの学年の番犬みたいなものよ。まだ結論を出せる段階じゃないのはわかってる。それまでには埋めなきゃいけない時間がたくさんあって、そんな時間があるなんて、わたしは夢にも思っていなかった」

「ケイティ――」

「わかってる、わかってるから、ぶたないで。で、これがわたしの言いたいことよ、シャーロック。わたしにはなにか手応えのあるもの、やりがいのあるなにかがいる——」

そうね、保安官に戻るとか、とシャーロックは思いながら言った。「その気持ちはわたしにも痛いほどわかる。ドクター・レインズが言ったとおり、もう少し時間をかけてみて、ケイティ。まずマイルズに話してみたら? 彼はあなたの夫よ。だからあなたはもうひとりじゃないの。もうひとつ、大きな脳みそを足して考えてみなきゃ。とりあえず現段階では、悪いことじゃないはずよ」

「妥協しろと諭すつもりみたいね」

「いい結婚生活には妥協はつきものだもの。わたしだってたまに嫌気がさして、叫びたくなることがあるんだから」

「ええ、そうね。わかった、彼に話してみる。でも、もう少ししたらね。マイルズはいま一心不乱に働いてるから」

シャーロックはうなずいた。「ドクター・レインズからほかにどんなことを言われた?」

「ウェイドは保安官然として、うまくやってるって。みんなわたしに会いたがってて、いつ戻るのかと尋ねられるそうよ。それなのに、わたしにはいずれとしか答えられない」

ケイティはうんざりしたように、首を振りだした。「ついに昨日は、料理の本を読みはじめちゃった」ため息をつく。「ほんと、馬鹿みたいだけれど、結婚したときは二週間後のことなんか全然考えていなかったの。ひと月後のことも、一年後のことも、まったくよ。こうするのが正しいと信じて、結婚式のあとのことを考えるのが二の次になっていた。保安官をやめるとか、はじめての土地に、知った通りもお店も人もいない場所に住むとか、わたしにとっては一度も考えたことのない出来事だった。ごめん、また愚痴って。いやになる。大人になるのって、ときにものすごくたいへんね」

「それは事実ね」シャーロックは言った。「ハネムーンの予定は？」

「マイルズが工場でしゃかりきになって働いてるのよ。やることが山ほどあると言っているわ。まだ決まってない契約条件とか、ヘリコプターの誘導システムの設計上の問題点とか。先週は夕食にも三度、間に合わなかったくらい」

「なるほどね」シャーロックは言った。「ケイティ、あなたたちやっぱり話しあわなきゃだめよ。ほら、見て、マイルズがサムに投げたフリスビー」

ケイティは体をひねり、サムに向かって飛んでいくフリスビーを目で追った。サムは高々と跳びあがって、フリスビーをつかんだ。マイルズとディロンが笑っている。男ふたりでなにを話しているのだろう？　話題はわたし？　彼の人生について、わたしがシャーロックに言ったのと同じことを話したの？

サビッチはマイルズとともにサムが空中に跳びあがり、曲げた指をフリスビーの縁に引っかけてたぐり寄せるのを見ながら、マイルズに話しかけた。「今年はレッドスキンズを見かぎるしかないな」

「まったくだ」マイルズは言った。「ここまでくると、気が滅入りすぎて、試合を見つづけることすら苦痛さ。終わってみなきゃわからないが、レイダーズが行きそうな気がする。サムのあのキャッチ、なかなかのもんだったと思わないか？　フリスビーに関しちゃオリンピック級さ。三つのときからやってるんだ」

「おれも来年にはショーンに教えようと思ってる。おまえが言うとおり、レイダーズは行けるかもしれないな。ジェリー・ライスにチャーリー・ガーナー――あいつらも、まだやめそうにないし。ケイティはフットボールは好きなのか？」

「考えてみろよ。うちの奥さんがフットボールを好きかどうか、知る暇があったと思うか？　最初の日曜はボーやクランシーの心配をしないでのんびりし、子どもたちをピザとアイスクリームを食べに連れていき、九時にはベッドに入ってたよ。明日、キックオフの時間に彼女が騒ぎだすかどうかでわかるだろ」

「おい、ショーン、戻ってこい！」

サビッチは駆けだした。息子をひょいと抱えて頭上で揺らし、ショーンから笑いとも歓声ともつかない声を引きだした。

サビッチがショーンを小脇に抱えて駆け足で戻ってくると、マイルズは言った。「ポルシェのエンジン音っていいよな。チューンアップはしてるのか？」

「やってるよ。神が造られしあの車が一度でもしゃっくりをしたら、即、調べてもらうことにしてる。いい音だろ？」

「だから、いい音だって言ってるだろ。シャーロックが言ってたぞ。ショーンはあの車が大好きで、おまえ、ショーンが十八になったらやるって約束したんだってな」

「ああ、したよ」

「そのころには、ポルシェは博物館入りさ」

サビッチはにやりとした。「だったら、言わせてもらうが、おまえがマカミーから残してもらったものなんぞ、頬のうっすらとした傷跡だけじゃないか。一生、消えないかもしれないぞ」

マイルズは顔に触れた。「いいね。おれのイメージにぴったりだ」

サビッチは笑顔になった。「おまえが結婚して、クラッカーはどうしてる？」

「うまいことやってるよ。ものに動じない人だからな。まったく問題ない」

マイルズが義妹の恋心にまるで気づいていないのか、あるいは気づいていて拒否しているのか、サビッチにはわからなかった。クラッカーがひとつ屋根のもとに別の女、しかもマイルズの妻の座にある女がいて、幸せにやっているとは、とうてい思えない。

そのとき、銃声がした。風のない空間に鋭くはっきりと響いた。近くはない。もっと先、ケイティとシャーロックがいるほうだ。

一瞬ふたりは凍りついた。マイルズが走りだす。「おい、なんだ！　なにが起きた！」

サビッチが叫んだ。「シャーロック、ケイティ、銃だ！　伏せろ！」

「サビッチ、ショーンを木の裏に連れていけ！　おれは子どもたちを守る」

さらに矢継ぎ早に二発、さっきより近くから聞こえた。

サビッチはショーンを抱いてオークの巨木の裏に膝をつく間際、かすめ飛ぶ二発めの銃弾の熱をたしかに感じた。ショーンは泣きわめいているものの、恐怖に震えの止まらない父親には、全身で子どもにおおいかぶさりながら、揺すってやることしかできない。

見ると、シャーロックとケイティは三〇フィートほど先の四角いゴミ容器の裏にしゃがんでいた。シャーロックはあたりのようすをうかがい、ケイティは四つん這《ば》いになって、携帯電話を取りだしていた。

車のドアの閉まる音はしたが、肝心の車が見あたらない。ショーンになにくれとなくささやきかけるサビッチは、息子のすすり泣きを聞き、小さな体を波打たせてしがみついてくるのを感じた。

何者かによって、ショーンが撃ち殺されかけた。「マイルズ？」

マイルズは息を切らしていた。「キーリーとサムはここだ。おまえから二〇フィートぐらいうしろにいる。ショーンは無事か？」

「ああ、怯《おび》えきってるだけだ。おれもだ」

やがて声が聞こえてきた。たくさんの声。泣き叫んでいる人もいる。さいわい公園はすいていたが、それでもかなりの人がいた。

サビッチは地面に坐りこみ、オークの幹にもたれた。ショーンを抱きしめて、前後に揺すった。

三十秒もせずに、シャーロックが胸に飛びこんできた。ショーンをあいだにはさみ、サビッチに顔をつけてささやいた。「よかった、あなたたちが無事で」

「怪我ひとつないよ」落ち着きの戻った声ながら、サビッチは彼女を離そうとしなかった。サビッチはケイティの声を聞いた。キーリーをぎゅっと抱きしめながら、サムに話しかけている。「ねえ、サム、ジェスボローで縁が切れたと思ってた大興奮が、再現されたみたいじゃなかった？　で、あなたはちゃんとゴミ箱の裏に隠れたの？」

「悪いやつがいっぱいだね、ケイティ」サムは父親に脇に張りつき、まばたきしながらケイティを見ていた。「近くにゴミ箱がなかったんだ」首を振る。「パパがぼくとキーリーをつかんで、大きな木の裏に隠れたんだよ」ふと黙りこみ、額に皺《しわ》を寄せる。「今度は誰がぼくを狙ったの？」

「サムが悪い子だって聞いた誰かだよ」キーリーの気遣いに幸あれ。彼女は手を突きだして、サムをこづいた。

「サム、今回狙われたのは、おまえじゃないよ」マイルズは言った。「みんな大丈夫か？　どこも怪我はないか？」

「嘘じゃない、パパ？」サムは尋ねた。

マイルズはにこにこしながら子どもたちふたりを抱きあげ、ケイティに手を伸ばした。シャーロックとサビッチのように、ふたりは長いあいだそうやって寄り添っていた。動悸が鎮まるまでは離れられない。

「九一一に電話したわ」ケイティは言った。「じきに来るはずよ」

シャーロックは言った。「けたたましい音をたてて出ていく最新型の白のカムリを見たわ。

ナンバープレートも一部だけど確認できた。WT二七——この四文字よ」
サビッチはマイルズと顔を見あわせた。「どうやら女性陣のほうが大物らしい」
そしてケイティは、一刻も早くトイレに行かねばならなかった。

38

それから三時間ほどして、ケイティとマイルズは子どもたちを寝かしつけた。まだ夜の七時だが、ふたりともアドレナリンを放出しすぎたせいで、ぐったりしていた。

長い廊下を夫婦の寝室に向かいながら、マイルズは言った。「助かったよ、明かりを消すみたいに寝てくれて。こんなこともあるんだな」

「そうね。キーリーなんて、わたしが絵本の一ページめを読みはじめる前に寝ちゃったわ。公園での襲撃のことも、あまり言っていなかったし」

「サムも同じだ。ショーンが父親の腕で眠りに落ちたところ、見たかい？　よかったよ、サビッチもあの子を離せそうになかった。それにシャーロックのあの心配そうな顔、見ていられなかったよ。なんでこんなことが起きる？　おれたちは子ども連れで公園にいたんだぞ！」

「マイルズ――」

「そりゃ、いまは子どもたちも平気そうに見えるが、明日はどうだ？　明後日は？　おれはここは軽く流して、冒険のように扱い、サムには焦点を当てないようにしたほうがいいと考えた。これで乗りきれることを祈るよ。今回はサムも、ジェスボローにいたときのように怯えて内にこもらなかったし、キーリーも大丈夫そうだ」ぶるっと震える。「何者かがサビッチかシャーロックを狙ったんだろう」パンツのポケットの中身を、ドレッサーの上にならべだした。「狙われたのがサムじゃないから、多少は恐怖も弱まるよな」

「ええ、そうね。マイルズ――」

「だが、ケイティ、あんなに怯えたサビッチを見たのははじめてだ。幽霊みたいに青ざめて、シャーロックにさえショーンを渡そうとしない。犯人のくそったれは公園のただなかでサビッチを狙い、あやうくショーンを殺しかけた。サムやキーリーや、おれたちの誰かがそうなっていてもおかしくなかったんだ」

「マイルズ――」

マイルズは札入れをドレッサーに置き、バスルームのドアの傍らに立つケイティを見やった。「なに？」

「くそったれがサビッチやシャーロックを狙ったとはかぎらないわ」

「どういう意味だ？」

ケイティは革のジャケットをゆっくりと肩から脱ぎ、そのまま床に落とした。長いグレイのスエットを持ちあげると、血に染まったジーンズがあらわれた。「くそったれが狙ったのは、わたしかもしれないってこと」

マイルズにはどうにもこうにも受け入れられなかった。木偶《でく》の坊よろしく立ちつくし、血を凝視していた。やがて、その口から音をたてて息が吐きだされた。「おい、なんだよ、怪我してるじゃないか」つぎの瞬間には、ケイティの横にいた。顔は紅潮し、手は震えている。「なぜ黙ってた？　ひと言も言わなかったじゃないか！　いますぐ緊急治療室へ連れていく。おれに黙ってるってのは、どういうことだ？　警官からいろいろ訊かれて答えていたあいだも、おくびにも出さなかったろ？　いいか、静かにして、気絶するなよ」

「気絶なんかしません。そこまで重症じゃないわ。銃弾に腰の側面の肉を少し削り取られただけよ。ジーンズを下ろすのを手伝ってくれたら、傷口を確認できるんだけど」

「黙ってろ。そういうことだったのか。キーリーをおれに頼んで、公園の公衆トイレに入ったのは」マイルズは妻の前に膝をつき、ジーンズのファスナーを下ろした。ゆっくり慎重に布を下げていく。ケイティはスエットシャツの裾を引き裂いて、傷口に巻きつけていた。その布が血まみれになっているが、マイルズの見るところ、新しい血ではなかった。「布ははがさないぞ。また出血するかもしれない」立ちあがり、彼女がジーンズを上げるのを手伝った。「クラッカーにちょっと出かけると言ってくる。動くなよ、ケイティ」

彼が離れているあいだに、ケイティはタイレノールをさらに二錠のんだ。戻ってきたマイルズは、バスルームの鏡に映る彼女のまっ白な顔と、タイレノールの瓶を目の当たりにすることになった。黙って彼女を抱きあげ、外の車に運んだ。ケイティは言った。「あなたに打ち明けたら痛みがひどくなったわ。おかしなものよね」

ケイティの息は軽く浅く、軽傷にしても痛みがひどいのは明らかだった。彼女の体に銃弾が当たったかと思うと、むかっ腹が立つ。マイルズにはどうにも納得がいかなかった。しかもケイティは、ひと言も自分に言ってくれなかった。

ケイティはそっとシートベルトを締めてくれたマイルズに感謝した。

「がんばれよ、ケイティ。病院までは十分足らずだからな」アクセルを踏みこまないでいるのは苦痛だったが、ケイティを前に吹き飛ばすわけにはいかない。

赤信号に引っかかると、マイルズは拳でハンドルを叩いた。ケイティは彼の首筋に血管が浮かんでいるのに気づいた。怒っている。無理もない。マイルズが口を開いた。「これ以上待てない。ケイティ、理由を聞かせてくれ。おれに言わなかった、納得のいく理由を」彼の声は低く冷ややかで、いっさいの抑揚を欠いていた。この人は怒鳴るということがないの？

そのとき鋭い痛みが襲いかかり、ケイティは沈黙を強いられた。

「おい、言い訳しないのか？」そろそろ怒鳴りそうだ、とケイティは思った。笑顔になりかけたが、やめておいた。

自分を抑えて彼に言った。「子どもたちよ。撃たれたことをサムとキーリーに隠しておきたかったの。あの子たちはさんざんな目に遭って、とりわけサムはそうで、こんなことでまた負担をかけたくない。だって、ひどい怪我なら、マイルズ、わたしだってわっと叫んでいるわ。でも、そこまでじゃなかった。子どもたちを寝かしつけるまで放置しても大丈夫だと判断した。それを唐突にあなたに打ち明けて、あなたには悪いことをしたと思ってる」

「悪いですむか」

いまあてこすりが言えるのは、悪いことじゃない。ケイティは言った。「わたしは公園の女性用トイレでスエットシャツを裂いて、ジーンズを下ろし、裂いた布を傷口にしっかりと巻きつけたわ。傷ついたのは表面だけみたいだったし、弾は体に残っていない。死にはしないわ」

「ああ、そうしてくれ。死んだらおれが怒り狂うぞ。サムもキーリーもだ」

「今回のこと、あの子たちには教えたくない」

マイルズはメルセデスを駆って、猛スピードで病院の駐車場に入り、緊急治療室の前のロータリーに車を進めた。狙いどおり、すぐに気づいてもらえた。

看護師がジーンズを下ろし、裂いたスエットシャツをほどくあいだ、マイルズは彼女の手を握っていた。直接傷口にあてがわれていた布切れは血を吸ってまっ赤に染まっていた。看護師はその布には手をつけなかった。しばらく待たされ、マイルズが怒鳴ろうとしたつぎの瞬間、ドクター・ピアースが息を切らして治療室に駆けこんできた。「おい、銃創だと聞いたが」医者は言いながら、ケイティの腰を見おろした。「なんとまあ。発砲事件があったのは知っていたが、FBIがらみと聞いていたぞ、ミスター・ケタリング。怪我人が出たという話もなかった。なぜすぐに医者に診せなかったのか、わたしには理解できん」

「それについてはあとで話しあうことにして、ドクター・ピアース」ケイティは言った。「お願いですから、先に片づけちゃってください」

「少々痛みますぞ、ミセス・ケタリング」医者は患部にあてがわれた布をどうにか引きはがしたものの、それには当然ひどい痛みを伴った。ケイティは絶叫しかけた。

それでも唇を嚙みしめ、マイルズの手を握りしめていると、看護師がアルコールを使って乾いた血を拭き取ってくれた。

「腰の側面の肉の部分を銃弾に削ぎ取られたようですな、ミセス・ケタリング。おふたりともご存じだろうが、この件は警察に通報せねばならん」

「承知しています」マイルズは言った。「すぐにERに来なかったために、不審に思っておられるでしょうが、妻は子どもたちに自分が撃たれたことを知らせたくなかったんです。それでこの時間になりました」

「賢明な判断とは言えませんな、ミセス・ケタリング」

「きっと、あなたのような方なら、わが子に血を流しているところをお見せになるんでしょうね」

医者はふと手を止め、合点がいったようにうなずいた。「あなた、警官か？」

「保安官です。ですから重傷なのか、少し待てるのか、判断がつきます。腰なら撃たれても脂肪しかなく、脂肪ならすぐに回復します」

マイルズは言った。「首都警察のレイバン刑事に電話して、事件のことは刑事から聞いてください。ついでに、うちの妻にも事情を聞きたがるでしょう」

「わかったよ。ミセス・ケタリング、この手の傷はひどく痛む。これから点滴をして、モルヒネを与えるから、一、二分もすると、診察台の上で眠りたくなるだろう。そうなったら、傷口を消毒して、皮膚を縫いあわせる。レントゲンは撮らなくていいだろう。あとはご主人の手をしっかりと握っておられよ。以上」

ケイティは息を詰め、処置は終わった。医者はしばしその場を離れた。レイバン刑事に電話をしているのだろう。

一時間後、ケイティはマイルズに支えられ、ゆっくりとした足取りで病院を出た。

「すぐによくなる」マイルズは言った。自分に言い聞かせているみたい、とケイティは思った。マイルズが細心の注意を払ってシートベルトを締めた。「医者が運がよかったと言っていたぞ。よし、動くなよ」

「わかってるわ」

マイルズが車を駐車場から出すとき、ケイティは言った。「ありがとう、マイルズ。わたしと同じくらい、あなたのお尻が痛んでいるのはわかっているつもりよ。感謝してる」

「きみはおれの連れあいだぞ。きみのケツにヨードチンキをつけて、おれだけ寝るとでも思ってたのか?」

怒りがぶり返したらしい、とケイティは思った。こんなにぼんやりして、脳が綿になっていなければ、大笑いするのに。「どこへ行くの?」

マイルズはちらっと、ケイティを見た。「終日営業している薬局に寄って、バイコディンの処方箋を調剤してもらう。一日、二日は、四時間ごとに二錠ずつのまなきゃならない」

「もう元気なのに」

「モルヒネのおかげさ」

「お尻に乾いた血があんなについてるのを見たら、あなただってうろたえるわよね」

「喧嘩を売るのはやめろ、ケイティ。それでなくても腹が――」

「怒られるのはかまわない。子どもたちに悟られさえしなければ」

マイルズは音をたてて息を吸った。「明日、きみが元気になったのを確認できたら、誰が犯人なのか考えてみよう。レイバン刑事も頭を悩ませているはずだ。明日には、ＦＢＩの半分を引き連れてやってくるぞ」

「来たきゃ来ればいいわ」ケイティは目を閉じて眠りに落ち、彼が終日営業の薬局に立ち寄ったのに気づかなかった。服を脱がされてベッドに寝かされたときも、目を覚まさなかった。二時に起こされてバイコディンを二錠のまされるまでマイルズが自分の手を握っていたことを知らなかったし、その後、長い夜が終わるまで彼が手を握りつづけてくれたことも、知らなかった。

翌朝目を覚ますと、愛しのモルヒネは記憶のかなたに追いやられ、腰の傷口が痛みを主張していた。マイルズから大きな錠剤を二錠差しだされたときは、おとなしくのんだ。

「いけない」彼女は言った。「子どもたちはどこ？」

「おれが面倒みるよ。まだ早い。あいつらが起きたら、きみは胃が痛いみたいだから、起きてくるまでほっといてやろうと言っておく。いいな？」

「やっぱり親ね。いいお父さんだわ。ありがとう、マイルズ」

マイルズはケイティの前を行きつ戻りつしていたが、やがて彼女を見て言った。「ケイティ、今回のことをおれなりに考えてみた。きみの選択は正しかった。サムとキーリーが今朝どんなようすで、昨日のショックを引きずっているのかどうかわからないが、きみが撃たれたと知っていたら、状況はずっと悪くなっていただろう。だから、お礼を言わなきゃならない。さて、おれはできるだけ長く警官を遠ざけておくから、急いでよくなってくれよ」

「すぐによくなるわ。そうね、午後いちばんとか？」

十分もすると、腰の痛みは軽くなり、ケイティはふたたび眠りに落ちた。

しばらく戸口に佇《たたず》んでいたマイルズは、腕時計を見た。まだ六時半。子どもたちはいつ起きてきてもおかしくない。子どもに嘘をつくなんぞ最低だが、今回はそうも言っていられない。うまくごまかせるといいのだが。サムの目が苦悩ゆえにからっぽになるのは、もう二度と見たくない。

39

公園へ行った日の夜八時、首都警察の本部でレイバン刑事と別れてからわずか三時間後、サビッチはキッチンの戸口で立ち止まり、シャーロックがショーンの口からスパゲッティのソースを拭き取るのをながめていた。拭いた先から、ショーンがつぎのひと口で汚してしまう。発砲騒ぎのために帰宅が遅くなり、ショーンはお腹をすかせ、疲れていて、しかも興奮していた。両親としては、サビッチのスパゲッティが息子を眠らせてくれるのを願うばかりだ。サビッチは息子に目をやったまま、シャーロックに言った。「信じられないような話を聞く心の余裕はあるかい？」

シャーロックは中空で手を止め、腰を起こした。「あなたがマイルズと電話してたのは知ってるけど、なにがあったの？」

「今日の発砲犯のことだ。狙っていたのはおれじゃなくて、ケイティだったらしい」

「ケイティを？　どういうこと？」

サビッチがしばらく黙っていると、ショーンがスプーンで皿を叩き、椅子から下りて、部屋の隅にあったオレンジ色のプラスチックボールに駆け寄った。ボールに向かって、ぽんぽんしたげるかんね、と話しかけている。

シャーロックが見あげると、サビッチは言った。「ケイティが撃たれていた」

「ええ？　どういうこと？　ありえないわ！　彼女はなにも言ってなかったし、怪我をしたようなそぶりは――」

サビッチはキャビネットのひとつにもたれ、目を閉じた。「ケイティは腰を撃たれ、おれたち全員に隠しとおした。銃弾は肉を削り取っていた。大事にはいたらないそうだ。マイルズはケイティが看護師にローブに着替えさせてもらっているうちに、緊急治療室から電話してきた。帰宅して、子どもたちを寝かしつけるまで、黙っていたらしい。そのあとマイルズに話した。あいつはまだ震えあがったまま、まともに話もできない状態だった」

「ケイティはほんとに大丈夫なのね？」

「ああ、じきモルヒネがもたらしてくれる笑みとともに、病院を出られるそうだ。何日か休めば、元気になる」

シャーロックは鍋《なべ》つかみをつかんで、どこへともなく投げつけた。気分を鎮めつつ、音がしないのでショーンを驚かせずにすむ。「信じられないわ、ディロン。馬鹿げてるし、どうかしてる。怪我をしていながら、誰にも漏らさなかったってことでしょう？　そんなの間違ってる、しちゃいけないことよ」

「彼女が黙っていたのは、子どもたちをこれ以上怯えさせたくなかったからだ。それを考えたら、ケイティの気持ちも理解できる。彼女が下した大人の判断だと、おれは思う」

シャーロックの心臓はいまだ早鐘を打っていた。気持ちを鎮めようと、もうひとつの鍋つかみを壁に投げつけた。「気丈な人ね」深々と息を吸う。「わたしにもそんな気骨があるのを願うわ。でも、ディロン、犯人が彼女を撃ったんだとしたら——」

「おれは標的じゃなかったってことだ。あるいは、真の標的はおれで、手始めに彼女を撃ったか」

サビッチはキャビネットから起きあがり、肩をすくめた。「誰が犯人にしろ、ひょっとするとそいつは、おれたちを怖がらせるのが目的だったのかもしれない。いまの段階じゃ、どんな仮説も成立する。無差別発砲だった可能性すらある」とはいえ、ふたりとも、そんな可能性は一瞬たりと信じていない。

サビッチはオレンジ色のボールをしっかりとつかんでいるショーンを抱きあげ、リビングの表側の窓に向かい、暗く穏やかな夜を見つめた。天気予報では月曜には嵐がきて、華々しく冬の到来を告げる。そうなれば気温は急降下する。ショーンはボールを取り落とし、エンドテーブルの下に転がりこむのを見ていた。父親の耳に口を近づけ、顔をぺしぺし叩きながら、〝スパゲッティ、おいしかった〟とかなんとか、サビッチには理解不能なことを言った。

「ショーンは子犬《パピー》が欲しいと言ったのかな」

あんまりとんちんかんなので、シャーロックもつい声を上げて笑い、眠たそうな息子にキスをした。

サビッチはというと、顔をこわばらせ、そわそわと手を動かし、彫刻のときにできた手や指の傷跡を見ている。シャーロックには、サビッチがにわかに、痛烈な感覚に襲われているのがわかった。銃弾が彼とショーンをかすめ飛んだときは、シャーロック自身も同じように感じた。そんな彼を見ていると、叫びだしたいと同時に泣きたくなる。長い沈黙のあげく、サビッチは言葉をもう胸の内に貯めこんでおけなくなったように話しだした。「あと少しだった、シャーロック、あと少しで命中していた。ショーンが殺されていたかもしれない」

彼の気持ちがわからないわけがない。心をむしばむような恐怖と、無条件の無力感。シャーロックはうなずき、なにも言わずに近づいた。

ショーンは父親の肩で眠っている。サビッチはその背中をなで、頭に手を添えつつ、一瞬恐怖に顔を引きつらせた。静かな声で言った。「おれは今日、とことん考えた。おれが大人になってから、ほぼすべての年月をかけてやってきたこと、捜査官という自分の仕事をだ。もし……もし、おれの息子だからという理由で、こいつが悪党に殺されたら？　それはおれのせいだ、シャーロック。ほかの誰でもなく、悪いのはおれであり、おれが選んだ職業のせいということになる。そうなったら、おれはもう生きていけない」

「そうね」シャーロックは夫を凝視したまま、噛みしめるように言った。「あなたもわたしも」

サビッチはさらに突き進み、苦しい胸の内を吐露した。「あくまで仮定の話だが、別の仕事につくことを考えるべきかもしれない」いまサビッチは天地がひっくり返るような発言をしたのに、大地は割れず、彼が呑みこまれることもなかった。口にした言葉が中空に浮き、ふたりのあいだに横たわる。サビッチは黙って、これまで一顧だにしたことのない発言がしかるべき場所におさまるのを待った。突然、ショーンが手のなかで動き、父親に笑いかけた。濡れた指で父の顔を叩く。

シャーロックは近づいた。発砲された直後と同じように、ショーンをあいだにはさんでサビッチに腕をまわした。治りかけの背中の傷跡をそっと掻く。ふたりはしばらく黙って抱きあっていた。五、六分そうしていただろうか。シャーロックはつと顔を上げ、彼の頬に手をやった。さいわい、ショーンと違って濡れていない。「あのね、ディロン、なにもかもあなたの言うとおりだと思う」

サビッチは驚いて、窓に倒れかかりそうになった。「ほんとに?」

「ええ。でも、あなたはひとつ忘れているわ。あなたが誰よりも優秀な捜査官だってことよ」

「かもしれないが、ショーンのことを考えると――」

シャーロックはうなずいた。「わたしたちふたりとも、あんまり怖かったせいで、頭が壊れそうになった。でも、立ち止まって考えれば、答えはそれほど苦労せずに出る」

サビッチは顔を上げた。「どんな答えだ?」彼の声にいらだちを聞き取り、シャーロックは喜んだ。ここでへたに反論すれば、サビッチはシャーロック自身も屈してしまいそうになっている不安と罪悪感ゆえに、ますます自分を追いつめるだろう。

シャーロックはつま先立ちになってキスし、もう一度息子もろともサビッチを抱きしめた。

「ディロン、あなたは賢い人よ」

「そうだとして、なにが言いたい？　答えとはなんだ？」

サビッチに笑いかけ、もう一度彼と息子にキスした。「くり返すけど、あなたは賢いわ。でも、短所もある。ヒーローであろうとしすぎるところよ、ディロン。責任感が強すぎるせいで、自分の周囲で起きた悪い出来事はすべて自分が解決しなければならないと考える。それは職業のせいじゃなくて、あなたの性分なの」

「きみの言いたいことはわかる。だが――」

「だが、とは言わせない。あなたは誰よりも優秀な捜査官よ。それがあなたの職業だし、あなたっていう人なの。そして公園での事件――怖かったのは事実だけれど、無差別発砲だったのかもしれない。それでも、あなたは自分の職業を責める？　この際だから言うけど、わたしだって、あなたをポコノ山脈に連れてって山小屋に隠し、六挺の拳銃であなたを守ってあげたくなることがあるのよ」

「おれがきみに対して、同じように感じてないと思うか？」

シャーロックは特大の笑みを浮かべ、手を伸ばして彼の顔を包みこんだ。「わたしたちふたりとも、すべきことをするしかない。ショーンには、いい歳の取り方をしたわたしたちを見せたい。乗り越えるのよ、ディロン。前に進まなきゃ」

サビッチは妻にキスし、抱き寄せた。ショーンがげっぷをした。「だが――」

「わかるわ、いつだって反証はある。まずは目の前の、この一日に全力を注ぎましょう。わかるでしょう？　恐ろしい体験をした直後に人生を変える決断をするものじゃないわ」

サビッチはしぶしぶうなずいた。

「わたしたちはこれまで、襲いかかってきた困難をふたりで乗り越えてきた。今回は事情が違って、わたしたちの職業がはじめてショーンを脅かし、わたしたちの小さなタイガーが傷つきそうになった。きついとは思うけど、正しい道を進むしかない。大丈夫よ、ふたりで解決しましょう」

「シャーロック？」

返事をする代わりに、軽くサビッチの首筋を噛んだ。

「おれと充実したときを過ごさないか？」

シャーロックは笑いながら、噛んだ場所を舐《な》めた。「あなたを素っ裸にして、全身にキスしていい？」

サビッチはごくりと唾を呑んでうなずき、笑っている彼女の唇を見た。ここでもショーンはげっぷをした。

日曜日の午後
バージニア州コールファックス、ケタリング家

ありがたいことに、じっとしていれば痛みはない。とはいえ、大笑いしたり、突然動いたりするほど、ケイティは愚かではなかった。大きくて居心地のいいマイルズの革の椅子に坐り、スエットの上下の上に、たっぷりとしたフリースを重ねて、スエットの下の包帯を隠した。足は大きなオットマンに載せ、脚にはマイルズの母がはるか昔に編んだぼろぼろのアフガンをかけている。厚い靴下が靴がわりだった。

サムとキーリーはクラッカーに連れられて、子ども向けの映画を観にいったので、警官には会わさずにすむ。さいわいふたりとも元気そうで、ケイティはただの病気だと頭から信じている。おかげで、うめき声が出てしまうにちがいない、熱烈な抱擁は避けられた。ケイティは数分前にやってきたばかりのシャーロックとサビッチに笑いかけた。

マイルズがコーヒーと紅茶と、カートライト・アベニューにあるネーサンズ・ベイカリーで買ってきたスコーンの皿を持って入ってきた。

ベンジャミン・レイバン刑事はリビングに置いてある快適なソファに坐るなり、スコーンやコーヒーには目もくれずに言った。「おれはいま、猛烈に腹を立てている、ミセス・ケタリング。よくこんなふざけた真似ができましたもんだ」

ケイティはうなずいて、刑事を驚かせた。「もしわたしが被害者ではなく、警官の靴をはいていたら、同じように感じたでしょうね、刑事」

日曜日の今日、レイバンには彼を待っている友人たちがいた。友人たちはスポーツバーでピーナツをさかなにビールをやりながら、レッドスキンズの試合を観戦中だ。そんなときミスター・ケタリングの電話が入った。すでに三十分は我慢を強いられており、休日を台なしにした女に怒りをぶちまけずにいられない。「あなたも警官だ、保安官。それなのに、こんな馬鹿げたことをして、司法妨害をするところだったんだぞ」

「興味深い指摘だな、刑事」マイルズはおっとりと言った。こちらは怒りも鎮まり、すっかり理性を取り戻している。坐ったまま軽く体をひねり、ケイティにウインクしてから刑事に向きなおった。「おれもとんでもない行為だとは思うが、彼女がそんなことをした理由はもうわかっている。ついては、よりためになる話をしませんか？」

レイバン刑事は誰にともなく全員を怒鳴りつけた。「あんたらはいったいどうなってるんだ？ このマッチョの保安官は出血多量で死んでいたかもしれないんだぞ！」

「どうせなら女性形でマッチャにしてもらえるかしら、レイバン刑事」

「はぐらかそうたって、そうはいかないぞ、保安官！」

マイルズが割って入った。「ひどい傷なら叫んだはずだ。彼女も馬鹿じゃない」少し間をおく。「そうだろう、ケイティ？」

「もちろん。人間は生きてこそと思っているもの」ケイティは夫を見つめ、見ていてまぶしいような笑みを浮かべた。

「負けたよ」ついにレイバン刑事が折れた。スコーンに手を伸ばし、自分のカップにコーヒーを注いだ。「いつまでもこの頭のおかしい保安官を褒めてないで、誰かおれに容疑者を教えてもらいたいもんだ」

「さっきジェスボローに電話をしたわ、刑事」ケイティは本題に入った。「この間の一連の騒動については、昨日マイルズが話したとおりよ。それでわたしは、いま信者たちがどうしているか訊いてみた。これといってなにもなかったけれど、おもしろいことがわかったわ。向こうは嵐につぐ嵐だったんだけれど、ようやく雨が上がり、焼け跡の片づけと遺体の回収作業が始まった。作業は遅々として進んでいないから、まだ最終結論は出ていないけれど」

レイバン刑事は言った。「マカミー夫妻のどちらかが生きているとでも？」

「あの火事じゃ、誰も生き残れっこないよ、刑事」マイルズは言った。

「じゃあ、どういうことだ？」

ケイティは答えた。「そうね、考えてみると、まだ片づけがすんでいないことに、驚いただけかもしれない。なによりそれがおかしいから」

「つまり、昨日から進展はないってことだ」レイバン刑事は立ちあがり、ジーンズの埃《ほこり》を払った。「可能性が多すぎて、うんざりだ」

「まったくな」マイルズは言った。

サビッチの携帯がチャイコフスキーの序曲『一八一二年』を奏でだした。手を挙げてみんなを制し、しばし話を聞いて電話を切った。「捜査官のひとりからだ。犯人が運転していたトヨタの白のカムリは、二日前にメリーランド州ロックビルに住むアルフレッド・モーリーという人物から盗まれた車だった。夜のあいだドライブウェイのすぐ外に駐めていて、盗まれたそうだ。地元の警察に通報が入り、全部署手配されていた」

「車は見つかってないんだね？」レイバン刑事が尋ねた。

サビッチは首を振った。「いまのところはまだ」

「うちの親父がよく言ったもんだ」刑事は言った。「人生、なにごとも簡単に進めば、受けるに値する以上の楽しみを味わえるとね。よし、それじゃこれで。スコーンをごちそうさま」腕時計を見る。「おっと、まずい。半分がた試合を観損なったぞ」

「レッドスキンズならどうせ負ける」と、サビッチ。「観たっておもしろいもんか」

40

月曜夜
ワシントンDC

サビッチは落胆しており、本人にもその自覚があった。ジムに立ち寄るため早めに本部を出たとき、シャーロックはまだ会議中だった。仕事の鬱憤《うっぷん》のいくらかでも汗にして流し、背中の具合を確かめたかった。それに単純な投げくらいなら、相手になってくれる人が見つかるかもしれない。

ジムで避けたいものがあるとしたら、バレリー・ラッパーだった。男性用の更衣室から出た瞬間から、彼女の視線を感じた。

しかたがないので、サビッチは目顔で挨拶し、ストレッチをするため広い部屋に向かった。彼女もやってきて、鏡の前のバーをつかんだ。つま先を伸ばしてバレエのポーズをとりながら、彼女は言った。「会えなくて淋しかったわ、サビッチ捜査官」

サビッチは返事をせず、こわばった筋肉を伸ばすことだけにつとめた。ストレスのせいで体が硬く冷えている。背中の痛みに悩まされなかったことだけが、慰めだった。

「マッサージがわりに背中の上を歩いてあげましょうか？　いまのあなたには必要だと思う

んだけど」

「いいや、遠慮しておくよ。もう準備はできた」サビッチはエクササイズ室をあとにした。ウエイトとトレッドミルを行き来して体をいじめつつ、彼女がそばから離れないのに気づいて、気が変になりそうになった。ほぼ一時間して、隣りのトレッドミルに彼女が乗ったとき、こんなことは続けられないと腹をくくった。

「ミズ・ラッパー」

「なあに、サビッチ捜査官？」彼女は片方の眉を持ちあげ、なんと、下唇につっと舌を這わせた。横に移動する舌を見ながら、サビッチが感じていたのは欲望ではなく、そんなことを実際にする女がいるという驚きだった。彼女について確実に言えることは、たいへんな自信家だということだ。彼女にノーと言った男はいないのか？　このようすでは、いないのだろう。

サビッチは声にユーモアをにじませた。「よかったら、きみをジェイク・パーマーに紹介させてくれないか？　ベンチプレスをしている、ほらあのかっこいい男、見えるだろう？　ずいぶん前に離婚して独身だし、また女の子とつきあいたがってる。あいにくおれはデート市場には出ていないんだよ、ミズ・ラッパー」

「それを聞いて嬉しいわ、サビッチ捜査官。わたしが独り占めしたいもの」

彼女の傲慢《ごうまん》さに毒気を抜かれ、サビッチは一瞬黙りこくった。「前にも言ったが、ミズ・ラッパー、おれには家庭がある。おれを独り占めしたがってる妻がいるから、つきあえないんだ。悪いが、これまでにしてくれ。ジェイクはいいぞ。ベンチプレスじゃおれより上だ」

彼女は手を伸ばし、サビッチのトレッドミルの停止ボタンを押した。サビッチがじろっと見ると、あたりで十数人がマシンを使っているにもかかわらず、彼女はトレッドミルに乗ってきて体を密着させた。つま先立ちになり、両手で彼の顔をつかんで、熱烈なキスを始める。サビッチはちっともそそられなかった。そんなことをされたショックに加えて、やがて怒りが湧いてきた。

冷やかすような口笛がひとつ聞こえたものの、大半は呆気《あっけ》にとられて黙りこんでいる。聞こえる範囲では、そういうことは駐車場でやれという感想がひとつあった。

「あなたのセクシーな赤いポルシェに移動する?」彼女はキスしながら言った。「でも、あなたは大柄だから、ポルシェより広いわたしのメルセデスにしない?」

サビッチは腕をつかみ、彼女の両脇に固定した。

彼女は顔を上げ、サビッチの唇を見つめた。「あなたって強いのね。すてき」

「ディロン、なぜその女性はトレッドミルの上であなたを誘惑してるの?」

シャーロック。サビッチはまぬけ面でにやついた。彼女の声をこれほどありがたいと思ったのは、はじめてだった。腕を離してバレリーを押しやったが、まだ下半身が近すぎる。口笛が聞こえたので、ジムのメインフロアに目をやると、ジェイクが小さく手を振っていた。さては彼がシャーロックに電話をしてくれたらしい。サビッチはジェイクにうなずきかけてから、妻に言った。「やあ、スイートハート。きみの足音に気づかなかったよ」

「でしょうね。ミズ・バラクーダにのしかかられてたんじゃ、無理ないわ」

「本名はバレリー・ラッパーだけどね」

シャーロックは夫のそばで凍りついている女に朗らかな笑みを向けた。「こんにちは、ミズ・ラッパー。わたしの夫から、あなたの手と口とそれ以外の全部を引きはがして、トレッドミルから降りないと、殴り倒させてもらうわよ。そのあと首を踏みつけて、汗まみれのマットにその鼻をこすりつけてやるから。これくらい脅せばじゅうぶんかしら？」

バレリーはやむをえず一歩下がった。いまいましい赤毛の怪物を前にして、言葉を失っていた。バレリーが欲しいのはサビッチひとりであって、おまけまでは求めていない。彼は誠実な夫のふりをしたがっているが――その気になれば、男だって女と同じくらい巧みにかまととぶって、相手を焦らすことができる――そんな仮面はすぐにはがれる。バレリーは彼に言った。「彼女を見てごらんなさいよ。あのワイルドな赤毛は、染めてんのよ。顔にそばかすがないのが、その証拠。染め方だっていいかげんだわ。根本の色が違ってるじゃない」

サビッチは言った。「あのワイルドな赤毛が自前なのは、このおれが保証するよ。彼女はおれの妻だからね、調べるには有利な立場にある」

「ディロン」シャーロックは言った。「あなた、人前で少し不作法よ。ミズ・ラッパー、赤毛だからって、みんながみんなそばかすがあるわけじゃないわ。さあ、あなたがどかないんなら、あと何秒かで強硬手段をとらせてもらうけど」

バレリーは手を振って拒み、サビッチに話しかけた。「この女が来なきゃ、あなたはわたしをこの悲惨なジムからすぐにでも連れだしてたはずよ」

「本気でそう思ってるのか？」サビッチは黒い眉をたっぷり一インチは持ちあげた。

「もちろんよ！　こんなの馬鹿げてる。わたしを誰だと思ってんの？」

シャーロックは小首をかしげて尋ねた。「おかしな名字を持つ恥知らずの泥棒猫？」

「なんてこと言うの、あばずれ！　わたしのお父さまはラッパー・インダストリーズの主要株主なのよ。その娘がこのわたしってわけ」

「すばらしい」サビッチは感嘆したように笑顔になったが、目は笑っていなかった。「ただ、きみがわたしのお父さまって言ったときに、きみはその娘じゃないかと思ったけどね」

「わたしの信託資金があったら、下劣なＦＢＩくらい買収できるんだから！」

おもしろくなってきたぞ、とサビッチは思った。「知らないこととはいえ、これは失礼をした。きみの正体に気がつかなかったもんだから。あの著名なミスター・ラッパーのお嬢さんとはねえ。とすると、きみはきれいなだけでなく、お金持ちなわけだ。こうなると事情が違うぞ。そう思わないか、わが妻よ？」

シャーロックは笑みをたたえたままうなずいた。「もちろんよ、あなた。こうなったら、特大の拳銃を取りだすしかないみたいね」サビッチを押しやり、バレリー・ラッパーと向きあった。これで三人がトレッドミルに乗っている。「あなたこそ、わたしたちが何者なのかわかってるの？」

バレリーはまばたきした。「わかっててよ。小者の捜査官夫婦よね？　それがなにか？」

「彼が小者だと思うんなら、どうしてそう欲しがるのよ?」

「小者っていうのは、あんたのこと。テレビで彼を見たけど、女性記者の目は彼に釘づけだったわ。さあ、消えてよ」

シャーロックは手を出したいのを必死にこらえ、バレリーと顔を突きあわせた。「いいえ、彼はわたしのものよ。ミズ・ラッパー、わたしが大きな拳銃を持ってるって話、信じてもらえなかったようね。大砲並みなんだから。わたしの父はかの有名なシャーロック連邦判事なの。あなたに迷惑をかけられたと父に訴えれば、あなたのお父さまと、お父さまのコングロマリット全体を捜査させることもできるわ。そんなことになっても、いいのかしら?」

サビッチにも大きな拳銃はあった。自分がサラ・エリオットの孫で、数百万ドルの絵画を管理する立場にあることだ。だが、その拳銃を見せる間もなく、バレリー・ラッパーはトレッドミルを降り、水のボトルを握ってそれを振った。「あんたたちふたりとも、どうかしてるわ! シャーロック判事? なんなのよ、そのふざけた名前は!」

「知っておいたほうがいいわよ」シャーロックは言った。

「お父さまを捜査させようなんて、本気じゃないでしょうね?」

「どうかしら。わたしの夫にちょっかいを出さなければ、やめておいてあげてもいいけど」

「あんたなんか、ほんとうの赤毛じゃないのをごまかすため、全身の毛を染めてるに決まってるわ!」

「おっと、その可能性があったな。ご忠告、感謝するよ」

「どうかしたのか、サビッチ捜査官？」

ジムの支配人のボビー・カーリングだった。おもしろがりつつ、警戒しているようだった。

「なにか問題でもあったのか？　きみをめぐってこのふたりがつばぜりあいか？　いつの間に、そんな色男になった？」

サビッチは妻に笑いかけた。「いや、三人の素性をくらべてただけさ。よくよく考えてみるに、シャーロックとおれのほうがよりよい遺伝子プールから生まれたようだ」

「あんたたちみんな、相手にする価値もないクズよ！」バレリーはくるっと背を向けた。

「それから、ボビー、こんなせこいクラブ、ケツの穴にでも突っこんどきなさい！」

彼女は捨て台詞《ぜりふ》を吐くと、一段飛ばしに階段を下りていった。こんな階段の下り方は、はじめて見る。サビッチはボビーに笑いかけられ、親指を立てて見せた。「これで問題が排除できたぞ、ボビー。天下泰平さ」

「まあな。でもおまえさんたちのおかげで、お客さんをひとり失ったがな」

「だとしても」サビッチは応じる。「ほかの客に愉快なショーを提供できたろ」

「それに、わたしたちはこれでやりやすくなったわ」

ボビーは筋肉隆々の肩をすくめ、足音も荒く女性用の更衣室に入ろうとしているバレリーを最後にもう一度見た。「きれいな女なんだが」ため息をつく。「おまえを追っかけまわしてるのは知ってたよ。夫婦和合を尊ぶ身としては、やめてくれてよしとするしかないか」もう一度ため息をついて、ふり向いた。「彼女、大金持ちなんだろう？」

「本人はそう言ってたな」サビッチはそっと妻の頬に触れた。「来てくれて助かったよ。いつもながら絶好のタイミングだ」

「特殊部隊だって、わたしほど早くは駆けつけられなかったわよ。あなたに抱きつきたいけど、汗まみれね。でも、べつにいいわ」シャーロックはサビッチに抱きつき、首筋にささやきかけた。「あの女があなたに抱きついているのを見たときは、正直言って、ぶち切れそうだった。バイクのひとつを持ちあげて投げつけるか、手すりから投げ飛ばすか、きれいに治療した歯を顔にめりこませてやりたくなっちゃった」

「きみは慎み深さのお手本だよ」サビッチは彼女を抱きしめた。

シャーロックは彼の頬に手を添え、顔を引き寄せて思いきりキスした。「あなたが汗まみれでよかった。彼女のにおいを嗅がないですむ。わたしたち、最高のチームね」

サビッチは彼女を見おろした。「ホーガンズアレーできみのシグ・ザウエルを蹴り飛ばしたときから、こうなるとわかってたよ」

シャーロックが彼の首筋に軽く歯を立てると、しょっぱさが口に広がった。「リリーに電話したら、超特急でショーンの面倒をみにきてくれたのよ。そろそろあなたの妹を救出してあげる？」

「いいや。リリーはいつも、ショーンを独り占めする時間が足りないってぼやいてるから、もう一時間くらい預からせてやろう。さあ、おれはシャワーを浴びてくる。ディジーダンズに寄って、ピザぐらい食えるかもしれないぞ。ショーンとリリーにはピザをお土産にしよう。

ふたりともピザには目がないからな」

シャーロックは笑った。「あの子、アーティチョークが載ったピザが好きなのよ」笑顔で夫を見あげる。そうよ、これですべては平常に戻った。「そうしましょう。あなたのために、ピザはベジタリアンニルバーナにしてあげる。わたしにはおぞましい響きだけど」

「パイナップルとブロッコリーを本気で喜ぶのは、おれとショーンだけだもんな」

「ほんと。わたしは根っからの肉食人種なの」シャーロックはもう一度、彼の首筋を嚙んだ。

41

月曜、深夜間近

デーン・カーバー捜査官は言った。「すぐに来てくれて助かりました。やっこさんはちょうど動きだしたところです。ほら、家の脇で物陰に隠れようとしているでしょう？　ところがやっこさん、隠れるにはでかすぎる。そろそろつけようかと思ってたんです」

「見てよ、あんな厚手のウールのコートを着ちゃって」シャーロックは言った。「まるで巨大な黒いコウモリみたい」

「もう少しよく見たい」サビッチは言った。デーンから赤外線眼鏡を借りてかけると、標的がはっきりと見えた。一九四〇年代に建てられたコテージの側面に張りつき、オークの木立に身をひそめている。

シャーロックは言った。「彼女の名前はわかったの？」

「ミズ・アクワイネ・バートン、独身、デントンビル・ハイスクールで長く数学教師をしている女性です。ひとり暮らしです、サビッチ」

「了解した、デーン。ここで待機して、おれが合図を送ったら警官を呼べ。やつが窓を乗り越えるのを待って、身柄を拘束する。教師には近づけたくない。やつの首根っこを押さえられる程度に近づけば、それでいい。あとはやつが馬鹿なことをしでかさないことを祈りつつ、いつでも発砲できるように準備しておいてくれ」

サビッチはシグ・ザウエルを手に、シャーロックを引き連れてコテージの正面まで中腰で走った。「カウボーイみたいね」シャーロックが黒い革のジャケットの背中に話しかける。

「そうでもないさ。おれたちが登場したが最後、やつが問題を起こすとは思えない。頭を下げて、おれのうしろから出るなよ」

「あなたが上司で、たまにやんなるわ」

サビッチは暗闇でひとりにやつき、鍵開け器を玄関のドアのキーホールに差しこんだ。ものの三秒もかからなかった。錠が開き、つま先で少し押すとドアが開いた。

なかはまっ暗闇だった。ジャスミンのようなにおいが鼻を衝き、その強烈さたるや、鼻腔に花を突っこまれたようだった。

ふたりは停止して、耳をそばだてた。犯人がダイニングの窓を金てこでこじ開けているのが見える。玄関脇の暗がりにしゃがみこむふたりからは、二〇フィートと離れていない。犯人が直接寝室の窓から侵入しようとしなくて、助かった。そうなれば、未然に防ぐしかなかった。ふたりは壁に背中をつけて忍び足で廊下を進み、窓から侵入を試みる犯人の物音に聞き耳をたてた。これだけの音をたてておいて、ミズ・バートンを起こさずに侵入できると思っているのだろうか？　シャーロックにもサビッチにも、犯人がなにを考えているのか、よくわからなかった。

ダイニングの床にどさりと降り立つ音がした。

「行くぞ」サビッチは軽い足取りでダイニングに駆けこんだ。

サビッチは小声ながらよく通る声で言った。「動くな、トロイ。そこまでだ」

トロイ・ウォードはさっと顔を上げた。姿は確認できずとも、サビッチの声には聞き憶えがある。

ウォードは声をかぎりに叫んだ。「失せろ！」

その声がダイニングの壁にこだまするや、女の怒声が響き渡り、食卓のシャンデリアのクリスタルが揺れた。「このへなちょこが！　あたしをレイプしに入るとは、百年早いよ！　いっちょまえにギャングみたいに黒ずくめの格好をしてこそこそ近づいて、ブロックみたいな音をたててうちのダイニングに降り立つとは！　さあ、これでもお食らい！」

ミズ・バートンが年季の入った巨大な鉄製のフライパンをウォードの頭に振りおろすのが、窓からの光で見えた。ウォードはとっさに引き金を引き、飛びだした銃弾はサイドボードのランプに当たった。ランプは砕け、ガラスの破片が部屋じゅうに飛び散った。

「伏せなさい、子どもたち！」子どもなどひとりもいないのに、ミズ・バートンは叫んだ。

「なんてことすんの、ウジ虫！　あたしの母親のランプを！」小山のように動かないウォードを見おろし、裸足で肋骨を蹴った。そこでミズ・バートンは顔を上げた。さらにふたつの人影があって、そのふたりが息を荒らげているのに気づくと、フライパンを掲げて明かりをつけた。「まだふたりいたんだね？」フライパンを振りまわす。「さあ、こっちへいらっしゃい！　あたしが打ちすえてやるよ！」

「ミズ・バートン、わたしたちまで痛めつけないでください。わたしはサビッチ捜査官、こちらがシャーロック捜査官です。どちらもＦＢＩの人間ですから、フライパンで叩くのはご勘弁を」ＦＢＩの盾のバッジを取りだした。

ミズ・バートンはふたりの全身に目を走らせると、盾のバッジを確認した。「女たるもの、自分の身は自分で守らなければ。このフライパンをベッドの下に置いておくようになって、もう十五年はたつが、使ったのはこれがはじめてだよ。ところで、この気色の悪いデブは何者？」ウォードの頭のすぐ近くで、フライパンを振りまわした。「こんな真夜中にあたしの家で、なにをするつもりだったんだ？　明日も学校だっていうのに」

「あなたが叩きのめした男は、ミズ・バートン、数学教師殺しの犯人です」シャーロックは言った。「それをあなたはおひとりで退治された。こんなにありがたいことはありません」

ミズ・バートンは突っ立ったままウォードを見おろし、ふたたびサビッチに視線を戻した。「思い出したよ。この男はあんたのうしろで台に立ってた被害者の夫のひとりだね、サビッチ捜査官。あのとき、思ったんだよ。この人はジムに通わなきゃだめだ、場合によっちゃあ絶食してジムで寝泊まりするしかないとね。あの記者会見はいつだった？　二週間くらい前かね？」

「そうです、マダム」サビッチは言った。「たいした記憶力ですね」

「でもこの男の奥さんは最初に殺された人でしょうが。ああ、そういうこと。じゃあ、この卑怯者が最初っから全部やってたんだね」ミズ・バートンは再度ウォードを蹴った。「それにしたって、そんな男がなぜここに？」黒っぽい瞳を見開き、小声で漏らす。「あら、いやだ。こいつはあたしを殺しに、あたしをつぎの被害者にするつもりだったんだね？」

「わたしたちが阻止する予定でした、ミズ・バートン」シャーロックが弁明した。「ここまで尾行してきて、あとはお宅に侵入するのを待つばかりだったんです。その段階で逮捕する段取りでしたから、あなたに危害がおよぶ心配はありませんでした。わたしはこの手で彼をつかまえるのを楽しみにしていたんですよ。でも、あなたはそんな隙を与えず、彼の頭を殴って、やっつけてしまわれた」

いいぞ、シャーロック、とサビッチは思った。彼女は人の気を逸らすのがうまい。

「へえ、そういうこと。あたしを餌にしたわけか」ミズ・バートンはフライパンを持ったまま腕を組んだ。

この教師、シャーロックよりずっと嘘のうまい連中を相手にしてきている。

「はい、マダム」シャーロックは言った。「でも、あなたこそヒロインです。数学教師たちに平和を取り戻されたんですから」

「まあ、そうは言えるかもしれないね」

デーンが息せき切って戸口に現れた。「つかまえましたか、サビッチ？」

サビッチは満面の笑みでミズ・バートンを紹介した。「いいや、こちらのミズ・バートンが頼りになる鉄製のフライパンで殴り倒してくださったよ」

「これぞくそ度胸」デーンはウォードをじっと見たあと、視線を彼女に戻して破顔一笑した。

「よくやってくれました、マダム」

「口の利き方に気をつけるんだね、ぼうや」

「すみませんでした、マダム。あまりの衝撃にマナーを忘れてしまったみたいで」

「言っておくけど、あたしは口の悪いハイスクールの男子生徒を相手に、三十年も教鞭《きょうべん》を振るってきたんだよ。悪態を聞き逃すなんてことは、ありえない」

ウォードがうめき、ミズ・バートンが蹴った。ウォードはぶるっと震えて、ふたたびおとなしくなった。ミズ・バートンは言った。「いまあんたたちがなにを考えているか、あたしにはお見通しだよ。なにもできず、部屋の隅で手をぶるぶる震わせててほしいんだろ？」

「おっしゃるとおりです、マダム」サビッチは微笑んだ。「わたしたちが法です。ときには人を撃つことで、給料をもらっています。ですが、平等な世の中ですからね、誰が犯人を倒したってかまいません。あなたがこの男をやっつけたのは、それはそれで結構なことです」

「サビッチ捜査官、ハイスクール時代はさぞかしできたんだろうねえ」

「そうでもありません、マダム」サビッチは応じた。「ですが、数学はよくできました」

「この男があたしを狙っていると、どうしてわかったんだい？」

「わかりませんでした、マダム。彼が連続殺人犯だという確信すらなかったぐらいで。わたしは記者会見の席に被害者の夫全員を同席させました。視聴者に彼らの顔をよく見せたら、ひょっとすると、そのひとりに関する情報が入ってくるかもしれないと思ったからです。会見後は、ミスター・ウォードとミスター・ファウラーの両方に監視をつけました。やがて、ここにいるミスター・ウォードひとりに絞りました。犯人だと目星をつけたからですが、証拠が必要でした。結果がこれです。彼はお宅のダイニングに入りこんだ。ミズ・バートン、彼はデーン・カーバー捜査官です。彼が今晩、ミスター・ウォードの監視につき、わたしたちをここへ呼んだのです」

「どうも、ミズ・バートン。寒くないですか？」

そう言われてはじめて、ミズ・バートンはナイトガウン一枚で三人の捜査官の前に立っているのに気づいた。フライパンでウォードを指し示した。「こいつを逃がすんじゃないよ、サビッチ捜査官。あたしはローブを持ってきて、ヒーターのスイッチを入れるからね」

三人がウォードをうつぶせにする間もなく、ミズ・バートンは戻ってきた。器用なことに、フライパンを持ったまま、長い紫色のシェニール織りのバスローブのベルトを締めていた。

ウォードの口からうめき声が漏れる。睫毛《まつげ》が動いたかと思うと、目を開いてサビッチを見た。「ちくしょう。ぼくがここにいるのが、なぜわかった？」

「それを言うなら、おまえがなぜここにいるのかを訊かせてもらおうか、トロイ。よそのお宅を訪問するには遅すぎるだろう？　しかも、玄関すら使わなかった。ダイニングの窓から入ったら、怪しまれて当然だ」

「物音を聞かれたくなかった」

シャーロックは言った。「勢いよく降りすぎたみたいね、トロイ」

「言わせてもらうがね」と、ミズ・バートン。「教室のうしろで紙ばさみをごそごそやってたって、あたしには聞こえるんだよ。あんたがたてた物音ときたら、ペットボトルに無理やり体をねじこもうとするカバみたいだったよ」

「クソ野郎、弁護士を呼んでくれ」

「あたしは教師であって、クソ野郎じゃないよ、出来損ないが」

「あんたのことじゃない、馬鹿女、この男のことだ！」

サビッチは言った。「やっぱりな、トロイ。だから、おまえをおしゃべりに呼ばなかったのさ。利口すぎるおまえが相手じゃ、おれがどう尋問しても、自白には持ちこめなかっただろう。おまえのことだ、貝みたいに口をつぐんで、弁護士を呼べの一点張りだったんじゃないか？ おれはどうしたらおまえを三件の殺害事件でぶちこめるか考えて、単純に監視することにした。侵入してくれて、助かったよ」

「間違えてよその家に入っただけだ。ここに来るつもりはなかった。たんなる間違いだ。弁護士を呼べ」

「そうとも、大失態をやらかしたな。ここにいるカーバー捜査官はおまえを尾行して、今日の午後図書館まで行った。おまえが地元の卒業記念アルバムを熱心に見ているのを目撃し、つぎの被害者を選びだしたのに気づいた。だがいまとなってみると、おれたちが昔ながらの地道な捜査をしていなくても、選んだ教師が悪すぎたな」

「嘘だ、ぼくはそんなことはしていない。でも、どうしてぼくだと思った？　ぼくのなにが疑いを招いたんだ？　おまえの顔を見ればわかる。決め手があったんだろう？　それはなんだ？　プロのスポーツ中継専門のアナウンサーであるぼくが、どうして疑われなきゃならない？」

サビッチはミズ・バートンがフライパンを強く握りなおすのを見て、小さく首を振った。

「数週間前、おれは事故にあってな、トロイ、医者からモルヒネを処方された。おれはおまえとの会話を思い出していたが、朦朧《もうろう》とした状態だと、すべてが違って見えた。おかげでそれまでは見えていなかったつながりや、おまえが実際には口にしていなかったなにかが、急に見えるようになったのかもしれない」

「で、ぼくのなにが見えたって言うんだ、クソ野郎。おまえがまぬけの筋肉馬鹿の仲間で、ぼくが違うってことか？　ぼくがそういう連中と違うのは、わかってたんだろう？」

「日曜日に、おまえがレイブンズの試合の中継をするのを聞いたよ。よくやってたな。試合中の絶叫といい、コメントといい、黙りこむタイミングもばっちりだった」

「そりゃ、ぼくは優秀だからな。だが、それだけじゃないはずだ。みんなに言いたくてうずうずしてることがあるんだろ？」

「おまえのスミス＆ウェッソンさ、トロイ」サビッチは言った。「亡くなった奥さんの妹さんに話を聞いたら、おまえがずっと昔に拳銃を持っていたことを思い出してくれたよ。おまえがここに持参した三八口径とちょうど同じような、リボルバーをな。そりゃ、世の中には三八口径なんぞ掃いて捨てるほどある。だがな、トロイ、これでおまえの拳銃を調べられる。一致すると思うか？」

「弁護士を呼べ」

「そのうちな。ただし弁護士を呼ぶにしたって、おまえが一九九三年に銃を買ったボルチモアの店をこちらが押さえてるってことは、憶えておいたほうがいいぞ。繁華街のウィロビー通りにある小さなガンショップで、オーナーはミスター・ハンラッティ。彼は几帳面に記録をつけていた。おまえもそのうち、弁護士から販売記録を見せてもらえるだろう」

「さっさと自白したほうがいいようだね、ミスター・ウォード」いまやダイニングの椅子に腰かけ、膝にフライパンを置いたミズ・バートンが言った。

「さっきも言ったとおり、ミズ・バートン、このトロイって男はとても利口です。それとな、トロイ、おれにはどうしても動機がわからない。奥さんにゲイだとばれたからって、それが殺す理由になるのか？」

「ぼくはゲイじゃない！　いい加減なことを言うな！　それに、それは動機じゃない！」

「そうかな、トロイ。でも、彼女はおまえがゲイだってことを世間に公表する気はなかったんだぞ。おまえの周囲にいる人のなかにだって、すでに知っていて、気にしていない人もいる。彼女が公表しようとしていたのは、おまえが社会的に許されない、幼児ポルノにかかわっていたことだ」

「そんなこと、おまえが知るわけないんだ、まさか——令状もなしにぼくのコンピュータをいじったのか？　おまえを訴えてやるぞ、サビッチ！　違法行為だ！」

「そりゃそうだ。だがな、うちの課にルース・ワーネッキという捜査官がいる。もともとはワシントン警察に勤めてたんで、情報屋をたくさん抱えてる。そのひとりがテレビで観たおまえの顔に見憶えがあると言って、彼女に電話してきた。ある晩、ハロランにある通りで、幼児ポルノを買うおまえを見たと言うのさ。おれも現地に行ってみたが、どうなったと思う？　おまえの写真に見憶えのある目撃者が出てきたのさ。そいつは、おまえが金を払って、年端もいかない子どもたちが裸で歩きまわっているライブショップに入るところを目撃したと言ってる。その店でなにが行なわれていて、誰がそんないかがわしい商売をやっているのかはまだつかんでないが、おまえともども、そいつらも一網打尽にしてやるつもりだ。それにしても、奥さんにはどの程度ばれてたんだ、トロイ？　おまえがゲイだってこと、ほんとに知ってたのか？」

「弁護士を呼んでくれ。そんなたわごとには、なんの意味もない。金で買われる目撃者はいつだっている。幼児ポルノのことなんか、ぼくは知らない。ほっといてくれ」

「わかってるのか、トロイ。いまとなっては、こちらはおまえが協力してくれようとくれまいと、痛くも痒《かゆ》くもないんだぞ。なにせおまえは、息を切らせながら窓を乗り越え、殺傷可能な武器を持ってミズ・バートンのダイニングに降り立ったんだからな。これを現行犯逮捕と呼ばずして、なんと呼ぶ。おまえは殺人犯だ、トロイ。凶暴で冷酷な殺人犯として、ぶちこまれる。もう逃げられない。ほかになにか言いたいことは？」

「弁護士を呼べ」ウォードはつぶやいて、膝を抱えた。

デーン・カーバーはウォードを立たせ、権利を告げて、手錠をかけた。これでミズ・バートンには、マスコミや生徒に話して聞かせられる、とっておきの手柄話ができた。

42

火曜午前
ワシントンＤＣ

まだ痛みがあるからといって、ケイティはもうベッドにはいたくなかった。長引けば、子どもたちが疑いだすだろう。朝食どきにはキッチンに出て、まっすぐに立って足を引きずらないように注意した。「さあ、今朝はワッフルを焼くわよ。マイルズ、二十分待ってくれる？」

時間がないのをおくびにも出さず、マイルズはかがんで彼女にキスした。「ああ、いいよ。きみのワッフルはまだ食べたことがないもんな」

「ママの料理のなかじゃ、いちばんだよ」キーリーは言った。「よかったね、あんまりつくってくれなくて」

マイルズはキーリーをつかまえて空中に投げあげ、不思議な感慨にとらわれた。この子がおれの娘か。キーリーが大はしゃぎするものだから、ぼくもぼくもとサムがやってきた。マイルズはサムをなかなか降ろさずに、あちこちほうり投げてまわり、うっかり食卓にぶつかりそうになった。

「いま、ワッフルがどうのって言わなかった？」

「クラッカーおばさん！　昨日の映画おもしろかったね。ピザもおいしかったよ」

「そうね」クラッカーはサムの髪をかき乱し、キーリーの頭をなでた。「よかったね、ふたりとも、ケイティが元気になって。本格的な流感じゃなくてよかったわ、ケイティ。食あたりかなにかかもね」

「そうね」ケイティは言った。「なんにしろ、たいした病気じゃなくて助かったわ」

ケイティはかつてない量のワッフルをつくり、マイルズはベーコンを焼き、クラッカーがコーヒーを担当した。子どもたちは笑ったり言いあったりしながら、見ていてお腹が痛くなるのではないかと心配になるほど食べた。

それから四十五分後、ケイティはキーリーとサムを家からわずか四ブロック先にあるヘンドリックス小学校に併設された幼稚園に送り届けた。家にだけは帰りたくなかった。帰っても、心配と不安とで家のなかをうろつき、頭がおかしくなりそうになるだけなのは目に見えていた。そこでドライブに出かけた。ほとんど姿は見かけないけれど、土曜日に公園で撃たれて以来、外出するときはＦＢＩの捜査官ふたりが警護してくれることになっている。おかしな話ながら、ケイティは標的は自分だと信じて疑っていなかった。サビッチでもシャーロックでも、ましてやマイルズでもない。けれど、誰がそんなことを？　そんなことをしそうな人物は、ひとりも思い浮かばない。一瞬、クラッカーの顔が脳裏をよぎったものの、ありえないとすぐに打ち消した。家に帰ったら、母に電話することにした。どんなときでも、母と話せば気分がよくなる。いま、ここに母さんがいてくれたらいいのに。いけない。そんなことをしたら、母さんまで巻きこんでしまう。

氷点下を大幅に下まわる寒い日だった。空は鉄灰色に沈み、強風が吹き荒れている。夜には雪になるとかで、天気予報によれば最初の雪嵐まではあと一日だった。ケイティはアーリントン墓地を通りすぎた。はじめてここを訪れたときは、まだ五歳にもなっていなかった。墓標がなにを意味するのか定かにはわからないまま、子どもながらに何千もの墓標に胸を打たれたのを憶えている。大人になったいま、白い十字架の居ならぶ墓地をながめるうちに、いっときみずからの不安を忘れた。あまりに多くの墓標、多くの人たち。

レディ・バード・ジョンソン公園をめぐり、ポトマック川にかかるアーリントン・メモリアル・ブリッジに進んだ。下を滔々《とうとう》と流れる水は灰色に混濁し、あまりに冷たそうなので、唇がひりひりしてくる。リンカーン・メモリアルで道を折れ、ルーズベルト・メモリアル・パークへと向かう。子どものころはじめてここへ来たとき――メモリアルが建つずっと前のことだった――ケイティはモールの近くにあるタイダルベーシンの有名な桜並木を父と手をつないで歩いた。カルロが出ていった直後にも、父と母とともに、赤ん坊だったキーリーを連れてここへ来ている。

ケイティは身震いした。寒くなってきた。ふたたびヒーターの温度を上げた。今夜どころか、いまにも雪が降ってきそうな空だった。

メモリアルの閑散とした駐車場にシルバラードを駐め、あたりを見まわした。殺人犯も、観光客も、労働者もおらず、彼女ひとりだった。ケイティはもう一度、メモリアルを歩いてみることにした。

メモリアルは年代順に構成されているので、最初から歩くことにした。四つある部屋は、屋根がないのでほんとうの意味で部屋ではないが、部屋ごとにルーズベルトの各任期を表し、いたるところに引用文や展示物や滝があり、ひじょうに広いので、その気になれば倒れるまで歩きまわることもできる。だがケイティはぶらつくことなく、ルーズベルトの三期めを表す第三の部屋に向かった。そこにはどの部屋よりも大きな滝があり、大きな音をたてて水が流れ落ちていた。滝のすぐ左にはルーズベルトの巨大な彫像があって、足元に彼の愛犬のファラを従えている。ファラが大好きだったケイティの父は、この黒い小型のスコティッシュテリアにまつわる話をこよなく愛し、ファラを描いた漫画まで持っていた。ケイティはルーズベルトがまとっている巨大な彫像のケープをながめ、飛び石状に置いてある大きな花崗岩を打つ水音に耳を傾けた。冬季には、滝が凍ることもあるという。いまの調子で気温が落ちれば、この水がその場で凍りついて、ここが静寂に包まれるのも、さほど先のことではないのかもしれない。

頭のなかにふと、父の姿がよみがえった。父は抱えあげたキーリーをファラのほうに突きだし、ファラが命令に応じてどんな芸を見せたか、語って聞かせていた。時代をさかのぼって、ワシントンでファラに会いたいと口癖のように言っていた父。ケイティはそんな父がむしょうに懐かしくなり、もっと早くに医者に診せてくれていれば、と悔やまずにいられなかった。しかし父は病院へ行くのをいやがり、ほんとに頑固なんだから、と母はケイティに語って涙に暮れた。ただし、早く病院へ行ったところで、たいした違いはなかったのだろう。思い出のなかには、一生、心に響くものがある。笑いや甘さと楽しさに満ちた心地よい体験によって、サムの恐ろしい記憶のすべてが薄められるのを、これからも願いつづけなければならない。

ケイティはルーズベルト像に話しかけた。「あなたがもしもっと長生きしていたら、一生大統領でいたいと国民に告げた？　そしたら、みんなはあなたを選んだかしら？」なかば答えを期待しつつ、ケイティは微笑んだ。聞こえてくるのは滝の音だけだった。そのとき、滝とは別に、足音が背後から近づいてきた。ケイティはふり返らなかった。ボディガードのひとりが確認に来たのだと思い、かえって安心した。その場に佇んだまま、ジェスボローに戻ってもっと意味のある生活をしたいと思った。マイルズとサムとキーリーといっしょに、魔法によって建てなおされたもとの家に住み、キッチンから出てくる母は笑顔で、シナモンナッツブレッドを載せたトレイを持っている。またツナキャセローラと笑いに恵まれた夜を過ごしたかった。

ケイティは背後から声をかけられ、立ったまま跳びあがりそうになった。「ここにいたのね、王女さま」

ケイティは硬直した。

「そうよ、そのままそこにいてちょうだい。筋肉ひとつ動かさないで」

ケイティは微動だにしたくなかった。

「いいでしょう。ふり返って、わたしを見て」

ケイティはゆっくりと回れ右をした。

「わたしを見て驚いた、ケイティ？」

「ええ。みんなあなたが死んだと思っていたわ」

エルスベト・マカミーは首を振った。「もう、そうは思っていなくてよ。きれいだったわたしの家の残骸をあらかた調べ終わったみたいだから。もうすぐ焼死体が見つかるでしょうけど、見つかるのは一体だけよ。お気の毒なマカミー師。まだ埋葬もされずに、瓦礫《がれき》の下に取り残されて雨に打たれている。だめ！　動かないで、ケイティ・ベネディクト！」

ケイティはいっさいの動きを消した。

「土曜日にわたしが撃った弾があなたに当たったのはわかってる。それなのにあなたはこんなところまで来て、この馬鹿げたメモリアルを見学してまわってる。今朝あの大きくてすてきな家からあなたが元気そうに現れ、そのへんのいい母親みたいに子どもたちを幼稚園まで送るのを見たときは、自分の目が信じられなかったわ」

突然、エルスベトは震えだし、手の拳銃を急に動かした。「なんなのよ、わたしが撃ったのに！　どうしてわたしの計画どおりに死ななかったの？」

ケイティはその声に憎しみと絶望を聞き取った。そしていくらかの狂気を。「射撃の腕はよくないようね」

「なによ、わたしだって練習したんだから。あんたを公園で追いつめる前に、たっぷり一週間もやったのよ！」

「一般の人はテレビやたくさんの暴力的な映画を観て、引き金を引きさえすれば人が殺せると考えがちだけれど、実際はそうはいかない。射撃の名手だとしても、狙った標的に当てるのはむずかしいものよ。あなたはわたしに当てたんだから、卑下しなくていいわ。腰にね」

ケイティは太腿の上に手をあてがった。「少し痛むけど、命には別状はなかった」

「いまは二フィートしか離れてないのよ、ケイティ。今度引き金を引いたら、あなたは死ぬわ」

まさに真実だった。ボディガードはどこなの？

「あなたはFBIの捜査官ふたりと、結婚したばかりの夫といっしょだったから、わたしは公園の奥に隠れてなきゃならなかった。うまく玉の輿に乗ったわね、保安官。大きくてすてきなお宅と、足にキスしてくれる夫と、死んだら天国に行けそうな大金を手に入れて」

「でも、わたしにはそんなふうに考えられないのよ」ケイティは言った。ボディガードはどこ？　きっと近くにいる。メモリアルのなかを歩く自分を見失うはずがない。だが、あたりには人の気配がなかった。ひょっとすると、危険そうな人物がいないのに邪魔をしては悪いと思ったのだろうか？

「わたしは使用人が欲しかったのに、マカミー師が欲しがったのは神さまとわたしだけだった。いつだって一番は神さまで、わたしはそのつぎ。他人が家に入って、プライバシーを侵害されるのをいやがった。だからわたしはなんだって自分でして、ブラウニーまで焼いたわ。彼はわたしのブラウニーが大好きだった。材料をそろえるところから始めて、ココアやチョコレートチップスやペカンなんかを混ぜこんでつくるのに、わたしはひとつも食べられない。わたしに脂肪をつくのを彼が冒瀆《ぼうとく》行為と言って嫌ったからよ。

彼はね、毎日、自分の手のひらや足を調べていたわ。膝がすりむけるまでひざまずいて、自分の持っているものはすべて――きっとそのなかには、わたしも入っていたんでしょう――差しだすから、もう一度だけ、聖痕を戻してくださいと祈った。けれど神は彼の祈りに応えなかった」

「マカミー師には子どものころ、聖痕が現れたことがあるっていうホーマー・ビーンの話を信じてるの？」

エルスベトはうなずいた。「もちろんよ。あの人はその話ばかりしていたし、頭はそのことでいっぱいだった。聖痕が現れる場面を何度も何度も思い描いていたのに、実現しなかった。のちのちのために記録を残してなかった両親に、ひどく腹を立ててた。記録があれば、信者たちに見せて、自分は大声でしゃべりまくる邪悪なテレビ伝道師とは違い、神に祝福された人間であることを証明できるからよ」

「それについてはわたしもさんざん考えたわ、エルスベト。それで、わたしがいまどう考えているかわかる？」

「いまこの瞬間にわたしが撃ち殺さなければ、話すつもりなんでしょうね」

ケイティは縮こまって、なるべく動かないようにしていた。「わたしにはサムに聖痕が現れたとは思えないわ。なんらかの病気が原因で発疹が出たんだと思う。手のひらに出血したわけではなくて」

「あの子の母親は血だと信じてた。だからこそ、ビデオに収めたのよ！　血のにおいがしたんだわ。わかるでしょう、血にはにおいがある。血のにおいがした、だからよ」エルスベトは首を振り、過去の記憶から自分を引き戻した。「母親はビデオをもうろくした老司祭に渡し、その価値に気づいた司祭の妹が、マカミー師の信者のひとりと知りあいだった。そうやってビデオはマカミー師の手に渡ったのよ。それに異議を唱えるなんて、あなた、なにさまのつもり？　たんなる田舎の保安官のくせに」

「教えてちょうだい、エルスベト。マカミー師が噂《うわさ》を聞きつけて、追いまわした子どもはサムだけなの？」

エルスベトはゆっくりと首を縦に振った。「そうよ。それがなんだって言うの？」

「なんの意味もないでしょうね。あなたが火事のなかを無事に逃げられて、びっくりしたけど嬉しいわ、エルスベト」

「そう嬉しがってもいられないと思うけど。だってもしわたしがマカミー師といっしょに灰になってたら、あなたはこうやって自分の死に向きあわなくてすんだのよ」

「どうやって逃げたの？」

エルスベトはこともなげだった。「うちには……クロゼットの奥にちょっとしたプレイルームがあって、そこから下の玄関脇の小部屋に出られるようになってたの。マカミー師が死んだのはわかったけど、わたしは死にたくなかったから、急いで逃げたわ」

「そのちょっとしたプレイルームだけど、わたしも一度見たことがあるのよ」

「嘘よ。あの部屋は誰にも見せたことがないわ」

「でも、わたしは見た。あそこにクランシーが隠れていると思ったから、シャーロック捜査官といっしょに家のなかを調べてまわったの。マカミー師が使用人を置きたがらなかったのも無理ないわね。家のなかをうろつかれて、うっかり見つかったらことだもの。マカミー師が妻を縛りつけて、鞭打つような人だと知って、正直、わたしもびっくりだった」

エルスベトは一瞬ぽかんとした顔をしたのち、さっと天を仰いで、高らかな笑い声をほとばしらせた。その笑い声が砕け散る水音と混じりあい、冷たい大気に白い息となって浮かんだ。ケイティが身構え、彼女に飛びかかろうとしたその瞬間、エルスベトは顔を下げ、蛇口を締めるように笑いやんだ。エルスベトはささやいた。「なんにしろあなたを殺したいから、保安官、さあ、わたしに襲いかかりなさいよ」

「なぜ笑ったの?」

「わたしたちのことをあまりに誤解しているから」エルスベトは言った。「あのいまいましい彼のおばのエリザベスと同じね。わたしたちがあの部屋を造っていたとき、あの女はそこに忍びこみ、あちこちのぞいてまわって、マカミー師が狂っていると思いこんだわ。彼がわたしを痛めつけ、哀れな被害者のわたしは、それを嬉々として受け入れているとね。でも、あなたたちはみんな間違ってる。わたしはあのお節介焼きを階段から突き落とす前に、あの部屋をどう使うつもりなのか教えてやった。なぜマカミー師があの部屋を造らせ、どれほどそれを必要としているかを。あの部屋にいるときは、彼がわたしに身をゆだね、彼は過ちを犯した自分自身をいっときとはいえ許せた。上半身裸になって、毛皮におおわれた木のブロックにもたれかかり、わたしに背中を鞭打たれているあいだは。ときには鞭をふるいすぎて、血が出ることもあった。わたしは血のにおいを嗅いだ。彼はその血を神に捧げ、聖痕の形で神が報いてくれることを願った」

「キャビネットにガラス瓶があったけど、あれはなんに使ったの?」

「マカミー師が自分の肉体を克服するためよ。神に身をまかせる痛みを、肉体と精神の両方の痛みを超越するためだった。彼はあの部屋で泣いたわ。苦痛のせいではなく、鞭が肉を裂き、みずからの肉体から出た血が美しい大理石の祭壇に飛び散る瞬間の高揚感から出た涙だった。

でも、あなたがそんなわたしたちの生活を破壊してしまったわ。なにもかも壊れてしまった。わたしは彼が死んでから、あなたを殺すことだけを考えてきた」

いまだ! ルーズベルトのケープが盾になってくれることを願いながら、ケイティは飛んで転がり、転がり終わった瞬間に足首のホルスターからデリンジャーを抜き取った。距離がどうであれほとんど役に立たない小さな拳銃だが、ごく至近距離ならば、殺すことも可能だ。エルスベトが発砲した。一発、二発、三発。いずれも彫像に当たって跳ね返り、石のかけらが飛び散った。ケイティはかがんで、顔を守った。

エルスベトが叫ぶ。「出てらっしゃい、ケイティ・ベネディクト！　あれだけのことをしたんだから、死んで当然でしょう！　そんな彫像、助けちゃくれないわよ！」

ケイティは彫像に張りついた。「それ以上近づかないで、エルスベト。わかる？　こちらにも銃があるのよ。撃ちたくはないけれど、あなたの出方によっては撃たざるをえない。観念して、銃をそこに投げて。ここにはボディガードとしてFBIの捜査官がふたりいて、銃声を聞いているわ。勝ち目はないんだから、あきらめるのよ！」

そのときルーズベルトの大きなケープの向こう側から、忽然《こつぜん》とエルスベトが現れた。三フィートにも満たない位置で立ち止まり、笑顔でケイティを見おろした。そこからでは、ケイティのデリンジャーが見えなかった。「また嘘をついたのね、ケイティ。銃なんか持ってないじゃない。ご立派なボディガードが騎士よろしく駆けつけてくれるのを待ちわびてるようだけど、間に合いそうにないわね」そしてふたたび、ぞくっとするような声で哄笑《こうしょう》した。「残念だわ」エルスベトは、笑いすぎて苦しそうだった。「マカミー師にいまのわたしを見せられなくて」

「きっとあなたのことを誇りに思うでしょうね、エルスベト」

淡く澄んだブルーの瞳が、一瞬喜びに煌《きら》めいた。助かった、とケイティは思った。これでいくらか時間が稼げるかもしれない。頭には大きなベレッタが突きつけられている。

エルスベトは目をぱちくりし、しばらくまごついた顔をしていたが、やがて首を振った。

かぶっていたスキーキャップが落ちた。「あの人は愛すべき指導者だった。神の耳を持つ偉大な男性であり、愛しあうときはわたしに喜悦の声を上げさせてくれた。そんな人をあなたが死に追いやってしまった」

エルスベトがベレッタの引き金に指を巻きつけた、そのときだった。ケイティはデリンジャーを持ちあげ、胸に二発、まともに撃ちこんだ。

エルスベトはうしろによろけたものの、倒れなかった。「わたしを撃ったわね！　みじめったらしいあばずれのくせに！　夫だけじゃなくて、わたしまで殺されてたまるもんか！」

ケイティはエルスベトの膝に飛びかかった。耳のすぐ近くで銃声が轟《とどろ》く。自分の髪が焦げるにおいを嗅ぎながら、全力でエルスベトを押し倒しにかかった。

エルスベトのコートの前には、いまや血が染みだしている。銃を持ちあげ、ふたたびケイティに向かって発砲したが、今度は狙いが定まっていない。ケイティは背を丸めてエルスベトにぶつかり、全身で脚を押しながら、ベレッタを排除しようと腕を突きあげた。いつ銃弾が飛んできてもおかしくない。

銃声は一発。一発きりだった。ケイティがなおも膝を押しつつエルスベトを仰ぎ見ると、彼女はかすかな驚きに眉をひそめていた。死によって、その表情が固定される。ゆっくりとうしろに傾き、激しく地面を打った。ケイティはとっさに飛びのき、さっと立ちあがった。腰が燃えるように痛み、動悸がしている。

ケイティは横たわるエルスベトを見おろした。今度は間違いなく息絶えていた。開いた目はいたずらに虚空を見つめ、美しい金髪が顔を彩っている。少女のように若々しく、邪悪さとも狂気とも無縁にただ地面に横たわり、コートの前を血に染め、後頭部を撃ち抜かれていた。

ケイティの耳に届くのは、流れ落ちる水の音と、モニュメントのあいだを吹き抜ける風の音、そしてかすれたみずからの呼吸の音だった。深すぎる安堵《あんど》が感覚を麻痺《まひ》させ、動くことすらままならなかった。

せわしげな足音が聞こえた。ふり返ると、FBIの捜査官がふたり、銃を手にしたまま息せき切って走ってくる。「ケイティ、大丈夫か?」

「ええ、大丈夫よ、オリー。間に合ってくれて、ほんとに助かった。文句のつけようのない一撃だったわ。それにあなたたちふたりが無事でよかった。彼女に殺されたのかもしれないと思っていたの」

首を振るオリー・ヘイミッシュ捜査官は、とまどっていると同時に自分自身に腹を据えかねているようだった。

ルース・ワーネッキ捜査官はヘイミッシュの腕を叩き、エルスベトに顎をしゃくって、ケイティに説明した。「わたしたちを殺すより、もっと利口な手を使ったんですよ。まっすぐ近づいてきてウインドウをノックし、オリーが手を銃にやってウインドウを下げると、なんと、あの女、自分はあなたの義理の妹で、サムのことでケイティに話がある、不審者にはじゅうぶん注意する、と言ったんです。わたしたちはその話を鵜呑《うの》みにしてしまった。長年、二本脚で歩くものはなんでも疑ってきたのに、なにをいまさらと思われるでしょう——でも、この女は若くて美人で、いかにも信頼できたんです。銃声が聞こえてはじめて、急いで駆けつけたようなていたらくで」

ヘイミッシュは携帯電話を取りだして、番号をダイヤルした。「サビッチですか？　自分たちはいまルーズベルト・メモリアルにいます。早く来ていただいたほうがいいですね。それと、レイバン刑事に電話してください」

「それから、マイク・ケタリングにも」ケイティはつけ加え、いま一度エルスベトに目をやった。ゆっくりとしゃがみこみ、両手で膝を抱えて、頭を垂れた。

43

レイバン刑事が立ちあがった。「あんたらは、よほど荒っぽい暮らしが好きらしいな」

マイルズからぎゅっと脇を抱えられているせいで、ケイティは身動きできなかった。息をするのも苦しい。「そのとおりよ」ケイティは言った。「刺激あっての人生だもの。でも今回ばかりは、しばらく日光浴だけして、わが夫の美しい肉体のことだけ考えていたいわ」

「なるほど」レイバン刑事はどぎまぎした。「だが、もう少し先にしてもらえるか？　訊きたいことや話しあわなきゃならないことがたくさんあるし、なかでも地方検事は避けて通れないから、きれいな白い砂浜を探しに出かけるときは、その前におれにひと言、相談してくれ」

刑事が口笛を吹きながら帰ると、マイルズはケイティを抱える腕にさらに力をこめて、震えだした。あれほどのことがあったとはいえ、そんな反応が意外に思えて、ケイティはそっと彼の顔に触れた。「あなたのためだけに、少しふざけた口を利いちゃったわ、マイルズ。もう終わったのよ。これですべておしまい」

マイルズからぐっと引き寄せられると、彼の鼓動が聞こえた。顔を上げて彼にキスし、二度めのキスをしていると、マイルズが口のなかにつぶやいた。「サビッチから電話があったときは、あまりの恐ろしさに気絶するかと思った。おれたちずっと子どものことばかり心配していて──」

「わかる。あの子たちの心配をするのに忙しくて、一連の出来事がわたしたちにどう影響するのか考えている暇がなかったのよね」彼の震えがまだ止まらないので、強く抱きしめたままキスしつづけると、彼の緊張がわずかばかりゆるんできた。ケイティは口元をほころばせた。「いいことを教えてあげましょうか、マイルズ？」

「いや、歌ったり踊ったりしたくなるような話なら、別だけどな。当面、悪い話は受け入れられそうにない」マイルズは顔をケイティの首筋に押しつけた。「キーリーがサムの部屋を欲しがってるなんて、言わないでくれ」

「まさか。あの子の部屋はとびっきり女の子らしくしたから、追いだそうとしたって、出ていかないわよ。そうね、わたしの話を聞いて、あなたが踊りたくなったり、鼻歌を口ずさみたくなったりしてくれたら、嬉しいんだけど」

マイルズが首筋で微笑むのがわかった。「わかったぞ。クラッカーが恋人を見つけて、今日の午後この家を出ていくとか？」

「かもしれないけど、彼女からは恋人ができたから引っ越すという話は聞いていないわ。それとはまったく関係のないことよ」

「教えてくれ、降参だ」

それまでとはうって変わって、ケイティはまじめな声で嚙みしめるように話しだした。「エルスベトと向きあい、この人にはベレッタを構えさえすれば簡単に――」指をぱちんと鳴らす。「――わたしを撃てるんだって意識したとき、あなたやサムやキーリーに二度と会えないなんて、絶対にいやだと思った。要するになにが言いたいかというと、わたしは子どもたちと、そしてあなたのことを愛してるってことよ、マイルズ」

マイルズは墓石のように黙りこみ、ぴくりともしなかった。なにもなし。心臓の鼓動までが、静まったようだった。

焦れたケイティは、彼の肩を軽く叩いた。「マイルズ?」

「うん?」

「歌って踊りたくなった?」

またもや沈黙。重たい冬の静けさ。

「マイルズ? なにか言わないと、床に投げ飛ばして、あなたの上に坐るわよ」

「始め方としては悪くないかも」マイルズはケイティの耳たぶを嚙んだ。

ケイティが押しやると、マイルズはビル・ゲーツの札入れを盗ったばかりのスリみたいににやついた。

「おれの上に坐って、好きにしてくれ、ケイティ。おれはまだ歌も踊りもやりたくない。まずは、きみを素っ裸にして、その傷ついた体に考えつくかぎりのことをしたい」

「わたしの真剣な愛の告白を聞いて、欲情しちゃったの?」

「どういう気分になったか教えてやるよ。きみが階段を上がるときはとびきりやさしく手を貸して、寝室に入ったらけだものに変身する。でもって、サムとキーリーが幼稚園から帰る時間に合わせて、アラームをセットする」

マイルズはレッド・バトラーよろしく、彼女を抱きかかえて階段をのぼりながら、耳元にささやきかけた。「愛してるよ、ケイティ」

マイルズはアラームをセットしなかったので、寝室に駆けこんできたサムとキーリーはぴたっと立ち止まり、顔を見あわせた。ふたりは熟睡する両親を見つめた。ケイティがマイルズの上に重なり、さいわいなことに、耳までブランケットをかぶっていた。

「ねえ、パパ、なんでこんな早くにうちにいるの？」マイルズがなにごとかつぶやき、ふたりに手を振ると、サムとキーリーは笑いながらベッドに飛び乗ってきた。

エピローグ

一月
テネシー州ジェスボロー

「あら、保安官、どこへいらしてたんですか？　外にいたら、お尻が凍えちゃいますよ」

ケイティ・ケタリング保安官は手袋をはずし、リニーの定位置の隣りにある小さなテーブルにクリーム色の麦わら帽を投げた。前の帽子は十一月にだめになったが、クリスマスにサムが新しい帽子をプレゼントしてくれたのだ。「寒いけど、お尻は凍ってないわよ」ケイティは手をこすりあわせた。

「完璧です。新しい帽子も、古い帽子と同じようにじょうずに飛ばせるんですね」リニーは言った。「ずいぶん遅いお帰りでしたけど、なにかあったんですか？」

ケイティは肩をすくめた。「ミスター・ターナーのロットワイラー犬、シュガー・プラムがベニー・ヒップルを追いまわしたのよ。ベニーはモリーズ・ダイナーに立てこもり、みんなを楽しませてくれたわ」

隣りの消防署に詰めていた消防士のピート・マーゴリスが、リニーのコーヒーのおこぼれにあずかろうと保安官局まで来ていた。「なるほどね。シュガー・プラムは、郵便配達人になって日の浅いベニーをまだよく知らないからな。それで、今後はどうするんです？」

「シュガー・プラムを家に連れて帰って、事情を説明したら、ミスター・ターナーがシュガー・プラムのおやつをくれたわ。ベニーが郵便を配達するとき、それを投げ与えてみたらどうかって」

リニーは言った。「トミー町長がまだ電話してきて、泣きつかんばかりでしたよ。ジェスボローが地図に載るようになるかもしれないから、ノックスビルの記者に保安官から話してくれっておっしゃってました」

「しつこい人ね。絶対いやだと、もう一度言っておいて、リニー」

「それから、やはり町長から。マイルズが工場をこちらに移転するにあたって、今後のタイムテーブルを知りたいそうです。郡の立案委員会に通すには、工場の計画案がいるとかで。ベネディクト・パルプ・ミルから五〇ヤード以内であれば、有限会社ケタリング・ヘリコプターの誘致はすんなり認められるだろうとのことです」

「マイルズには思いきり安い価格を提示しておいたわ」

「トミー町長は、新しい働き口ができれば自分の功績になると、期待に手をこすりあわせてます」

ケイティは言った。「マイルズは明日こちらへ来ると、町長に言っておいて。そのとき話をするようにと」

ニール・クルック保安官助手が角から頭を突きだした。「男用の手洗いのトイレが壊れてます、保安官」

「シティホールのジョイスに電話して。彼女がなんとかしてくれるから」

ウェイドは言った。「そうそう、保安官、ビリー・ボブ・デイビスがまたかみさんを殴ったんですが、おれが行くと、彼女は鼻をすすって、ドアにぶつかったとしか言わないんです。そうなると、こっちはお手上げですよ」

ケイティは天を仰いだ。「だったら、ウェイド、わたしたちふたりで彼らの農場に出かけて、ビリー・ボブと軽くおしゃべりしましょうか？　そのへんの堆肥で鼻をこすってやったら、多少は言うことを聞くようになるかもしれない」

ウェイドはにやりとして、革のジャケットをつかんだ。「そりゃ名案だ。お供します」

ケイティはふたたび身支度を整え、麦わら帽をかぶって外に出ると、甘く冷たい空気を吸いこんだ。歩いて向かうは、修理したばかりのシルバラード。銃弾による穴やへこみがようやくすべて直ったのだ。笑顔で濃い霧に包まれた山脈を見あげる。手を伸ばせば届きそうだ。鼻歌を口ずさみながら、パワフルなエンジンをかけた。雪の吹きだまりに突っこんだらことなので、そろそろとメインストリートを進み、途中、ドクター・シーラ・レインズを見かけて手を振った。シーラは除雪されたメインストリートを走って、飼い猫のターペンタインを追いかけていた。まっ黒な猫なので、雪景色だとよく目立つ。そこへドクター・ジョナ・フリントが現れ、シーラに手を振ると、いっしょになってターペンタインを追いかけだした。あらあら。どうやらなにかが始まっているらしい。

それから四十分後、ケイティはビリー・ボブの背中に膝をつけ、裏庭の汚い雪面に顔を押しつけながら、ものの道理を説いて聞かせていた。

まぶしいばかりの青空に、ギブソンの乳牛の大きな鳴き声が響き渡る。ベネディクト・パルプ・ミルから正午を告げる時報が鳴った。

神が地球上に造られしもっとも美しい場所における完璧な一日だった。

訳者あとがき

お待たせいたしました。キャサリン・コールターのＦＢＩシリーズ第四弾『死角』（原題“Blindside”）をお届けします。今回の物語の主軸となる事件は、元ＦＢＩ捜査官であるマイルズ・ケタリングの六歳になる息子サムの誘拐。マイルズの友人であるわれらがサビッチとシャーロックは、ハイスクールの数学教師連続殺人事件を担当しつつ、友人のため事件解決に乗りだします。

六歳になるサムは、知らない部屋で目を覚ました。手を縛られて、ベッドに転がされていた。隣りの部屋から男たちの話し声が聞こえる。どうやら、自宅であるバージニア州のコールファックスから連れ去られて、いまはテネシー州東部にいるらしい。何年か前に死んだママの声がして、逃げろと励ましてくれる。サムは歯でロープをほどき、部屋にあったドレッサーの抽斗を積みあげ、それを階段がわりにして、高い窓から外へ出た。まわりは鬱蒼とした森。嵐が近づいているので空は暗く、やがて激しい雨になる。サムは男たちに追われながら、懸命に走って、道路に出た。そこへ一台の車が通りかかる。

車を運転していたのは、テネシー州ジェスボローのケイティ・ベネディクト保安官。いっしょに車に乗っていた五歳の娘キーリーが、豪雨のなかを走るサムに気づいた。ふたり組の犯人は取り逃したものの、ケイティはサムを保護し、その父親に連絡を入れた。

サムの父親マイルズは、息子を引き取るため、サビッチとともにセスナでテネシー州へと向かった。しかし、父親やFBIの捜査官たちが到着するのを待たず、あろうことか、安全であるはずの保安官の自宅にふたたび犯人が現れる。営利目的の誘拐でも、当初心配されていた小児性愛者による犯罪でもない。だとしたら、いったいなぜサムが、こうも執拗に狙われなければならないのか？　サムの悪夢に終わりは来るのか？

とまあ、事件のあらましはこのくらいにしておきます。今回の主役は、保安官のケイティと、元FBI捜査官でいまはヘリコプターの会社を経営するマイルズ。ケイティには、離婚したイタリア貴族（！）の元夫とのあいだに五歳になる娘キーリーが、マイルズには二年前に交通事故で亡くした妻とのあいだに六歳になる息子サムがいて、すぐに仲良くなったこのふたりが、おしゃまな会話で微笑ましい雰囲気をかもしだしつつ、両親たちのロマンスを引っぱっていきますが、それがまあ、じれったいことこのうえなし。マイルズもケイティも子どものことばかり考えていて、なかなか自分の本音を正直に認めようとしないのですから。

それをはたで見守るサビッチとシャーロックのほうは、ショーンという息子を得て、ますます夫婦の息が合ってきました。今回はピンクのレオタードを着た美女が登場して、サビッチを誘惑しますが、この熱々の夫婦には入りこむ余地などまるでなし。シャーロック強し！

ところで、アメリカの小説の題材になることの多い誘拐事件について、どの程度発生しているのか気になったので、少し調べてみました。二〇〇二年に発表された司法省の統計によると、一九九九年に行方不明になったと届け出のあった児童は、およそ七十九万七千五百人。一日平均約二千百八十五人の子どもが行方不明になった計算です。もちろんこの数のすべてがいわゆるわたしたち日本人が想像する誘拐ではなく、家族による誘拐（親権調停の前に子どもを連れ去る、親による誘拐）や、置き去り、家出、理由不明の行方不明などが含まれるとはいえ、誘拐された女児の五人にひとり、男児の十人にひとりが性的に利用されているという報告もありますから、子を持つ親としたら恐怖としか言いようがありません。

こうした現実がある一方で、アメリカには行方不明児童の発見をバックアップする非営利団体も存在します。司法省の協力を得て、一九八四年に設立された全国組織ＮＣＭＥＣ(National Center for Missing And Exploited Children／全米行方不明・被搾取児童センター）です。その活動のひとつとして有名なのが、牛乳パックの側面に“Have you seen me?（わたしを見かけたことはありませんか）”の文字とともに、行方不明になった児童の写真や氏名、特徴などを記載した掲示広告です。きわめてアメリカらしい活動と言えましょう。

ザ・ミステリ・コレクション

死角《しかく》

［著　者］　キャサリン・コールター

［訳　者］　林《はやし》 啓恵《ひろえ》

［発行所］　株式会社 二見書房
東京都千代田区神田神保町1-5-10
電話　03 (3219) 2311［営業］
03 (3219) 2315［編集］
振替　00170-4-2639

［印　刷］　株式会社 堀内印刷所
［製　本］　ナショナル製本協同組合

ISBN4-576-06004-X
http://www.futami.co.jp/

ささやく水
ジェイン・アン・クレンツ
中村三千恵［訳］

誰もが羨む結婚と、CEOの座をフイにしたチャリティ。彼女が選んだ新天地には、怪しげなカルト教団が…。きな臭い噂のなか教祖が何者かに殺される。

曇り時々ラテ
ジェイン・アン・クレンツ
中村三千恵［訳］

デズデモーナの惚れた相手はちょっぴりオタクな天才IT企業家スターク。けれどハッカーに殺人、次々事件に巻き込まれ、二人の恋も怪しい雲行きに…

優しい週末
ジェイン・アン・クレンツ
中村三千恵［訳］

エリート学者ハリーと筋金入りの実業家モリー。迷走する二人の恋をよそに発明財団を狙う脅迫はエスカレート。真相究明に乗りだした二人に危機が迫る！

迷子の大人たち
ジェイン・アン・クレンツ
中西和美［訳］

サンフランシスコの名門ギャラリーをめぐる謎の死。辣腕美術コンサルタントのキャディが〝クライアント以上恋人未満〟の相棒と前代未聞の調査に乗り出す！

ガラスのかけらたち
ジェイン・アン・クレンツ
中西和美［訳］

芸術家ばかりが暮らすシアトル沖合の離れ小島で、資産家のコレクターが変死した。幻のアンティークガラスが招く殺人事件と危険な恋のバカンス！

鏡のラビリンス
ジェイン・アン・クレンツ
中西和美［訳］

死んだ女性から届いた一通のeメール――奇妙な赤い糸で引き寄せられた恋人たちが、鏡の館に眠る殺人事件の謎を追う！　極上のビタースイート・ロマンス

パーティーガール
リンダ・ハワード
加藤洋子［訳］
すべてが地味でさえない図書館司書デイジー。34歳にしてクールな女に変身したのはいいが、夜遊びデビュー早々ひょんなことから殺人事件に巻き込まれ…

見知らぬあなた
リンダ・ハワード
林 啓恵［訳］
一夜の恋で運命が一変するとしたら…。平穏な生活を〝見知らぬあなた〟に変えられた女性たちを華麗な筆致で紡ぐ、三編のスリリングな傑作オムニバス。

一度しか死ねない
リンダ・ハワード
加藤洋子［訳］
彼女はボディガード、そして美しき女執事——不可解な連続殺人を追う刑事と汚名を着せられた女。事件の裏で渦巻く狂気と燃えあがる愛の行方は!?

悲しみにさようなら
リンダ・ハワード
加藤洋子［訳］
10年前メキシコで起きた赤ん坊誘拐事件。たった一人わが子を追い続けるミラが遂に掴んだ切り札、それは冷酷な殺し屋と噂される危険な男だった…

くちづけは眠りの中で
リンダ・ハワード
加藤洋子［訳］
パリで起きた元CIAエージェントの一家殺害事件。復讐に燃える女暗殺者と、彼女を追う凄腕のスパイ。危険なゲームの先に待ち受ける致命的な誤算とは!?

チアガール ブルース
リンダ・ハワード
加藤洋子［訳］
殺人事件の目撃者として、命を狙われるはめになったブロンド美女ブレア。しかも担当刑事が、かつて振られた因縁の相手だなんて…!? 抱腹絶倒の話題作！